長春
追憶の日々

山本 直哉

文芸社

目次

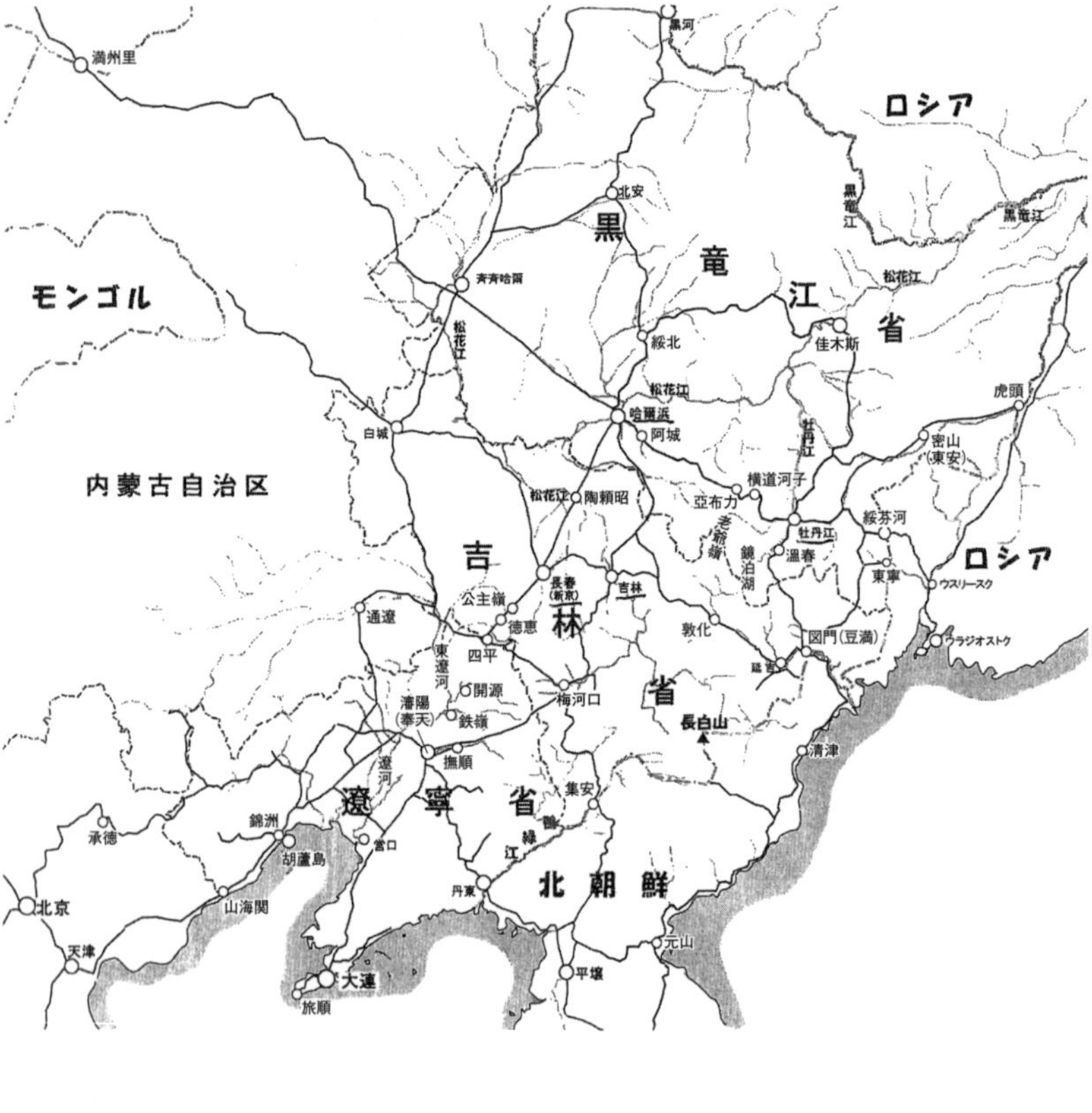

満州里
黒河
ロシア
北安
黒
竜
江
省
黒竜江
黒竜江
松花江
モンゴル
斉斉哈爾
松花江
綏北
佳木斯
松花江
哈爾浜
虎頭
白城
阿城
牡丹江
密山（東安）
内蒙古自治区
松花江
陶頼昭
横道河子
亜布力
綏芬河
牡丹江
老爺嶺
鏡泊湖
温春
ロシア
吉
林
省
長春（新京）
吉林
東寧
ウスリースク
公主嶺
通遼
徳恵
敦化
図門（豆満）
ウラジオストク
東遼河
四平
延吉
開源
梅河口
瀋陽（奉天）
鉄嶺
長白山
清津
撫順
遼河
遼
寧
省
集安
錦洲
承徳
鴨緑江
営口
胡蘆島
丹東
北朝鮮
北京
山海関
元山
天津
大連
平壌
旅順

第1章　横道河子というところ

横道河子駅標識

一九四二年から一九四五年、ぼくの一家は満洲国の牡丹江省寧安県横道河子《おうどうかし》町という場所に住んでいた。学齢でいうと、小学校の一年から四年の四年間のことであった。そこは満ソ国境の街・綏芬河《すいふんが》から哈爾浜《はるびん》に到る「浜綏線」と称されていた南満洲鉄道〈満鉄〉の中継地として古くから栄えていた海抜一八〇〇メートルほどのところにある町で、四囲を山に囲まれた盆地の中央を牡丹江の支流が流れ、その川の両側には煉瓦造りの瀟洒な家々が連なり、〈東満の軽井沢〉とも称されていた。父がその町に支店のある近藤林業公司（本社は哈爾浜にあった）という木材会社に勤務することになり、内地から移住してきていたのだった。冬季は摂氏零下三十度以下にもなる厳しいところだったが、石炭やコークスでペチカを温め、「ペチカジャングイ」と呼ばれていた満人使用人の助けを借りて、快適に過ごしていた。

駅から約一キロの場所に社宅があり、近藤林業公司では、そこを「一キロ」と呼称していた。公司の工場や事務所があるところは、そこから六キロほど山の中にあったので、「七キロ」とし、していた。他には、タチヤーナ・高橋という同級生の一家の住んでいる場所は「四キロ」とし、更に「五キロ」には白系ロシア人の集落があり、木材の搬出される山奥の拠点には「二十二キロ」とか「二十五キロ」とか呼ばれている場所もあった。横道河子駅から「七キロ」までは、引き込み線が敷設されていて、一日三回ほど小型の蒸気機関車が走っていた。「七キロ」から奥には、木材搬出用の機械装置が敷設されていて、斜度四五度ほどの急斜面を丸太を積んだトロッコが動いていた。年に一、二回のまれなことだが、チェーンが切れて、トロッコが暴走してしまい、トロッコを操作していた作業員が死んでしまったりして、大騒ぎになることもあった。「一キロ」には学齢の子供のいる家族が住んでおり、「七キロ」には公司の事務所と工場があり、社員が勤務していた。例えば、ぼくの家では、母と妹の邦子とぼくは「一キロ」、父の方平と姉の隆子は「七キロ」に住んでいた。

横道河子は、四季それぞれに素晴らしいところだったが、とりわけ六月から七月にかけては、スズランやリラ、アカシアやモモなどの花々が一斉に咲き競い、町中に芳香が漂い、初夏の到来を嗅覚に訴えるのだった。社宅の周りには日増しに緑を加えていく山々が迫っていた。どこまでも続く山々は奥が深く、人跡未踏の森林へと広がっている。白系露人（ロシア革命により祖国を追われたロシア人）の作家・バイコフ（「ざわめく密林」・「偉大なる王《ワン》」・「わたしたちの友だち」などの著作で有名）が、かつてはこの横道河子に住んでいて、シベリア虎〈東北虎〉の狩猟に出かけていたりしたところなので、ぼくが住んでいた頃でも、奥地の密林には虎が出没することがあった。その虎よりも怖いのは匪賊と呼ばれる乱暴な盗賊団の存在だった。そのために、社宅の周りには、高さ三メートルほどに縦組みされた丸太の柵がめぐらされていた。社宅に隣接する一角には、緊急時に備えて、武装した白系ロシア人で組織された森林警察隊の詰め所があった。毎朝、社宅の周りを「アジン・ドゥワー・ツリー、アジン・ドゥワー・ツリー」と掛け声を掛けながら行進する警察隊の声を聞いていた。日本の兵隊と違って、両腕を横に振るのが珍しかった。

森林が近いせいで、野生動物も何種類か見かけた。ノロという小型のシカやイノシシ・リス・キジ・ヤマドリ・ノウサギ・カササギ・タヌキ・キツネなどは社宅の中まで入ってくることが珍しくなかった。森林にはもっと大型のアカシカやオオシカ・クマ・オオカミなどもいたし、湿原地帯にはツルやハクチョウ・コウノトリやカモ・サギ・シギ・オシドリなどの水鳥がいた。イノシシとキジ・シカの肉は、頻繁にぼくの家の食卓を賑わしていた。

父は異常なほどの動物好きだったために、社宅のそばに動物小屋を造り、ブタやヒツジ・ヤギ・ニワトリなどを飼っていた。ロバまで飼い始めて、暇があると社宅の周りをロバに乗ってぶらついていた。最近は牡丹江からセパード種の仔犬を買ってきて、家の中で育てていた。母は「動物園じゃないいんだから、いい加減にして」と言って、機嫌が悪くなっていた。そこで、父は動物たちを「七キロ」に連れて行き、社宅のそばに畜舎を造って、飼っていた。

「おれは猿以外の動物は大概好きなんだ。将来本格的な動物園を作る夢を持っている。おまえも雇ってやるから一緒にやらないか」

「それは大変な話だね」

「よし、決まりだ。是非大動物園を作ろうな」

話が大きすぎて現実感は無かった。

「実は公司の社長に、この計画は話してあるんだ」

「夢みたいな話だね」

「そりゃあそうさ、夢というものは実現させなければ、ただの幻だ」

社宅の中に住んでいる小学生として、佐竹陽子と森崎正一郎という子供がいた。そして、もう一人、そこから三キロほど離れたところに住んでいるタチヤーナ・高橋という女の子がいた。この三人は学校への行き帰りも一緒に行動していた。陽子とタチヤーナとぼくは同級生だったが、正一郎は二年下だった。タチヤーナ〈愛称をターニャと言う〉は母親〈マリア〉が白系のロシア人で、父親〈省三〉もロシアのハーフだったから、国籍は日本だったが、顔立ちなどはロシア人だった。彼女は社宅までの四キロの道のりを馬に乗ってやってきた。彼女は社宅の厩舎に馬を預けて、「一キロ」からはぼくらといっしょに徒歩で通学していた。

ぼくは馬に乗ってやってくるタチヤーナが羨ましかった。父にその話をして、「ぼくにも馬を買ってほしい」と頼むと、「おれのロバに乗れ」と言われてしまった。馬とロバでは全然違うので、「どうしても馬にしてくれ」と言うと、父は「十年待て」と言って笑っているだけで、まともには取り合わない。

彼女の家に陽子と正一郎を連れて遊びに行ったことがあり、マリアさんが、ご飯に甘いシロップをかけてくれたのが、ぼくらには衝撃的な体験だった。もちろんペローシキとかハチミツパン、アップルケーキ、イノシシ肉のスープ、キュウリのピックルスなどは、とてもおいしいご馳走だったが……。タチヤーナの愛犬はボルゾイというオオカミ猟に使われる大型犬だった。細面の優しい上品な顔をした犬で、品のない人が飼うと犬の品格に合わなくなるとも言われていた。

タチヤーナの家の近くに、丸木造りの小さな教会が白樺林の中に建っていた。この一家は正教徒だったから、クリスマスや復活祭にぼくらが呼ばれていくと、珍しい宗教的な儀式をその教会で見ることができた。教会の裏の小道を少し行くと小川の岸に出る。ヒメマスやヤマメなどが小川の中に泳いでいた。そこで、ぼくらは水かけ遊びをしたり、時には釣りに興じたり、四つ手網で魚を捕ったりして遊んだ。そんな遊びに飽きると、陽子とタチヤーナは川端の岩に腰掛けて、童謡を歌ったり、綾取りをしたりしていた。正一郎とぼくは川の中を歩き回って、きれいな石を拾い集めたり、石切をしたりして遊んでいた。

時にはタチヤーナが馬やボルゾイを連れてきて、その体を洗ったり、毛繕いをしたりした。芦毛の馬を洗っているそばで、ボルゾイが刷毛を咥えてきて、早く洗ってくれとターニャをせかせたりした。その様子は、ロシアの名画の一場面のようだった。

佐竹陽子は、母親〈波子〉に似ていて、かなり気の強い子だったが、時々ヒステリーの発作に襲われる痩せ気味の波子の娘にしては、体もしっかりしていて、いつも冷静な態度を保っていた。彼女の母親はウラジオストック育ちだったから、ロシア語が堪能だった。陽子も、母親から教えられたらしい片言のロシア語で、タチヤーナと会話することも出来た。彼女たちは、ぼくや正一郎に聞かせたくない秘密の話は、ロシア語でやりとりしていた。この二人がロシア語で会話した後、笑い合ったりしていると、ぼくらは悪口を言われているような気がしたものだった。

陽子は、仲良しのタチヤーナと、日曜日には一緒に教会へ行くことが多かった。その際は、タチヤーナが「一キロ」まで馬で迎えに来て、陽子を馬の背中に乗せて「四キロ」まで行くのだった。ぼくはそれも羨ましくてならなかった。佐竹陽子の父は公司の用度課長をしていたし、タチヤーナの父・高橋省三は総務課長だった。ついでながら言うと、ぼくの父・山本方平《ほうへい》は労務課長をしていた。

ぼくが遊ぶ時には、二級下の森崎正一郎と一緒のことが多かった。他に男の子はいないので、選択のしようもなかったが……。正一郎の父は棟梁として公司の大工仕事の監督をしていた。建物を造る仕事だけではなく、軍隊用の馬ぞりや家具の製造にも腕を振るっていたし、暇な時には葬式には欠かせない棺桶もこしらえていた。公司の職員やその家族に不幸が起こると、彼の棺桶がとても役に立ったのだった。正一郎は、ぼくの腰巾着のようにふるまうことが大好きな少年だった。中庭で独楽遊びをしたり、防空壕に出入りして戦争ごっこもしたが、なんといってもおもしろいのは川遊びと厩遊びだった。川遊びは〈カッパの川流れ遊び〉と水泳や魚釣りだったが、厩遊びというのは、公司の厩で隠れん坊などをすることだった。この隠れん坊の時には、女の子の陽子やタチヤーナも加わることもあった。広い厩には、多い時には三百頭もの馬がいたので、厩中が馬のにおいに満たされている。ぼくらはそのにおいがとても気に入っていた。そこにいるのは、森の奥から伐採した丸太を運び出すための馬たちだった。ペルシュロン系の脚の太い馬が大部分だったが、中にはロシア馬というねずみ色のスマートな乗用馬も混じっていた。タチヤーナは馬の扱いについては一番上手な娘だった。厩は子供たちにとっては恰好の遊び場で、隠れん坊の時には、二階の藁置き場に潜り込んだりした。そこには、馬の飼料になる豆かすや玉蜀黍かすを乾燥させたタイヤ型のものが山積みされていたので、ぼくらも馬になったつもりで、堅い豆かすなどを囓ったりしていた。それは無味乾燥という表現がぴったりの不味いものだったが、噛んでいるとほんのりと豆の香がしていた。

正一郎は藁の中でしばしば行方不明になり、大騒ぎになった。快適過ぎて、藁布団にくるまれたままぐっすり寝込んでしまうのだった。夕方になっても見つからない時には、厩舎で働く中国人にも手伝ってもらって、藁の山を捜索しなければならなかった。

それでも懲りないぼくらは、かなり危険な遊びまでしていた。馬の腹の下くぐりという冒険だった。おとなしい馬の場合はいいのだが、中には暴れ馬もいるので、当たりが悪いと蹴られそうになったり、齧り付かれたりするのだった。ぼくも一度だけ頭を囓られて、しばらく禿げになったこともあった。正一郎は蹴られて脚を骨折した。危険と言えば、これほど危険な遊びはないのだが、冒険には危険が付きものだったから、ぼくらは怖れながらも厩遊びを止められなかった。タチヤーナはどんな馬でもすぐに手なずけていたから、ぼくら男の子が失敗するのを見て笑っていた。

タチヤーナと陽子は、中庭でゴム跳びをしたり、屋内では端布を集めて刺繍をしたり、時々はぼくらといっしょに野原に出てクローバーやスズランの花を摘んだり、山手にあるロシア人墓地に出かけて、そこに植えられている植物の花を見て歩いたり、知人のお墓を探して、野辺で摘んできた花を供えたりした。そこは公園のような明るい雰囲気の場所だったから、土葬墓なのだが、怖いという感じはしなかった。

ただし、例外はあった。雨の降る夜には、青白い「人魂」が舞い立つので、そばを通るのがとても怖かったことがあった。それで思い出すのは、学校で映画を見た帰りに、仲間とはぐれてしまい、ぼくだけがひとりで暗い道を社宅まで帰るはめになり、折悪しく雨降りになり、途中のロシア人墓地の前を通るのがとても怖ろしかったのだった。墓地のあちこちには、青白く燐が燃えている。ぼくは道を避けるために、その道と平行して走っている公司の引き込み線の上を通って帰ろうとした。途中まで差し掛かった時に、墓地の方からロシア語で怖ろしげな声が聞こえてきたので、ぼくは生きた心地もなくなり、呼吸も止まりそうになって、枕木に躓きそうになりながら社宅まで逃げ帰った。「どうしたの」と母に聞かれたが、ぼくは声が出なかった。「顔色が幽霊みたいに青白かった」と、しばらくしてから母が言った。

後で分かったことだが、子供たちの帰りが遅いので、タチヤーナの父・省三が出迎えに墓地の前を通りかかったところ、下の方でごそごそうごめく影が見えたので、怖くなってロシア語で誰何を掛けたのだというのだった。

楽しみと言えば年二回、春と秋に遠くから巡回してやってくるサーカス団の興行だった。鎮守の森の広場に白いテント小屋が建てられ、馬や犬や虎・熊・孔雀など、いろいろな動物が寄り合っているのが見られるし、時々宣伝用の隊列が町中を駆け回るのが素晴らしい。笛や太鼓が鳴り、アコーディオンやラッパなどが賑やかに音を立てる。この祝祭的な雰囲気に呑まれて、子供たちはすっかり魂を奪われ、学校にいても勉強に身が入らなくなる。放課後はサーカス小屋のまわりをうろついたり、行列が街中に繰り出すと、その後ろについて回った。子供たちのほとんどは駆け足だったが、タチヤーナだけはロシア馬に乗って追っかけていた。トラやクマの檻の前にへばりついて動かない子供もいた。いいにおいがすると叫んで、檻の前で鼻を鳴らす子もいた。

　とにかくサーカスが来ると、横道河子の空気全体が変わってしまうのだった。

　興行がはじまると、親にせがんでサーカス小屋に連れて行ってもらい、顔を真っ赤に火照らせながら、空中ブランコや動物たちの演技を見ていた。サーカス団が立ち去ると、しばらくは心に穴が開いたようになり、学校へ行きたくなくなり、ときには仮病を使って寝ていた。

〈今朝、ペチカジャングイが笑っていたよ〉と母に言われたことがあった。

〈サーカスのせいだよ〉とペチカジャングイはぼくの仮病を見抜いていたのだった。

　翌日、少し元気になって、学校へ行ったが、途中でペチカジャングイに会うと、彼はにこにこしているだけで、仮病のことには触れず、〈魚、川に出ている〉とだけ言った。

　釣りに誘っているのだった。冬の間は水が冷たすぎて、魚も川底の深いところで冬眠しているのだが、氷が解けてようやく水温が上がってくると、動きが活発になり、餌への食いつきもよくなるのだった。

担任の先生は、「もうライオン熱は醒めたか」と言って笑っていた。

学校から帰ると、正一郎を連れて、ぼくは川に出掛けた。水のにおいをかぎ、流れの音を耳にすると、俄然元気になる。そして、〈入れ食い〉という奴で、面白いようにフナが釣れた。魚もお腹をすかしていたのだった。

「もっとでかいのが釣れないかな」と正一郎は欲張りになった。

「牡丹江へ行けばいいけど」とぼくは答えた。

社宅に常駐している軍属の葦河《あしかわ》さんは、魚釣りの名人だったので、牡丹江のカワマス釣りの話をしてくれた。二メートルもあるマスが掛かるのだという。

「連れてってくれ」と正一郎が頼んだ。

「それはやめとけ。魚に釣られて河に引き込まれるから……。絶対に子供だけで行くなよ」と釘を刺されてしまった。

もっと大人になったら、必ず牡丹江へ行きたいとぼくは思った。戦争がなければ、きっとぼくも牡丹江まで足を伸ばしてマスが釣れたはずなのだったが……。

第2章　ヒトラーとロシナンテ

グレートデンの幼犬

冷たいシベリア颪《おろし》が消えた頃になって、西の方から興安嶺颪が吹き荒れる。それが春の到来の証なのだとしても、ぼくの夢は半ば潰されてしまう。ざわざわと白樺林が揺れ、その枝にしがみついている鵲の古巣が焦げ茶がかった毛鞠のように跳ねながら踊っている。夕暮れになると、正教会のカリオンの鐘の音が淋しげにかすれている。浅い満洲の春だった。それでも、辺りになにかが始まる予感のような雰囲気が漂い、音楽にたとえるならば、それは交響曲の第一楽章の流れのように静かに進行していた。長い冬がようやくあけて、光の季節がやって来そうな期待だけが先走り、厳しい冬の名残がまだよどんでいる。もう少しで川の氷も溶け、魚釣りができるだろうとぼくは思う。姫鱒が群れなして溯上するはずなのだ。

ぼくの一家が日本内地から満洲の横道河子に移住してから二年ほど後に、裕樹《ひろき》叔父が突然「一キロ」の我が家に転がり込んできた。たぶんぼくらの一家をたよってきたのだろう。官憲に目を付けられ、内地に居づらくなり、ぼくたちのいる満洲の横道河子まで逃げてきたのだ。しばらくして、裕樹叔父は「一キロ」から、更に山奥の、近藤林業公司の引っ込み線沿いにある「五キロ」に小屋を構えて隠遁していた。若い頃左翼の過激な反政府運動のリーダーをしていたらしい叔父は、常に官憲の監視のもとにあった。内地で暮らしていくことが息苦しくなり、満洲ならば監視されなくてすむかと思い、逃げてきたらしいが、こんな北満の僻地にまで、官憲の目がはりめぐらされていて、叔父さんの求めている「自由」が阻害されていたのである。

叔父さんは、陶芸の仕事をしたり、暇な時には鹿狩りや猪狩りに出かけていた。

「ここまで来れば、おれも自由だ」と叔父さんは喜んでいたが、左翼情報は満洲全土にまで広がっているようで、すぐに憲兵隊や軍属に監視されるようになった。左翼情報ゲリラにピリピリしている植民地なので、むしろ左翼に対しては内地より厳しい監視の目があった。叔父さんは共産ゲリラとは無縁なことを示したくなり、わざと反共集団でもある白系ロシア人の部落に潜り込んだ。自給自足の生活をしているロシア人猟師の見習いになり、しばらく山野を渡り歩いていた。陶芸は内地から引きずってきた叔父さんの趣味で、皿やコーヒー茶碗などの日用品を焼いて、部落のロシア夫人の人気者になった。

「おれはな、できれば仙人になりたい」と叔父さんは口癖のようによく言った。「つくづく人間社会は嫌になった」

でも、霞を食べているという仙人にはなりきれない叔父さんは、なりわいのために人々の集団から完全に離れて暮らすわけにはいかない。

ぼくが小学三年の春、叔父さんは哈爾浜からの帰途、ぼくの家に立ち寄った。何か大きな箱を背負子《しょいこ》に付けていた。

「この中に面白いものがいるぞ。どうせおまえは暇だろうから、直ぐおれについて来い」

近藤林業の木材運搬用のトロッコに便乗して、「五キロ」まで行った。「五キロ」の付近には白系ロシア人の集落があった。叔父さんはロシア人を相手に、自作の陶器を売っていた。

叔父さんの丸木小屋にたどり着くと、叔父さんは、その箱を開いて見せてくれた。ゴソゴソしているので、生き物らしいとは見当を付けてはいたが、覗いて見ると、子犬にしてはかなりでかい顔の犬がいた。黒っぽい顔以外の毛は焦げ茶色をしていた。

「どうだ、すげえヤツだろうが」。叔父さんは細い目を糸のようにしてぼくを見た。

「太いね、脚が」

「そうさな、なんてたってグレートデンだからさ、これから何倍もでかくなるんだよ」

「でも、叔父さん、猟犬ならポインターかセッターにしたらよかったのに」。ぼくは水を差す言い方をした。

「そんな常識にとらわれるな、おまえは」と叔父さんは言った。「奇抜とまではいかなくてもだな、常識を越えないと、おまえの人生はスケールが小さくなるぞ。もっと羽ばたくんだ、鷲のようにな」

「鷲」が「わし」、つまり「自分」を威張った表現にしているのだと、ぼくは思った。

「第一、イギリスは嫌いだ。ポインターやセッターはイギリス人のお気に入りなんだな。おれはドイツでいくよ。ビスマルクが護身犬に三頭も飼っていたというグレートデン以外には、飼いたい犬はいないんだ」

「でも、ポインターには、ドイツで改良されたドイツポインターがいるじゃないか」

「うん、それはそうだったな。これは理屈が通らんから、おれの負けだがさ、それにしてもナオヤ、おまえは偉い。犬博士になれるぞ、きっと。将来はこれで決まりだな、ジャック・ロンドンか、シートン、でなけりゃバイコフになれよ」

「バイコフって、この横道河子に住んでいた作家だね」

「やはり、おまえは鋭い」と叔父さんは、ぼくを持ち上げた。「『ざわめく密林』の作者さ」

「でも、叔父さんがこの犬を選ぶことになった最後の決め手は何」

「そう、よく聞いてくれたな」と叔父さんは笑って言った。「つまりは胡麻くさい口のにおいだよ」

なるほど、そばにいると確かにその子犬の口は胡麻の臭いがするのだった。

「いいだろう」。叔父さんは無精髭をしごいてみせた。「おまえの親父も豚や羊などを飼うのはやめて、グレートデンにすればいいのにな」

「父さんは、犬ならセパードだと言ってるよ」とぼくは言った。「これも叔父さんの好きなドイツ犬だよ」

「うん、親父も目が高い。それはおれも認めるよ。だけどさ、セパードはだな、スケールがグレートデンには及ばないぞ。夢と同じでな、小さい犬ほど夢が凋むんだ。柴犬なんて玩具みてえなのは嫌だよ。人間、でかいことを考える方がいいんだ、ビスマルクみてえにな」

「ビスマルクって?」。ビスマルクに躓いたぼくだったが、知ったかぶりをして黙っていた。

それから三ヶ月ほどたった頃、ぼくが「五キロ」の叔父さんの小屋を訪ねると、玄関先にグレートデンが勢いよく飛び出してきた。前脚を踏ん張って制動を掛けたが、黒っぽい顔がぼくの体に当たりそうになる。ぼくは何とかはね飛ばされずにすみ、弱い衝撃波が胸に迫る。まだ胡麻臭い臭いがした。生まれて八ヶ月目なのに、もうかなり大きくなり、中型犬並みになっていた。

「魔法みたいだね」

「何のことだい」と叔父さんが聞いた。

「この犬のことに決まってるよ」

「そりゃあそうだよ、なんせグレートデンはその名の通り大型犬だからな、ちっぽけな柴犬とは大違いなのさ」

〈そんな比較はよくないぞ〉とぼくは思った。〈小さくても柴犬は柴犬でいいんだから〉

でも、口に出しては言わなかった。

「名前は付けたの」とぼくは聞いた。

「もちろんさ」。叔父さんは笑った。「何と付けたか当ててみな」

「ビスマルク」

「近い」

「マルクス」

「あ、それはいかんよ、サヨクだからな」と叔父さんはわざと渋い顔をしてみせた。

「じゃあ、ウヨクなんか」

「遠からじ」

「何だろう。ドイツのウヨクって」

「じれったいぞ、ドイツでウヨク的国家主義者とくりゃ、ヒットラーに決まっとるさ」

「え、ヒットラー」。ぼくは魂消てしまった。「『ハイル・ヒットラー』のヒットラーか」

「そうだよ、この時勢に合ったいい名前だろうが」。叔父さんはまじめに答え、「ハイル・ヒットラー」と犬に向かって大袈裟に敬礼した。

すぐにグレートデンが反応して、二本脚で立ち上がり、首を上下に振りながらヒットラーのように右手を高く上げてみせた。

「えっ、仕込んだんだ」

「そうさな、無駄飯食いにはさせない。鉄は熱いうちに打てって言うからな」

それから、ぼくの耳に口を近づけて叔父さんが囁いた。「おれを誤解している連中の目に、黒いカーテンをつけてやるんだよ」

「ハイル・ヒットラー」。叔父さんは、何度でも犬に命令した。通り掛かりの知らない人は、それを聞いてヒットラー総統の狂信的崇拝者が、この家にもいるのだろうと思うかも知れない。その誤解が、〈サヨク〉として監視されている叔父さんの正解なのだった。

「おれはな、おまえにははっきり教えとくが、ワグナーの崇拝者なんだけどな、ヒットラー総統の崇拝者なんかではないよ」

「サヨクだもんね」とぼくが言うと、

「馬鹿者、そんなこと二度と言ったら鹿狩りには連れて行かないぞ」と叔父さんが怒った。

それから、ぼくはヒットラーを相手に野原を走り回り、ボール追いをしたりして遊んだ。時々、「ハイル・ヒットラー」と叫ぶと、グレートデンは凄い勢いで辺りの草を蹴散らし、ぼくのそばまで走り寄り、二足立ちになったかと思うと、首振りをしながら例の右手を挙げる動作をしてみせるのだった。ぼくは笑ってしまうのだが、犬はいつも真剣な顔をしている。胡麻くさいにおいが爽やかだった。

散歩から帰ると、叔父さんは「鎖骨を洗ってやれよ」と言った。

「鎖骨って」。ぼくにはその意味が分からない。

「そうか、おまえは鎖骨というものを知らないんだな」と叔父さんは言い、ぼくの胸と首の間にある骨を触ってみせた。「ヒットラー総統には妙な癖があってな、鎖骨愛者なんだよ。日に何回もワグナーの〈ニュールンベルクのマイスタージンガー〉を聴きながら鎖骨を洗っているそうだからな」

ぼくにはそれが何の意味なのかは見当も付かないが、ヒットラーの首から胸にかけてのあたりは丁寧に洗ってやった。グレートデンは尻尾を波打たせるように振り、目を細めた。一瞬、その表情に裕樹叔父の顔が見える。ぼくはドキリとした。

しばらくして、叔父さんの小屋に顔を出すと、ヒットラーは成犬並みになっていた。それでも、口の周りには、いくらか胡麻くさいにおいが残っていた。〈ハイル・ヒットラー〉のポーズをさせれば、もうぼくよりも背丈が大きいので、犬の左手がぼくの肩口をとらえると、よろけてしまいそうになる。

「猟犬として、訓練しているところだが、どうも〈ハイル〉の方が得意らしいよ」と叔父さんが笑った。「ただな、困った癖があるんだな、こいつ」

「癖って」

「ひとの下着を盗んでくるんだ」

「そりゃあ、スケベな犬だね」

「いや、女物とは限らんのさ、それが」

「下着をどうしているの」とぼくは聞いた。「まさか下着をはいた犬なんてことでは」

「それはない。ただ舐めているだけだよ、洗ってあっても臭い部分が分かるんだな。せっかくロシア人と仲良くしているのに、ヒットラーのせいで憎まれると、ロシア人を得意先にしているおれも困るよ。そこでおまえに頼みたいんだが、おまえは将来、犬の博士になるんだから、何とかヒットラーをまともな犬にしてやってくれよ」

もうぼくの将来を決めつけようとしている変な叔父さんだった。それに、いくら叔父さんの頼みでも、これは安請け合いできない話だった。何しろ相手はグレートデンなのだ。論理的に不道徳だと口で諭しても、ヒットラーは聞く耳を持っていない。泥棒行為を阻止するには、鎖を付けて拘束するか、柵の中に閉じ込めるかするよりない。いずれにしても、犬は喜ばないだろう。

「ヒットラーといちばん相性のいいのは、ナオヤ、おまえだからさ」

〈こんな調子のいい叔父さんを持つ甥は不幸になるもんなんだ〉とぼくは思った。まあ、〈不幸〉と言うほどではないにしても、〈不都合なことになる〉程度の被害は被るようなのだ。

ぼくは気を取り直して、ヒットラーの様子を観察してみた。ワグナーの音楽が好きなところは、本物のヒットラー総統にそっくりだが、これは叔父さんのワグナー好きが影響していたのかも知れない。〈ローエングリン〉とか〈タンホイザー〉がお気に入りのようで、ヤツが落ち着かないでいる時には、レコードでこれを聴かせると効果があるらしい。ぼくは〈夕星の歌〉を掛けてやりながら、鎖につながれて、不貞寝しているグレートデンを見つめた。鼻が乾いているのに、大量の鼻水が出ているようだ。鼻水はともかくとしても、鼻がこんなに乾いているのはよくない。ぼくは、とりあえず、こうして中庭にしょぼくれているヒットラーを野原に連れ出してやることにした。大型犬は拘束しておくと、不満がたまっておかしくなるのだ。運動不足になるだけではなく、精神的にも腐ってしまう。

ぼくは変な考えに取り付かれる。〈ハイル・ヒットラー〉が弱ればドイツが危ない。もしもドイツが戦争に負ければ、お次は日本が狙われ、〈白熊〉のソ連が黒竜江を越えて来る心配が現実のものになる。それは恐ろしいことなのだ。

白熊なのかと誰かが叫んでいる。本当は赤熊なのでは、なんて……、そうか確かに赤軍と言うからね。でも、ぼくは白熊の方がいいと思うのだ。赤い熊なんていないはずだから。

ああ、こんな飛躍した考えに耽ってみても、ぼくが今できる確かなことは、ヒットラーに自由を満喫させてやることぐらいなものだった。

柄は大きいが、ヒットラーはまだ子犬なので、草原をぼくの投げたボールを追いかけることに夢中だった。女郎花や桔梗、それに薊《あざみ》や撫子の花々が群れ咲いている原っぱを、体を波打たせながら走り回っていた。ぼくは草原に寝そべり、ヒットラーに下着泥棒を止めさせる手だてを考えてみる。〈なぜなのだろう〉と犬の気持ちになってみるが、原因は分からない。靴や草履を盗む子犬はよくいるが、下着収集家になってしまった犬の話は知らない。してみると、彼はかなりユニークな存在なのではないか。寝ころんでいるぼくの鼻先に撫子の花が咲いていた。何匹もの蜜蜂が、その花に群れている。

〈おまえらは、蜜の収集家なんだな〉とぼくは妙に感心して蜂たちの動きを見つめた。〈確かに下着泥棒よりいいぞ〉。ヒットラーよ、どうか下着泥棒は止めてくれ。おまえの品性よりも、叔父さんの権威が下がるのだ。

草原を駆け回るのに飽きてきたヒットラーが、寝転んでいるぼくのそばにきて、「バウ、バウ」と吠える。ボール遊びをしようと誘っているのだ。ぼくは思い切り遠くまでボールを飛ばしてやった。犬はボールに追いつこうとして焦っていた。

野原の真ん中にポプラの並木があった。その並木の向こうは川だった。並木が風に揺れている。その梢越しに鵲の群れが飛んでいる。川端に黒い牛が草を食んでいる。とても静かだった。火薬の燃える臭いはしない。深呼吸をしてみると、川の水の匂いに混じって、若草の香りがした。

「ハイル・ヒットラー」の号令一発、ヒットラーはアジア号さながらに一直線に駆け戻り、ぼくの前で仁王立ちになって、例のポーズを作った。叔父さんにそっくりの顔付きになっているのが不思議で仕方ない。大きく開けた口から唾液まじりの息が吐き出され、胡麻くさいにおいが漂う。左腕がぼくの肩口をつかみ、爪を立てているので、まるでぼくの方がヒットラーの家来みたいになった。

「ヒットラーよ、お願いだから下着泥棒だけはやめろよ、ヒットラー総統の品性がなくなるからな、おまえもドイツの本物並みに、髭だけは立派なんだしさ」

するると、グレートデンは「バウ」と吠えた。生真面目な顔付きが笑える。

こともあろうに、その裕樹叔父が、『下着泥棒』の疑いで警察署に連れて行かれたのは、ぼくが九歳の夏休みの出来事だった。世の中には、全く予想外のことが起きる。

その日、たまたまぼくは叔父さんの「五キロ」にある家に遊びに行っていて、猟銃を磨いている叔父さんの手伝いをしていた。叔父さんはぼくを連れて山奥の鹿狩場まで出かける準備をしていたのだった。ぼくの〈仕事〉は銃床を糠袋で磨く作業だった。銃身の鉄の部分は叔父さんが手入れする。

「どうだい、ナオヤ、これで赤鹿が撃てるかもな」と笑いながら言い、銃身をしごく。叔父さんは、その日、好きなワグナーのメロディーを口ずさみながら、とても上機嫌だったのだ。

「赤鹿は無理かも」。ぼくは軽くいなしたつもりだった。

「そんなこと言うなよ、先々が暗くなるぜ」

「そうだけど」とぼくは口ごもった。

ノロなど小型の鹿はいくらでもいるが、大型の赤鹿は年に一、二度ぼくの家のそばに現れるだけの珍しい動物なので、それが姿を見せた時には、町中が祝祭的な雰囲気に包まれ、猟師たちが猟犬を駆り立てて大騒ぎになるのだった。

ぼくはこの夏休みに叔父さんと「二十二キロ」の森林地帯へ狩猟に行くのが楽しみだった。その辺りは人跡未踏の原生林になっていて、父の勤めている近藤林業公司の木材伐採の拠点にもなっていた。木材運搬用のトロッコに乗って、父のいる「七キロ」から「二十二キロ」まで二時間ほど掛けてトロッコで登るのだった。狩猟用の銃や水筒、それに自炊用の鍋や調味料など、いろいろ準備して、ピクニックに行くような浮き浮きした気分でぼくは心がはやっていたのだった。まさかそんな時に邪魔が入ろうとは予想もしていなかった。

外で車の駐まる音がして、数人の足音が近付いてきたと思うと、直ぐにドアがかなり乱暴に開き、五人の警官が玄関に立っていた。裏庭で犬が吠えていたので、警官の叫ぶ声がほとんど聞こえない。

「丸山裕樹はいるか」と警官のひとりが怒鳴った。「署まで連行する」

「何の話かね」と裕樹叔父はとぼけ声で聞いた。

「おまえが丸山裕樹に間違いないな」。警官は紙切れを叔父さんに渡し、いきなり手錠を掛けた。

「何をしたってんだね、このおれが」

「つべこべ言わずに行くんだ」

他の四人の警官が叔父さんを取り囲み、猟銃を取り上げると、玄関の外へ押し出した。

「すぐ帰るから、犬を頼む。鎖骨をよく洗ってやれよ。それに〈ジークフリート〉を聴かせてやってくれ」と叔父さんはぼくに言い残して車で立ち去った。

ぼくは道端に立ちすくみ、ガソリンのにおいを嗅ぐ。叔父さんを乗せた車が小さくなっていく。こうしてぼくの鹿狩りの夢は蝋燭の火が燃え尽きるように消えてしまった。

何という日なのか。一続きの不幸の連鎖の始まりなのだろうか。目には見えない灰色の影……。叔父さんが警察に連行されてしまったために、成り行きで、ぼくはヒットラーと叔父さんの丸木小屋に〈拘束〉されてしまった。楽しみにしていた叔父さんとの鹿狩りがふいになったばかりか、犬のお守りをさせられるという最悪の夏休みになる。だいたい、なぜ叔父さんが連行されねばならなかったのか、その理由が分からない。真相を確かめるためには、警察署まで出向かねばならないが、横道河子の警察署までは五キロ強あるので、歩いて行くには時間がかかる。近藤林業のトロッコは木材搬出のためのものなので、山から木材を満載して下る場合は人間の乗る余裕はない。当時は電話の設備も限られたところにしかなく、当然叔父さんの小屋にはそれはないので、ぼくは事情を母に連絡する手だてもない。

だから、その時のぼくの立場は、結果的には〈家出人〉か〈無断外泊者〉に近かった。

仕方なく、ワグナーの歌劇をレコードで聴きながら、叔父さんの食べ残したパンとスープで夕食をすませ、ヒットラーにもミルク入りコーンスープなどを与えて、叔父さんの寝床に潜り込んだ。すると、ヒットラーまでが、ベッドに入ってきた。

「ヒットラー、おまえはそこで寝ろよ」とぼくは言って、床を指示するが、犬はそれを無視してぼくにしがみついてくる。

「お願いだからさ、ちょっと離れろよ。おまえの体温がユタンポみたいになるんだ」

これが真冬の夜ならば大歓迎なのだが、真夏とくれば事情が違った。ぼくは両手と両足を突っ張って、ぼくの倍以上体重のある相手を排除しようとした。グレートデンは岩か壁のようにびくともしない。むしろ、ぼくがふざけているのだと誤解したのか、一層強くしがみつき、前脚でぼくの体を完全にブロックした上に、長い舌で顔を舐めるのだ。胡麻くさいのはいいのだが、生暖かい涎には困る。〈叔父さん顔〉が板に付いていて、何だか変な感じだった。〈婚礼の合唱〉が流れると、不思議なことに、犬はかなり穏やかな叔父さん顔になった。

ワグナーの曲が分かる犬などどの世界にもいないのではないかとぼくは思う。それにしても、ヒットラーは、ぼくを舐めきっていた。力の差が支配の原理だった。ぼくは汗と涎にまみれた屈辱の一夜を過ごすことになった。ひょっとすると、ヤツの意識の中では、ぼくは〈第三の男〉なのかも知れない。当然のように、ヤツは〈第二位〉にのし上がっているのだ。

翌朝になって、ぼくの〈無断外泊〉を心配して、母が、森林警察隊の護衛つきで、馬車に乗って小屋まで様子を見に来た。

「おまえも、とうとう匪賊に誘拐されたのかと思ったよ」と母が言った。「身代金の要求にはいっさい応じられないけどね」

「つまり、見捨てられるわけ」とぼくは言った。「意外と冷静だね、かわいい子供がいなくなっても」

「どこかの勘違い男がいてもおかしくないかも」と母は笑った。「それより、裕樹叔父が痴漢容疑で捕まったのよ、オドロキ、モモノキでしょ」

「えっ、そんなの変だよ」とぼくは母に言った。「下着泥棒のことならさ、ヒットラーが真犯人なんだから」

「でも、近所のロシア人が見たって言うのよ」

「下着を泥棒している叔父さんを」

「そう、ヒットラーに盗らせているのを」と母が言った。

「まさか」

いつまでも小屋にとどまるわけにはいかないので、森林警察隊の馬車に乗せてもらい、「一キロ」まで下ることにした。ワグナーのレコードを三枚だけ無断拝借して、ヒットラーの身柄を預かり、ぼくの家に連れてきたのだった。とんだ夏休みになりそうだ。主人がいなくても平気な顔をしているグレートデンの、どでかい面が憎らしくなる時がある。ヤツはぼくを見下しているのだ。

「おまえのせいなんだぞ、叔父さんが捕まったのは」とぼくは犬を罵倒した。「下着泥棒の馬鹿犬め、反省して、謹慎しなくちゃダメじゃないか」

ヒットラーは目をキョロキョロさせただけで、〈反省〉などしている風はない。〈犬の耳にも念仏〉という諺を作りたい気がした。

でも、どでかいヒットラーをワグナーの楽曲漬けにして、家の中で飼うのは、それが懲罰的な謹慎であるにしても、大変なことだったから、ぼくは朝から近くの川に犬を連れ出し、水遊びばかりしていた。お陰で、ぼくも泳ぎがうまくなる。それまで頭を水の中に入れて潜るのが苦手だったのが、ヒットラーの後追いをしているうちに、いつの間にか潜り名人になっていた。まあ、学校の宿題はできなかったが、水遊びの面白さだけはたっぷり堪能したことになる。深い川底で顔を合わせると、ヒットラーの目が異様に輝いていて、しかも口を開けているせいもあって、頬がふくらんでいた。まるで巨大な怪魚みたいなのだ。この川には、かなり大きな雷魚という奇怪な魚もいて、時たま出くわすこともあるが、そんな雷魚でもヒットラーの怪異な面持ちには負ける。それでも、矯正係のぼくとしては、ヒットラーが下着よりも魚が好きになってくれたので、ホッとしているのだ。自然の矯正力はたいしたものだった。確かに下着泥棒よりは、魚取りの方がヤツにも健康的で面白いに違いない。時々、虹鱒を咥えて浮かび上がるヒットラーを発見する。ヤツはその魚を独り占めして食い尽くそうとするので、ぼくは〈ハイル・ヒットラー〉と叫んでやる。ヤツは魚を草原に放り出して、ぼくのそばに駆け寄り、例のポーズを決めた。左前脚をぼくの右肩に掛けて後ろ脚で立ち、右手は招き猫のようにぼくの鼻先に突き出す。「よし、よし」とヤツの頭と鎖骨を撫でてやり、ぼくは素早く魚を魚篭の中に隠した。ヒトラーは忘れっぽい性格らしく、草原に落とした魚の行方までは深く追求することもなく、また川に飛び込んで別の獲物を追い出すのだった。

すぐそばにある水車小屋の爺さんに、ぼくはよほど暇な子供だと思われたらしい。小屋の窓から顔を出した爺さんは、「よく遊ぶね」と満語で言って笑った。ぼくは少しムッとして彼を無視していた。

「別に遊んでるんじゃないよ。爺さんの仕事みたいなことをしているだけなんだから」と言い返すことはしない。悔しいけど満語ができないからだ。

泳ぎ疲れると、ヒットラーは水車小屋に入り込み、息を弾ませながら水車の回るのを不思議そうに眺めていた。

「よく遊ぶ犬だね」と爺さんは、また笑っている。

もしかすると、この爺さんの顔には笑顔の仮面が張り付いていたのかも知れない、とぼくは考えた。少しだけ怖くなった。

それから三日ほどして、ひょっこり叔父さんが我が家に現れた。

「ヤツにワグナーを聴かせながら、よく鎖骨を洗ってくれたかい」。叔父さんは笑っていた。

「何てたってワグナーは偉大だからな、グレートなヤツにはふさわしい」

「それよりさ、警察はどうなったの」

「それなんだがな、馬鹿ばかしくて話にもならんよ」と叔父さんは真顔になった。「下着泥棒を仕込んだのはおまえのはずだときた」

「目撃者がいたとか」と横から母が聞いた。

「要するにだ、これはおまえには難しい言葉だがさ、〈別件逮捕〉と言ってな、おれを捕まえる口実を考えてるんだよ、警察は」

「そうなんだ」

「おれがヒットラーに泥棒を仕込んでいるなんてフィクションを勝手気ままに作ってさ、そんな趣味はないと、いくら説明しても聞かないいんだよ。逆に下着泥棒になる犬はいないと決めつけるわけだ」

「とんだ災難だったね」と母が笑った。

「だいたい、グレートデンを飼うのが、そもそも怪しいと疑うんだ」

「なぜグレートデンがいけないんだろう」

「護身犬だからさ」

「愛玩犬ならいいわけかね」と母が言った。

「柴犬や狆なんてのは嫌いな叔父さんだもんな」

叔父さんはぼくの肩を叩いて、腹の底から笑った。

「ナオヤも犬博士だけあって、よく分かってるな」と叔父さんはぼくをおだてた。「しばらくして、刑事はおれにこう聞くんだ。『最近誰と会っているのか』ってな。猟師仲間や陶器を買いに来た近所のロシア人の名前を答えると、いきなりおれの横面を殴って、『そんなはずはないだろう』ってくるわけだ。つまり、満鉄調査部の誰かと『会っていた』と吐かせたいんさ。何人かの名前を挙げて、『知ってるな』ときたもんだ」

久し振りに主人に出会えたヒットラーは、体を叔父さんにすりつけて喜んでいる。〈第二位〉は〈第一位〉に対して、敬意と恭順を体で訴えていた。髪や髭まで犬の涎だらけになりながら、叔父さんもまんざらでもない表情をしてみせた。

ぼくは、少しすね加減になって、魚篭からヒットラーの戦利品を出して母に渡した。夕食のおかずの一品に焼いた紅鱒が出た。もちろんヒットラーにもその分け前はいったが。

「すごいじゃない」と母はほめてくれた。ぼくが捕まえた魚なのだと信じているようだ。

「まあね」。ぼくは、後ろめたくなり、弱々しい声で答えた。

「この独裁者は、かなりの仕事人でもあるらしいな」と叔父さんは笑っていた。

母が怪訝な顔付きをした。「何だか、今の叔父さんの顔、ヒットラーにそっくりね」


やがて、叔父さんは下着泥棒の汚名を吹き払うために、「五キロ」近辺のロシア人部落を離れ、山奥に小屋を建てて移り住むことになった。ぼくの家から九キロほど離れている山奥なので、馬車に乗って行くだけで半日がかりだった。引っ越してからかれこれ半月になる頃、母も叔父さんのことが気掛かりになったので、様子を見にぼくと一緒に山道を森林警察隊の馬車を頼んで登った。造りかけの丸木小屋は、まだ屋根が半分しかできていない。もう一ヶ月も掛かりっきりらしいが、何しろ孤軍奮闘なのだから容易ではないようだ。

ぼくらの姿を見つけて、ヒットラーが小屋から跳ね出してきた。飛びつかれると大変なので、「ハイル・ヒットラー」と叫んで静かにさせた。もうほとんど胡麻のにおいはしない。

屋根から下りてきた叔父さんは、例の通りに陽気だった。

「豪邸にようこそ、ご両人」

「雨が降れば困るね」とぼくは言った。

「心配ないよ、この辺はしばらく大丈夫」

「空を見てれば分かるんだ」と叔父さんは言うのだ。

ぼくは話題を変えることにした。

「ロシア人から逃げてきたの」

「おまえ、人聞きの悪いこと平気で言うなよ。〈君子危うきに近寄らず〉って言うんだ、これは」と引っ越しの理由をぼくに説明した。

「君子って誰のこと」。母は笑っていた。「それって引用が変よ」

その時のぼくには、叔父さんの言葉そのものがさっぱり理解できなかった。

「不便になるね」

「だから、乗用のロバを買った」

小屋の軒下にしょんぼりと突っ立っているのは、かなりくたびれた黒いロバだった。

「馬ではないの」

「うん」。叔父さんは頭を掻いていた。「できればさ、それがよかったけどな」

ぼくは貧乏な叔父さんに、それ以上恥をかかせないようにした。

ロバの名前は〈ロシナンテ〉だった。

「ヤツらの長ったらしい名前は短くひとつにして、〈ロシヒト〉と呼んでくれ」と叔父さんが言った。「どうだい、〈ロシヒト〉なんて、天皇みたいな名前だろうが」

ロシナンテとヒットラーを詰めた命名だった。

「そうかな」

「まあ、それはいいよ、どうでもな。でもさ、ここはな、素晴らしくいいところだよ」と叔父さんは言った。「見晴らしがいいし、水もうまい。その上誰にも遠慮せずに歌が歌えるんだ」

叔父さんは大声で〈夕星の歌〉やロシア民謡を歌ってくれた。

「ほら、山が拍手して谺《こだま》を返してる。電気がないけど、ランプでたくさんだよ」

「真っ暗な夜は怖くないか」とぼくは聞いてみた。

「とんでもない、満天の星と語り合えるんさ。それに時々は仏法僧が鳴く」

「狼は大丈夫」

叔父さんは曖昧に笑っていた。

ぼくら親子は一晩叔父さんの小屋に泊まることにした。

谷川のそばなので、水の便はいい。さっそくドラム缶の風呂を沸かしてくれ、ぼくは星を見ながらそれに入った。山の尾根から吹き下ろす風がひんやりしていた。すぐ近くで夜鷹が鳴き出すと、不思議な声の蛙も喉を鳴らす。

風呂から上がって、ベッドで寝ていると、谷川の水音が連続する音楽のように聞こえる。ごくわずかながら、大地が小刻みに震えた。

「どうだ、ナオヤ、山は生きているんだよ」と叔父さんが言った。幸いなことに、その夜はヒットラーがぼくを無視して、叔父さんにしがみついて、雷のようないびきをかいている。


叔父さんは、ぼくの家まで月に一回は降りて来た。陶器の売り出しのためと、日常の生活用品を買うためだった。ロシナンテに乗っている叔父さんほど滑稽なものはない。従者役のはずのグレートデンの方が押し出しがいいので、釣り合いが取れないのだ。年寄りロバは疲れ切って、よたよたしていた。

「こいつはな、今は老いぼれで、膝が笑っているが、素敵な特技があるんだぞ」と叔父さんはロバの肩を持った。

「どんな」とぼくが聞いた。

「死んだ振りをして動かなくなるんだ。本当に死んだかと思う位にうまい。体がコチコチに硬くなって、梃子でも動かない。そうなった時、ヒットラーがロバをお立ち台にして、『ハイル・ヒットラー』をやるんだ。これは見物《みもの》だぞ。とにかく、死んだ振りのロシナンテは最高傑作だ」

「でもさ、本当に死んだらどうするの」とぼくは水を差した。

せよ」

「聞きたくないぞ、そんなこと」。叔父さんは、急に不興気になる。「死ぬなんて言葉は死語に

特技と言えば、ヒットラーには〈ハイル・ヒットラー〉以外にも、キノコ取りの名人芸があった。松茸を大量にくわえ込んで来て、叔父さんを茸商人に化けさせるという技だった。ヤツの鼻の力は絶大な効果を発揮する。ヒットラーのお陰で、叔父さんは金持ちになったと噂された。とにかく下着泥棒の汚名は晴らされた。

学校がしばらく休みになった時、ぼくは叔父さんに頼まれて煉瓦積みを手伝うことにした。山の傾斜を利用して、登り窯を造る計画だった。小さい窯は他にあるのだが、それでは間に合わなくなったらしい。既に半分位はできていたが、煙道に当たる部分は未完成だった。ぼくの役割はロバ車と犬車に煉瓦を載せて運ぶことだった。ヒットラーも叔父さんに調教されているらしく、五十個位は積める二輪車を曳いた。ロバは四輪で二百個ほどを一気に運ぶことで、グレートデンを四倍見下していた。それでも、プライドの高いヒットラーはいつもロバ車の先を行き、威張り腐った顔付きをしていた。下りはぼくがヒットラーの車に乗った。すると、ロバは憮然とした様子を露骨に示して、わざと道草を食ったりしていた。

こうして、三日ほど経った頃、登り窯が完成して、叔父さんは、「めでたいこと」とひとりごちてから、川に向かってピストルを撃ち込んだのだ。すると川面に血が浮いてきたかと思ったら、何と体長が二メートルほどもある姫鱒が上がった。それを見て興奮しているヒットラー

を押しとどめて、急いで水に飛び込んだ叔父さんは、獲物を抱きかかえて岸にはい上がり、すぐにそれを調理した。

「乾杯」。叔父さんはひとり嬉しがり、手回し蓄音機で「トリスタンとイゾルデ」を掛けながら、ビールの祝杯を挙げ、ぼくには山葡萄で作ったジュースをくれた。ロシナンテには葛の葉を与え、ヒットラーには姫鱒の頭を恵む。これでおのがじし満足の夜のはずだった。

ところが、深夜、ぼくらが寝ていると、ヒットラーの態度が悪くなり、落ち着きなく部屋中を徘徊し、時々唸った。よくは分からないが、小屋の外に緊迫した雰囲気が感じられた。ぼくは異変に気付き、ランプに灯を入れた。ロシナンテも体を震わせ、床板を蹄で叩き、耳をあちこち動かしているようだ。すっかり酔いつぶれている叔父さんは、大鼾をかいて熟睡していた。

やがて、小屋の壁をガサガサひっかくような物音がし始め、ぼくは懐中電灯を照らして銃眼を兼ねた窓の外を窺った。小屋の前の原っぱに、ギラギラ青白く光る目が見えた。それもざっと数えても五十個はあり、ぼくは息が詰まる。目の群れが重なり合いながら拡大していた。そのうちに、屋根の上をドタドタ歩き回る音がし始めた。

「大変だ、狼が来た」とぼくが叔父さんの耳元で叫ぶと、

「うるさい」と怒鳴り返して、叔父さんはぼくを無視しようとした。

「狼だよ、狼、小屋が取り囲まれている。このままだとぼくは食べられちまうよ」

「いいから、ほっとけ」と叔父さんがとぼけた声で言い、寝返りを打つ。「おまえはいつから

そんな弱虫の〈狼少年〉になったんだ」

　ぼくは、困り切ってしまう。「いいから」というのは、「食べられてもいいから」という意味に理解した。これはとても大変なことだったので、ぼくは震えた。小さい頭をフル回転させ、一計を案じて、「ハイル・ヒットラー」と叔父さんのそばで叫んだ。走り寄ってきたグレートデンが、叔父さんの脇に突っ立って、ポーズを取る。「よし」という解除命令が出ないので、犬はそのポーズを解かない。すると、おびただしい涎が叔父さんの顔に掛かった。

「臭い、臭い」と叔父さんは怒鳴りながら起き上がり、震えているロバを見た。「何だい、ロシナンテのオナラかと思ったら、ヒットラー、おめえの涎か、この恩知らず」

「よし」と叫んでヒットラーを自由にしてから、ぼくは叔父さんに向かって知らせた。「狼が来たんだよ、大群の狼」

「なんだ、〈狼少年〉はナオヤだったのか、これで三度目だな」と叔父さんは言った。「誰にも信用されなくなるぞ」

　その時、外でものすごい唸り声がして、同時に、屋根の杉皮をはぐような物音が重なった。

「夢じゃないのかい。それにしても、白熊軍団ではなくて、狼部隊かい」。叔父さんは跳ね上がり、壁の銃架から猟銃を手にして銃眼に駆け寄ると、銃身を外に突き出して〈ガン、ガン〉と撃ち出した。火の玉がカーブしながら暗い草原をかすめ、火薬の臭いが小屋中に漂った。ロバが喘息気味に咳き込み、銃声に反応したヒットラーは、やたらに駆け回り、「バウ、バウ」

と吠えた。普段は静かなはずの夜の底が喧噪に包まれた。

　叔父さんの尻にもようやく火がつき、四方の銃眼を飛び回り、やたらにめくら銃を撃っている。発射音の〈ガン、ガン〉に続いて、〈ヒューン、ヒューン〉という空気を切り裂く音が波状的に連続した。弾に当たって息絶えた狼は、仲間が引きずって行く。死体を残さないのではなく、どこかで共食いの対象にするためだった。

　しばらくして、振り向いた叔父さんが、顎と目でぼくに指示して、緊急の松明を棚から持ち出させ、それに火を点けると、窓を開いて外の闇へ投げつけた。草原の枯葉が燃えだし、辺りは急に明るくなった。狼の群れは、引き潮のように火に追われ逃げて行った。

「助かったな」と叔父さんは髭の中で少し笑いながら言った。「柔らかくてうまそうな甥が食べられずにすんだ」

「引っ越そうよ、こんな危ないところから」。ぼくがそう言うと、叔父さんは本格的に笑い出した。

「おまえ、そんな小心者の叔父がいいのか。狼を恐れておれが逃げ出すとでも思うんかい」

「でも、いつか食べられるよ」とぼくは真剣に忠告した。「堅くてまずいだろうけどさ」

「あいつらはこの辺にテリトリーがあるわけじゃない。旅の流れ者みてえなもんさ。移動の途中で偶々通りがかっただけだよ」と叔父さんは説明した。「第一、ここへ移って来たばかりで、新しい窯も捨てて逃げろなんて、よくもそんなくだらんことが言えるな」

ドアを開け放ち、火薬の臭いを追い出しながら見上げると、遥かシベリア松の原生林の上に白い半月が掛かっていた。ひんやりとした森の精気が肺を満たす。夜明け間近の静寂が、辺りを占め、わずかに視界が開けた。

ぼくのそばをかすめるようにして、犬とロバが先を争いながら駆け出して行った。草原の火は、もう炎は消えているが、いくらか枯葉がくすぶっているようだった。急に冷気を吸い過ぎたのか、ロシナンテのくしゃみが止まらない。

せっかく造った登り窯は、一度も使われないでいるうちに、叔父さんに〈赤紙〉が舞い込んだ。役場の徴兵係からそれを渡された母が、声を忍ばせながら泣いていた。一九四四年十月三日のことだった。いやな役目が回ってきて、役場からわが家に届いた書類を山小屋まで届けるのがぼくの仕事になった。父の勤めている会社の馬車を出してもらい、十キロの山道を飛ばした。山道をよぎる何頭ものノロ鹿の群れを見た。ドストエフスキーにそっくりの白系ロシア人の馭者は、とても無口な質の人で、終始一言もぼくと言葉を交わすことがない。日本語を知らないロシア人と、ロシア語が分からない日本人の組み合わせなので、仕方のない状況だった。

ぼくには〈赤紙〉の意味が分からなかった。〈臨時召集令状〉と聞いてもぴんと来ない。ただ母が泣いているからには、あまりよくない報せが書いてあるものなのだろうと見当を付けた。母が一緒に来ないのは、少し狡いような気がした。

小屋が見え出すと、すぐにヒットラーが駆けてきた。戸口の前には、喘息がまだ治らないらしいロシナンテが咳き込んでいた。

「来たか、犬博士」。叔父さんはいつものように陽気に構えてぼくを迎えた。厚い麻の前掛けを身に着けて、赤い粘土をこねている最中だった。「何かおれを幸せにするええ話があるのかい」

ぼくはそれには答えず、母から預かってきた書類を差し出した。すると、叔父さんから笑顔が消えた。目が狼のようにつりあがり、こねていた粘土を地面に叩き付けた。

「ちくしょうめ、なんちゅう間の悪さだ」と叔父さんは叫んだ。「みんな無駄なんかよ、せっかくのこの粘土も」

「どうしたの」

「つまり、おれがな、天皇の命令で兵隊にされるんだよ」

「嫌なら、嫌と断ればいいよ、紙切れなんか破り捨ててさ」

「それはいい考えだな」と言いながら叔父さんは少し笑った。「できればな」

「無理矢理兵隊さんになるの」。ぼくは聞いた。

「逃げるか、死ぬかだ、こいつを無視するにはな。でも、おれはまだ生きていたいし、卑怯者にもなりたくないんだ」

それに対して、ぼくは何も言えなくなった。陽気なのが叔父さんの看板みたいなものだったから、ひどく陰気に落ち込んでいる姿は見たくない。

「さあて、どうするかだな」。叔父さんは、くしゃくしゃの頭を抱えながらぼくの顔を見つめた。「とうとう、おれも〈さまよえる日本人〉になっちまったな。ヤツらを世話してもらえるかい」

〈ヤツら〉とはロシヒト、つまりヒットラーとロシナンテのことだった。

「またかよ」とぼくは答えた。「おまけのロバまでも」

「いやなのか」

「できるかどうか分からない、ぼくはまだ子供だからね」

「大丈夫さ」と叔父さんはきっぱりとした口調で言った。「犬博士のおまえだから、おれも頼りにしてるよ」


その週末には牡丹江の部隊に入隊するために、叔父さんはぼくの家に犬とロバを連れて現れた。ワグナーのレコードもロシナンテの背中に乗っていた。

「召集は招集ではない」と叔父さんは母に向かって言った。「招かれたのならいいが、この召はな、天皇の軍隊に呼び出されたのだよな、べらぼうめ」

「確かに、天皇に召されたのよね」

「たった一枚の紙切れでさ」

「いやな時代だね」と母が答えた。

「毎度で悪いが、ナオヤ、ロシヒトをよろしくな」と叔父さんはぼくの顔をのぞき込みながら言った。「ヒットラーの鎖骨磨きは怠るなよ。それにロシナンテはかわいそうな喘息持ちだから、煙に注意して、毎日ブラシを掛けてやってくれよな。でないと、毛がフェルトになって、皮膚病に罹るんだ。おまえだって皮膚病と喘息を両抱えのロバの世話では困るだろうからな。それと、食事のことだが、朝夕の二食でいいよ。ヒットラーは朝はパンと牛乳、ハムかソーセージを二百グラム位、ロシナンテは土手の草でいいが、夕方、塩を大匙一杯やってくれ。クローバーはいいが葛ばかりだと腹が張るので、なるべくいろんな草を食わせろよ。それから、分かってると思うが、時々はワグナーを聴かせてやれよ。音楽は空気みてえなもんで、人生の何の役にも立たないが、慰めにはなるんだ。いいか」

「それはいいけど」とぼくはロシヒトを人間並みに意識している叔父さんに答えた。「いつ帰るの」

「まあ、一ヵ月か、それ位だろうよ」

「分かった」。この時点で、ぼくは大変な安請け合いをしてしまったのだ。辺りにきな臭い匂いがしていた。

軍服を着た叔父さんは、髭も髪も落としていたので、馬鹿に若く見えた。

「似合ってるよ」とぼくがうかつにも言ったのがいけなかった。

「とんでもねえ見当違いだ。おまえはおれの心を読めないのか」。叔父さんは怒鳴った。「裸になった方がましなんだよ。我慢してるだけだ」

白樺の林に囲まれた横道河子の駅前広場は、出征兵士を見送る人々でごった返していた。日の丸が振られ、万歳が三唱され、威勢のいい激励の挨拶と、それに応える新兵候補たちの角張った言葉が交わされていた。

叔父さんの番になり、ぼくはドキドキして耳を澄ましていたが、マイクを取り上げた叔父さんは、突然、「おれは、おれだ」と怒鳴り、「天皇のためには絶対死ねないぞ」と付け加える。役場の徴兵係が叔父さんの口を押さえるようにした。居合わせた憲兵隊員が「不敬者」と叫んだようだが、群衆のどよめきの声にかき消された。

その時、不思議なことには、ぼくは耳の底に〈ワルキューレの騎行〉が流れているように感じられたのだ。それは、目の前に展開されているいろいろな情景とは全く別の世界のもので、宇宙の果てから静かに漂ってくる音の波だった。

ぼくと目が合うと、叔父さんは少しはにかんだように笑った。


ぼくは〈扶養家族〉が増えて、毎日が大変になった。犬もロバも街中では野放しには出来ないので、物置小屋を改良して、そこにぼくも二頭の動物と一緒に寝泊まりした。二頭とも朝の目覚めが早く、薄暗いうちから納屋の中を動き始める。「バウ、バウ」と吠える犬。「ウイーイ、ウイーイ」と啼くロバ。ロシナンテはとても気だてのいいロバなのだが、喘息持ちなので、よく咳をする。発作が始まると二十分位は治まらず、床に顎を打ち付けながら咳き込むので、夜中にそれをやられると、ぼくも犬も飛び起きてしまうのだった。あいにくと〈タンホイザー〉を掛けてやっても、音楽に趣味のないロバには効果は期待できない。あいにくと〈ドン・キホーテ〉の曲はないので、ロシナンテのためには不運だった。困ったぼくは、近くの薬局へ行き、薬剤師の爺さんに相談してみたが、「さあな、ロバの喘息に効く薬なんてのは聞いたこともないぞ」と言って、薬を処方してはくれない。仕方ないので、発作が始まると、ぼくはロバの背中を懸命にさすってやり、〈ロバの耳にも念仏〉なのだが、子守歌などを耳元で歌ってやる。もちろん、丁寧にブラシを掛けてやり、毛がもつれてフェルト状になるのを防ぐことも怠らない。発作が消えると、ロシナンテは優しい目になり、ぼくに向かって〈ウン、ウン〉と頷いてみせた。「ウヒー、ウヒヒー」と叫ぶヤツのへんてこりんな鳴き声から推定すると、どうもかなりの音痴らしいのに、不思議とモーツァルトの〈子守歌〉だけは好きなようだった。「眠れロシナンテ、庭や牧場にロバや羊も、みんな眠れば……」と歌ってやると、ヤツは目を細め、耳を垂れて喜んでいる。相棒の犬は、「フン」と言いたそうな顔でロバを見下げていた。

ヒットラーの癖は、臭い物や部分を気にすることだった。自分の肛門や陰部に対するものであるうちは問題ないのだが、それが終わるとロバの尻に関心を持つようになり、時にはぼくの尻まで舐めたがるので困るのだ。

「止めてくれ、ロバの尻を舐めた口でぼくを舐めるのは」

ヒットラーは言葉の意味を解さないから、ぼくの意見にはお構いなしに攻めてくる。ぼくは、切羽詰まって奥の手を使い、〈ハイル・ヒットラー〉を連発して、犬に例のポーズを取らせながら、何とか関心を逸らそうと苦心する毎日なのだ。力関係で言えば、最下位にいるのがぼくだった。頭の働きだけで勝負がつく間はぼくの優位は揺るがないが、場合によっては彼らの理不尽な力に圧倒される。昨夜もそれでやられ、よく眠れなかった。ロバの喘息の発作がきっかけで、寝ていたぼくは、ロバの蹄で腰を蹴飛ばされた。そこへモソモソ起き出したヒットラーが寝間着のズボンを器用に引きはがし、下着の上から尻を舐めるのだ。〈踏んだり、蹴ったり〉という言葉があるが、ぼくの場合は〈舐めたり、蹴ったり〉となるわけだ。この〈受難〉も、〈召されて〉兵隊に取られている叔父さんのためだと思って、じっと我慢した。

この奇妙な共同生活にも、わるいことばかりではなく、いいこともあった。十月の満洲の夜は、もう冬の寒気が入り込む。それなのに、二頭の動物の体温に温められて、ぼくは快適な毎日なのだ。寝ている時の二頭はそばにいるだけで、癒された。大きなヌイグルミを抱いている幼児みたいなものだ。二頭の心音がぼくに伝わる。鼻息の荒いのはロバだが、夢にうなされて赤子のような声を出すのはヒットラーの方だった。そんな時、ぼくは自分のことを世界でも稀な〈幸せなロシヒト王子〉だと想像してしまうのだった。

やがて、厳寒の冬が来た。シベリア颪が吹き荒れ、粉雪が舞った。川は凍り付き、その上を馬車が走った。馬の睫《まつげ》や口に小振りの氷柱が下がった。家々の煙突からオンドルやペチカの煙が上がった。ペチカジャングイ（「一キロ」在住の日本人家族の雑用をするために雇われている中国人）が忙しくなった。

その頃、友人に誘われて、その友人の父親が経営しているホテルに一泊したことがあった。ひと晩中友人とゲームに興じたり、四方山の話をして過ごしたせいで、翌朝は疲れ切っていた。やっとの思いで家に辿り着き、自分のベッドに倒れ込んでいたが、小半時の猶予もなく、母からロシヒトの面倒をみるように言われてしまった。

叔父さんからの預かり物のことを思い出し、ぼくは急いで納屋に入ってみた。ヒットラーが汚れたでかい顔で近付いてきた。ロシナンテは少し遠慮がちに鼻を鳴らして見せた。とりあえず運動させるために二頭を川端に連れ出した。

引き綱を外してやると、二頭はそろって河原を駆け出していた。凍った川筋を全速力で走るグレートデンに対して、ロバは川岸の枯れ草の中をゆっくり駆けていた。二頭の口から白い息が吐き出される。零下二十五度ほどなので、走っていないと、靴が大地に張り付いてしまうので、ぼくも走りながら二頭を追いかけた。昨夜の疲れが残っているので、ぼくはふらふらしていた。ぼんやりしているので、注意力も減退しているらしく、枯れ草に隠れた道のくぼみに足が取られて転び、鋼鉄のように硬く凍った大地に膝を打った。倒れたままのぼくの顔をのぞき込むようにしてヒットラーが唸った。ぼくがふざけているのだと思ったようだ。

「進め、ヒットラー」と檄を飛ばし、犬を走らせた。

しばらくして、二頭ともくたびれたらしく、走るのはやめて、ぼくのそばに寄ってきていた。

「バウ、バウ」とグレートデンが吠えた。食べ物をくれと催促しているらしい。

ぼくは、二頭にまた引き綱を掛けて納屋まで連れて行くと、餌を与えてやり、ブラシをかけてやった。鎖骨を丁寧に洗ってやると、暇になったヒットラーがロシナンテの尻を舐め始めた。ぼくはここを潮時とみて、納屋から脱出した。被害がぼくまで及ばないように用心したのだった。


この田舎町・横道河子にも、きな臭い臭いが漂っている。周りの山野で銃砲の音がし始めた。爆竹や花火の音なら、耳にもなれているが、銃砲のそれは不気味だった。田舎の平凡で平和な暮らしの中に異形の音がささくれ出す。そんな不安な日常の中で、ぼくには叔父さんから托された犬とロバの世話という「特別任務」があった。早朝からこの二頭の散歩に付き合わされるのだが、関東軍の兵士たちが、河原のあちこちに塹壕を掘っているので、以前のように自由に二頭を走らすことも出来なくなっていた。

ある日、「一キロ」の社宅に常駐している軍属の葦河さんに話をして、河原のあたりを警備している伍長に頼んでもらい、ぼくの抱えている困難な事情を訴えて、兵士のいる塹壕のそばを動物たちを駈けさせることが出来るように配慮してもらった。もちろん走り回れる範囲は制限されていたが、かなり広い草原と、河原だけではなく、川の中を動きまわることも許可された。犬とロバの調子を見て、野原や河原だけでは足りない場合は、川を泳がせるようにした。ぼくは犬とロバを川の中で遊ばせながら、岸辺で釣りを楽しむゆとりも出来た。ヒットラーは水潜りが得意なので、すぐに川に飛び込み、姫鱒探しに夢中になったが、ロバの方は泳ぐのは苦手だったので、浅瀬でゆっくり歩き回ることができるだけだった。ぼくも彼らに水浴びをけしかけた以上は、川に入らない訳にはいかなくなった。春の終わりとはいえ、まだ水はかなり冷たいので、グレートデンのようにもぐることは出来なかったが、ロバの後をついて回り、水遊びみたいなことをしていた。例によって、水車小屋の爺さんから「よく遊ぶね」と声を掛けられても、ぼくは無視していた。時々、水面から浮き上がってくる犬に「ハイル・ヒットラー」と命令を下し、その「戦利品」の姫鱒や鯉を手早く魚籠に納めた。我が家の晩食のおかずは十分に確保できたので、ぼくも母に褒められそうだった。

散歩が終わると餌の時間だった。ロバは土手の草を食べさせるだけでもすんだが、グレートデンには肉とコウリャンめしを食わせなければならなかった。肉の代わりに姫鱒の頭を与えると、ヒットラーは「バウ、バウ」と異議を唱えた。「口が奢った犬ね」と文句をつけながら、母は、雉子の肉や猪の骨をヒットラーに食べさせた。

食事が済み、一段落が付くと、次には毛繕いの時間が回ってきた。二頭の体にブラシを掛けるのもかなりの重労働だった。特にロシナンテは毛がもつれやすいので、毎日隅々までブラッシングする必要があるのだった。二頭とも、ブラッシングされるのが好きだった。ロバは鼻を鳴らしながら「ウン、ウン」と頷いた。グレートデンは偉そうに横様にひっくりかえって、背中から腹、首の周りを撫でさせた。撫で方が粗雑だと「もっとしっかりやれ」とでも言いたげにぼくの足を蹴りつけた。第二位はぼくを見下しているのだった。

「早く叔父さん、帰ってきてよ」とぼくは毎日祈っていた。

その叔父さんからは一度だけハガキが来た。〈おれは黒竜江沿岸の警備に当たっていて、元気でいるが、ロシヒトたちはどうか。ヒットラーは鎖骨をよく磨け。ワグナーを聴かせることも怠るなよ。ロシナンテには無花果を与えよ〉

それにしても短い文だった。ぼくやぼくの家族のことは何も心配していないのが、不可解で憎たらしい。まあ、いかにも叔父さんらしいとも言えるけれど。〈無花果なんてどこにあるんだ〉とぼくは不審に思った。春が過ぎようとしているこの時期には、無花果を手に入れることは不可能なのだ。それに、第一、ロシナンテに無花果は何の意味があるのか、ぼくには見当も付かない。それに、満ソ国境の最前線にいるはずの叔父さんには、もっと何かソ連軍の不穏な動きが感じられていてもおかしくない状態だったのに、手紙にはそのかけらも付着していない。

何かが少しずつ変わりつつあった。非日常的な戦争の匂いが漂っていた。目には見えない何かが……。目を閉じると、校舎や校庭の周りを動きまわる関東軍の姿が見えてくる。それは平時には見られなかった非日常的な動きであった。ぼくは毎朝窓の外の景色を眺めていた。柳や白樺の疎林……。いつものように鵲や野鳩の飛び交う空が目に入った。遠くの山並みは薄紫にかげり、時には霧がまいていていた。

過ぎて行く季節の向こうに、うっすらとした予感のようなぼんやりとした動きが映る。

四月になると、さすがのシベリア颪も勢いが衰え、寒さも緩んでいたが、幾日も晴れの日が続いていているせいで、辺りの空気がかなり乾いていた。ペチカの暖房の効いている室内はことさらで、夜のうちにベッドの周りに洗面器いっぱいの水を撒いておいても、目が覚めると喉や鼻などの粘膜がいがらっぽくなっているほどだった。初春とはいえ、満洲の四月は、まだ冬将軍と春の女神が戯れあっている頃なので、時には零下十度ほどの寒い日もある。それでも日差しは穏やかになり、日照時間が増えていたので、春の近づく気配が感じられ、確かに三月に比べれば、かなり暖かくはなってきていた。

朝、ぼくはいつものように窓を開け放って、室内に溜まった濁った空気を追い払い、外の新鮮な風に入れ替えようとしていた。そういう時、二重になった窓の仕組みは、かなり煩わしいもので、内側の方は簡単に操作できても、外側はしっかり凍り付いており、動かすのが容易ではなかった。ガラスに張り付いた氷の華が、折りからの淡い陽光を浴び、唐草模様や蛇紋など、直線と曲線の入り交じった抽象文様を、銀色に浮き出していた。

真鍮の止め金を外し、観音開きの窓枠を外側へ軽く叩きながら開いた。寒気が鋭い針先をぼくの顔に向けながら押し寄せた。吸い込むと肺に刺さりそうに冷たいのだが、眠気をとばすには都合がいい。

近くで小鳥の鳴き交わす声が聞こえるが、庭先の楡《にれ》の梢を透かして目を凝らしてみても、黒い色を底に秘めた深い碧色の空が広がっているばかりで、どこにも鳥影はない。どこからか薪を燃やす煙のにおいが漂ってきた。

大興安嶺から吹き下ろす強い風が吹き荒れる横道河子の四月……、冬将軍の鎧の陰から春の女神のピンク色の裳裾がちらついている……。

第３章　復活祭

古い教会

復活祭には、ぼくの家族は毎年高橋家から招待されていたが、その年〈一九四五年〉の復活祭にも、ゾーリンの馬車に乗って、「四キロ」のタチヤーナの家まで出掛けた。正教徒のロシア人にとっては、一年の中で一番重要な日が復活祭だった。この日は佐竹陽子の一家や森崎正一郎も招待されていた。都合八人が乗る馬車なので、引き馬も三頭付いていた。実は馭者のゾーリンも招待者の一人で、彼は教会での儀式で、聖歌を歌うことになっていた。

小川に沿って続く、曲折を繰り返す変化の多い道だったので、馬車はかなり激しく揺れた。子供たちはそれが面白いと思い、はしゃいでいたが、大人たちは我慢しているように見えた。特に喘息持ちの佐竹波子は酔いやすいので、少し貧血気味になり機嫌が悪かった。その傍らで、ぼくの父と佐竹の父とは、会社の話題で盛り上がり、子供たちはトランプをしながら勝った負けたで騒いでいた。

「一キロ」の社宅から「四キロ」のタチヤーナの家までは、直線距離にすれば、三キロしかない計算だが、道路は曲がりくねり、しかも上り坂なので、体感的には倍以上の道程だった。樅や樫、欅や朝鮮松などの原生林が生い茂った暗い森を抜け、ようやく平原に出ると、真っ赤な唐辛子が干してある朝鮮人部落の中を通り過ぎた。すると、間もなくタチヤーナの家が見えてくる。

白い木の柵に囲まれた丸木造りの家の前で、タチヤーナがいつもよりおしゃれをして待っていた。大人たちは家の中に入り、マリアや省三〈タチヤーナの両親〉と挨拶を交わしていたが、子供たちはタチヤーナに誘われて、裏庭に回り込み、大きな欅の木に作り付けてあるブランコに乗って遊んだ。陽子とタチヤーナが邦子を挟んで座り、正一郎とぼくにブランコを揺らすように指示した。三人乗ると、その重みで、揺らしにくいが、陽子にけしかけられてぼくら男組は必死でブランコを揺らした。

「駄目ね」とタチヤーナに言われ、ぼくらは恥をかいたが、ぼくと正一郎が乗ると、ブランコはひとりでに揺れた。

タチヤーナが電動モーターのスイッチを入れたことがばれた。

「ずるいな」と正一郎が怒ったが、タチヤーナは笑っている。モーターで揺れるブランコはとても乗り心地がよかった。

「天地が動くよ。景色も……」と正一郎はご機嫌だった。

白樺の林の向こうに白い屋根の教会が見えた。その入口の辺りが派手なロウソクで飾られていた。

ボルゾイ犬がタチヤーナの後を追ってきた。細い顔と少し垂れ加減の目……。おとなしい犬だった。飲み物を入れたケースを持って、マリアさんが庭に出て来た。ぼくたちは蜂蜜入りのリンゴジュースを飲んだ。そこへ省三と父が鉄砲を抱えて現れ、「猟に行きたい者は付いて来い」と誘ったので、正一郎とぼくはブランコを降りて、二人の大人の後を追った。ボルゾイも猟犬として付いてきた。邦子たち女の子三人はブランコ遊びを続けていた。

「何が獲れるの」と正一郎が聞いた。

「それは分からん」と省三が答えた。「分からんから面白いんだ」

「虎や狼がいたらどうするの」

「出るかも知れないから愉快になる」

「怖い話だな、おれは狼が嫌いだよ」

「虎ならいいのか」と省三が言った。

「いいはずないさ、食べられちまうから」

「その時はな、おまえを餌にして、俺たちは逃げる」と父が言った。

「それは困る」。正一郎は青くなった。

「ひとりの犠牲がみんなを助けるのだ」

「なぜおれなんだ。他の誰かでもいいのに」

「一番小さな犠牲で、一番柔らかそうなのは誰かな。そう、おまえしかいないよ」

やがて、湿地帯のそばに出た。鴨らしい水鳥の群れが見えた。すると、省三の鉄砲が火を噴いた。一斉に群れが飛び立った。ボルゾイが駆け出し、水際の一羽をくわえて主人のもとへ運んできた。

「もう終わりか」と正一郎が震え声で聞いた。

「これからが見物《みもの》だよ」と省三が答える。ボルゾイを連れて、彼は走りだし、山手の方へ姿を隠した。

しばらくして、草むらから何か黒っぽいものが飛び出してきた。

すると、父の鉄砲が鳴り響いた。

目の前に猪が横様に倒れ、悲鳴を上げながら暴れている。山側から出て来た省三が二発目でそれを仕留めた。

「三十キロ以上あるな」と父が言った。

「もっと重いぞ」

二人の大人は縄で猪の四肢を縛ると、木の枝にそれをつるし、互いの肩で支えて運んだ。ぼくは鴨を持たされ、蹌踉《よろ》けながらその場を引き揚げた。

「虎や狼はもう出ないか」と正一郎が後ろを気にしながら歩いた。狩りは終わった。

ブランコ遊びに飽きた女の子たちは、室内で綾取りやお手玉をしていた。


夕方になり、少し早めのディナータイムになると、テーブルに料理を用意してから、高橋一家は別室に行ってしまった。正教徒のしきたりで、異教徒とは食事を共にしないらしい。正一郎と陽子の一家とぼくの家族は、一緒においしいロシア料理を頂いた。父と陽子の父はウオトカとワインが飲み放題だった。波子と隆子も、少しワインを飲んでいた。

ボルシチというピーナッツに野菜〈トマト・にんじん・ジャガイモなど〉と猪肉を混ぜ合わ

せて煮たスープが出て来た。

「あの猪か」と正一郎がぼくの顔を見て言った。

「鴨ではないな」

卓上には円筒形のパンケーキが置かれてあり、それをナイフで切り分けて食べる。蜂蜜とシロップ、それにバターとチーズの味がきいた、少し甘いパンだった。ミルクとコーヒーのポットもあり、テーブルの中央には大きなサモワールもあった。各自が飲みたいものを自由に選ぶことが出来る。春巻きを揚げたようなピロシキという料理が運ばれてくると、邦子が歓声を上げていた。しばらくすると、キュウリのピクルスと彩色されたゆで卵が籠に盛り付けられて出て来た。その後にいよいよあの鴨の丸焼きが登場すると、正一郎が馬鹿に嬉しそうにしていた。料理を運ぶのは、高橋家に雇われている中年の満人女性だった。

ゆで卵の殻は画用紙に貼り付けてモザイク絵にして遊んだ。ぼくの居眠りしている顔をタチヤーナがモザイクで写生した。

暗くなると、高橋家から出て、近くの教会に出掛けた。教会は真っ暗だった。わざと電灯を点けないらしい。祭壇を飾るようにして細く小さな蝋燭が、いくつもぶら下げてあった。そのほのかな明かりで信徒たちが正教徒としての儀式を行っている。もちろんアルコールは禁じられているので、ウオトカやワインを口にした父たちは中へは入れない。高橋一家は白いガウンに身を包みクロスを胸に付けて参列していた。ロシア語で神父の説教があり、聖書の一節が読み上げられると、聖歌隊が賛美歌を歌うのだった。その一団の中に、馭者・ゾーリンの姿が見える。しかも、ソロの部分は彼が歌っている。教会の広い空間を振るわすように響きのいいバスの声だった。普段は無口な馭者だったが、革命前のペテルブルグではプロの歌手だったらしい。口ひげの整った体格のよい馭者で、日本語は全くできないが、ぼくらに対しても、いつも礼儀正しく気品のあるひとだった。あだ名は〈貴族〉とロシア人仲間に呼ばれている。ロマノフ家の時代は貴族だったのかも知れない。

儀式が終わると、暗い教会の中から正教徒たちが、神父から与えられた小さな蝋燭を掲げて静かに外へ出てくる。その蝋燭にはいろいろな色の飾り紐のようなものが付いていた。

一行は無言だった。各自の家に入るまでが、儀式の一部なのだろう。

高橋家に着いた時には、信徒たちは玄関で何か聖句のような言葉を呟き、それが終わると、いつもの生活に戻った。正教徒は赤い服に着替える習慣があるのか、タチヤーナの一家は赤頭巾に赤い服、赤い靴下に赤い靴を履いている。部屋中が晴れやかになる。タチヤーナはボルゾイにまで、赤頭巾と赤胴衣を着せたので、正一郎に笑われている。大人たちは、ミルク入りの紅茶を飲みながら、チョコレートを口にし、しばらくおしゃべりをしていたが、やがてワルツの音楽に合わせてダンスを始めた。

子供たちは、別室に移り、マトリョーシカ合わせを始める。二十個のマトリョーシカをバラバラにして、元の組み合わせを競う遊びだった。ほぼ大きさが同じマトリョーシカなので、正しい組み合わせはなかなか分かりにくい。邦子も含めて、子供たちは夢中になって遊ぶ。この時ばかりはタチヤーナも陽子も、幼い子供に返った。組み合わせがおかしなマトリョーシカが出来ると、大騒ぎになる。邦子と正一郎は、うまく合わせられずに困っている。結果は、一位がタチヤーナ、二位は陽子、三位にぼくが入り、正一郎と邦子はゼロだった。

祭壇の周りには、教会から持ち帰った蝋燭がぶら下げられている。わずかな空気の動きにも敏感によじれながら揺れるので、動きが見える。マリア像の彫刻のあるところの両側には、これも真っ赤な直径五センチもある蝋燭が立てられている。

ぼくらは時間を計って、タチヤーナの一家に招待の礼を述べ、お土産のロシアケーキの紙包みを持って外に出る。ゾーリンの幌馬車に乗り、来た時の道を引き返した。三頭の馬の肩辺りにある木製の枠にそれぞれランタンがぶら下げられているが、道を照らすには光量が不足していた。

「馬は夜でも目が見えるから」と父が言った。小川の流れの音が聞こえている。川の向こうは森と草原だった。森の奥では仏法僧が鳴いている。

『怖いな』と正一郎が怯えている。「虎や狼が出るかも」

大人たちは黙っている。谷川から冷たい風がながれてくる。

「襲われたら、どうする」

「また、正一郎の臆病風が吹いているな」と父がいなした。「犠牲の順番に狂いはないぞ」

「おれより邦子かな」

「そうはいかないよ。届の順序はおまえが先だから」

「柔らかくてうまそうなのは邦子だよ」

「だからさ、順序が決まっているから」

「虎が出たら、方平さんの猟銃が爆裂する。それでもだめなら、これを投げつけるのさ」と佐竹陽子の父が言った。「さすがの虎もこれにはお手上げさ」

「これって何だい」

「手榴弾さ。関東軍が使っている手榴弾なんだ」

幸い、その夜は銃も手榴弾も無用だった。

「ピストルもあるぞ」と父が言った。「なにかあったらおれに知らせろ」

「叔父さん、おれを守ってくれ」。正一郎が言った。

「おまえとかぎらずにな」と父が答えた。

でこぼこ径に車輪を取られて、馬車がひどく揺れた。かなり勾配のきつい径なのに、馬は突進していた。時折ゾーリンの鞭が鳴った。彼は鼻歌を歌っていた。ぼくらの鼻歌とは違って、ゾーリンのは響きがあった。正一郎は、「森の悪魔がうなっている」と言って怖がっている。ぼくは少しも怖くはなかったが、どことなく寂しげな歌だと感じていた。

四月とはいえ、肌寒い風が吹き付ける。幌がなければ凍えたかも知れない。喘息持ちの波子はかなり寒がっていた。

「この火鉢が救いの神よ」と彼女が言い、マリアさんが用意してくれた火鉢にしがみつく。

「アベマリア」としゃれてみせる。

馬鹿に静かにしていると思って振り向くと、邦子が馬車の中で熟睡していた。


七月になり、大地に太陽の光が溢れ、午後の九時を過ぎても薄明るい日があった。朝一寸法師ほどの蓬《よもぎ》が、夕刻には幼児の背丈ほどに伸びていた。それはまるですぐれた魔術師の仕業に似ている。

辺りの山や野原がたちまちのうちに草木に覆われ、それまでは鋭角であった景色が、一様に丸みを帯びてきた。緑の氾濫……。草原や林の繁みをかき分けるように進んでいると、木の葉や草のにおいにくるみこまれる。刻々と変化していく自然の勢いに圧倒されて、ぼくは詐術にかけられているような気がした。朝夕の温度の差が、しばしば二十度を超えるので、着衣をそれに合わせるのに忙しい季節だった。

しかし、このような変化はいつもの自然の移り行きの一部でもあって、殊更に珍しいことには当たらなかったが、それとは無関係に人為的な騒々しい動きがぼくの周りに暗い影を広げつつあった。

横道河子の静かな乾いた田舎道を軍靴が土埃を上げながら行き来し、野原や丘の辺りでは、終日射撃の音が絶えなかった。嗅ぎ慣れない火薬の臭いが町の中を漂い、辻々や広場などには、関東軍の兵士が屯していて、「一キロ」の会社の社宅には数人の将校が住み着くようになった。「一キロ」から「四キロ」にかけての野原や丘には、いくつもの塹壕が掘られ、ぼくの住んでいる社宅の周りを取り巻く匪賊避けの高い柵の外側に広がる湿原にまでも、一般人の立ち入りが禁じられるとともに、夜の八時以降の外出が制限され、ぼくの通っていた小学校の校庭が、兵隊たちの休む場所になっていた。小学生の教科の授業は削られ、教練や薬草採集などの時間に交換された。高等科の生徒たちは、体操の時間を銃剣術や匍匐訓練に変えられて、毎日軍属の指導の下に汗を流していた。

松根油を採るために何百人もの中国人の労務者が、牡丹江の近辺から徴集され、「十五キロ」から「二十五キロ」にかけての山奥の森林地帯に送り込まれていた。ぼくの家のそばを通る引込線を走る貨車のむき出しの車台に、連日満載された労務者の姿が見られ、その逃亡を防ぐための武装した森林警察隊のロシア人隊員が目に付くようになった。

「一キロ」の厩舎は、通常は百頭から三百頭ほどの馬が収容されていたが、七月に入ってからは、ほとんど労役（または軍役）のために出払いとなり、わずかに乗用の数頭が小屋の隅に残っているだけだった。町の日常にかかわりのない警察隊や軍関係のひと、それに労務者などが流れ込み、静かな田舎町がにわかに騒々しくなり、雑然とした活気を帯びていた。

横道河子は避暑地として満洲の東北部では名の知れたところであり、夏の賑わいは例年のことでもあったが、きな臭い臭いが漂っている点で、この夏はいつもの場合とは違っていた。治安維持のために、関東軍の駐屯を歓迎する邦人も多かったが、小川に続く小径までが立入禁止の区域になって、魚釣りの楽しみを奪われてしまったぼくには、日毎に不満が高まっていった。

ある朝、門の辺りに人々が集まって騒いでいるので、人垣の後ろから覗き込んでみると、門柱のそばに死体が仰向けに転がっていた。紫色に腫れ上がった顔の真ん中に、天を睨むかに見開かれた目があった。はだけた白いシャツの胸の辺りに、赤黒い血のにじみが見えた。徴集されて遠方からやって来た中国人の労務者が、途中で貨車から逃げ出して、森林警察隊に狙撃されたのだとの噂だった。

夕刻になって、また別の筋からの情報が入り、その男は抗日地下組織の一員で、取り調べの際に憲兵隊に虐殺されたとのことだった。

どちらが正しいのか、真相は霧の彼方にあったが、いずれにしても横道河子が平穏な場所ではなくなったことを証左する象徴的な事件だった。

ぼくは外出を控え、ロシヒトの世話をする以外には、家の中に篭もって、専ら本の世界に馴染んでいた。バイコフの『ざわめく密林』やロシア人の軍人の書いた『ウスリー地方探検記』

は、何回も読んでいた。シベリア虎やデルスウ・ウザーラは、昼夜を問わずぼくの身近にいた。とりわけバイコフの小説の世界には、溺れるほど浸かっていたのだった。横道河子の郊外には、彼の旧宅が残っていたので、その家まで出向いたこともある。バイコフの家の窓辺に佇み、目の前に広がる青黒い山並みを見つめ、樹海の中を悠然と歩き回る王大虎と呼ばれていた東北虎の雄姿を夢想したりした。

めったにはないことだが、朝早く目覚めると、半ば衝動的に川の流れが恋しくなることがあった。社宅の敷地を離れ、匪賊除けの塀を超えると、薄暗い野の小径を、ぼくはしばらく進み、急に息が切れ、草むらに倒れ込み、息を殺していた。苦しかった。喉が渇いている。水筒の水を二口ほど飲んだ。それから、隙をみて川の方へ脱出し、流れに沿って進んだ。東の空が白みはじめ、夜明けの間近なことを知らせていた。丘陵や草原のあちこちに塹壕やトーチカの輪郭が見えた。兵隊たちの眠りを覚まさないように、静かに歩いた。

いつも釣り場にしている岩場にたどり着くと、ぼくは岩の上に寝ころび、しばらくは動悸の治まるのを待っていた。体中に夜露と草の汁が付いていた。

岩のそばを流れる川は、まだ薄暗く翳っているところが多かったが、それは岸辺の草や木の繁り具合に相対しているようで、丈高の植物が立っていない辺りの水面には、白い空の色が仄かに映っていた。やがて、小鳥の鳴き声が聞こえ出す。

岩には夜の間の冷えが貯えられていて、それがほてった体の熱を適度に冷却していた。頭上を覆う大きな柳の木の枝は、葉の繁りが密になっていて、その広がりが網の目状のベールを空に掛けていた。渦巻き流れる水の音に重なる目覚めたばかりの五十雀の囀り……。明けようとして明け切れぬ大地は、一様に色褪せて黒っぽい漠然とした広がりを見せているだけで、湿地の中の地の底からにじみ出ているはずの水や、ひっそりと咲いている谷地蕗の花々もすっかり消去され、楊柳《ようりゅう》と白樺の区別も定かではなく、遠くの山脈の襞さえも稜角を丸く削られて、全体にぼんやりとしていた。

数分過ぎた頃、一発の銃声が辺りのしじまを破った。日常の時間の流れに投じられた石つぶてが、一つの波紋となって広がり、たちまちのうちに流れの奔流に呑まれていた。

「嫌な音だな」。ぼくは呟いた。「血の臭いがする」

そこで、思考が途切れた。風が爽やかなのに、頭の中の霧は霽《は》れなかった。

ぼくは明るんできた空を見ていた。西の方から黒い微小な斑点が舞ってきた。それは次第に拡大してゆき、渦巻きうねりながら空全体を占めた。鵲《かささぎ》の群れだった。餌場をめざして重なり合い、上下に振れながら、鳥たちは捻れ合って飛んだ。けたたましい鳴き声と松籟のような羽音が、川の流れの音を消し去り、辺りは再び夜に返ったように暗くなった。ぼくは岩の上に上体を起こして天を仰ぎ、数分の間その飛翔を見守った。

騒ぎが収まると、もう朝の明るさになっていた。紫色の遠い山脈の彼方から、巨大な太陽が昇ってきた。

「オオ・ソレ・ミオ」とぼくは歌った。

遠くで機関銃の発射音が続いた。

「日本人も集団だな。鳥たちと似ている」。ぼくは呟いていた。「広い大陸の中では、わずか一握りの日本人だけれど、はみだしては生きられない」

ふと、ぼくは、兄の芳樹のことを思った。地下組織に通じて中国人のために力を貸そうとしているらしいぼくの兄の生き方は、いわば日本人としての集団から逸れようとする意志的な行為だった。ぼくの目の前を流れる水は渦を巻いていた。見つめていると、求心力のようなものが働いて、その中へ引き込まれそうになる。

しばらくして気付いてみると、辺りの朝靄がすっかり消えていた。

岩場を離れ、ぼくはまた川沿いの小道を、水車小屋の方へと駆けていった。明けてからは、時間が経つにつれて銃声がしきりになった。密生した蓬や葦の繁みのために、行く手は見定められず、草のトンネルの蒸れた緑の匂いの漂う中を、闇雲に突き進んだ。

やがて、藪から丈の低い草原へ出て、急に目の前が開け、川縁の水車小屋の近くに出た。水車はいつものように、弾みのある音を立てながら静かに回っていた。水車の羽に陽光が反射しながら散乱し、水滴が散った。歯車の軋る音が反芻する牛の喉の音のように聞こえた。

小屋の中を覗いてみると、若い中国人が、半裸になって小麦を粉にしている。顔見知りなので、ぼくが声を駆けると、粉屋は粉にまみれた顔を突き出し、短い言葉を返してきた。直径が三メートルもありそうな巨大な石臼が地底からの呻き声のような低くて重い音を立てながらゆっくりと回っていた。その石臼に挽きつぶされているものは、小麦粉だけではないような気がする。

「何だか間延びのした時間がここにあるな」とぼくは思った。

ぼくは休まずに小屋のそばを抜けて、目指す〈鈴蘭の丘〉の方へと進んで行った。水車の音が次第に遠退き、ひょろ長い柳の生えた疎林が近付き、間もなく丘の麓に踏み込んでいた。

溢れる緑の中に、その丘は緩やかなスロープを見せて続いていた。鈴蘭は既に花の季節を過ぎて、幅広の葉が重なり合って地面を隠していたが、そうした鈴蘭の優勢な葉の茂みの中にも、よく見ると、丈の低い躑躅《つつじ》の木があって、紫や紅の花々が密やかに咲いていた。

丘の頂上の一角に立って、ぼくは四囲の状況を観察した。「一キロ」の方向に、〈王大の丘〉の黒い岩が、蒼い空を限っていた。その位置からは、〈王大の丘〉はいかにもそれらしく猛虎の横顔に見えた。辺りは朝焼けの反映で奇妙に明るんでいた。とりわけ夜露に濡れた岩肌には太陽の光が砕け、虎の額の辺りが血のにじみのように赤く染まっていた。

視野を広げて「四キロ」の方に目を移すと、白樺や栃の木に朝鮮松などが混じり合った林に遮られて、集落のある辺りまでは見えなかった。麓から吹き上げる一陣の風が、足元の鈴蘭の葉を次々に薄白く裏返していた。青と白が混じり合い渦巻きながら風の通り道を示している。

ロバの引きずるような鳴き声が、風に乗って運ばれてきた。水車小屋の窓が開き、男の白い顔が覗いた。彼は煙草をふかしているらしく、かすかながら煙が小屋の庇を掠めて動いているのが見えた。筋肉質の長い腕を振って合図している。

急に、ぼくはロシヒトたちのことを思い出した。もう納屋では動物たちが目覚めて、暴れ出している頃だった。ぼくは慌てて径を引き返していた。

第4章　さらば横道河子

横道河子駅舎　戦後に建て直されたもの

夏休みだったので、晴れた日には、例によって正一郎と川へ行って遊んでいた。軍隊が河原に駐屯しているために、以前のように無制限に動物たちを走り回らせる訳にはいかなかったが、兵士の許可を得ている範囲だけは、ロバたちを自由にさせることが出来た。ロシヒトたちは散歩が好きだった。河原でロープを張ったり、土塁を作ったりして障害物競走などにも興じた。犬とロバは、得意になって野原を跳ね回った。ぼくも正一郎と一緒になって、障害物を二、三度飛び越してみたが、じきに疲れてしまい、それからは専らロシヒトの「運動会」を応援する側になった。レースを途中でリタイヤするマラソン選手のようないくらか淋しい気持ちはあったが、奴らの運動会は、見ているだけでもはらはらさせられたり、驚いたりする瞬間もあり、目で楽しむことはできた。とても愉快な気持ちになれた。

それにも飽きると、動物たちを川に放して泳がせ、自由にさせてから、正一郎と魚釣りをしたり、本流に繋がっている細い小川に入り込み、ザルでドジョウやコブナなどをすくったりしていた。時には、ロシヒトのまねをして水の中に浸かって、水の精になったような気分で川下りをしたりして遊んだ。学校の束縛から解き放たれ、自由を満喫できるのが嬉しかったのだった。そうして流れに身を任せていると、時々、水鏡に映ったぼくの未来が見えるような気がした。その川は、川幅が広いところでも十メートルほどしかないが、幅百メートルもある牡丹江という大河につながり、その牡丹江はやがて幅数百メートルの黒竜江に合流しているのだった。黒竜江とはロシアではアムール河とも呼ばれ、そこが満ソの国境になっていた。時々、まだ見たこともない遠くの雄大な河の広がりが全身の皮膚を通して感じられることもあった。

横道河子から満ソ国境の町・綏芬河《すいふんが》までは、東北へおよそ二百キロほどの距離だったから、航空機ならば数十分で到達できるはずなのだ。今になって思えば、ソ連邦との距離はかなり近いことになるから、もっと緊張感が漂っていたとしても不思議ではなかったのだが、十歳のぼくにはそんな危機意識はなく、気楽なだけの日常に浸かりきり、ただ流れの中でもまれているだけで、特別の意志があるわけではなかったのだった。完全な受け身の状態での、あてどのない呑気な浮遊感……。そんな水遊びに疲れると、岸辺の岩に上って甲羅干しをしながら何となく空を見上げていた。大陸の空は、見つめ続けていると、その蒼い色に体が染められそうなほど、どこまでも高く澄んでいたが、それとは裏腹に、なぜかぼくの内部には、泥水のようなものが溜まっていた。外と内との、このアンバランス……。正体のはっきりしない漠然とした何かが、確かにぼくの内部に渦巻いていた。しかし、もとより、その時のぼくには、未来の起こるべき凶事を予感するような能力はなかったのだから、ただの感傷癖に浸されていたわけでもないので、強いて言えば空の蒼い色そのものに、ぼくを原初の悲しみに誘う魔力が秘められていたのかも知れない。

ぼくの住んでいる社宅の一部には、関東軍の将校たちが出入りし、学校の体育館や校庭などにも兵士が常駐するようになった。父の勤めている会社の木材運搬用の専用引込線には、軍馬を満載した貨物が続々と入り込み、社宅脇の厩舎には三百余頭の馬が犇《ひし》めくようになった。材木を引き出すための馬ならば、五十頭ほどですむはずだったから、このような数の多さは異様な感じがした。馬たちの群れには、圧迫感があった。非日常の姿が、厩に凝縮されたような気がした。ぼくらは厩遊びの楽しみの場を奪われていた。いつの間にか街に兵隊が溢れ、耳を澄ませば、軍靴の足音がする。

そんなある日のことだった。正一郎とぼくは、厩に近づけなくなったので、厩遊びはやめて、川縁に出かけて、川遊びをしようとして、中庭で魚釣りの準備をしていた。

門外の坂道から足音が聞こえてきて、門のところに、白に薄墨色の差し毛のあるロシア馬に乗ったタチヤーナが、突然現れた。陽子のところに遊びに来たのだった。約束し合っていたらしく、陽子が庭に出て来ていた。それから、何かしゃべり合った後、二人はカントーラ（事務所）の前のベンチで、綾取り遊びを始めた。しばらくしてから、タチヤーナに、ぼくが声を掛けて川遊びに誘うと、間もなくタチヤーナの馬に乗せてもらって、陽子もぼくらに付いてきた。納屋で退屈しているロシヒトも連れて行った。

馬から降りた二人は、草原に馬を放して、ぼくらに近付いてきた。それを見て、ロシヒトも馬を追うように河原を駆け出して行った。

「私たちは何すればいいの」と陽子が言った。

ぼくと正一郎にそれぞれ予備の竿があったので、それを女性ふたりに貸して四人で魚釣りをすることにした。

「魚釣りなんて久しぶりね」。陽子が明るい声で言った。

「釣れたらグレートデンに上げようかな」とタチヤーナが笑っている。

「自給自足だから、あいつの心配はいらないよ」とぼくが答えた。

川の向こう岸から続いている広い湿地帯には、いろいろな水鳥が群れている。鷺の類のほかに鴫や鴛鴦《おしどり》、白鳥もいた。数種類の鴨たちも賑やかに水遊びをしていた。

「鶴はいないね」と正一郎が言った。

「先日空を飛ぶのを見たよ。もうどこかへ渡っていったのかも」とタチヤーナが答えた。

小振りなフナしかかからなかったが、四人はそれで満足していた。小魚を川に返し、四人とも何となくぼんやり川の流れを見ていた。話は弾まなかった。学校でも教練や薬草採りに追い立てられ、小学生としての落ち着いた日常がなくなっていた。

「戦争がなければいいけど」と陽子が呟いた。

「焦臭い感じがしないか」。ぼくは言った。

「どういう意味」と正一郎が問いかける。

「戦争の臭いさ」

「おれたちも白鳥になれればいいのに」

「そうすれば、逃げ出せるものな」

それから、四人は動物たちを中庭へ戻してから、近くのロシア人墓地まで行った。

「神様にお祈りしよう」とタチヤーナが言った。「どうか戦争になりませんように……」

いくつもの十字架の並んでいる墓地は、とても静かだった。クチナシやリラが咲いている。リラはもうすがれかけていたが、クチナシは盛りだった。花木だけではなく、供えられている色とりどりの生け花に溢れていた。花に囲まれていると、落ち着いた気持ちになれた。天国とは、たぶんこんなところなのだろうと思った。


ぼくは胸騒ぎがしていた。週末の夕方、赴任先から家に戻って来た父が、「ここも危なくなって来たぞ」と言い出すようになった。「おまえも、ロバと犬にかまけてばかりはいられなくなるかも……」

ぼくは軽く聞き流していたが、それからあまり間をおかずに、父の予言が当たることになった。

「ワルシャワがソ連軍に包囲されているそうだぞ」。そんな噂が大人たちの間に囁かれ出すが、ぼくにはぴんと来ない話だった。第一、ワルシャワがどこにあるのか、それをソ連軍が包囲したことが、どんな意味を持つのか、よく分からないからだった。

ぼくは日々二頭の動物の世話に追い立てられていた。取り分け、ロバの餌さがしに困っているところだったのだ。枯れ草や藁の蓄えは底をついていた。野原にはいくらも草は生えているが、兵士たちが禁止区域を広げて取り締まっているので、草原に入れない。ぼくは仕方がなく、三日に一度、山へ登って木の葉をかき集めてきた。それにフスマやモロコシ滓を混ぜて、何とかロシナンテを養った。ヒットラーはぼくと同じものを食べさせればいいので、楽だったが、母は大食漢の犬に困り、ブツブツ言っていた。

「子供が三人増えたみたいよ」

運動不足は健康によくないので、例によってぼくは朝早くから二頭を野原や山に連れて行った。いずれの場所も侵入区域が軍隊によって限定されているので、以前のように自由気ままに遊ばせることは出来ない。それでも、二頭は喜んでいた。もつれ合うようにして駆け回り、時にはゴロゴロと横転したりする。腹を見せて咳をしているロシナンテの上を障害物競走の馬のように飛び越えて行くヒットラー……。谷川縁に着くと、二頭は並んで水を飲んだ。顔先を流れに差し入れて吸い込むロバと、平たい舌で水面を舐めている犬。草原に倒れて死んだ振りをする黒いロバの腹に、遠慮もなく乗る焦げ茶色のグレートデン。不可思議で、平和な光景だった。彼らには、戦争の影は全くない。

〈ヒットラー総統が自殺したらしい〉という噂が広がると、父や母は暗い顔になる。ワルシャワが陥落し、ドイツがソ連軍に対し無条件降伏をしたということだった。三国同盟を結んでいた日本としては、このヨーロッパ戦線でのドイツ軍の敗北は、唇が消えて、歯がむき出されるようなものだった。夏なのに興安嶺から吹き下ろす風が歯に沁みる。いやが上にも満ソ国境の緊張が高まり、黒竜江沿岸に暗雲が広がる。ぼくは叔父さんが危ないと直感した。

その頃、日本本土が米軍による空襲で、東京が焼土化されたとの噂が流れたが、情報から隔絶されていた満洲の片田舎の横道河子では、本当のことは分からなかった。子供心には、遠い内地のことよりも、近くのソ連軍の動向の方が心配になっていた。それでも、最後の頼りになるのは、東洋一と言われていた関東軍だったので、その総司令部のある牡丹江にほど近い、ぼくらの住んでいるこの横道河子は、万が一の危機に陥っても、守りの方は盤石のはずだと父も母もそう思っていた。既に精鋭部隊は南方に転移し、頼みの関東軍が〈張り子の虎〉になっているという事実は、一般の邦人には巧妙に隠されていたのだ。

八月九日に満ソ国境を越えてソ連軍が侵攻してきたとの知らせは、八月十一日頃になってぼくらに伝えられた。間もなく、〈牡丹江が爆撃にさらされているらしい〉との噂も飛び交い、やがて避難列車が哈爾浜方面に向けて南下して来るようになった。〈いよいよ戦場になる〉とぼくは思った。

翌十日の早朝、納屋小屋の窓辺でぼんやりしていると、町役場の徴兵係が駆けて来て、母に紙片を渡すのが見えた。〈まさか五十歳の父を徴兵するんじゃないだろうな〉とぼくはいぶかしく思った。悪い知らせばかりをもたらす徴兵係は、疫病神のように嫌われていた。同じ頃、温春にいる兄・芳樹には、召集令状が来たらしい。これは後で分かったことだが、突然現地の青年たちに兵役が強いられたのだった。

係が立ち去ると、母は泣きながらその場にしゃがみ込み、しばらくして小屋まで走って来た。

「ロシヒトが孤児になった」と母はむせび泣きながら言った。

紙片は裕樹叔父さんの戦死を知らせる公報だったのだ。息が詰まり、目の前が真っ白になり、ぼくは泣くこともできないで、突っ立ったまま凝固する。〈戦争遺児?〉になった動物たちが、いつもの朝の散歩に連れて行けと床板を蹴って騒いでいる。〈ロシヒト、おまえらをどうすればいい〉

崩れていく時には、事態があっという間に変わるものだった。昨日まで何事もなかったところに、突然怒濤が押し寄せることもある。気が付いてみると、自分の足下までが、既にすくわれてしまっていたのだった。

戦死した裕樹叔父の葬儀は、近親者だけで慌ただしく済ませた。グレートデンとロバも参加させて、「一キロ」の公会堂を式場に借りた。遺骨は間に合わなかった。簡易の祭壇を設け、叔父の笑っている写真を飾った。故人は仏教徒でもキリスト教徒でもなかったので、鐘も線香も念仏もない簡素な葬儀だった。家族の他は、会社の知り合いや、ロシア人部落の代表者と「一キロ」の住人が参列し、造花アヤメの献花だけで済ませた。

グレートデンとロバはどうするか、ぼくらも迷ったが、祭壇の前でロバを横様に硬直させ、その上に乗ったグレートデンに、ぼくが号令を掛けて、「ハイル・ヒットラー」のポーズをさせて、なんとか儀式らしく装った。これが大受けだったらしく、葬儀らしくなく、笑いの充ちた儀式になった。犬とロバには理解できない儀式だったので、二頭とも目をキョロキョロさせていた。

その後、父が挨拶し、歌手として呼ばれたゾーリンが、寂しげなロシア民謡を歌った。


八月十三日も、引き延ばされた朝鮮飴のような単調な毎日の続きで、波風もなく終わり掛けていた。ところが、午後の十時頃になって、ぼくの家に町役場からの緊急の電話が入り、受話器の前の母を震撼させていた。納屋に駆けつけた母が、ぼくを居間に呼びつけた。母は次のような避難命令を受けたのだった。

〈避難列車が用意されるので、軍属を除く一般住民は二時間以内に駅に集結せよ〉

〈ロシヒト〉のことが心配になるが、もう犬やロバにかまけている場合ではなく、ぼくらの命が危険に瀕しているのだった。

素早くぼくは納屋に戻り、ロバだけを外に解放してやった。ドアを閉じてから、犬の処置に迷った。散歩なのだと勘違いして、ヒットラーは自分も連れて行けと、「バウ、バウ」と吠え続けながらドアを囓って暴れた。ぼくは震えながら、ヒトラーの首を抱いた。涙が止まらなくなった。もう少し時間があれば誰かに依頼してロシヒトの面倒を見てもらうことも出来たのだが、駅に集合する時間が二時間を切っていたので、その余裕もない状態だった。ワグナーの

「タンホイザー」の行進曲を蓄音機で掛け流しにして、「かんべんしてな」と犬の耳に言った。ヒットラーは急に叔父さん顔になり、「バウ、バウ」と吠えながらぼくの涙を舐めていた。取り急ぎ、納屋の外から、鉄格子の付いた餌入れ窓を開けて、水と玉蜀黍など、当面の食物を差し入れ、犬ともあわただしく別れた。

ロシナンテは、例によって草原を駆け回って、自由を満喫し、単純に喜んでいるようだった。知らないことは、知ることよりよいわけでもない。たとい、それが一時的なものにしろ。

その時点で、ぼくは、叔父さんから依頼されていた二頭の保護を「遺棄」していた。状況がぼくに「遺棄」を強制したのだから仕方がないとは思う反面、その決断を下したぼくの冷酷さが胸を締め付けた。戦死した叔父さんに会わせる顔がないと思った。

体中の力が抜け、しばらく納屋の壁に佇み、ぼくは嗚咽していた。ワグナーの重々しい曲の流れに乗って、玉蜀黍を食べることに熱中しているらしいグレートデンの咀嚼する物音が、ぼくの体を揺すぶり続けていた。

その後、役場から伝達された詳報によれば、九日に沿海州の満ソ国境を幅十四マイルにわたって突破して満洲に侵入して来たソ連軍は、東寧《とうねい》、綏芬河《すいふんが》を経過して、穆稜《ぼくりょう》、林口《りんこう》を通り、牡丹江の郊外に迫っているということだった。避難命令が出されるのも、遅きに失した感もあったが、軍部からの指令が途絶えたままであり、役所そのものもかなり混乱した状態である上に、満鉄（南満洲鉄道）が避難民を輸送するための車輌の配置に手間取っていたことなど、悪条件が重なっていたようだった。

　確かに異変の徴候は、二日前の十一日からあり、牡丹江方面から南満洲を目指して脱出して来る人々の姿が目に付いていた。避難民の中には、横道河子で列車を降りる人もいて、普段は静かな町の中が、異様に賑やかになっていた。ソ連軍の戦車隊が、国境の街・綏芬河を襲い、関東軍の各陣営を殲滅しながら南下しているとの情報も、牡丹江方面からの避難民の口から横道河子の日本人へ自然に広まった。逃げ出して来た人の話では、十一日の朝には、彼の地をソ連機が空襲したとのことだった。綏芬河から牡丹江までの距離は、約百キロほどなので、飛行機ならば二十分もあれば爆撃できるはずだった。牡丹江は、東洋一を誇るといわれていた関東軍の総司令部が置かれた場所であったが、後になって分かったことでは、主力部隊は十日の夜には密かに通化に向け撤退しており、都市警備の点では、かなり弱体化していたらしい。そのために、関東軍のソ連機に対する抵抗は、形ばかりのものとなっていたと言われる。

　にわかに治安が乱れた牡丹江駅の周辺は、逃げまどう邦人で鉄路まで溢れ、爆撃や放火による火災が各所に起こり、満人による略奪や暴動が発生していたと伝えられていた。

　南洋方面への派兵による関東軍の弱体化は、ある程度民間でも知られていたが、それでも名にし負う関東軍、最悪の場合を想定しても、なお国境線を一定期間は維持できるものと信じられていたので、このように一夜にしてソ連軍に突破されようとは、予想もされないことだった。

通化への撤退の事実を、民間が知ったのは、かなり後になってからのことだったのだから……。

振りかえってみれば、当時のぼくは、ただの軍国少年の一人であっただけで、いわゆる〈歴史の目〉で世界の情勢の推移を見つめていたわけではなかった。「皇軍」とは天皇を大将軍に頂く強い組織であり、わけてもわが関東軍は「無敵」なのだと、頭の中にすり込まれていたので、このように安々とソ連に負けてしまうというような最悪の筋書きなどは全く頭になかった。愚かなことだが、綏芬河がやられたと知らされていても、安閑として時を浪費し、自分の身に差し迫った危険とは気付いていなかったのだった。

このような邦人たちの考えを砂糖漬けにした原因をさぐってみると、「関東軍が一時的な退却戦術に出ている」というもっともらしい噂が、広まっていたことが挙げられる。敵を懐深く引き込んで、頃合を見計らって一気に殲滅する作戦であると……。牡丹江の主要部隊が、隠密のうちに通化へ集結しているとの情報が、それを裏付けていた。人間はなるべく自分に都合のよいように考えがちなものだ。牡丹江を脱出して来た人々も、この横道河子まで逃げれば何とかなると信じていたところがあった。いずれにしても、当時のぼくたちには、情報の客観的な把握ができていなかった。牡丹江が敵軍の手に落ちるのは、もう時間の問題であり、そこから百キロほどしか隔たっていない横道河子も、既に危険な場所になっていて、空襲がいつあっても不思議ではない事態に立ち至っていた。それでも、当時は関東軍の反攻が近いことを期待している邦人が多かったのは事実だった。ぼくの父・方平も、その一人であった。

その日、〈八月十三日〉の午後十一時を回った頃、近藤林業公司の「七キロ」の事務所から、ぼくの父・方平と姉の隆子が、「一キロ」の社宅へ山越えで下って来た。父は普段着の〈国民服〉を着ていたが、姉は絣のもんぺに防空頭巾を被り、大きなリュックを担いでいた。

ぼくは母に言われるままに学生服に着替え、母と一緒に当面必要と思われる衣類や教科書、食糧などを荷造りしていた。居間は下着や食器、書類や引き出しなどが散乱していて、足の踏み所もなかった。母は箪笥から引き出した色々な物を畳の上に広げて吟味し、リュックサックだけでは足りずに、大きな風呂敷へ衣類や洗面具を包み込んでいた。

時計の針がいつもより早く動いているような感じがした。母は落ち着きのない動作で、時折溜息をつきながら、いったん詰め込んだものを引き出し、別のものに入れ替えてみたりしている。

その様子を見て、父が「夜逃げでもする気か」と母に問い掛けた。

「そうですよ、夜逃げるんだから、夜逃げです」。荷造りの手を休めずに、母が答えた。

「まさかアメリカへでも亡命するつもりじゃあるまいな」と父が言った。

「安全な所ならばどこなりと……」

「そんなでかい荷物、どうやって持って行くんだ」と父が聞いた。

「私はできるだけ持って行く主義なのでね。後で泣くより、今泣けですよ」

「欲張ったって、腰を傷めるだけだよ」

「二度とはここへは戻れないかも知れないんですから」

「あわてず、騒がず、落ち着けよ。まあ、安心しろ、おれは今、特務機関の連中と話をしてきたんだが、関東軍がこんなことで易々と崩れるはずはないそうだよ」と父は言った。

「お父さんはね、呑気過ぎるんじゃない」と姉が横から口を挟んだ。「現実にソ連軍は牡丹江まで迫って来ているのよ。飛行機が飛んで来なくても、戦車が近付いているのよ」

「だからさ、今は一時避難するのさ。だけど、現状が決定的なことじゃないんだ。戦争はまだまだこれから続くんだからな」と父が言い継いだ。「まあ、戦争のことはひとまず兵隊さんに任せて、おれたちは慰安旅行と洒落込むっていうわけだ」

「貨車で慰安旅行ですか。それってどこの国のお伽噺かしら」と母が言った。

「近視眼的になっては駄目さ。もっと遠眼鏡で先を見るんだ」。父はウオトカの瓶を取り出して、一口飲んでいる。

母に促されて、ぼくが妹を起こしに二階へ行くと、邦子はベッドで熟睡していて、声を掛けても、寝返りを打っただけで、目覚めない。上掛けの裾をまくってベッドを揺さぶると、中から蒸れたようになった黒猫が、蹌踉《よろ》めきながら出てきた。猫はぼくの体にすり寄ると、喉を鳴らし始め、尻尾を針金のように硬くしていた。

「もう朝なの」。しわがれた声で邦子が訊いた。

「急いで起きないと、邦子だけ置き去りにされて、横道河子の孤児《みなしご》になるぞ」とぼくが答えた。

「みなしご……。私がどうしてみなしごになるの」。邦子は半身を起こした。

猫が妹に寄りつき、甘えている。

「夢見てるんじゃないの、兄ちゃん」

「それならいいけどな、夢ならばさ……」

邦子はいぶかしげな目つきになって、ぼくを見つめた。

「そんなに疑っているなら、下へ行ってみれば分かるよ。お父さんに、隆子姉ちゃんも来ているんだから……」

すると、邦子はようやくベッドを離れ、急いで着替えをすますと、ぼくに先立って階段を駆け下りて行った。

居間には隣の佐竹波子が来ていて、早口に何かまくしたてている最中だった。

「奥さん、困ってしまったわ、どうしたらいいのか分からなくなって……。主人は「七キロ」からまだ来ないし、私は病気で非力ときているから……。時間がどんどん経つのに、何をどうやればいいのか……」

「うちも、頭数《あたまかず》だけは多いんだけど、度《ど》はずれて呑気な人もいるのでね、何の助けにもならないのよ」と母が答えた。

「でも、男手があって頼りになるじゃない。陽子なんか鏡ばかり見つめて、自分のオシャレのことばかり気にしていて、まるで旅行気分でいるのよ」

波子の雀斑《そばかす》だらけの青白い顔が、いつになく強ばっていた。

「心配ないですよ、佐竹さん」。父はソファから立ち上がり、波子に近付きながら言葉を投げかけた。「こういう時こそ、落ち着くことが肝心ですぞ。なに、ほんの三日か四日ほど家を空けるつもりでいればいいんですよ。今オシャレをしているという陽子ちゃんは正解ですな、きっと……」

父の陽気な笑顔につられて、波子も少し笑いかけたが、せわしく荷造りに余念のない母や隆子の生真面目な様子を見ると、また元の暗い表情に戻っていた。

「方平さん、軍の情報は、本当のところどうなのですか」

「いや、関東軍はね、やはり無敵ですよ。今は秘密の場所に集結して、身構えているところのようです。これからが見物《みもの》ですぞ。シベリアの狼どもは、間もなく尻尾を巻いて黒竜江の彼方へ退散しますから……」

「本当に大丈夫なのですかね」

「まあ、安心して、ここは関東軍に任せることですよ」と父は鼻から煙を吐き出しながら、きっぱりとした口調で言った。「東洋一の関東軍を見そこなっちゃいかんですね」。煙が煙幕になって父の顔を隠していた。

ぼくは迷っていた。母と父の交わらない意見に振り回され、結局どっちを信じていいのか分からず、混乱するばかりだった。

波子は、父と母の顔を交互に見つめた。そして、大きな溜息をつきながら時計に目をやると、急に身を翻し、そそくさと部屋から出て行った。

「どうしよう。後一時間しかない。困った。困った」。廊下を遠ざかる彼女の声が聞こえてきた。

その頃、邦子は、鶏小屋の前で黒猫の〈クロ〉を抱いたまま途方に暮れていた。小屋の中には家鴨《あひる》と鶏が体をくっ付け合って眠っていた。〈クロ〉を含めて三匹が、彼女の大事なペットだったが、母から「そのうちのひとつだけ連れて行くように」と言われ、選択に困っているのだった。

「やっぱり、三つとも連れて行きたい」と邦子は訴え、母親に強く拒否されると、その場に座り込んで泣き出していた。

傍らで見ているだけのぼくは、無力だった。どちらに与することも出来ない曖昧な態度が、ぼくの身に付いていた。つまり、人ごとではなかったのだ。グレートデンとロバという叔父さんの「遺産」をどうするのか、結論は出せないでいた。叔父さんから渡された「遺産」の大きさが問題だった。魔法を掛けて二頭を小型化できればいいが、お伽噺ではないので、どだい無理な話だった。無邪気なロシナンテは河原ではねまわっているだろうが、納屋小屋に幽閉されたままのグレートデンは小屋の壁を揺すぶって、「バウ、バウ」と騒いでいる。ぼくは慌てていた。邦子の嘆きに関わってはいられなかった。

父は、いつも旅行に持ち歩くズックの肩掛け鞄（後には『敗戦カバン』とも言われるようになったもの）に、『ウスリー紀行』や『猟人日記』・『即興詩人』や『オブローモフ』など数冊の愛読書を詰め込んでいた。

「着替えなんか、予備がひとそろえあれば結構」と父は主張し、飲み差しのウオトカの瓶にシャツとパンツを巻き付けて鞄の中に入れた。母に大きなリュックを背負わされそうになると、父は急に腰の古傷が痛み出すのだった。

二時間という限定された時間は、火の付いた蝋燭のように痩せ続けていた。

「あと三十分」と姉が呟いた。時限爆弾が仕掛けられたみたいだった。

「まだ三十分あるさ」。父は落ち着き払っている。

しばらくして、灯火管制が発令されたらしく、電灯が消えた。邦子が怖がって泣き出した。

母は姉と一緒に懐中電灯の灯りをたよりに、避難の準備を続けている。

「もう出発するよ」と姉が叫び、ドアを開けた。

間もなく母と姉は大きなリュックを背に負った上に、両手に風呂敷包みをぶら下げ、玄関を蹌踉めきながら出て行った。妹は黒猫を抱え、小さな赤いリュックを背中に付けて慌てて母を追いかけた。その後ろから、教科書や詩集・歌集などを詰め込んだリュックを背に、下着などの衣類を入れた布袋を抱えながら、ぼくも家を出た。

父だけは煙草を吸い終わるまで、電気の消えた家の中に残っているようだった。室内は真っ暗だったが、外へ出てみると、月はないが、星明かりで薄明るい。

「あわてるなよ」と父が後ろから声を掛けた。「慌てる乞食はもらいが少ない。躓《つまず》かないように、ゆっくり進め」

ぼくは「一キロ」の薄暗い中庭をよぎり、匪賊除けの柵に沿って進んだ。暗い道を一キロ、駅まで歩いて行く間も、犬の「バウ、バウ」と吠える声だけが耳に付いていた。それはぼくの記憶の中に染み込んでいて、胸の奥にできた腫物のように離れなくなった。

カントーラ〈事務室〉のある付近が、焚き火でほの明るくなっていた。葦河《あしかわ》軍属とペチカジャングイ〈掌櫃＝旦那〉が、避難民の道しるべのために火をたいてくれているのだった。

「いよいよか」と軍属がぼくらに声を掛けた。「暗いから気を付けて」

「ごきげんよう」と父がぼくの後ろから言った。

「また、戻ってきたら、でかい魚を釣りに行こうな」。そう言う葦河軍属の声はとても朗らかだった。

ペチカジャングイが母の手を握りしめながら泣いている。

「再見（ツァイチェン）」と母が声を掛けた。「今までありがとうね」

「再見、再見」。ジャングイが答える。

「再見」という言葉は、本当にいい言葉だとぼくは思った。

「しばらく留守番を頼むよ、ジャングイ」と父が言った。

「私（オデ）も、連れて行くこと、できないか」とペチカジャングイは涙声で訴えている。妹の邦子がジャングイに手を振りながら、「私のニワトリとアヒルの面倒みてね」と声を掛けていた。

「オーウ、邦子も行くか、オデひとりきり、寂しい人よ」

「没法子〈メイファーズ＝どうしようもない〉なあ」と隆子が言った。

「没法子、没法子」。ペチカジャングイはひどく泣き出している。

「泣くなよ、ジャングイ」

「皆、どこ、行くか」とペチカジャングイに聞かれてみて、ぼくは行く先がどこなのか分からないでいる自分に初めて気づいた。父に聞いてもはっきりしたことは言えないようだった。

「牡丹江に火がついたからな、ここにいては危ないから、とりあえず南へ逃げるだけだよ」

ロシヒトたちの世話までジャングイに頼む訳にもいかず、ぼくは歯を食いしばっていた。

見慣れているはずの中庭とその周りに建っている社宅の様子が冷ややかに見えた。匪賊除けの丸太の囲いが、ぼくらを閉じ込めようとしているもののように目に映る。少し離れた厩の辺りは、べっとりと墨で塗りつぶされている。そして、もっと暗いのは裏山の稜線だった。黒い一枚岩のようにぼくの前に迫ってくる。

ぼくらは近道を選ぶために、引っ込み線の脇道を進んだ。細くて砂利混じりの歩きにくい道だった。妹が枕木かなにかにつまずき、靴と「クロ」を見失った。彼女は大泣きして、「クロ」を探したが、闇に紛れて見えなかった。

「クロが、クロが」と邦子は悲鳴を上げている。

「もう時間ないよ」と母が先を急がせる。

脱げてしまった邦子の靴を、ぼくと父が捜してみたが、見つからなかった。妹には二つの不幸が連れ添ってきた。

「靴はなくても、孤児《みなしご》になるよりましだから」とぼくは妹に言った。

「クロがいけなかったな」と父が変なことを言った。「シロだったらよかったんだよ」

駅の構内は騒然としていた。燈火管制下では、照明が点けられず、外見で見分けにくいために、声を互いに掛け合っているのだが、その声と声とがぶつかり、全体としては意味が打ち消されてしまった結果、ただの騒音になっている。何度も汽笛が鳴った。星明かりの底で、黒い列車を囲んで、人間の渦が巻いている。定刻は少し過ぎていたが、列車は、岸壁に寄り添う黒い船のように、ホームに張り付いている。車輌の周りには、避難民が犇めき、その熱気がガス化したガソリンのように辺りに溢れている。わが家の四人は群衆に揉まれながら進むうちに、人混みに紛れて離ればなれになった。

「邦子、隆子のそばに付いていて」と母が叫んだ。

後ろから、「あわてなくても大丈夫だから」と父の声が聞こえてきた。

親子兄弟が互いに名前を呼び交わしていたり、はぐれた知人を捜し合ったりしていた。

「ここが戦場になるのは明日の朝だ」と誰かが怒鳴っている。「早く列車を出さんと、鉄道が爆破されちゃうぞ」

青黒い空に星が疎らに瞬き、その薄明かりに照らされて、山の輪郭が浮き出ている。見慣れているはずの景色が、ぼくにはどこか無表情でよそよそしく感じられる。呼び子が鋭く鳴り、どこかで団体が人員を点呼しているようだった。教会のミナレットのように突き出た横道河子駅の屋根の先が、ぼくの目にはっきりと映っている。かつて帝政ロシア時代にロシア人の技師が技術の粋を凝らして建てた、瀟洒な建物だった。

プラットホームに沿って、二十数輌の長い貨物列車が黒々と連なり、その先頭に連結された二輌の機関車の吐く蒸気の音に、時折り汽笛が絡んでいる。その笛の音は、列車の進発の近いことを知らせているようだった。三輌の有蓋車を除けば、後は全て無蓋車だった。この中から家族の乗った車輌を探さねばならないので、ぼくは端の車輌から一輌ずつ確かめながら進んだ。しばらく行くと、運良くぼくは「一キロ」事務所主任の王書田に出会った。

「ああ、ナオヤか」。王はぼくの手を握りながら言った。「公司の車、この先二つ目あるよ」

「謝々（シェイシエ）」

「快々的（カイカイデー＝早く、早く）」。王はぼくの手を握ったまま、引き立てるようにして先を急いだ。

「山本課長、山本先生、どこ居ますか」と王書田が大声で呼び掛ける。

やがて、近藤林業公司約百三十人が割り当てられた無蓋の貨車の前に、二人は立っていた。

「おお、やっと間に合ったか」。車内から直ぐに父が応えた。「あぶなく孤児《みなしご》になるところだったぞ」

遅れていたはずの父が、なぜかぼくより早く貨車に乗っている。

「課長の子供、迷っていたので、私、助けたよ」

「ありがとう、王主任、しばらく留守にするが、後はよろしく頼む。なに、ほんの一週間か十日のことだから……」と王に向かってそう言った。波子に告げていた「四、五日」よりも、いくらか長くなっていた。

ぼくは王主任に後ろから押し上げられながら、石炭と油煙の臭いの染みついた貨車に乗り込んだ。いつも出入りして遊んでいた古い機関区の赤煉瓦の建物〈百年も以前から車庫として使用されていた歴史的建造物〉も、今は輪郭だけの黒い物体にしか見えない。そこからさらに奥にあるはずの少年相撲大会や野外映画会・サーカスの興行などが催されていた場所になっている鎮守の森や、小学校の校舎は目に入れることはできない。薄闇の中で、呼び交わす声と声がぶつかり合い、その重なり合う声々を突き抜けて、女の引き伸ばされた泣き声が聞こえてきた。

プラットホームに佇んでいる若い女は、「一キロ」の事務所の電話交換手をしているイーラだった。長身で金髪の美しいイーラだったが、この薄明かりでは目立たない。どうやらイーラは波子の手を取ってすすり泣いているらしい。ぼくの視界の中では、影絵の二人だった。ロシア語で波子に何か訴えている。

「イーラもこの列車に乗りたいと言っているようだ」と父が言った。「ソ連軍が横道河子に来たら、わたしたちは悲劇です、と訴えて怖がっているんだが、確かにそうなれば白系は殺されるかもな」

「じゃあ、マリアさんも危ないね」

マリアと言えば、タチヤーナの一家の情報はなかった。ぼくは車内を改めて見回していた。

「ターニャたちはどうしたのかな」とぼくは母に尋ねてみた。

「さあ、分からない」と母が言った。「省三さんも、マリアさんも……」

遊び仲間の正一郎の一家三人は、既に乗り込んでいる。正一郎は、ぼくを見付けると、遠くから手を振っている。

そうしている間にも、静かに時が移りゆき、東の空がほのかに明るんできていた。瞳を凝らしていると、徐々に物の輪郭が見えてきた。イーラのそばには、その姉のタマーラや「一キロ」の事務所付きの御者のゾーリンがいる。白い顎髭を生やした御者は、その大柄な体を不動の姿勢に保ち、いつものように寡黙だった。

「また帰ってくるからね」。波子の声が叫んでいる。

「奥さん、いなくなる、私、寂しい人になるよ」とタマーラが答えた。

「心配しないでいいのよ、直ぐ帰って来るんだから……」と波子の声。「イーラも、そんなに泣かないで、待っていてね」

「とても、とても悲しい」とイーラが泣いている。

ぼくの傍らで邦子も泣いている。

「どうしたの」と隆子の声が訊いた。

「クロが、クロが……」

「利口な猫だから、今頃は家に帰ってるさ」と父が宥めた。

まだ五歳の邦子には、事態の全容が呑み込めないので、かわいがっている動物との別れだけが突出して、当面の最も悲しい出来事になっているようだった。靴をなくしてしまったために、彼女は裸足だった。ぼくはヒットラーとロシナンテのことだけで胸がいっぱいになっていたので、邦子の「クロ」のことなど考えは及ばなかった。叔父さんの葬儀の時のロバとグレートデンの無邪気な姿を思い出す。その日からわずかの時間を隔てただけで、悲劇が現実のものとなっていた。

車輌の中は、人いきれで蒸れ返っている。肌と肌とが接し合うほどの鮨詰め状態なので、ただ座っているだけが精一杯で、ほとんど身動きもできない。しかも、あいにく風のない日だったので、汗が体中から吹き出てきて止まらない。

「ターニャたちが見当たらないよ」とぼくは父に言った。

「何かあったのだろうかな」

「四キロ」の詳しい状況は分からなかった。汽笛が何度も鳴っているので、いよいよ進発が近いのかも知れない。「最後の避難列車だ」と噂されているので、もしこの列車に乗り遅れれば、横道河子に取り残されるかも知れない。心配ごとが二乗になった。ぼくはロシヒトたちのことが気がかりだったが、加えてタチヤーナ一家のことも懸念された。

星明かりの薄暗いプラットホームの外れに、その時一台の馬車が入ってきた。その馬車から降り立った二人の人影が目に入った。

「課長、早く、ここへ」と王主任の声が叫んでいる。

ターニャと省三が、プラットホームを駆け足で列車に近付き、王主任に支えられるようにして貨車に乗り込んだようだが、母親のマリアの動きはなかった。すると、タマーラとイーラが馬車に駆け寄り、何か言っているようだが、二人の言葉がロシア語なので、ぼくには細かい意味が分からない。車内では、タチヤーナが泣いているのを、省三が慰めている。

「どうも、マリアさんは横道河子に残るつもりらしい」と父が言った。

高橋一家が遅れたのは、横道河子を出るか出ないかで、家族の中で意見が分かれたせいなのだろう、と父が言った。

それからしばらくして、警報が解除され、一斉に明かりが点き、プラットホームが薄闇の中から白く浮かび上がった。犇めき合う人々の顔と顔の波が見える。佐竹波子と陽子の顔が、数人を隔てた先に見え、ぼくと目が合うと、二人とも微笑んでいる。

「いつ出るんだ、この列車は」。大声で誰かが怒鳴っている。「早くせんとソ連が来るぞ」

列車が動かないままに、既に十四日になっていた。遠く興安嶺から下ろす風が、避難民の火照った体をほどよく冷やしている。

「いい風だな、まるで扇風機みたいだ」と父が呑気なことを言った。

「早く乗車して下さい。間もなく発車します」。拡声器を通して、駅員のしわがれ声が響いた。

機関車の吐く蒸気混じりの煙が、風に乗って辺りに流れていた。

しばらくすると、ぼくのそばで波子が頻りに何か叫び立てた。周りの雑音に邪魔されて、初めは意味不明のままだったが、次第に了解可能になった。彼女の夫が会社の責任者として、「七キロ」工場に残留することになったことを支店長から知らされて、持病のヒステリーが発症したようだった。これまでも、時々発作を起こすので、「一キロ」では彼女のヒステリーは有名だったが、その被害者は、いつも一人娘の陽子だった。陽子は母親に髪の毛をつかまれて振り回され、そのまま一握りをまとめて抜かれてしまったり、零下三十度の厳寒の夜、薄いパジャマ一枚で戸外へ放り出されたりしたこともあった。そのために、母親の発作の徴候が出ると、いち早く陽子はその場を外すようにしていたが、狭い貨車の中では逃げようもないのだった。それでも、陽子はできるだけ母親から離れ、知り合いの大人の背中に隠れるようにして、難を逃れようとして体を縮めていた。

「陰謀だわよ、これは」と波子はわめいた。「うちのひとが残らにゃならない理由がないじゃないのよ。誰が決めたのよ、そんなこと……」

支店長が何か言って、彼女を慰めている。

「ひどいじゃないですか、こんな半病人の女から男手を奪うなんて……」。波子は歯ぎしりを始めた。それから、拳を振り上げ、訳の分からない声を発し始めた。やがて、彼女は陽子を捜す目になり、いないと知ると、自分の頭を叩き出した。

「もう直ぐ発車します」。駅員の声が電波に乗って響き渡る。

プラットホームに出て、涼んでいた人々が、一斉に貨車に取り付いた。

そんな頃になっても、いまだに家族の意見が割れて、貨車に乗る乗らないで大騒ぎをしている人たちもいた。

「いいじゃないか、残りたい者は残るさ。旅を楽しみたい者のみ来たりて、この車に乗りて行かんだよ。いずれまた帰るんだから、今は泣き別れでも、笑顔の再会は近い」と父が言い放っている。

「方平さんの予言が当たればいいが」と誰かが言った。

「それこそ、当たるも八卦さ」

父の会社に勤務している事務員のロシア人や満人が別れの挨拶に来た。

「すぐに帰るから、留守中頼むよ」と父が声を掛けていた。「ちょっとした慰安旅行だよ」

〈それならいいけれど〉と思いながら、ぼんやりしていると、母が耳元で、「もう帰れないかもよ」と呟いた。父と母の意識の谷間に、ぼくが拋物線を描きながら落ちていった。ワグナーの「神々の黄昏」が耳の底に流れ出し、ヒットラーとロシナンテの顔が交互に浮かんでは消えた。

　夜も更けていき、列車に乗る者が乗り、見送りの人は去り、プラットホームも徐々に落ち着いてきた。発車の予定時間をかなり過ぎても列車は動かず、その黒くて長い影が、暗闇の底でひそかに息を詰めている龍のように見えた。月はなかったが、星明かりで空は濃紺の天蓋を広げていた。ばかにのんびりした声で夜鷹が鳴く。駅舎の屋根の背後に、青白い星が瞬いていた。眠れない夜だった。この夜のことが、ひとつの序章に過ぎず、第二、第三に連続する第四楽章まで、もしワグナーがぼくならば、どう展開させたらいいのだろうか。とにかくぼくの目の前は暗闇ばかりの広がりだった。歌劇でたとえるのであれば、それは幕間の静寂があるだけのことだ。

「流れ星だ」と誰かが叫んだ。

「どこへ行くのかな、流れ星って」。母親に尋ねている幼児の声。

「さあ、どこへかしら」と母親が答えている。その答えが、まさに今のぼくたちの未来への問いだった。

「この駅ともお別れか」とぼくは思った。ロシヒトたちのことを思いやった。背中が急に寒くなった。

風が吹いて、線路の周りの白樺が揺れた。白い幹と幹、枝と枝が激しく交差する。東の空がかなり明るんできて、もう十四日の暁になっていた。

駅舎の屋根の中央に、教会のような尖塔が見える。森林から流れ落ちる清流が駅舎の脇をすり抜け、町の中央を貫いていた。白樺とライラック、それに一面の鈴蘭で、遊客を招く夏場の避暑地として、現地では有名な町だった。芳香に包まれている町……。大興安嶺から吹き下ろす風が町を揺るがしている。ぼくが、時々買い物に寄る駅前の蜂蜜パン屋は閉まっていた。白鬚のロシア人店主は眠っているらしい。

汽笛が三度むせび、進発の近いことを知らせる頃、プラットホームの隅から何か黒い影が近付いて来た。重なり合い、縺《もつ》れ合う二つの影……。ぼくにはその正体が直ぐに分かった。ロシナンテとヒットラーだった。

犬は鼻を鳴らしながら、ぼくの車輌を嗅ぎ分けて、車のそばまで寄って来た。できれば奴の頭をなでてやりたかったのだが、寿司詰めの車の中ほどに押し込められていたぼくは、ヒットラーには近寄れなかった。貨車の枠越しにその大きな鼻がぼくの方に伸びる。細かなことまでは分からないが、目と耳で何かを訴えている様子だった。敏感な耳が後ろに反っているのは、不安を示すサインだった。ぼくが黙って手を振って見せると、犬は「バウ、バウ」と吠え出した。もう何度も吠え続けたのだろう、声がかすれていた。ぼくはハッとした。そこに叔父さんの顔が張り付いていた。

その時、ロシナンテがプラットホームにドタリと倒れ、死んだ振りをしてみせた。すかさずにヒットラーがその上に乗り、列車に左前足でもたれながら仁王立ちになると、右前足が上がり、〈ハイル・ヒットラー〉のポーズをとった。

〈ヒットラー総統は、もう死んだよ。その芸を仕込んだ叔父さんもな〉。ぼくは犬に本当のことを分からせてやりたい衝動に駆られた。

二頭の奇妙な姿を見て、「何だい、あれは」と誰かが叫んだ。

やがて、激しい胴震いをして、列車が急に動き出すと、白いプラットホームが後退し始めた。貨車の縁から身を乗り出すようにして、悲鳴に近い声を張り、母親らしいひとの名を呼んでいる若い娘がいる。列車の速度に合わせて足を運びながら、母親が頻りに娘を宥めている。

「必ず帰って来いよ」と残留組の誰かが叫んでいる。「必ずだぞ」

「再見」

「オゴサン〈奥さん〉、私、連れていくことできないか」。中国人らしい訛りのある声が貨車を追ってきた。

「残念ですけど、それはできません。再見」

数人の白系ロシア人が、手を振りながら叫んでいる。「ダスビダーニャ〈さようなら〉」。ロシア人たちの声がそろっている。

列車は、徐々に速度を加えていった。動き出す列車に振り落とされたヒットラーが、直ぐに立ち直り、列車を追いかけ始めた。目が潤んでいるように見えた。列車が速度を上げる。茶色い体を波打たせながらグレートデンが走る。縮小するプラットホームに取り残されたロシナンテは、影そのもののように黒いロバの輪郭のまま動かない。

「叔父さん、ぼくを許してくれよ」とぼくは叫んでいた。ヒットラーの顔が叔父さんになり、それも一瞬の間に消えてしまった。「バウ、バウ」と吠えるグレートデンの声が頭の中で響いた。叔父さんを殺し、ロシヒトたちまで見殺しにしたのは誰なのだろうか、とぼくは考えていた。大好きな横道河子からぼくらを引き離したのは……。

横道河子駅の尖塔が、黒いシルエットになって遠退いていき、その避雷針の辺りには、蒼光りのする星がひとつ、静かに瞬いている。ぼくは目を凝らして駅舎とその周辺を見つめていた。プラットホームが一枚の白い布切れのように縮小して行き、その上に立っている人々の影が、個々の輪郭を失い、一塊りになって視界の一部に留まっていたが、やがてそれもぼけてしまい、徐々に消えていった。

「貧乏くじ引いてしまったのかな。ひどいなんてもんじゃないわ。なんで私だけが……」。ヒステリーの発作の方は、ひとまず収まっていたが、〈世界一不幸な女〉としての嘆きが、佐竹波子の口から吐かれ続けられていた。

「オウチ、カエロウ。オウチ、カエロウ」。幼児の声が訴えている。

〈どこへ行くのだろう〉。ぼくは口の中で呟いていた。行くべきあてのない旅立ちで、当面、とにかく南へ逃げるだけだったのだ。

「クオバディス・ドミネ（何処へ）」と誰かが呟いている。

「オウチ、カエロウ。オウチ、カエロウ」。幼児の訴える声だけは、同じ言葉を繰り返している。ぼくはその声をグレートデンの「バウ、バウ」という吠え声に転化していた。

車輪が軌道の継ぎ目を拾う単調な音が、嘆きのリズムのように続き、近くの低い山の輪郭が真っ黒な一枚岩のように無表情に動く。汽笛の悲鳴が、広大な平原の夜のしじまを突き破る。騒然としていた車内も、横道河子を離れるにつれ、自然に収まった。機関車の吐く油煙が、頭上から降り懸かり出すと、防空頭巾を被っていないひとは、あわてて手拭いで頬被りをした。それでも油煙は忍び込む。

「こりゃあ、美人も台無しだ」と父が叫んでいる。

「みんな平等に黒くなりますな」。そばの誰かが父の言葉に反応した。

汽車が動くと同時に、空気も流れて涼しくなり、一気に汗が引いていった。眠いわけではないが、ぼくは何となく目を閉じてみた。先のことが見えず、全てが不確かで、日常の緩やかな時間の流れからは、既に遠い位置にいる。肩と肩とが触れ合うような車内では、睡眠も充分には取れそうもないはずなのに、驚いたことに、そんな中でも鼾をかいている人がいた。

「ナオヤ」と父がぼくに声を掛ける。「おれはな、徹夜には慣れてるぞ。しかし、何だな、もっとゆったりした楽しかるべき旅が、これじゃあ、屠殺所行きの豚並みだな。こんな無蓋の貨車なんて、動物だって滅多に乗らんよ。な、そうだろ。おれたちゃ、まるで石炭扱いだな」

「満鉄総裁に抗議したいね」

「まったくだ。その通り」

「でも、乗れただけよかったのかも知れないよ」とぼくは言った。これが最後の避難列車なのだとすれば、ぼくらは運がいい方なのかも知れないのだ。「昨日から牡丹江が燃えてるって話だけど、この戦争、どうなるのかな」

「関東軍が阻止線から反攻に出ればいいんだが……」

「本当に、関東軍に委せて大丈夫なのですかね」と横から波子の声が訊いた。幸いなことには、彼女のヒステリーは完全に抜けていた。

「奥さん、旦那のことは心配だろうけど、安心して兵隊さんに任せなさいよ。何しろ戦争のプロだからね、誰かがデマを飛ばして、関東軍が牡丹江から逃げ出したなんて言っているが、力を溜めているだけのことです。信じましょうや、我が帝国陸軍の実力を……」

「今、そんな景気のいいこと言えるのは、山本方平課長だけかもね」と波子が笑いながら言った。

〈これからどうなるのだろう〉。ぼくは頭が冴えてきて、眠れそうになかった。〈クオバディス・ドミネ・ドミネ・ドミネ……〉闇の中を言葉が追いかけて来る。目の前の、その底知れない深い闇に見合っているようなぼくの先行き……。暗い想念を振り切るようにして、牡丹江にほど近い温春という町に残留しているはずの兄・芳樹の行方についてのことに、ぼくの関心を無理に移していた。帰省した時、兄は温春の話をよくしてくれた。そこは、大草原のまっただ中にある町とのことだった。時々草原オオカミの群れが駆け回り、農園に飼育している牛が襲われて、尻から内臓を食べ尽くされ、骨と皮と頭だけが残っていたという。

「抜け殻なのに、まるでまだ生きているように藁の上に座っていた」

その話がいつまでも頭に残っているために、形骸になってしまった牛の姿と、草原を走るオオカミの映像が、眠れないでいるぼくの頭の中をぐるぐると回っていた。妙に冴えている意識の中では、うつろな牛が、何となくぼくの姿と重なり、草原を疾駆して、襲い来るオオカミは、ソ連の軍隊のように思えた。

汽笛がかすれながら尾を引いた。大草原の真ん中を、汽車は快調に走り続けている。

その時、突然、思いがけない近くで雄鶏が時を作りだした。周囲の、まだ目覚めている人々の間から笑いが漏れた。列車の中へ、鶏を持ち込んでいる人がいるようだった。

「いいじゃないか」と誰かが言った。

「腐らない携帯食糧ですよ」と飼主らしいひとが答えた。「雌鶏もいますから、卵も食べられます」

「そりゃあ、すばらしい」

しばらくすると、辺りが徐々に明るくなってきた。一九四五年八月十四日午前三時四十分、それまでは曇った磨りガラスの向こうの景色を見るように、漠然としていた目の前の世界が、急に詳しくなった。列車の走る両側は、一面に緑の水草の生い茂る湿原だった。湿原のすれすれに、機関車の吐く白い蒸気がかすめ、長く後方へ棚引いて、霧のように見える。間もなく、大平原の彼方に、オレンジ色の巨大な太陽が昇り始めた。ほとんど遮るものもないので、陽光が列車の上に強烈な熱線を浴びせかけだす。車内は一気に温度が上がってきた。無蓋の貨車なので、避難民は太陽から身を隠すこともままならない。〈クオバディス・ドミネ〉ぼくは呟いた。線路の継ぎ目を拾う車輪の音が、それを打ち消し、単調なリズムによって、避け難くぼくの五感を蝕んでいる。徹夜した後の朝はいつもそうだったが、この日のぼくの五体は、縺れた迷路が無限に続いていて、温春の夜に形骸化した牛の内部に、意識が取り込まれてしまったようだった。

阿城駅を進発して間もなく、草原の真ん中で急停止した列車は、避難民には何ら事情の説明もなく、その後一時間半ほど動かなくなった。無蓋車の上から差し込む強烈な陽光に耐えられなくなり、雨天用のシートを掛けてみたが、厚地の布が陽を遮る代わりに、風通しが悪くなり、かなり蒸し暑くなる。

「いったい、どこへ行くつもりなんだ」。隣の車輌から誰かが叫ぶ声が聞こえてきた。

「奉天か、大連だろう」と、それに答える声……。

「だけんどさ、もう列車は飽きあきだでな、何とか哈爾浜で降りたいな」

ぼくは体中が汗ばみ、下着が皮膚に張り付くのを感じていた。

「公司はどうするの」とぼくが父に尋ねた。

「それをこれから幹部が相談する」と父が答えた。

それから間もなく、父は列車を降り、プラットホームの端の待合室の方へ歩いて行った。ぼくはぼんやりとした意識をもてあまし気味にしていたので、シートの隙間から、何となく外を見ていた。無人のプラットホームが陽光の照り返しのせいで、長く引き伸ばした餅のように白っぽく広がっている。そう言えば、横道河子を進発した時にも、青白いプラットホームが見えていたことを思い出した。今見る阿城駅のそれは、陽光に反射して餅のようにも見えたが、横道河子のプラットホームの場合は星明かりの下で目にしたために、死に神の顔のようだった。ぼくの位置からは、三十メートルほど隔てた待合室の中では、支店長を中心に部課長たち幹部が、額を突き合わせているのが見える。父も何か頻りに口を動かしているようだが、その声まては聞こえない。

周りに広がる湿原の草も、陽に焼かれて萎えかけている。所々に白く光って見えるのは、水たまりだった。その広い湿原の中に、楊柳《ようりゅう》の類の木々が疎らに立っていた。枝を透かして黒っぽい塊りに見えるのは、カササギやサギの巣だった。餌をあさってアオサギやゴイサギらしい鳥影が、水草の間をゆっくりと移動している。それは、全てが平和な日常の風景だった。穏やかで、ゆったりとした時間が流れ、どこにも戦争の影は見えない。圧倒的な草原の広がりの中では、避難列車だけが異形のもののようであった。

「横道河子は、どうなったろうね」と姉がぼくの耳元で言った。

「さあ」。ぼくには答えようがない。

「もう戦場になっているかもよ」と波子がぽつりと言った。「大丈夫かな、わが家の亭主」

「心配ですね」。ぼくの横にいる母が会話に加わった。

「そう、これからどうなるんかしら、私らは……」。波子の問いかけは、避難民の不安を凝縮したものだった。ぼくたちには、明日の顔が全然見えないのだった。

「オウチカエロウ、オウチカエロウヨ」。子供たちの訴えが、また始まった。金属質の声の点は以前と変わらないが、言葉の勢いがすっかり弱まっている。反射的にぼくはグレートデンの声を、幼児の声に重ねていた。そして、叔父さんの顔で、「バウ、バウ」と吠えるグレートデンの姿……。耳を後ろに下げ、目が潤んでいる……。

席を立ってから二十分ほどすると、父たち幹部が慌ただしく帰ってきた。その直後に列車が動き始めた。

「どうなった」とぼくが父に訊いてみた。「決まったの、行く先は……」

「それが、もめにもめてな、結論はまだ出ない。哈爾浜で降りようとするグループと、阿城で下車して、この近くの開拓団へ避難しようと言う連中と、この際出来るだけ南へ下ろうと主張するグループと、この三つに割れて纏まらないいんだよ」。汗を拭きながら父が答えた。

「お父さんの考えは……」

「そう、おれも迷いはあるが、三つの中では哈爾浜だな。本社のある所だから、何かと都合がいいんだ。しかし、そこで実際に降りられるかどうか、本社の指令があるはずなので、今は分からないいんだよ」

「それで、阿城派は降りるの、この阿城で……」

「いや、今の段階での分派行動は避けるように支店長が一応説得したが、機械課長の木村さんが三十五人ほど纏めているんでな、どうなることか……。やはり不満らしいいんだ」

　動き出した列車が風を呼び込み、シートと車体の間から、ひんやりとした気体が忍び込んできた。最前まで晴れていた空がにわかに曇って、大粒の雨が降り出した。雨と土の匂いが風に乗って車内に入ってくる。

「オウチカエルノ、オウチカエルノ」。ぼくのすぐそばにいる幼児が、真剣な眼差しで母親の顔を見つめている。

　母親は口元を歪め、曖昧に頷いた。

「ハヤクオウチカエリタイ、ソウシタラ……」

「そうしたら、どうするの」とその母親が訊いた。

「ソウシタラ……、オフロハイッテ、アイスクリーム、タベテ、ソレカラ、ボクノフカフカベッドニネル」

「坊や、そうなればいいな」。幼児のそばにいる老人が笑いながら言った。「風呂に入りたいのは、わしも同じだよ。アイスクリームは要らないが、ビール飲みたい」

「おい、おい、じいちゃんまでそんなこと言うなよ」と誰かが叫んだ。「おれたちゃ戦争してるんだで、あばけてる〈ふざけている〉わけじゃねえだからよ」

正午に近い頃になって、ようやく列車が哈爾浜駅の長いプラットホームに滑り込んだ。停車が二時間とのことなので、ほとんどの人がホームに出て、水道を使ったり、小用を足したり、待合室のベンチで仮眠をとったりする。プラットホームの一角では、近藤林業公司の本社の奉仕会の婦人たちが、白い割烹着姿でかいがいしく動きまわり、避難民のために炊き出しをしてくれている。彼女たちの手から、公司の避難民全員に、粟混じりの握り飯が配られた。それを頬張りながら、顔見知り同士が、互いに油煙で煤けた顔がおかしいと笑い合っている。構内のあちこちに小さなグループができ、談笑しながら、情報を交換している。

ぼくは体の凝りをほぐすために、ホームをぶらついていた。雨があがって、既に薄日も射している。しばらく進むと、鉄路に沿って小川が流れているのが目に入った。川底の砂利や砂が、斜陽に照らされて白々と透けて見えた。ぼくはプラットホームを外れて、その先まで足を伸ばし、軌道の盛り土から降りて行き、タンポポやアザミの繁った堤にしゃがんで、両手を小川の流れに浸してみた。冷たい水の感触が指先から手首の方へと痺れを伴って這い上がって来る。十秒とは耐えられずに水から引き上げた手を、ほてった頬に押しつけた。すると、頭の中のモヤモヤしたものが、いくらか薄れかけたのだが、ロシヒトたちの影がちらつきだした。あの喘息持ちのロバはどうしたろうか。鎖骨を磨けなくなったグレートデンはどうなったか。叔父さんの顔を思い出す……。

ぼくは立ち上がり、蒼空に両手を振り上げながら哈爾浜の空気を深く吸い込んでみた。雨上がりのせいか、爽やかだった。視野の一角に、楕円形のちぎれ雲がゆっくりと流れている。それは次第に細長くなり、末尾の方はあまりに薄くなって、空の地の蒼に溶け掛けている。その雲が飛び去った方角に横道河子があるはずだった。

ぼくのすぐそばに、斜めに傾いた白楊の若木が立っていて、少しの風にも敏感に反応して揺れている。

〈どこかで見たような景色だ〉とぼくは思ったが、それがどこであったのかは分からなかった。小川の流れの音だけが聞こえている。ロシナンテがその水を吸い上げているような気がした。

「奴はどこだ」とぼくはもう一匹の姿を探した。そのグレートデンは川の中に入っているらしく姿は見えない。

「水は流れているのに、時間だけが停まってしまったみたいだ」

ぼくはぼんやりと立ち尽くしていた。鉄路の先細りの連なりを見やると、辺りの景色を歪めて陽炎が燃えている。林の方からセミの声が微かに聞こえてくる。平穏な夏の日の午後だった。

真夏の太陽の光が、水面のわずかな波の凸面に白く反射している。小川の流れに逆らって、キセキレイが二羽、水面を掠めるように飛んでいった。

「鳥はいいな」とぼくは呟いた。「羽があるからいつも自由だ」

ドロヤナギ〈白楊〉の木が揺れ、楕円形の葉が翻る。それまで鳴いていたセミが、急に静まる。何かしらそこで時間が途切れてしまったような感じがする。

「あのロシナンテはどうしているか」とふと思い出す。「自由に草原を走り回っているのだろうか……」


しばらくして、砂利を踏む足音が近付いてきた。振り向くと、軌道のところにタチヤーナが立っている。その空色のプラトークからはみ出した後れ毛が微風に靡《なび》いている。目が合うと、彼女は微笑んでみせたが、直ぐに口元が引き締まり、視線を足元に逸らしてしまった。

「ターニャ」。ぼくは言葉の接ぎ穂もなく呼び掛けた。

軽く会釈しただけで、彼女は無言のまま立ち尽くしている。

「何と言ったらいいか……」。ぼくも口篭もった。

タチヤーナは小川の流れの縁《ふち》の方へ降りて来て、ぼくのそばに立った。

「座ろうか」。ぼくは彼女を誘い、川岸のクローバーの草むらに腰を下ろした。

「きれいな水ね」とタチヤーナが言った。「メダカが泳いでいる」

真夏の太陽の光が、水面のわずかな波の凸面に白く反射している。

「涼しそうだね、メダカたちは」

「シロツメクサの花言葉は何かしら」とタチヤーナが話題を逸らした。

ぼくは、その問い掛けには答えずに、花を摘んでいるタチヤーナを見ながら、六月の横道河子を思い出している。あの時、彼女が作った鈴蘭の首飾り……。興安嶺から吹き下ろす初夏の風の感触までも……。その記憶は遥かな昔のことのように思えたが、実際には、まだ二ヶ月ほどしか経っていないのだった。

「お母さんのこと、心配だね」とぼくは流れを見ながら言った。

「ええ、それは……。でも、仕方ないのよ、横道河子を離れられない人だから……」

「なぜ離れられないのかな」

「特異体質と言うのかしら、母はあそこ以外では生きられないみたい」

「敏感なんだ」

「それで、世界を狭くしてしまうのよ」

漣《さざなみ》を縫って小魚の群れが動いた。岸辺を洗う水の音が呪術師の呟きのように聞こえる。

「ターニャは大丈夫」

「母に似ているから、不安になるけれど」。タチヤーナは俯いている。

「不安ということなら、ぼくだって同じさ、自分の家のある所を離れたのだから……」

「でも、あなたと違って、私たちは根無し草なのよ。岸辺を離れれば、ただ流されるだけ……」

ぼくはタチヤーナの横顔を見つめた。伏せた彼女の目は、漠然と流れの方を見ている。白系ロシア人の立場は複雑だった。赤色革命で祖国を追われた彼らには、帰る故郷はない。住み慣れた横道河子を離れれば、〈根無し草〉の拠り所は、どこにもないのだった。

「駅で別れる時、母が父に対して叫んだ言葉が、今も耳に付いて離れないの。それは、ロシア語で『裏切り者（ブリダーチェリ）』という意味だったのよ」

「裏切り者……ブリダーチェリ・ブリダーチェリ」。ぼくは相手の言葉をただ反芻していた。

「母と私は、横道河子に残る覚悟でいたけれど、母のあの言葉で私よりももっと打撃を受けたのは父だったと思うの」

「そうか……」。ぼくは彼女に返す言葉がなかった。

「私がいけなかったのかも」とタチヤーナがそう言って涙を流し出した。「ボルゾイを抱きかかえて、この子を捨てることは出来ないと叫んで泣いていたら、父が悪魔になっていきなりピストルでボルゾイを殺してしまったの」

ぼくは息が詰まった。

「正教徒の父が、神様に顔向けできない悪魔に変わったの」

よく考えてみれば、娘の執着を断つ必要に迫られていたことと、もしボルゾイがマリアに残されれば、とても世話は出来ないことになる。省三は鬼になって愛犬を始末したのだろう。「ブリダーチェリ・ブリダーチェリ」。叫ぶ側も叫ばれる側も、悲劇的な状況だったと想像されるのだった。

一陣の風が吹いてきた。白楊の木が揺れ、楕円形の葉が翻る。それまで鳴いていたセミが、急に静まった。一瞬、時間が止まってしまったような感じがした。ぼくはそれが長く続くことを期待していた。

汽笛が三回鳴っている。出発二十五分前を知らせる合図だった。二人はクローバーの草むらから立ち上がり、堤を後にして軌道脇の道に戻り、プラットホームの方へ向かって歩いて行った。細い道なので、ぼくはタチヤーナを先に立てて進んだ。彼女の手にはクローバーの花の腕輪が付いていた。プラットホームの端に立って手を振っているのは邦子だった。

「哈爾浜で降りないのかな」とぼくが言った。列車に乗り込む人々の姿が見える。

「そうらしいわね」

駅の構内に入ると、既にほとんどの人が貨車の中で犇めいている。

「早くしないと、汽車が出てしまうよ」。邦子がせかしている。

タチヤーナが駈けて行って、邦子の手を取った。

「クロをくれた人だよ」とぼくが妹に言った。

「ごめんね、あたしのせいで、あの猫いなくなったの」。邦子がタチヤーナに謝った。「クロを道で落として、迷子にした犯人はあたしよ」

猫が迷子になるまでの経緯を、ぼくがタチヤーナに説明した。

「せっかく可愛がってくれたのに、残念ね」。タチヤーナが答えた。「でも、あなたのせいではないから、気にしないで……」

「誰のせいなの」と邦子が絡んでいた。

「それは……」と彼女は言葉に詰まっていた。

「戦争がいけないんだよ」とぼくが横から言った。「でもクロは横道河子にいるよ」

「いつ横道河子に帰れるの。直ぐに帰れるってお父さんが言っていたけど、あれは嘘だったのかな」

「嘘なんて……」とタチヤーナは言い掛けて、言葉の接ぎ穂を失っていた。

「お父さんは、お家に帰れば、また直ぐにクロも見付かるって……、それまでペチカジャングイが面倒見てくれるんだって。でも、本当に帰れるのかな」

「ええ、早くそうなればいいのにね」

貨車の床には、公司本社から支給された新しい筵が敷かれていた。

「降りないらしいな」とぼくは言いながら、その言葉の途中で、本社の意図が透けて見え、〈降ろさない〉のかも知れないと疑ってみている。

筵の上で、物珍しさもあって、幼児たちがはしゃぎまわっていた。ぼくは先に貨車に乗り込み、鉄梯子を伝って後から上って来るタチヤーナに手を貸した。

やがて、高橋省三に連れだって父も待合室の奥の部屋から戻って来たので、ぼくは本社の意向について訊いてみた。父の表情が、いつになく堅くなっていた。

「その前に、重大な情報が入ったよ。今朝、横道河子にソ連機が飛んで来て、機銃掃射を仕掛けてきたそうで、どうも、あそこがだいぶひどいことになっている模様でな、当分は帰れないらしいんだ。全く残念なことになった。会社の施設も損害を受けたようだ」

「あそこに残った人は大丈夫なの」。ぼくが尋ねた。

「それが分からない」。横を向いて父が言った。「誰かはっきりしないが、かなりの犠牲者が出たそうだ」

タチヤーナの体が堅くなるのが、ぼくにも分かった。マリアや陽子の父親の安否が気遣われた。

「それで、おれたちも、この際、できるだけ行ける所まで南下しておく方がよさそうだというのが、社長以下重役たちの考えだよ。一応奉天に避難先が確保されているようだが…」

父に続いて貨車に乗り込んだ省三は、タチヤーナの所在を確かめると、娘と小声で話をし始めた。ぼくの目には、二人の顔が仮面のように見える。

「本社が厄介払いをしたのでは……」とぼくが言った。

父は少し頷いてみせた。「そういう見方もあり得るが……。まあ、哈爾浜は今避難民で溢れ返っている状況で、会社の寮もいっぱいらしいから仕方ないな」

ぼくは、少し離れた位置に肩を寄せ合っている高橋父娘から目が放せなかった。こんなに青ざめたタチヤーナの表情を見るのは初めてのことだった。プラトークからはみ出たほつれ毛が、彼女の頬を撫でるように揺れ、その薄い影が皮膚の表面を微かに動いている。横道河子に残留したマリアのことが話題になっているはずだが、二人の声は全く聞こえない。

間もなく、汽車が動き出した。本社の婦人会の人たちが、そろいの割烹着姿でホームに並び、手を振ってぼくらを見送っていた。何となく映画の一場面を見ているような気がして、見ている自分が馬鹿に客観的だった。

「元気でね」

「がんばってよ」

切り替えポイントの重なり合っている哈爾浜駅構内を走り抜ける間、列車は病人のように何度も横揺れを繰り返しながら喘いでいた。〈哈爾浜まで行けば〉との思いが既に断ち切られ、ぼくたち避難民は、再び行方知れずの旅に出ることになる。横道河子は遠ざかる一方だった。汽車は長い尾を引く悲鳴に似た汽笛を鳴らしながら、大量の白い煙を吐き続け、新京方面に向けて走り出していた。

哈爾浜でいくつかの団体が降りていったので、鮨詰め状態は緩和され、狭いながらも各自が寝そべることができるようになった。スペースにゆとりができたことを利用して、車内に、アンペラで囲った簡易のトイレが造られた。それまでは、停車の度に車外で慌てて済ませていた排泄が、いつでもできるようになり、特に女・子供は喜んでいた。

　ぼくは体を横たえながら、爆撃された横道河子のことを想像していた。伝え聞いた話では、駅舎は破壊されてしまい、社宅の辺りもひどい状態になっているとのことだった。佐竹陽子の父親をはじめ、タチヤーナの母・マリアや王主任、それに軍属の葦河やペチカジャングイのことも思いやった。カントーラ〈事務所〉の電話交換手・タマーラとイーラ姉妹の安否も分からない。寡黙な馭者のゾーリンの髭面も、まるで泣いているように目の裏に浮かんでくる。叔父さんの「遺産」・犬とロバの姿は、いつも頭の中に動いているが、なんとなく影が薄くなっている。ソ連軍の爆撃によって、彼らも殺されたのかも知れない、とぼくは思う。「バウ、バウ」となくグレートデンの声も聞こえない。

　しばらくして、辺りが急に明るくなったようなので、目を開けて外を見やると、列車は溢れるような黄色と緑の波の上に浮かんでいる。見渡す限り一面のヒマワリ畑だった。大輪の花々が陽光を浴びて、黄金を熔かしたような輝きを見せている。車中の人々の顔にも、花々の色が映っているようだった。

「ヒマワリも太陽も、あんなに笑っているのに……」。隆子が呟いた。

「黄金の海を漂う人の群れ……。これこそナオヤ、まさにフライイングダッチマンだな」と父が言った。

「何処《いずこ》行くか、流浪の民」。小さな声でぼくは歌集にある『流浪の民』の一節を口ずさんでみた。

その歌集で思い出したが、日本の童謡と世界の名歌を集めた本が、ぼくの宝物だった。以前、父が哈爾浜の書店で買ってきてくれた歌集だった。暇があればそれを読み、歌えるものは歌った。「歌詞」を暗記するほど読んだ。島崎藤村の詩や北原白秋の詩は、文語のものが多いので、意味の分からないところもあったが、何度も読み込んでいると不思議なことに、意味が何となく理解できるようになった。例えば「おもひやるやへのしほじほいづれのひにかくににかへらむ」という詩句に躓いたが、暗唱して、書写するということを繰り返していると、自然に分かってきた。「椰子」は見たことがないし、「椰子の実」とはどのようなものなのか知らなかったが、椰子を辞書で調べて、ハワイやフィリピンなど、南国の植物であることは理解できた。「椰子の実」のイメージはつかめないままだったが、それが木から落ちて海に浮かび、波に流されて遠い北国まで辿り着いたのを歌った詩なのだと頭に入れた。細かいところでは、「やへのしほじほ」がつかめなかった。母に聞いてみると、「それは漢字にすると八重の潮々、となるから、遥々と幾重にも重なる潮の流れに流されてきたことかな」との答えだった。読み込むうちに、この「椰子」は自分のことなのだと気がついた。

ぼくは避難列車の中でも、暇な時には詩集を読んでいた。夜の暗闇でも、暗唱した詩句を思い出していると、眠れそうもない時にも退屈しなかった。意識した訳ではないが、記憶したり、書写していると、自然に言葉の勉強にもなった。いろいろな漢字も覚えたので、時には簡単な詩句のようなものを書いてみた。

その日の夕刻、列車は猛烈な驟雨《しゅうう》に見舞われた。黒い幕を張り詰めたように暗くなった空から、たちまち大粒の雨が落ちてきた。シートの上に弾け飛ぶ雨のすざまじい音が続いている。子供の甲高い泣き声さえかき消されるほどなので、大人同士が交わす普通の会話は全く通じない。喧噪の中の孤独とでも形容できるような状態が、たっぷり二時間ほど続いた。辺りが真っ暗になると、雨足はさらに激しさの度合いを増す。加えて風までが強く吹き付け、シートの一部を剥がす。雨滴が石つぶてのように、避難民の体を打つ。まくれたシートの端を男たちが釘を打って抑えたが、完全にはいかないので、車内に吹き込む雨を防ぎ止められなくなる。時間が経つにつれ、シートの布目を水が染み通ってくる。こうなると、防ぎようがないので、体中がびしょ濡れになっても、身動きの取れない状態になっていた。

やがて雨が止むと、泣く子の声が通ってきた。

「オウチ、マダ。オウチ、マダ」

「もうじきよ、雨さんが止めば、きっとおうちよ。だから、今は静かにしていようね」と母親のか細い声が答える。

車内は穴の開いた舟の中のような状態になり、床に水が溜まってしまっているので大騒ぎになる。濡れた体の始末をしなければならないが、着替えまで湿ってしまっているので、シャツやズボンをしぼっただけで我慢している人も多い。

「いっそ裸になった方がましだな」と誰かが言った。

「そりゃあ、風邪ひくぞ」


雄鶏が時を作り、八月十五日の朝がきた。雌鶏が立派な卵を生み落とし、人々が歓声を上げ、拍手の波が車内に広がる。

「吉兆だよ、これこそ」と誰かが言った。

「もしかすると壊れやすい希望なのかな」とぼくは思った。

生みたての温かい卵が、人々の手から手へと受け渡される。なべて暗い話の多い中に、一服の清涼剤にはなっている。

雨がすっかり上がり、爽やかな空気の中を列車が新京市に近付いた頃、蒼さを取り戻した空に、白銀色に輝く翼を見せて、一機の飛行機が飛んで来た。ジュラルミンの機体がキラキラと光っている。

「ソ連機か」。誰かの叫び声に、車内は緊張した。それは列車に向けて機首を下げながら近付いているようだった。拡大する機影と爆音……。掃射をまともに喰らえば、無蓋の貨車では逃れようもない。どよめきが広がった。

「列車を止めて、避難した方がいいのじゃないか」と叫ぶ声がした。ところが、いつの間にか、避難民に列車の乗務員を指令する権限は無くなっていたので、それは無理なことだった。

その間にも、機体が近付き、翼のマークが見えだし、直ぐに赤い丸印がはっきりと確認できる。

「おー、日本機だぞ」。安堵の声が、期せずして人々に伝播した。

シートを大急ぎで外して、全員が立ち上がり、「万歳」を叫んだ。降下を続ける飛行機が列車の真上に来た時、何か伝単らしい物を幾つか撒くと、急上昇に転じ、別れの信号を意味する左右に翼を振りながら奉天の方向へ飛び去った。銀色の機体に陽光が鋭く反射している。それは縮小を続けていき、たちまちにゴミのような点になり、次の一瞬では空の青に吸収された。空に撒かれた伝単の内の一個が、ぼくの車輌に落ちてきた。車中がどよめき、人々が争うように空に手を伸ばし、つかみ取った人が伝単の文字を読み上げる。煙草の空き箱に〈必ず勝つ〉と書いてある。それを大声で復唱する人の表情が冴えている。車内に失われていた活気が、わずかに復活した。

間もなく、汽車は新京駅の構内に滑り込んでいた。そこは満洲国の国都として発展しつつある新京市の玄関口で、哈爾浜の駅と同じように幾つもの鉄路が交錯していた。ここを発着する何本もの路線が迷路のように絡まり合っている。十数本のプラットホームには、それぞれ客車や貨車が駐まっている。

新京市は日本人の設計による都市計画を実行して、首都にふさわしい都市造りに成功した場所だった。満洲国が、〈幻の国〉とか、〈偽国家〉とか、歴史の上での否定的評価があるのは仕方のないことだが、当時の新京の都市造りに関与した日本人技術者たちの営為そのものは、彼等の純粋な理想を実体化したものとして、侵略の罪とは切り離して考えてもよい事柄だった。新京市の名称が長春市に変わった現在になっても、なお新京時代の都市計画がそのまま受け継がれている。これは、決して〈負の遺産〉ではない。

広い構内に、何故か人影が疎らで、首都の駅にしては、落ち着き過ぎているのが気になる。

「何か気味が悪いな」と省三が父のそばに来て、囁いた。

「変だよ、確かに…」。父が答えた。広いプラットホームを、貨車から降りた人々が気ままに動いているが、駅員の姿がほとんど見られない。ぼくが乗っている列車の中国人の乗務員が二人、慌ただしく駅舎の方に駈けて行くのが見えただけだった。

「どうも、あの木村氏には困ったよ」。省三が言葉を補った。「また仲間の連中を集めて、何か謀っているらしい」

「悪いことには、支店長が哈爾浜で降りちゃったからなあ。部長じゃあ、威令が伝わりにくいんだ」と父が答えた。

実は、説明が遅れてしまったが、本社の指令によって、支店長だけは、家族と一緒に列車から離れ、哈爾浜に留まることになったのだった。

「しかし、ここで団結せんことには、集団の力が出せなくなる」

「木村課長もそこのところを分かってくれんのかなあ」

詳しいことは、ぼくには理解できないが、哈爾浜の手前の阿城で問題になった分派行動の件が、いまだに尾を引いているようだった。

やがて、何の予告もなく、列車は急に動き出したが、人が走るほどの緩やかな速さだったので、ホームに取り残されそうになった人々が、慌てて貨車の縁にしがみつくことができた。車内にいる男たちが、協力し合って車体の枠にしがみついている人々を、枠の内側に助け入れた。

「危なかった」

「ここで迷子になれば、大変なことになる」。などと口々に言い合っている声が聞こえる。

線路の両側は、平原が果てしなく広がっている。真夏の強烈な太陽の熱を浴びて、貨車はオープンの中にいるような暑さにうだっていた。列車の鉄枠に肌が触れると火傷をするので、注意しなければならない。頭がつかえそうなシートの天井の下で、人々は互いの体温を発散させるてだてを失って喘いでいた。汗が体中を流れ、それもある時間を過ぎると、急に出なくなり、脱水症状に陥り、頭がぼんやりするようになる。息苦しいほど喉が乾いていても、各車輛に用意されている飲用水は食事用の貴重なものなので、個人には給水されない。

「オブチョウダイ、オブチョウダイ」。あちこちで子供たちの声が訴えている。例の幼児も、

「オウチ、カエロウ」とは叫ばなくなった。「オフロ」も「アイスクリーム」も、彼から遠退いている。それだけ彼の日常性が失われ、幼心にも異常な状況の現在が認識されかけているようだった。

公主嶺という駅を過ぎてから、約三時間、炎天下の四平街に列車が入った。血の色に染まった夕陽が、西の地平線を焼いている。大波のように大地が緩やかにうねりながら続き、そのあちこちに林や人家が見える。羊の群れを追う牧童の姿が、遥かな草原のかなたに豆粒ほどになって動いている。赤土の大地の上の人や羊も真紅に燃えている。平原の中に取り残されたようなこじんまりとした四平街の駅に、汽車は疲れ切った旅人のように白い蒸気を吐き、あえぎながら停まった。

十五分も経った頃、奉天の方面から日本兵を満載した貨車が入ってきた。真新しい軍服に身を包んだ中年の兵士たちだった。

「しっかり頼みますよ」。プラットホームにいる避難民が、貨車に駆け寄って兵隊と握手を交わしている。

「大丈夫、日本はきっと勝つよ」。溌剌とした顔の兵隊が大声で答えた。真新しい戦闘帽の日の丸の朱色が鮮やかだった。

避難民たちは、列車の中に総立ちになって、兵士たちに向かって「万歳」を三唱していた。

長い貨車の連なりから次々に起こる声だったので、声と声との重なりが微妙にずれながらうねりとなって膨らみ、プラットホームの屋根に反響していた。

「これからどちらへ」

「多分、牡丹江の方です」

それから五分もしないで兵隊列車は進発した。行く者と残っている者とが互いに笑顔で手を振り合った。そして、兵隊たちが見えなくなってから、ホームの人々の口が動いた。

「鉄砲を見たか」

「いいや、何もなかったよ」

「若者がいなかったし……」

「おっさん部隊だった」。見合わす顔と顔に影がよぎっていた。

退却作戦を取っているとされる関東軍が、ソ連軍に対して反攻に出たにしては、精鋭部隊の勢いがない。丸腰に近い中年兵では何も期待できない道理だった。

ぼくはホームに降り、一気に駈けて行って、駅舎のそばの水道に取り付いた。栓をひねると、急に迸る水に反射して光が散った。飲めるだけ喉を潤してから、ぼくは上半身裸になって汗の体を水で洗った。ほとんど脱水状態だったので、体に水を入れるだけでも、空元気が出そうだった。たちまち水道の周りに人々が群がってきた。ぼくの視界の一角に、群れの後ろに埋もれるようにして立っているタチヤーナの汗まみれの顔が見えた。ぼくは手持ちの手拭いを水で清めると、搾らずにそれを彼女に渡した。

「ありがとう」

「無宗教の手拭いだけど……」。ぼくは笑いながら言った。

「そんな……」。タチヤーナは何かを言い淀んでいるように見えた。空色のプラトークを外すと、彼女の髪が急に豊かに膨らんだようになる。

遠慮がちに手拭いを使う彼女のしなやかな指の動きを、ぼくはぼんやり見ていた。その時、ぼくは既にシャツを着ていたが、肌を拭った手拭いにぼくの体臭が残っているかも知れないと思う。別にそれに拘っていたわけではないが、行為そのものが少し下品なことのようにも気づいたが、彼女は微笑みながらその手拭いを使っている。

間もなく陽子や正一郎も駆け付けてきて、「ずるいぞ、ターニャにだけ」と叫んでいた。

「早い者勝ちさ」とぼくは軽くいなした。

列車が出るまで、例によって、それぞれが家族や知人同士がかたまり合って、気ままな形で時間を過ごしていた。

ぼくは列車に戻り、床の筵に寝そべって体を休めた。すぐそばには、父がズックの鞄の中から『ウスリー紀行』を出して読み始めている。ゴリド族の案内人・デルスウ・ウザーラと共に、父は現実の汽車の中から離れ、遠くウスリー江の沿岸地方の密林をさまよっているようだった。

「本の代わりに一枚でも余計に下着を持ってくればよかったのに……」と母が愚痴を言った。

父は笑って答えた。「下着なんかなんになるんだ。本がなけりゃ助からんよ」

「でも、お父さん、空想もいいけど、絵空事では生きられないわよ」。姉が言葉を挟んだ。

「でもな、よく考えてみろよ。人間、生きるには何が必要なのかな、隆子……。パンのみにて生きるにあらずだよ」

「それは分かるけど……」

「今に垢達磨になるかもよ」と母が横から言った。

ぼくはその時ふと思った、現実には現実としての重さがあり、本の世界は現実ではない点では軽いが、現実そのものに希望がない時には、せめて夢を本に求めないと生きられないのも真実だろうと……。ぼくは詩集を取り出して見ていた。エリュアールという詩人の「灯をつつめ」〈灯火管制の意味と来たるべき反撃のために準備するという意味が重なっている〉という詩が印象に残った。

どうしろというのだ
戸口には見張りが立っていたのに
どうしろというのだ
ぼくらは閉じ込められていたのに
どうしろというのだ

まちは降伏していたのに
どうしろというのだ
まちは飢えていたのに
どうしろというのだ
ぼくらは武器を奪われていたのに
どうしろというのだ
夜はすでに落ちていたのに
どうしろというのだ
ぼくらは愛し合っていたのに

「クロはどうしてるかな」。邦子は、時々行方知れずになった猫の安否をぼくに尋ねた。

「きっと、横道河子で元気にしているよ」。ぼくの答えは、これという根拠はないので、いつも曖昧だった。

「ロシナンテとヒットラーを覚えているかい」

「叔父さんの」

「そう。かわいそうなのはクロだけじゃないんだ」とぼくは言った。

深夜、おそらく午後の十二時過ぎに、汽車は思い出したように走り始めた。それは、疲れ切った人の、足重い歩行によく似ていた。〈いやだ、いやだ、いやだ〉とそんな風に線路の継ぎ目を拾う車輪が嘆いていた。〈どうしろというのだ〉という詩句が頭から離れない。〈どうしろというのだ　夜はすでに落ちていたのに〉。

うとうととしていたぼくは、何となく体を揺すぶられていた。こうして、ぼくの八月十五日は終わった。その日、敗戦の知らせは、汽車の中までは届かずじまいだった。でも、もしその日の特別な意味を理解していたとすれば、〈どうしろというのだ　まちは降伏していたのに〉という詩句は、あまりにもぴったりはまり過ぎていて震え上がったかも知れない。

異常なほどに雨のよく降る八月だった。十五日の夜中から降り始めたそれは、十六日になって土砂降りになる。例によって、無蓋車にシートを張るが、雨避けになるのは二十分ほどの時間だけだった。間もなくシートは、ないよりはましの代物に成り下がる。滴り落ちる雨滴にだけは親しまれて、避難民はたちまちに濡れ鼠になっていた。晴れの日は強烈な陽射しに差し貫かれ、雨には水に祟られ、いずれにしても無蓋車に詰め込まれた避難民に、天は怠りなく試練を準備してくれていた。避難民とは、何かから避難しようとして、結局は様々な災難に遭遇せざるを得ない人々を称するとすれば、この言葉そのものが逆説的でさえあった。立ちはだかる運命の女神は、優しくはない。とても優しい振りはしているが、実はかなり残酷なのだった。

八月十六日は、最初の犠牲者が出た日として記憶されねばならなかった。生後八ヶ月になる乳児が、母親の胸に抱かれたまま、ひっそりと死神に命を譲り渡していた。母親が連日の緊張による疲労から、狭い車内で無理な姿勢で居眠りをしていて、目が覚めてみると、彼女の乳房の間で幼児がぐったりしていたという。周りの人が人工呼吸や心臓マッサージなどの応急措置を講じてみたが、乳児に呼吸は戻らなかった。脱水症による衰弱死なのか、乳房による圧死なのか、原因ははっきりしない。事実として存在するのは、厳然とした「死」そのものだった。母親は乳児を抱きしめながら悲鳴に近い声で、わが子の名前を呼び続けていた。二人を遠巻きにして避難民たちは、呆然として立ち尽くしていた。幼児の死顔は苦しみの痕跡を留めず、ひたすらに眠っているだけのように見えた。ついさっきまで動いていた乳児のつぶらな瞳が、急に静止して、命の灯が絶えた。それは、何かひと続きの自然な成り行きのように、変化の際立つ節目のドラマもなく、常に静的な生から死への移行だった。

周りの人が用意した蜜柑箱に遺体を納める段になって、母親が冷たくなった我が子をしっかり抱え込んでしまい、他人に触らせようとはしなかった。

「どうして、どうして」。母親は同じ言葉を繰り返すばかりだった。「私の恭子を取り上げないで……」

貨車の中にいる大人たちが、普段の半分ほどに押さえた声で、しばらく相談していた。

「どうして、どうして」。母親の声は震えを帯びていた。

間もなく、大人たちの相談がまとまり、年配の班長が母親を説得しようとした。

「埋葬して供養しないと、恭子ちゃんが浮かばれないよ」

「どうして、どうして」

「いつまでもそのままではいられないから……」

「どうして、どうして」。この若い母親の執拗な問いに、明快に答えられる者は誰ひとりいない。

「魂は抜けてしまったんだよ。恭子ちゃんの御霊は、とても残念だけど、そこにはもういない。悲しいことだけれども、あなたの腕の中にあるのは遺骸なんだ。ありていに言えば抜け殻なんだよ」

　彼女の親戚の人が三人掛かりで、泣き喚く母親を押さえ込み、強引に遺体を奪って、棺に入れる。母親は号泣し、我が子を取り返そうとして暴れるが、男たちにそれさえ制止されると、自分の髪をかきむしっていた。激しい雨の吹き込みが、天の涙のように彼女の全身を濡らしていた。「どうすればいいのだ」という詩句が思い出された。

　汽車は長い鉄橋を渡って進んでいた。その轟音は地底の悪魔が唸っているかのようだった。多分松花江の上を通過しているのだろう。小半時も橋の上にいるような感じだった。鉄路の低音の震えが、車体の底を揺すっている。

貨車の上での日常……。息苦しいほど窮屈な中での、鉄路そのもののような単調な時間が流れ、ひとつのささいな諍いが大きな波紋を呼び込んでいた。

車輌の一隅から突然声が上がった。「うるさい、何とかしろ」

卵を生んだ雌鶏がしきりに鳴いている。

「すまんことで……」と飼い主が謝った。

「ふざけんな、ここは鶏小屋じゃぁあねえぞ」

「まあまあ、そう言うなって」。鳥を飼っている人の班の班長が間に入って宥めたが、興奮している人間には通じない。

「共同生活にはな、暗黙のルールってものがあるはずだ。分かるかな、ルールはルールだよ」

「理屈は分かるけど、まあ、そう言うなって、こんな殺風景なところでさ、鶏がコケコッコーと鳴いて、とっても長閑じゃねえか」。班長が宥めた。

「何を呑気なことを……」と怒った人は叫んだ。「臭くてかなわんしさ」

その時、「殺して食えば」と誰かが言って、火に油を注いでしまった。

「殺すと言うなら、おれを殺せ」。飼い主までヒステリックな声で怒鳴りだした。「ピーコとピヨはおれの命だで……」

「誰もおまえに死ねなんて言ってねえわい。鶏の方よ。問題を勝手にすり替えるな」。互いに神経が立っているので、ささいなことが大きくなってしまう。

そんな言い合いはまだ続いていたが、父は本の世界から出なかった。騒ぎが大きくなって、怒鳴り合う声が響いているので、聞こうとしなくても自然に耳に入る。父はそれを完全に無視していた。ありえないようなことだが、父は異次元の人間だった。そうでなくても蒸れ返っている狭い車内に、別の熱気が加わり、しかも行き場がない。ささくれがささくれたまま向かい合っているようなとげとげしさだった。

「おれは降りる。ピーコとピヨを殺されたくはないで」と飼い主が叫んでいた。

「ありがたいね、そうなりゃうるせえ奴が厄介払いできるってもんよ」

「そんなこと言うもんじゃないよ」。班長がまた宥めに掛かった。

「次の駅で降りてやるさ。これ以上こんな薄情な男どもの顔見たかねえからな」

「それこそお互い様よ、おれもてめえのニワトリみてえな面なんぞ二度と目に入れたかねえだよ」

班長は一計を思い付き、鶏小屋を貨車の外側につるした。風が吹く度に、小屋が揺れ、中の鶏が暴れた。覿面《てきめん》にニワトリは卵を生まなくなり、毛羽《けば》さが悪くなる。

いつの間にか夕方になり、雨が降り出した。また鉄橋に差し掛かり、轟音のために例の諍いも強制的に終息させられる。まだ夜ではないのだが、辺りは暗くなっていて、視界がきかなくなっている。シートの隙間から吹き付けてくる風に、河の水の匂いがする。鉄路の下を流れているのは、やはり大河・松花江だった。橋桁を揺るがす列車の重い音……。雨と風の旋律と、戦慄……。

死後、五、六時間を経過していたが、母親はまだ柩の傍らに蝋人形のような姿で凝然と座っている。その背後には、班長から監視を依頼された中年の女性が、見守っていた。

列車の速度がかなり落ちていて、時速三十キロほどだった。黒い帯のような分厚い夜が、周りから列車をくるみ込んでいる。それは、これまでに経験したことのない暗くて、重い夜だった。


八月十七日。ようやく雨が上がり、ほっとして一息ついた頃に、鉄嶺という駅に着いた。すると、駅舎の中から数人の日本人が駆けつけて来て、口々に何か叫んでいる。ぼくの位置からは遠かったのと、車中の人々の反応が重なり合ってしまい、情報が伝わらなかったが、波状の囁きが、間もなく言葉の輪郭を鮮明にして意味を知らせてくれた。

「大変なことだよ」。ぼくから五メートルほどの距離にいる人が叫んだ。

「どうしたんだ」と父が訊いた。

「戦争が終わったぞ」

「まさか」

「負けたんだ。連合軍が日本本土をめちゃくちゃにしているそうだよ」

「そんな、デマに騙されまいぞ」と父は逆らっていた。

「負けたのは事実のようだよ」。幾つかの言葉が重なり合いながら飛び交い、一気に車内が興奮の渦の中に巻き込まれている。

やがて、班長会が開かれ、高橋省三や父が駆け足で駅舎の方へ出て行った。

ぼくもホームに降り立ち、しばらく背伸びをしてから、洗面所のある方へ向かった。途中で出会った未知の青年から、新しい情報を耳にした。

「ラジオで聞いたことだがね、停戦協定を本国政府が受諾したそうだよ」

「やはり、敗戦なんですか」

「うん、残念ながら……」。彼は答えた。「本当に悔しいよ」

どういう条件での停戦なのか、詳しいことは一切不明なままだったが、とにかく日本がこの戦争に負けたのは確かなようだった。〈東洋一の関東軍はどうなったのだろう〉。ぼくは訳が分からなくなり、ただ震えていた。棍棒で頭をいきなり殴られたような感じがした。

例の詩句が、また浮かんできた。〈どうしろというのだ　まちは降伏していたのに〉

満ソ国境を越えてソ連軍が攻め込んで来た日が、つい先日の八月九日のことだったが、それから週日を待たずに日本軍はあっけなく白旗を振ったことになるのだった。鉄壁を謳われた関東軍は、実は〈張り子の虎〉だったのだろうか。津波のように押し寄せるソ連軍の前に、日本軍はほとんど抵抗らしい抵抗の手段を持ち合わせなかったらしい。

「これから祖国はどうなるのだろう」とぼくは思った。満洲国が崩壊し、大陸の日本人は一切の権益を失った。ついさっきまでは確実に自分の所有だったものが、今は他人のものになっている。横道河子がぼくから無限に遠退いて行く……。少年時代を過ごした土地が、その人間の故郷になるのだとしたら、ぼくは故郷を喪失してしまったことになるのだった。横道河子にまつわる様々な思いが、ぼくの胸の中を渦のように乱れながらよぎって行く……。ぼくは鉄嶺の駅の白いプラットホームに佇み、しばらくの間、外の景色が見えなくなる。体の芯が冷たく痺れるような感じがした。〈これからどうすればいいか〉。ぼくにはもう帰るべき所がないような気がした。横道河子は既に〈過去の土地〉となり、その先は何も見えない。内地は赤ら顔の巨人たちが軍靴で蹂躙する所になっているらしい。進路も退路も断たれ掛けているぼくは、いわば袋の鼠だった。〈どうしろというのだ　ぼくらは閉じ込められていたのに〉

体の表面は熱いのに、芯は冷え冷えしていて、むしろ寒いような奇妙な感じに捕らわれていた。

ぼくは洗顔もしないで列車に戻った。黒い箱の中に詰め込まれた人々は、一様にひっそりとしていて、例の乳児が息絶えた日に似て、互いに視線を避け合い、俯き合っている。気がつけば、プラットホームに体を投げ出して泣いている何人かの姿が目に付いた。ぼくの周りで世界が穴の開いた風船玉のように萎んだような感じで、吸い込む空気さえ酸素が急に薄くなっていた。

班長会が終了し、各班長が班員をプラットホームの一角に集めて、班長会で得られた確実な情報を伝達した。日本はポツダム宣言を受け入れて、連合軍に対して〈無条件降伏〉をしたとのことだった。

「関東軍山田乙三司令官のご指示により、関東軍の〈全面降伏〉が発令されたそうです。これからは、不測の困難が我々を待ち受けていると思うが、皆一致団結して、本土へ帰れる日までがんばろうではありませんか」

日本国の敗戦を頭で知りながら、ぼくには『本土』の姿が見えなかった。イメージとしての『本土』がないので、写真で見る姫路城や名古屋城など、お城の形だけが頭に浮かび、その巨大な建物が石垣もろともに崩れる姿がぼくの内部に映っていた。〈瓦解〉という言葉が、その心象に合致していた。敗戦と共に満鉄の組織もなくなっていたので、運行指令の主体が曖昧になり、このままだと、列車が迷走しかねない道理だった。

避難列車の中に、急遽設置された幹部による輸送司令部の意見が割れて、今後の行動についての見解が分かれ、結局、三日間鉄嶺に停車することになった。鉄嶺から南都・奉天までは、およそ百キロほどの距離があるが、その奉天がアメリカの大型爆撃機の空襲を受けてかなり破壊され、しかも治安が乱れているとの噂が頻りであったために、それまでは圧倒的に多かった南進派（奉天市の避難所まで行こうという人々）が半減し、再び新京か哈爾浜へ戻ろうと希望する幹部が増えていた。輸送司令部は毎日会議を重ねて、結論を出そうとしていたが、二派の対立は鋭く、意見をまとめかねていた。松花江の水のように、徒に時間が流れていた。

八月十八日になり、暇を持て余したぼくの家族は、鉄嶺の駅を離れて町へ出掛けてみた。鉄嶺は戦争の影も見えない静かな落ち着いた町だった。プラタナスの緑濃い街路樹の連なりの間から、赤い煉瓦造りの家並みが透けて見え、それは横道河子の山の手辺りの住宅街によく似ていた。

「ここの水はな、満洲でも第一だそうだよ」と父が言った。

水道の水なのだが、硬水なのか、まるで湧き水のように冷たく、しかもよく透き通っていて、味に深みがあった。

トマトを商う中国人を呼び止めて、小粒ながらよく熟した品物を物色している時、偶々通り掛かった三十代らしい年格好の婦人が、母に話し掛けてきた。

「どちらからいらっしゃったのですか」

「横道河子です」

「それは遠くから大変でしたね、お疲れでしょう」。和服を着た丸顔の上品な婦人だった。「もし、よろしかったら、私どもの所でお茶でもいかがですか」

案内されて、その婦人の後に従って行くと、そこは満鉄の官舎だった。満鉄の社員として働いていた夫は応召していて、家には婦人と幼児が残されていた。

「内地も大変だそうです。広島と長崎に特殊爆弾が落とされたようで、大勢の人が亡くなられたらしいですよ」。婦人はお茶を淹れながらそう言った。

「特殊爆弾ですか……」。父が応じた。

ぼくたちには、その意味が呑み込めない。「特殊」という言葉がかぶさっている以上は、普通の焼夷弾などではないのだろうが、何が「特殊」なのかが理解できなかった。

「焼夷弾より何倍か威力のあるものですか」と母が尋ねた。

「はあ、よくは分かりませんが、ひとつで何十万人もの人が消えたそうです」

「消えた」。父が婦人の言葉を繰り返した。

「消えたと言うより、溶けてしまったとか……」

「ほ、ほう」

父は二の句が告げなくなっていた。

「どうぞ、お茶を……」

差し出されたお茶を、ぼくたちは拝むようにして飲んだ。丸三日以上口にできなかった熱いお茶を、満洲随一の鉄嶺の水で味わうのだった。それは、喉を潤すだけではなく、胸の奥まで染み通った。

「私たちも、いずれ皆様と同じ運命です。困った時にはお互いに助け合わなくては……」

それから、その婦人は、ぼくたちのためにわざわざご飯を炊いて、おにぎりを作ってくれた。

「もしよろしければ、お風呂を焚きますが……」

「ありがたいことですが、列車がいつ出るか分かりませんので……」と母が答えて、風呂だけは遠慮した。

その家を辞し去る時、婦人はにぎり飯の他に、菓子や塩漬けの紫蘇の実を母の手に渡してくれた。

駅に戻ってみると、列車は火をすっかり落としてプラットホームに腰を据えていた。当分は動きそうにはない。

「これなら、お風呂、もらえばよかったな」と父が言った。

「それはお父さん、欲張りってものよ」。姉の隆子が答えた。

ほかの避難民たちも、三々五々町へ出て、買物や散策に時を過ごしていた。ぼくたちの家族は、駅のベンチに掛けて、最前貰った紫蘇の実をかじっていた。そうしていると、紫蘇の香りが辺りに漂った。ぼくはその実の採れる頃の横道河子を思い出していた。今やかなり遠景に退いた土地のことだったが、そこには無造作に投げ出された平たい日常があるはずだった。でも、それは既に手の届かなくなってしまった架空の日常なのだった。

「家なき子って知ってるかい」とぼくは妹の邦子に聞いてみた。

「知らないけれど、それって家で泣いてる子供のことかな」

「まさか」。ぼくは邦子に「家なき子」の話をざっとさわりだけ話してやった。

「かわいそうな子だね」と邦子がぽつりと言った。

「ぼくたちもみんな家なき子になったんだよ」

「嘘ばっかり」

「嘘ならいいんだけれども」

「兄ちゃんが家なき子になっても、わたしはクロのいる家があるのよ」

「そうか。あればいいけどな」。ぼくは口ごもってしまった。五歳の邦子には理解できないようだった。

それからしばらくした頃、線路沿いの小径を陸軍の軍服を身に着けた男が三人、辺りを窺いながら近付き、プラットホームに入ってきた。彼らはベンチに腰を落ち着けている父に向かって丁寧な敬礼をして、ひとりずつ氏名を名乗った。

「我々は関東軍の軍人でありますが、戦場の混乱状態により、部隊からはぐれてしまいました」

三人の中で最年長の河村という伍長が言葉を続けた。

「もし、でき得れば自分らも皆さんと一緒に、この列車に乗せて頂きたいのですが……」

直ぐに父が三人を西田部長の所へ案内して、部長に事情を話した。ぼくら子供たちも、父の後についていった。

「同朋だから当然のことだよ」。部長の一言で、三人はその日から避難民の仲間に加わることになった。

一見して彼らが、捕虜になるのを恐れて部隊を逃げ出した、いわゆる〈脱走兵〉であることは、直ぐに分かったが、戦争は既に終わり、軍隊という組織も、集団としての意味を失っているし、兵隊が一般人と分け隔てられる意味も崩れていた。勿論詳しく集団の意味を問うとすれば、我が家の属する集団は、木材関係の会社集団であり、軍隊という組織の一員だったこの三人の〈脱走兵〉とは異質なものだったが、この場合は同じ〈日本人〉という一点だけで、その異質性が排除された。また、受け入れる側の避難民にとってみると、団員に若い男が少ないのが現状だったので、彼らの参加は組織の維持にはむしろ好都合だったのだ。

死んだ子供の亡骸《なきがら》を納めた蜜柑箱を、男たちが線路に続く広い野原の一角に運んで行き、積み上げた薪の上に載せ、鉄嶺の町で買ってきた石油を掛け、火葬にした。その子の母親は、葬列に付いて行こうとしたが、母や波子たち数人に止められ、泣きながらも列車に残された。遮るもののない場所なので、かなり離れた草原での火葬の煙が、列車からよく見えた。煙は初め真っ直ぐに伸び、途中から風に吹かれて西の方に靡いた。親戚の女たちが母親の前に立ち、彼女の視界から火葬の黒い煙を奪っていた。

五時間ほど経って、男たちが草地から引き返してきた。乳児の骨を入れたボール紙の小箱が、正気を失った母親の手に渡された。彼女はそれをただ持っているだけで、箱の中味には無関心のまま、ひたすらにぼんやりとしていた。焚き火と石油の臭いを体に染み込ませた父は、戻るなり誰とも口をきかずに、車輌の隅で体を丸めていた。

八月十九日の午後、駅のラジオで疎開本部の指令が放送された。雑音混じりで聞き取りにくいものだったが、要旨は次のような指令だった。

〈新京以南にいる避難民は、直ちに新京に戻れ〉

その指令に応じる形で、列車は重い腰を上げ、鉄嶺の駅を離れ、後戻りすることになった。列車は病人の試歩のようにかったるい動きを示した。運転士が奉天へ行きたがっているのに、無理矢理後戻りさせられ怒っているらしいとか、燃料を節約するために速度を抑えているらしいとも噂されたが、真偽のほどははっきりしなかった。避難民はかなりの金額を賄賂として運転士に渡しているので、渋々ながらも機関車を動かしているようだった。沿線の農村風景は相変わらずだったが、土の家のあちこちに青天白日旗が風に靡いているのが目新しい感じだった。それは、満洲国時代には、絶対に見られない旗だった。蘭の花を型どった満洲国の旗は、もうどこにもない。

開源という駅へ近付くにつれ、奇妙な集団の姿が目に付きだした。線路沿いに農民が鎌や鳶口や棒を持って並び、ゆっくりと通過する列車に向かって口々に何か叫び立てている。ぼくは、間近に見る彼らの表情から、殺気立ったものを読み取った。彼らにとっての昨日の圧制者・日本人は、今日の敗北者だった。彼らは鳶口の先で列車の側壁をしきりに叩いた。危険を予知したためか、列車は少しスピードを上げた。

「もしも、列車が停まったら……」。ぼくは背中に氷嚢を負ったようになる。その時初めて、差し迫った危険を肌身に感じていた。

「子供は外を見るな」と班長が叫んでいる。

河村伍長とその仲間の元兵士が、車外の暴漢と対抗して、時には竹刀のようなものを振り回して暴漢の鳶口を叩き落としたりしている。わめき声がひどくなり、中には石を投げる者もいた。ぼくのそばには煉瓦の破片が飛んできた。

開源の構内に入ると、ホーム脇の枕木の側に、晴れ着を着けた五、六歳の女児の轢死体が転がっていた。体中が黒いのは、蝿の群がりだった。胸元にはサルスベリの一枝が添えられている。構内には暴漢の姿は見られなかったが、駅舎の窓という窓がことごとく叩き割られていた。かなり大きな駅なのに、駅員の姿も見えず、閑散とした雰囲気だった。プラットホームに飛び散ったガラスの破片に陽が当たって、光が乱れている。列車は徐行しただけで、開源の駅を通過した。

ぼくは、誰かに追われているような気がして、落ち着かなくなった。悪い夢を見ている時のように、ぼくの内部が芯の辺りで硬直していた。

コウリャンやトウモロコシの畑が続き、所々に湿地や草原が広がっていた。その間に点在する小さな農家や煉瓦工場、それらがちっぽけに見えるのは、あくまでも大地の広大な広がりと相対してのことだった。畑で働く農夫や牛馬……。草をはむ羊や山羊の群れ……。列車の向こうに展開し、遠景となり、常に後退していく外界……。朝が来て乾パンが配られ、昼になり少しましなパンが用意され、やがてまた乾パンを口にしなければならない墨色の夕暮れが訪れても、一見して平穏な景色は繰り返され、あまり変わらない。その単調さの中に、よそよそしい大陸の日常がすっぽりと納まっていた。

「何とかならんかな、この乾パン食は……」と父が呟いた。

「もう唾も出ないよ」。高橋省三もぼやいている。

「でも、食べられるだけいいのよ」とタチヤーナが言った。

「乾パンがなくなれば、その時ぼくらは飢えてしまうのだろうか」とぼくは思った。〈どうしろというのだ　まちは飢えていたのに〉というエリュアールの詩句が口をついて出てくる。

列車が走り続けている以上は、火を使えず、調理ができない。食欲のない者や乾パンを受け付けられない者は、衰弱の一途を辿った。歯のない老人や病人・幼児たちが、日に日に痩せていき、命の灯火が風前にあった。健常の者でも、乾パンは硬くて不味いものだ。それは口の中の水分を奪い、喉を砂漠にする。〈砂を噛むような〉という比喩があるが、硬い乾パンは〈石を噛むような〉に近い感じだった。腹と背中がくっ付きそうな時でも、それは喉を通りかねていた。

新京市に着いたのは、八月二十一日の朝だった。六日ほど前に、ここへ来た時の静かな構内とは様変わりして、その日の新京駅は騒然としていた。プラットホームや線路脇に、衣類や野菜、砂糖・小麦粉などの袋や包みが散乱していて、線路内に遺棄されている列車の中から、旧日本軍の物資らしい物が略奪されている。略奪している群衆の中には中国人や朝鮮人に混じって日本人もいた。既に一切の統制を失い、法律も道徳もなくなっているので、いわば無政府状態の混乱を見せているようだった。ホームの外れの引込線の辺りには、数人の死体が転がっている。ぼくは震え上がりながら、そばまで近付いて遺体を見つめた。その中には大人の遺体に折り重なるようにして、幼児の死体があった。体中がべっとりと黒く見えるのは、無数の蝿だった。古い遺体は、裸にされたまま腐っているので、開いている口や眼球のあたりから蛆虫が蠢いている。日本人かどうかまでは確認出来ないが、服装などから日本人らしいと思われる。

列車が停まると、大半の避難民が降りて行ったが、近藤林業公司の関係者は、班長会の結果、本社のある哈爾浜まで戻ることになり、車中に留まっていた。それまで満鉄の関係者で占められていた客車が空いたので、ぼくたちはその方へ移ることになった。そのお陰で、有蓋の軟座席にゆったりと体を休められるようになり、くつろぐことができた。

ぼくたちのような物資に乏しい避難民も、生きるためには何でもするようになり、放置されていた車輛に、軍用の物資を調達に出掛けた。普段ならば、それは明らかに盗みだったが、強盗という汚れた意識に偽りの操作をして、日本軍の残したものは、邦人が流用しても泥棒にはならないと、自分の行動に都合のよい理屈を付けることにより罪悪感を払拭した。貨車の中には、毛布・シューバー・米・小麦粉・砂糖・下着などを含む衣類など、色々な物資が梱包されたままになっている。ぼくも略奪者の群れに加わり、物欲の虜になり、あちこち駆け回って手当たり次第に品物に飛び付いた。暗黙の内に役割分担ができていて、男たちの〈戦利品〉を窓から受け取る役が女たちだった。この場面では、ぼくを含め、そこにいるほとんどの日本人も立派な暴徒だった。手当たり次第に物に飛びつき、血眼になってあさり回る。男も女も餓鬼さながらになった。

ぼくたちには理解のできない何かの都合で、列車が進発しないでいるうちに、時間は刻々に移り行き、既に二十二日になった。そして、その日、ぼくたちは忘れられない「事件」に遭遇することになった。ソ連軍の新京入城を目の当たりにすることになったのだった。

哈爾浜方面から次々に新京駅構内に入って来る貨車から、油染みてボロボロのルパーシカを着たソ連兵が、続々とプラットホームに降り立っている。泥まみれのどの顔にも、戦いの後の安堵と疲労の色が浮かんでいる。事情を知らなければ、戦勝国の兵士とは、とても想像が付かないほど、みすぼらしい恰好の者が多い。邦人の目には珍しい自動小銃（形がマンドリンに似ているところから、これをマンドリンと称していた）を肩に掛けている兵士の顔をよく見ると、純粋のスラブ系のロシア人は少ないようで、ほとんどが蒙古系の兵士であるせいか、ロシア人というより、鼻の低い扁平な面立ちの様子が、むしろ東洋的な感じがする。いつの間に集まったのか、何百人もの中国人が、線路脇に群がり、ソ連旗と青天白日旗とを交互に打ち振って、進駐軍を歓迎している。彼らの中には肩に日本軍の物資を載せている者がいたり、上から下まで日本陸軍そのままの服装を身に付けている人もいて、場違いな戦闘帽の日の丸が、不思議に鮮やかだった。ロシア語に中国語が絡まり、声のボルテージが上がる。騒ぎの圏外にいる日本人避難民は、列車の中にひっそりと固まって、目の前に展開するパレードをぼんやりと見ていた。商才に長けた中国人の中には、ソ連兵士を相手に商売を始める者がいて、奪いたての日本軍の物資をしつこく売り込んでいる。あちこちで兵隊たちの野卑な奇声が上がり、偏平な黒い顔が、歯をむき出して笑っている。白と赤のチョゴリの布の色がひらひらと揺れ、これも商売人なのか朝鮮族の婦人が数人、兵士たちに抱えられて黄色い声を発している。ソ連軍に軍律というものがあるのかどうかを疑わせるに足る光景だった。

哈爾浜に向けて列車が出たのは、その日の夜になってからのことだった。満月に近い巨大な月が、皎々と辺りの平原を青白く照らしていた。薄い雲が月面を撫でるように流れている。ソ連軍の入城という確かな敗戦の現実を目の当たりにして、避難民の気力は挫け掛け、それは骨を抜かれた凧の姿さながらだった。

満鉄の統制もなくなり、列車ダイヤがどこで組まれているのかはっきりしない。日本人の手を完全に離れてしまっていることは確かで、その影響がもろに出たせいで、新京からは空いた貨車に勝手に中国人が潜り込み、乗り切れない者は屋根の上にまでしがみついている。人間の足が、窓のそばにいるぼくの目の前にぶらさがっていたりする。

「危険だから、窓際に近付くな」と父が注意した。「何が起こるか分からないぞ」

やがて、中国語の話し声や叫び声が聞こえだし、初めは不揃いだったものが、次第にひとつに纏まり、シュプレヒコールになる。

「何だろう」。ぼくが父に尋ねた。

「あれは、九・一八を忘れるなという意味らしいよ」と佐竹波子が横から答えてくれた。

「そうか、三十一年（昭和六年）の九月十八日のことで、奉天の郊外の柳条溝という所で鉄道が爆破された事件を契機に、満洲事変が勃発したってわけだ」

中国人にとってはその恨みを忘れることはできないのだった。

「不要忘記（プーヤオワンジィ）九（チュウ）・一八（イーパ）」

「不要忘記　九・一八」

声の波が邦人の耳を圧していた。叫んでいる者のほとんどが、その日暮らしの苦力や流民で、やはり戦争の犠牲者たちのようだった。中には関東軍に徴用されて、奴隷のように酷使されていたひともいるようだった。

「用心しろよ」と父がまた注意した。「日本人に敵意を持っている者が多いからな」

同じ列車に、いわば敵味方が乗り合わせているようなものだった。「呉越同舟」という言葉が浮かんだ。それも敗者と勝者の乗り合わせなのだから、日本人は肩身が狭い。

夜明け方になって、辺りが白っぽく見え始める頃、ぼくの耳元で突然銃声がした。外から狙い撃ちされたのだと思い、ぼくは慌てて床に伏せて身構えた。屋根の上の流民の騒ぎがぴたりと止んだ。朝の薄い光の中に高橋省三の姿が浮かび上がり、彼の右手には拳銃が握られている。徐ろに銃の安全弁を掛けながら、省三はぼくの方を見て微笑んでいた。

「屋根から小便を垂らした奴がいてね、我慢の限界だったんだよ」

「ピストルを持っていたんだ」とぼくが言った。

「見付かると危ないぞ」。父が横から声を掛ける。「早く捨てようよ」

「いや、いや、まだ、役に立つ道具だ」と省三が笑いながら答える。「いざという時にはな、人も殺せるが自殺もできるんだよ」

ぼくはその「いざという時」が来ないように祈った。そして、ふと思った、ボルゾイを処分した拳銃なのかと……。

「人間死ぬまでが人生だよ」と父が言った。「寿命まではなんとか生きなきゃ」

「生きることと死ぬこととは、意外と近いとは思うがな」と省三が言った。「犬を始末する時、もし生かして残しても、いずれ餓死するわけだ。それならむしろ、射殺してやる方が愛情のある選択だろうと思ったんだ」

ぼくは省三の言葉が胸の奥に刺さり、グレートデンとロバのことを思うと、その場にいたたまれなくなる。

「悲しいこと思い出させないで」。タチヤーナが訴えるように言った。

「どうしても、横道河子に帰りたい」。鉄嶺のプラットホームで話をした時、タチヤーナはそう言っていたのを思い出す。

しかし、〈帰りたい〉と思っても、今や横道河子は〈帰れない〉土地になっていた。ぼくは、その言葉と同時に、タチヤーナの白蝋のような硬い表情を思い出していた。横道河子に残留している彼女の母親の安否を気遣ってのことだった。

「マリアさんはどうしているのだろう」とぼくは口の中で呟いた。タチヤーナの家が頭に浮かんだ。中庭の大きなブランコ……。それにひっそりと腰掛けているマリアの姿……。

「四キロ」の周辺の野原にはタンポポの群生地があった。復活祭で賑わった教会の裏の風景だった。風が吹く度に白い穂が舞った。かすかに教会の鐘が鳴っている。

そう言えば、昼間、列車は一面のタンポポの咲き乱れた黄色一色の原っぱを通過していた。するとぼくの頭の中では、学校で習った「タンポポの歌」が流れ出した。

（タンポポ畑のパラシュート／お風に吹かれて／お空から／ふんわりふんわり／降りてきた）

そして今は薄暗い中で、タチヤーナの様子を、ぼくは窺っていた。数メートルほど離れた位置に横たわっている彼女は、身じろぎもしないようだった。辺りは静まりかえり、軌道の継ぎ目を拾う車輪の音だけが、時間の移り行きを刻んでいる。開いた列車の窓から風が吹き込み、タチヤーナの白い帽子からはみ出た髪を、静かに揺すっている。ぼくは移動して、彼女のそばに寄り添った。目が合うと、タチヤーナが少し微笑んでいる。

「これから、どうなるの」

問われるまでもなく、ぼくにも先の見えない話だった。

「近くが見えないけれど、こんな時は遠くを見ていたいね」

「それが駄目なの」。彼女は呟くように言った。「私には近くも遠くも、霧の中らしいもの」

「でも、希望はなくしたくない、未来について……」。言葉が、その時、ぼくの口の中で先細りになって消えていた。

「確かにその通りよね」

そこで会話が途切れそうになったので、話題を変えなければならないとぼくは思った。

「空のことを考えようか」

「空って……」

「天体のことさ」

「宇宙のことね」とタチヤーナが言った。

「そう、昼の太陽、夜の星と月……」

「ああ、それは、きっと神様のことを思うのと似ている」

「神様か」とぼくが言った。「夜空の星に話し掛けるように、きみは神様に……」

「いいえ、神様が私に……」

いずれにしても、それはこの地上の生活を離れることに繋がっている。

第5章　陶頼昭《とうらいしょう》の夜

幼少期の溥儀・満洲皇帝

八月二十三日の朝がいつものように緩やかに巡って来たが、車内は深林の中のように静かだった。先日来、例の鶏の夫婦は、文字通りの〈鳴かず飛ばず〉の状態になり、雄鶏は時を作るのを忘れ、雌鶏は卵を生まなくなった。栄養失調と運動不足に加えて、蒸し暑い巣箱の中の環境が悪過ぎたようだった。鶏たちは、ただ生きているだけで、ほとんど眠っているようになっていた。そこでは、鶏でさえ頬がこけて、険のある顔になっている。もっとも、勢いがなくなったのは鶏ばかりではない。諍いの種はあっても、既に諍うエネルギーが尽き掛けていた。鶏と同様に慢性的な食料不足で活力を失い、横になっていることが多くなっていた。今日がだめでも明日になればなんとかなりそうに思えていた時期は過去のものとなり、人々の希望というはかない貯蓄も既に底をつき、時間を忘れるための擬似的な睡眠に逃げている。朝が来ても、それは夜の続きでしかないのだった。

陶頼昭市の鉄橋に差し掛かった時のことだった。列車が急に停まった。立っていた人が、衝撃で二メートルほども飛ばされる。びっくりして目覚めた人々が窓から顔を出して外を覗いてみると、行く手の約五十メートルの交差点に、横倒しになって動けないでいる五輌連結の貨車が見えた。ぼくらの乗った避難列車は、前途を完全に遮断され、それより北には一歩も進めなくなり、陶頼昭に留まらざるを得なくなった。折りしも、哈爾浜についての悪い情報が頻りにもたらされていた。彼の地の治安は極度に悪くなっていて、日本人のほとんどがソ連兵から迫害されているらしいとのことだった。具体的には、男は重労働を課され、女は監禁された上で次々に輪姦されているというようなひどい噂だった。近藤林業公司の社長もソ連軍に拉致され、行方不明になっているという。根も葉もない噂ではないことが、はっきりしてきた。哈爾浜から逃げ出して来た複数の人の証言を聞いたからだった。

公司の幹部が会議を開いて、情勢を分析した結果、新京へ戻る方の案を選択することになった。しかし、鉄道が既にソ連軍の管理下に置かれてしまっているので、日本人の意志通りには列車が動かない状況だった。ソ連当局の許可がなければ、列車の進行方向を変えることさえできない。

その日から動かない列車の中での生活が始まった。客車に移って以来、何とか余裕のある場所が得られたので、それまでの狭苦しい事態からは逃れられたが、哈爾浜へ行くあてが外れてしまったために、新たな不安が避難民の上に重くのしかかってきていた。

邦子は、例によって横道河子に残してきた猫や家鴨などの安否のことを気にしていた。家族は彼女の執拗な質問に攻められ、不確かなことを言葉だけ確信あり気に答えさせられ、それが度重なるにつれ、いい加減うんざりしていた。大人たちは、当面の生存に関わる問題にかかりっきりで、子供のことにかまけている余裕はなかった。

全ての物が日本人の手から離れていった。列車や、その列車が載っている大地や、それまで住んでいた家さえも、もはや他国の物だった。日本人は生きる基盤を失い、ただ仮にそこにいさせてもらっているだけの存在に成り下がった。息苦しいのは、酸素が薄くなったせいではないが、空気までが変わってしまったみたいになった。普段は声の大きな父だったが、ほとんど口をきかなくなり、その分、本の世界に内向して、暗い話の多い外の世界を離れ、架空の世界に移住していた。確かに、避難民の耳には、景気のいい話は、どこからも聞こえて来ない。

列車の周りに中国人の物売りが列をなして寄り付いた。彼らは木の皮で編んで作った手篭に、饅頭・粟餅・豚肉・鮒・馬鈴薯・葱・トマト・胡瓜・真桑瓜・卵・飴等など、挙げればきりがないほど多くの物を詰めて運んできた。最初のうち、それらの品物を専ら買う一方だった日本人が、次第に懐具合が不如意になり、逆に持ち物を中国人に売るようになった。金より物と、物々交換に持ち込む人もいて、列車の内と外とで片言の中国語が飛び交い、この急ごしらえの市場は、賑やかになる。中国人は、近辺の農民で、どの顔も日に焼けて黒光りしている。せり声の交換は、次第にオクターブが上がり、犇めく顔も、時間の経過とともに真剣味を増していく。商売は、需要と供給の関係の外に、駆け引きの優劣が支配する。日本人の売る品物は、衣類や装飾品が主要な物だったが、まれには眼鏡や入れ歯なども加えられる。いずれも「金《きん》」を含んでいる場合だった。

日が替わり、時間が経つにつれ、邦人の持ち物は底をつきかけ、当面の食料を手に入れるためには、何でも売るという状態になった。中国人は、避難民のそういう欠乏の状況を敏感に察知して、中には子供を売れと要求してくる者もいた。その頃から、群衆の態度がとみに悪くなり、さっきまで商いをしていた人の手に、いつの間にか光る物が握られていた。鎌や鉄棒、鳶口や鉤のあるヤスなどが持ち込まれれば、もう完璧な「暴民」だった。ぼくたち避難民は、それを「棒民」と称して恐れていた。彼らは抜け目なく日本人の状態を観察している。〈動けず、金品もなく、大部分が女・子供と老人であること〉などを頭に入れて思案し、後は暴力を手段にして身ぐるみ剥ぐより外はないと考えているようだった。

「孩子（ハイジ）、賣給我（マイケイウオ＝子供を売ってくれ）」。窓の下で黒い男が叫んでいる。「我買女孩（ウォーマイニーハイ）、両千塊銭（リャンカイチェン）（女の子を二千円で買う）」「不賣（ブーマイ）、賣不得（マイブデ＝売らない）」と省三が怒鳴った。「回去　巴（フイチーバ＝帰れ）」

別の車輌で誰かが五百円で子供を売ったとの噂が立った。男児だったので、〈値切られた〉とも…。真偽のほどは分からない。それが中国人からの情報である可能性もあった。駆け引きに長けた人が、群衆の中に混じっていることがあり、用心しないと流言もまた彼らの駆け引きの材料になることがあるのだった。窓のそばに置いてあった毛布や上着が、外からさっと伸びてきた鳶口の先に引っ掛けられ、魔法のように素早く消える。こうした略奪の行き着く先は、無差別の殺人だった。それだけは、何としても避けねばならない。

外側の状況が危ういのに加えて、内部での分派活動が、再び活発になっていた。それはライオンに怯えた鹿の群れに似ている。行く先の不透明な状態が、その活動を助長しているようだった。木村機械課長を中心にして、絶えずこそこそと謀議が交わされていた。木村は、幼児や老人のいない家庭に働きかけて仲間を増やし、それに独身者を加えて作った集団を纏め、列車から降りて、近くの開拓地に避難しようと企んでいる。列車内の不安な生活に耐えられなくなった一部の者が考え出したことだが、ここまで来て哈爾浜へ行けないことになれば、また新京に戻らなければならなくなるために、哈爾浜行きを希望する者の中にも不満は噴出していた。今直ぐに哈爾浜に近付けないまでも、次善の策として哈爾浜に近い所にいったん避難した上で、しばらく機会を待ってから、列車が駄目なら馬車ででもいいから哈爾浜へ足を伸ばそうとする向きの人たちが、木村一派に同調し始めていた。まだ迷っている人を含めれば、その数が全体の半数に迫る六十人前後にふくらんでいたので、事態はかなり深刻なのだった。同じような計画を近藤林業公司以外の団体が、それぞれ十人から二十人程度の規模で既に実行していること も刺激になり、木村はそれを油にして迷っている人の心の弱りに火を点けようとしていた。新京で客車に乗り換えた時に、木村一派は一車輌を確保し、密議を凝らすのには、都合のよい状況ができていた。彼らは新京で手に入れた日本軍の放出物資を売り払い、それを資金にして共同で食料を買い求め、付近の中国人を買収して開拓地の状況を探らせたり、手引きさせるための準備を整えたりしていた。

ぼくの心配が、現実のものとなろうとしていた。高橋省三も以前から哈爾浜行きを強く希望していたので、父が彼と言い争うことが何回かあった。ある朝ぼくが起きてみると、高橋父子の姿がいつもの席から消えていた。深夜密かに木村派の車輌に移っていたのだった。父を班長とした車輌には、乳飲み子や老人連れの女たちが集まっている。彼女たちも不安に駆られ浮き足立っていたので、隣の車輌の動静が気になり、知人を介して情報を仕入れてきては逐一父に報告すると共に、それへの対抗策を建議し、脱出志向の仲間を説得するように執拗に父に言い募り、重い腰の班長を頻りに促していた。その急先鋒が佐竹波子で、彼女のしわがれ声のオクターブが高まり、例のヒステリーの発作に近付いていた。母親の精神状況の、この危険な傾斜に敏感に反応したのは、娘の陽子だった。彼女はそっと波子のそばを離れ、客車の隅の鶏を飼っている男の近くへ避難した。

鶏と言えば、〈鳴かず飛ばず〉の状態は相変わらずで、ゲージの中を覗いてみても、つがいの鶏たちは岩のように固まったまま身動きさえしていない。明らかに食べ物が不足していて、栄養状態が悪いのだ。

「病気かな」と陽子がぼくに聞いてきた。

「どうかな」。ぼくにも鶏の気持ちまではよく分からないことだった。

「いや、眠ってるんさ、餌が足りないからね」。飼い主が答えた。そう言う男の声にも、元気がない。

そう言えば、ぼくも含めて、列車の中の人は、皆、顔がとがり、目ばかり光っているようだった。

「みんな、疲れた鳥みたい」と陽子が言った。

陽子のそばから離れて、ぼくが父の近くに寄ると、陽子の母親がぶつぶつ言っている声が聞こえてくる。

「方平さんも、もっとしっかり木村課長に言うべきですよ。おとなしくて紳士的なのも、時と場合によりけりですから……」。波子がぼくの父親をせかしているのだ。「黙ってると、相手はなめて掛かるんですよ」

実は父もただ手をこまねいていたわけではなかった。車外で共同炊飯をする時などに、既に数度にわたって木村課長に申し入れをし、弱者をないがしろにするような軽率な行為を慎むように伝えていた。

「別に抜け駆けをやろうってんじゃありませんよ」。木村は如才なく答えた。「ただ、現状をなんとかしなければ、今の閉塞状況を変えられないとする意見の人が多くなっているのは事実です。これは、別に私が煽動したからじゃありませんや。状況の変化が行動の形式を変えさせようとしているんですよ。流れに落ちた剣を捜すのには、船の印を頼りにしていては駄目なんですよ」

木村課長は、アジテーターとしても相当な力量の持ち主のようだった。巧みな弁舌を生かし、柔和で人当たりのよいのを武器にして、この眉の濃い白皙の美男子は、したたかな戦術を駆使して、他人の気持ちを自分の方に向かせ、ある種の教祖的な魅力をフルに回転させていた。会う度に、父は彼の調子のよい口振りに、肝腎の問題をはぐらかされる。その口舌は地に着かずとも、人を天に運ぶことさえできそうだった。

「要するに山本さん、道の選択は選択肢が多いに越したことはないんですよ。一つしかないというのではいけませんな」

「それは、そうだが、選択を誤らないようにしなくては……」

「お説、ごもっともです。我々としても、状況の変化を充分研究をして、よりよい道を何とか探すべく、鋭意努力しているところですよ」


八月二十六日、夕刻、自警団がまだ充分に警戒の体勢に入らない前に、怒鳴るようなロシア語の響きに続き、車輌のドアを激しく叩く音がして、自動小銃を抱えたソ連兵が二人、車内に侵入してきた。避難民はイタチに襲われた鶏のように、床にへばりついて動けなくなる。侵入者の一人は三十歳位の大柄な赤ら顔の男で、もう一人の方は四十年配の痩せた小柄な人物だった。やや遅れてもう一人入って来たのは、やはり四十代の眼光鋭い中国人だった。この男が、片言の日本語で、

「静かにして、手を挙げろ」と叫び、端の座席から順次乗客の身体検査を始めた。

二人のロシア人は、少し離れた所に立って、車輌の全体を見回しながら銃を構えている。彼らが入ってきた時、折悪しく母と姉が着替えをしていた。それを見咎めた中国人が大柄なロシ

ア人に何か耳打ちをすると、そのロシア人が足早に母に近付き、穿いたばかりの新しい軍用ズボンを強引に剥ぎ取った。引き続いて姉のズボンも奪い、下着の上から体に触れて、ふくらんでいる腹巻きを見つけ出し、その中から紙幣を抜き取った。初めは全部を没収しようとしたが、姉が何か言うと、三分の一ほど返してよこした。

「時計はないか」と中国人が言った。

彼らは金銭よりも時計という機械を欲しがっていた。どんなに旧式の時計でも、壊れていて動かないものでも構わないのだ。時計を見ると目の色が変わる。母が実家の父親からもらったロンジンの懐中時計も、ロシア人は見逃さずに彼女の腹巻きの中から奪った。ソ連兵は、いくつもの時計が集まると、年上らしい小男から先に選んで両腕に数個ずつそれを付けた。大男も同じように残りの腕時計をはめると、胸にも四個の懐中時計を勲章のようにぶら下げ、大満足の様子で笑っていた。父の鞄の中から、銀縁のウォルサムが出てきた時、父は習いたてのロシア語で頻りに抗弁したが、駄目だった。ロシア語がかえって彼らの神経を刺激したのか、いきなり大男が父の頬を平手で打った。バシリッという音がして、父の眼鏡が飛び、それがぼくの胸に当たり、足元に落ちた。レンズが無事に済んだのだけでもめっけものだった。間もなく、父の大切にしていたウォルサムが、大男の胸を飾った。

「勲章と間違えてるのか」と誰かが怒鳴った。

「戦争で手柄がなくて、貰えなかった勲章の代わりが欲しかったんだよ」と父が言った。

その事件には、勝者と敗者の差異があらわに出ていた。ぼくはソ連兵の侵入と略奪に、敗戦の確かな印しを見ていた。

「これで、時間の奴隷から解放されたってもんかな」と父が負け惜しみを言った。

「それって、どんな気分」。ぼくが聞いてみた。ぼくと目が合うと、父は照れたように笑った。

「そうさな、時間というしつこい女につきまとわれなくなってさ、何だかさばさばしたよ」。

言葉の丸ごとの意味ほどには、その声調がさっぱりしていないようだった。


謀略組は、夜中に三十数人が木村課長に引率されて、車輌を離れた。ぼくたちがそれに気付いたのは、翌二十七日の早朝のことだった。それでも、木村課長の支持者と目されていた人の中の約半数が、近藤林業公司の避難民集団からの離脱を思い留まってくれたのは、ぼくたち残留組の人間にとっては、不幸中の幸いだった。しかも、残留組は人数が減ったにもかかわらず、むしろ求心力が強く働いて、互いに手を結び合う力が増し、家族の枠を越えた集団としての連帯感ができ、何事にも協調し合う体勢が整った。危機意識が高まり、集団としての緊張感が増したのだった。しかし、列車が〈動かない〉、正確には〈動かせない〉、という条件の中では、外からの危険は日一日と増していた。既に全体の状況の中には、避難民の団結力だけではどうにもならない壁があった。それは権力の壁であり、かつては日本人を保護するためにあったものが、今やソ連軍当局の手に渡っていたので、むしろ日本人を押さえつけるためのものに変わっていたのだった。避難民の幹部は、何度も会合を持って相談に相談を重ね、ソ連軍当局との接触や交渉を続けていたが、輸送司令部の担当者からは、確かな回答は得られなかった。命令が出ない以上は、陶頼昭を列車で出発することが不可能だった。悪いことには、例の分派活動が発生した結果、他の団体の離脱者を含めて、全体で六十余名の行方不明者を出したことが、ソ連軍当局の問題とするところとなり、ぼくたち残留組に対する処遇にも芳しくない影響が出そうな雲行きとなったのだった。

その日の夕刻、幹部から各班ごとに白い包みが配られた。班長は名簿で確認しながら各家庭に人数分それを渡した。

「いざという時は、これを……」と西田部長が言った。

子供たちには秘密にされていたが、後になって分かったことは、それが青酸カリの錠剤だったのだった。ぼくも子供のひとりだったが、大人の動静には敏感になっていたので、〈秘密〉のベールを剥ぎ取っていた。〈いよいよか〉とぼくは思った。〈いざという時〉の近いこと、迫っていることを身にしみて感じていた。確かに、部長の言葉の中には、〈殺されるよりは自死を選ぶ方がいいとする〉思想が透けて見える。その瞬間から、深い闇がぼくの背後に影のように寄り添っていた。闇の顔、それは半分青ざめていた。

その日から、男は全員が交代で車外に立って不寝の番に当たることになった。少年のぼくも他の二人の大人と組んで約二時間、列車の周囲を巡回して歩いた。

満洲の夜は、一陣の風と共にやってくる。辺りに山脈のない平野部での日暮れは突然だった。地平線に真っ赤な太陽が落ちると間もなく、強い風が夕靄を押しやり、闇を誘い込む。草むらでは、もう秋の虫がすだき始め、遠くの方からクイナの叩く声が聞こえてきた。ぼくは巡回のために歩きながら、今は遠くなってしまった横道河子での日常を回想していた。それは額縁に入った風景画のように、奇妙なほどに対象化されている。当初、父が口にしていた〈二、三日の慰安旅行〉ほどではないにしても、〈しばらくの旅立ち〉の感覚で彼の地を出発したはずだった。〈いつかは帰れる〉予定の土地が、〈もう帰れない〉土地に変わってしまっている。たちまち闇の層が厚くなり、ぼくの前方十メートルは視界がきかず、その先のどす黒い部分が、そのまま危険の息づくスペースになっているような気がする。長い間、闇の壁に対峙していると、時にはそれが生き物のように呼吸するのを感じることがある。不完全な視力を補うには、聴力の方を生かすべく、わずかな風の音にも、ぼくは神経のアンテナを張っていた。見えない魔手が、密かに地を這って近付き、ぼくの首を後ろから捉えようとしているような感じがするのだった。大陸の闇は、底知れない厚味を持っていた。

ようやく夜警の当番から解放されて、ぐっすりと寝込んでいた午後の十一時頃、ぼくは突如ガラスの割れる音で起こされた。石が車体に激しくぶつかる音に加えて、人の叫び声が聞こえてきた。間もなく、悲鳴に続いて男の怒鳴る声が耳に付く。それは、隣の車輌からの物音のようだった。様子を見に行き、慌てて引き上げて来た父が、班長として次のような報告に次ぐ指令を出した。

「今、暴漢が三名、隣の車輌に侵入しかけましたが、全員で協力して撃退しました。これからはますます暴民の数が増えそうなので、ここにいたのでは危険を避けきれません。とにかく、できるだけ早く、静かに荷物を取りまとめて、整然と避難行動を取りましょう」

ぼくたちの行く先は、車輌から三百メートルほど離れた駅の待合室だった。荷物と言えるほどの物もない避難民なので、五分足らずで全員が車の外へ出た。子供を泣かさないように気を使いながら、荷物を抱えた行列が、奇妙に静かな闇の底を動いた。こうして、ぼくたちは、横道河子を出発して以来二週間を過ごした列車を捨てたのだった。

どこにも明かりはない。奥深い闇の中を半ば手探り、足探りで進んだ。周りの闇のどこかに暴漢が潜んでいないとも限らない。ひんやりとした闇の息遣いが、ぼくの頬の皮膚に感じられた。

この時、鉄嶺で合流した三人の脱走兵が、移動場所の手配から、その場の整備、道順の指示や途中の安全性の確認に至るまで、休みなく動いて全体のために奉仕してくれた。若くて身軽な肉体が、老人と女子供の多い集団を助けたのだった。地べたを這うようにそろそろと進んでいくと、突如、闇の中に一点の赤い光が見えた。脱走兵たちが、待合室の前で焚き火をして、避難民を誘導してくれていたのだった。確かに、避難民にとって、それはわずかな希望の灯火になっていた。

古い待合い室の内部は、百数十人の人間を収容するには狭く、その上かなり汚れていた。直ぐに全員が協力して清掃に掛かり、脱走兵を中心にした男たちが何度も列車に足を運んで、シートやアンペラ・筵の類を運び込んだ。それを床に敷き詰め、何とか腰掛けられる程度の場所を作るのに二時間ほど掛かった。これで安全という訳にはいかないまでも、これまでのように各列車の中で人員が分断された形のままでいるよりは、外敵からの攻撃を防御するためには、まだしもましな態勢だった。棟の両側にある二つの入口を内側からしっかり閉ざせば、ある程度の安全は得られる。板の壁は厚く頑丈に造られ、窓も入口も二重の構造になっている。

少し落ち着いてからは、張り詰めていた緊張が緩みかけて、話し声に混じって笑い合う声が、部屋のあちこちから聞こえてきた。電灯がないので、数本の蝋燭の灯がたよりだった。そんな乏しい明かりにも、どこからか甲虫や蛾などが寄ってきた。灯に飛び込んで身を焼く虫……。時には灯が消えることもあった。

「特攻隊」と子供が叫んだ。

「日本万歳」。邦子がぼくの顔を覗き込んで、「かわいそうね」と言った。

〈誰が……〉ぼくは意地悪く問い返そうとして、思い留まった。

それから間もない頃、人員点呼の最中に、父のそばに省三が駆け寄り、何か耳打ちをした。父の体が棒になり、点呼を中断し、名簿を他の人に渡すと、省三と一緒に闇の戸外へ飛び出していった。突然のことだったので、ぼくはびっくりしていた。

「何かあったの」。母も不安そうに辺りを見回している。

脱走兵の一人が、焚き火の匂いを体から漂わせながら部屋の中へ入ってきた。薄明かりで見ると、長身の河村伍長だった。

「山本さんの奥さん、いらっしゃいますか」と彼が声を掛けた。

直ぐに母が名乗り出た。

「お嬢さんがソ連兵に拉致されました」

「えっ、隆子が……」

「荷物を忘れて、列車に引き返したのが悪かった」

「どうしよう」。母が落ち着きを失った。

「大丈夫ですよ、奥さん」と河村は穏やかな口調で言った。

「でも……」

「今、班長が高橋課長とソ連軍の司令室に事情を話しに行っていますから……」

外の様子を探ろうとして、ぼくは戸口を固めている夜警に引き留められた。

「子供の単独行動は危険だよ。しばらく待とう」

それから三十分ほど経った頃、父が姉を伴って帰ってきた。姉はうなだれたまま黙っている。

ぼくは姉のそばに寄っていった。辺りが暗いので、彼女の表情はよくは分からないが、衣服が泥にまみれ、幾箇所かの鉤裂きも見える。

「大丈夫」。母が娘の体に飛び付いて訊いた。

「馬鹿な奴さ」。父が吐き出すように言った。「何だって荷物なんか一人で取りに行くんだ」

ぼくの家族の周りを、数人のひとが無言のまま取り巻いていた。

「だって、大事なものが入っていたのよ」。震え声で姉が答えた。

「命よりもか……」。娘の顔を見ずに、父が言った。「皆の迷惑も考えろ」

「反省してます」

「まあ、よかったよ」。省三が姉の肩を軽く叩きながら言った。「とにかく無事で何よりだった」

「省三さんのお陰だぞ。ロシア語でソ連軍の佐官をびっくりさせたんだ」

その日の夜は、拉致事件の余波もなく、静かに更けていった。荷物を部屋の隅にまとめて積み上げるようにした結果、なんとか全員が眠れるスペースを確保出来たので、夜警の人員を除き、他の者は横になって休んだ。安全のために、快適さが犠牲にされ、締め切った室内は人いきれで猛烈に蒸し暑くなり、体中から汗が吹き出てきた。ぼくも息苦しくなり、頭の芯が冴えていて、眠いのに眠れない。アンペラや筵の上にシートや新聞紙を敷いただけの土間は、堅くて体に馴染まない。眠れないままに、寝返りを打とうとすると、火のように熱い他人の体に触れるのだった。

「オブチョウダイ、オブチョウダイ」。幼児の単調な訴えが、絶え間なく続いている。それは一人ではなく、少なくとも四、五人はいるようだった。声と声とがずれながら重なり合う。そのわずかな〈ずれ〉が、訴えの切実さを示している。

「もう少しの我慢よ」。母親が諭している。

外に出れば生水はいくらでも手には入るが、それは二つの点で危険だった。第一に外へ出ることそのものが、第二に生水を飲むことが……。貯えてある湯冷ましを与えるのだが、夕食後の一定量の分配がすむと、それは底をついていた。ぼくの耳元でも訴えの声が上がった。二歳ぐらいの男児が、骨張った右手を宙に浮かすように差し出して、母親を悲しそうな目で見つめている。

「オブチョウダイ。オブチョウダイ」。母は胸をはだけて、萎びた乳房を幼児の口に押しつける。それは、母親が周りの人の耳をはばかって、子供の声を封じたように見える。乳首に吸い付いた子供の口が、頻りに動いている。満たされない何かが幼児の胸の中にも沈殿しているようだった。そして、ぼくの内部にも、輪郭のはっきりしない何かが徐々に溜まりつつあった。

時々、遠くから空砲を撃つ音が響き、間近には闇を透かして鎌や鳶口を持った暴徒の犇めき寄る気配を感じる。それら人の声や銃声に、避難民は敏感になっている。長い夜が悪い夢の続きのように、ぼくの剥がれかけた意識に、薄い影を何層にも重なり合って投げ掛けながら過ぎて行き、半ば眠りに引き込まれては、はっと気が付くと、夜が白々と明け染めているのだった。戸口の辺りの出入りが激しくなり、よく見ると、三人の遺体が運び出されている。いずれも幼児なのか、白布にくるまれた体が小さい。ぼくの直ぐそばで、「オブチョウダイ」と細い手で訴えていた男児も、姿が消えていた。いつの間にか、ぼくのそばに「死」がすり寄っていた。

　省三や父など各班の班長を含めた緊急の幹部会が開かれ、それぞれが意見を出し合った結果、この待合室では狭すぎる上に、水利も悪く、手洗い等も不便なので、どこか別の宿舎を与えてもらえるように、ソ連当局に交渉することになった。幹部のほかにロシア語に堪能な佐竹波子が、その任に当たり、数回当局に足を運んだ末に、待合室から一キロほど離れた所にある古い兵舎跡を提供されることになり、まだ薄暗い早朝に、一行はまた引っ越しをした。

　そこは荒れ果てたバラックだった。窓ガラスが一枚残らず砕かれ、中には枠ごと持ち去られた部分もあった。夜までに補修しないと、警備上危険な状態だったので、各班ごとに分担を決め、方々から板切れや材木を集め、窓の破れを塞いだ。部屋の中が暗くなったが、警備優先のためには仕方がないことだった。外回りの修繕が終わると、次には内部の整備に掛かり、内側からの厳重な施錠に意を用い、さらには床板の補修をし、その上にアンペラや筵、毛布等を敷き詰め、各家族ごとに席割りをする作業が夕刻まで続いた。前の場所に比べれば、そこは広々していて、生活空間としてのゆとりがあった。今夜こそ久しぶりに安眠できるだろうと、ぼくは半ば朦朧とした頭で考えた。

　しかし避難民にとって、夢や希望は裏切られるためにあるかのようなものだった。寝入り端の午後九時頃、戸口を乱暴に叩く物音で、ぼくの夢も破られた。不寝番が日本語で何度も誰何を掛けているが、答えはなく、しばらく静まり返ったが、闇の底に何かが潜んでいる気配だけが残っていた。部屋の中も全ての明かりを消していたので、墨汁を振りまいたような黒べったりの広がりだった。

「何だ、あの物音は……」。誰かが言った。

それに答える者もなく、なお数秒の時間が流れる。ぼくはじっと息を詰めていた。しばらくして、しじまを裂いて銃声が三発続き、ロシア語のわめき声が返ってきた。

「開けろと言ってる」。波子が半ば嗄れた声で言った。

父と省三が戸口に寄り、ロシア語で外の人物に話し掛けた。

「マダム、マダム…」。怒鳴り声が板壁を通ってきた。

戸口は二重扉になっていて、かなり頑丈な構造だったので、銃弾をぶち込んでも中までは通らない。しばらくすると、体当たりをしたり、何かを扉にぶつけたりする物音がしたが、やがてロシア兵は諦めて帰って行ったようだった。夜中に三度、同じような騒ぎがあったが、いずれもドアを叩いてわめくだけで、ソ連兵は退散した。ぼくたちは、結局その夜も浅い眠りのまま過ごさねばならなかった。

それでも、明るくなれば一安心だった。直ちに幹部会が開かれ、警備と移動について話し合い、ソ連当局への交渉事項をまとめ、その手順を謀っていた。脱走兵の三人が子供たちを集めて、薪拾いの作業に掛かり、女たちは、豆や芋混じりの雑炊を作った。薄青い炊煙が辺りに漂い、その匂いは平穏な日常を避難民たちに思い出させる。煙と湯気の向こうに、ぼくはタチヤーナや陽子の姿を見ていた。

「元気」。陽子がぼくに声を掛けてきた。

「ぐっすり眠りたいよ」

「今夜は、きっと……」と陽子は言って、少し笑った。

ぼくはそうなればいいとは思いながらも、八十パーセントの不安を克服できないでいた。


第二夜は、前夜の繰り返しには終わらなかった。午後の十時過ぎ、戸口に激しい物音がし始める。何か道具を運んできて、破壊工作を始めた様子だった。ハンマーを打ち下ろす音に、鋸を引きずる音が重なる。このまま待っていても、夜が明ける前にドアが破られてしまう。つまり、それは時間の問題だった。緊急の幹部会が部屋の片隅で開かれ、その結果、省三を中心に父と西田部長を加えた三人が、外へ出てソ連兵の要求を聞くことになった。二重の扉を次々に開けると、三人は闇の中へ出て行った。直ぐにロシア語のやり取りが始まり、やがて五人のロシア人が西田部長たち三人に自動小銃を突きつけたままバラックの内部へ入って来た。暴徒にははじめから紳士的な話し合いによる交渉に応じる気はない。彼らは、巻き舌のロシア語でがなりたてている。

「部屋の明かりを点けて、男は全員壁際に両手を挙げて立てと言っている」。省三が叫んだ。

銃を構えた侵入者たちの前に、避難民は無力だった。寝床から抜け出した男たちが、壁に沿って立った。二人のソ連兵が監視する間、他の三人はそれぞれランタンをかざして、部屋の中を歩き回り、布団に隠れて息を殺している女たちを観察し始める。ランタンの揺れに伴って拡大された黒い人影が壁や床に動くのを、ぼくは見ていた。危険が身に迫っているのを意識してすぐに、ぼくは胸のポケットに入れてある白い錠剤を思い出した。影が揺れ、ぼくの足元の辺りで女の悲鳴が上がる。直ぐに姉の手がぼくの足首を握った。ぼくは両手を挙げたまま、体全体を鉄の棒のように強張らせていた。

「駄目、駄目です。私、病気です」

それは公司の電話交換手をしていた上野ひなみの声だった。結婚して間もなく、彼女の夫は満ソ国境の地・黒河に出征していたが、この混乱の中で生死のほどは知れなかった。

「オオ、マダム、マダム」。ソ連兵の甘えたような声がして、強いアルコールのにおいがぼくの方まで漂って来た。

「いやです。駄目なんです。許して……」。悲鳴に続いて布団を叩く音がする。「ああ、誰か、誰か、助けて下さい。お願いですから、助けて……」。ひなみの声はうわずっている。

「助けてやれよ、誰か」と怒鳴る声がしたが、誰も動けないでいる。

両手を挙げたままのぼくは、ぼくの足首を握っている姉の気持ちを慮ってはいたが、どう仕様もなかった。頭の隅では、タチヤーナや陽子のことも考えている。薄暗い中では、見回しても彼女たちの所在さえつかめない。

「山本さん、班長さん、お願いですから、助けて、助けて下さい」

ぼくの直ぐ横にいる父は棒立ちになったまま黙っている。

その時、西田部長が振り向きざま、ひなみの上にのしかかっている赤ら顔の大男の腰を足蹴にすると、弾みで大男がランタンを投げ出し、切り倒された丸太のように床に仰向けに叩きつけられる。ひなみがその隙に壁際に逃げ、次の瞬間、蹴られた大男が何か叫びながら立ち上がり、腰の拳銃を抜いて西田の胸に突きつける。西田より頭ひとつ高いそのソ連兵の顔が真っ赤になっている。

「撃つなら撃てよ」と西田部長は怒鳴った。

西田の背後から近付いて来た監視役のロシア人が、小銃の台尻で部長の頭を殴りつけ、西田が床に倒れると、大男が靴の先で部長の顔を踏み付けにしながら唾を吐き掛ける。数分の間、執拗な報復が続き、西田部長は気を失っていた。

それから、ソ連兵は体勢を整え直し、逃げた上野ひなみを、壁際に追い詰めている。

「助けて……」。彼女の悲鳴が、暗く澱んだ部屋の空気を震撼する。羆のような体型の大男のロシア人が、彼女の背後から襲い掛かっている。

「何とかできませんか、高橋さん」。しわがれ声の老婆が省三に向かって叫ぶ。「身代わりになりますよ、わしが……」

　省三がソ連兵のそばまで寄り、早口のロシア語で何か言いかけると、監視の兵が彼に近付き、銃口を突きつける。巻き舌のロシア語が省三の訴えを、押さえ込むように響く。

　その間にひなみが床に引きずり倒され、また大男に組み敷かれている。女の体をまさぐる男の大きな手が見え、赤いスカートが捲り上がっている。

「助けて、助けて下さい。神様」。掠れたひなみの声が、糸を引くようにして薄ら闇に消える。後は言葉の形にならない喘ぎと叫びだけが続く……。

　他の二人のソ連兵も、それぞれ日本人の女を組み伏せているようだった。ぼくの位置からは、かなり遠くだったが、衣服を剥がされた女の白い足がかすかに見える。

「我病了（ウォビョンラ＝私は病気です）。我有丈夫（ウォヤオザンフ＝夫がいます）」と中国語で叫んでいる女の言葉は、ロシア人には全く通じない。

「誰か、誰か」

　その声が陽子に似ていたので、ぼくは体中に電流が走り、慌てて声のする方を見る。薄暗がりの中では、目で確認する手だてもないが、陽子が伏せている場所からは遠い位置のようだった。

「これが戦争だ」。ぼくは思った。「負けた国は犯される」

　無明長夜……。格別に長い夜だった。それでも明けない夜はない。五人のソ連兵は、その獣欲を満たすと、来た時の荒々しさを失い、背中を丸めて静かに立ち去っていった。開かれたドアの向こうに、曙の空が覗いている。避難民は解放され、安堵の息をつく。直ぐに三人の女たちと西田部長の介護に、救護班の女たちが当たる。安井という老婦人が救護班長として他の看護婦たちを指図していたが、その声がさっき「身代わりになりますよ」と叫んでいた女の声だった。看護婦たちは、被害を受けた三人の女の介護に当たった。その内の二人は出血がひどいらしく、直ぐに簡単な外科治療が施されたようだった。医者はいないが、老練の看護婦が手術をする。

西田部長は、意識不明のまま半日が過ぎたが、呼吸がしっかりしているので、命に危険な状態ではなかった。

直ちに夜の対策を講じるための幹部会が開かれ、その結果を受けて若い女たちは全員男装をすることになった。あちこちに俄か床屋ができ、男たちが女の髪を刈った。「髪を切られるなら、腹を切る」と言って逃げ回っている女性が二人いたが、安井に説得され、河村伍長のバリカンで丸坊主になる。

「髪は女の命なのに、なさけない」。頭を撫でながら、若い女がひとりごちる。

「ロスケに犯されるよりましよ」と安井が、それに答えた。

手際のよいバリカンさばきを見せた河村伍長は、実は本職の床屋なのだった。坊主になった女同士が向き合って、互いの青黒い頭を笑い合っている。この際は鏡がないのが救いだった。陽子も、省三に頭を丸めてもらい、男物のズボンをはいた。ぼくには、彼女の顔が青白く、いつもより小さく見えた。

「どんな感じ」。ぼくが訊いてみた。

「頭寒いけど、私、いい男になれたかな」

目を合わすと、彼女は微笑んでみせたが、口元と瞳の辺りに一瞬影がよぎったようだった。

「女らしい男になったよ」。ぼくはわざと冗談を言ってみた。

豊かな髪の毛を失った陽子は、鬣《たてがみ》をなくした馬のようだったが、そんなことは言えない。

陽子に続いてタチヤーナも省三のハサミとバリカンの「犠牲」になった。

「ヒツジだと思えばいいさ」と省三は娘に言った。「さっぱりして夏向きのスタイルだよ」

さすがに彼女は恥ずかしがって、昼間は空色のプラトークをかぶっていた。

ぼくの父が、若い女たちを部屋の隅に集めて、

「頭だけで安心しないこと……。動作や服装に気を付けるようにして、夕方になったら顔に煤や泥を塗ること」と注意をした。

これも幹部会でもめたことの一つだったと言われているが、安易に自殺するのを防ぐとの理由で、女性たちの青酸カリを各班長が預かることになった。

午後になって、西田部長の意識が戻ったので、ささやかな祝宴が開かれた。田端たち脱走兵が街の市場から調達して来たドブロクを、男たちが回し飲みして歌を歌った。珍しく肉入りスープが出たので、皆が喜び合った。ぼくら子供たちにもそのスープが回ってきた。ぼくが、

後になって聞いたことでは、それはあのつがいの鶏の最期だったのだという。飼い主が、西田部長の勇気に感動して、ついに自分のペットを生贄にしたのだった。

上野ひなみなど被害者たちには、安井が付き添い、沈みがちな気持ちを引き立て、何かと話し掛けて相談にのっていた。安井は夫に早く死別して以来、陸軍病院の看護婦として働き、二人の子供を育て上げていた。二人の息子たちは兵隊に取られて、今は南方に出征中とのことだった。

「お国のためだから仕方ないけどさ、生きていればいいけどな」と笑いながら言う。褐色の顔が皺に被われていたが、丸い大きな目はいつも豹のように鋭いひとだった。

「世の荒波に揉まれもまれて、タクワン漬けみたいにしぼんでしもうたわ」。安井はそう言って周囲を笑わせる。

夜の寝不足は、昼間に補うようにした。

「寝るが一番の後生楽だね」と口癖のように安井は言う。「悪いことはみんな忘れる」

確かに昼食後の二時間の午睡には、値千金の味があった。蚤と虱と南京虫、これが避難民をいじめる三種の不快害虫だったが、昼間はその内の南京虫だけは出て来ないので、いくらか助かる。

その南京虫で思い出したことだが、夜になるとこそこそと出没するこの虫にかづけて、たちのよくないソ連兵のことを、避難民は〈南京虫〉と呼ぶことにした。

「おい、南京虫だぞ」と誰かが叫ぶ時、夜の招かざるの客の訪れを知らせる合図になった。しつこい点ではロスケも〈南京虫〉に負けない存在だった。彼らは連夜のように、闇の底を這って、邦人の生き血を吸いに来る。彼らは必ず三人以上が組みになって訪れる。それぞれに役割分担がある。外の警戒と中の警護と実行犯というような具合に……。暴漢たちは酒に酔っているので、時々無造作に銃を発砲する。意識的に人に向けて撃つ訳ではない場合でも、流れ弾が思わぬ方向へ飛ぶことがあるので危険だった。柱や床に当たる弾の音が不気味だった。

兵舎三日目の夜も、例によって午後の十一時頃、五人組が強引に侵入して来た。前夜の赤ら顔の男が加わっている以外は新顔だった。大男が手引きして、新手の仲間を連れて来たようだった。夜警による阻止線は、銃の威嚇の前に脆くも崩れ、波子や省三のロシア語戦術も効果はなかった。ランタンをかざし、自動小銃をぶら下げた暴漢は、気ままに避難民の中の女性を物色して回った。男装作戦は、半ば成功し、彼らは初めのうちは男の中から女を見分けられなかった。やがて、赤ら顔が悪知恵を働かせ、邦人の体を端から触り始める。尻や胸を触られるだけで悲鳴を上げるのは女だった。中には気丈に声を出さない女もいるが、体の感触で察知され、彼らはしばらくして男の中の女を選別する。その夜も、また三人の女が犠牲になり掛ける。一人はまだ十代の学生だった。大男はいやがる少女を、部屋の隅に引きずり出し、その衣服を引き裂いて裸にしている。少女は泣き叫び、柱や敷物につかまって、必死に抵抗している。赤ら顔の髭面男は、その度にロシア語で何か言い、相手の手を物から引き離して、体を仰向けにさせると、その上に巨体をかぶせるようにした。

その時だった。公司の用度課に勤めていた彼女の父親が、娘を庇おうとして、大男に体当たりを喰らわせる。二人はもつれ合うようにして床に倒れ、父親が〈南京虫〉の腕に噛みついていた。悲鳴を上げたのは赤ら顔の方だった。しかし、その反撃は長くは続かず、次の瞬間、監視役の兵が父親の背中に向けて至近距離から自動小銃を発射した。轟音と同時に、父親の体が背中の方に反り上がり、半回転して床に倒れるのが見えた。血を噴き出しながら呻き、それでも赤ら顔の首に腕を絡ませるようにして息絶えた。天井に飛び散った血が、しばらくして床に滴り落ちてくる。辺りは血の海になり、赤ら顔と少女が血にまみれている。すると、〈南京虫〉は慌てて下着を着け、ズボンをはくと、喧嘩に負けた犬のように尻尾を巻いて部屋から退散していった。他の四人の〈南京虫〉も、それに続いて、あたふたと立ち去った。

〈南京虫〉が消えると、少女は死んだ父親に縋り付いて泣いている。大人たちが数人がかりで娘をその父親から引き離し、血まみれの体を麻袋の切れ端で拭う。

「お父さんが、お父さんが……」と娘が泣きわめいている。

「まず、あなたがしっかりしなくてはね」。そう話し掛けながら、手際よく安井老が娘の体に衣服を着せ掛ける。

父親は自らの犠牲によって、娘を救っただけではなく、〈南京虫〉を駆除していたのだった。

幸いなことに、他の二人の女も、裸にされただけですんだ。

「オブチョウダイ。オブチョウダイ」

痩せた細い腕が、あちこちで力なく振られている。

「オブチョウダイ。オブチョウダイ」

「もうすぐよ。朝になったら、いっぱい上げますよ」。母親の声が子供を宥めている。

幼児の声は、念仏のように「オブチョウダイ、オブチョウダイ、オブチョウダイ」と単調なリズムに乗って唱え続ける。

この子供たちの声さえも、今や避難民たちの日常の聞きなじんだ物音になっているので、凶暴な〈南京虫〉の侵入騒動の後では、むしろ平穏な雑音になっているのだった。


朝になって、娘をかばって射殺された父親の遺体と、三人の衰弱死した幼児の亡骸が宿舎から運び出された。火葬にするための薪や石油が手に入らないので、遺体は近くの丘に土葬された。髪と爪が、遺骨の代わりに遺族のもとに残される。四つの土饅頭のそばには、近くの野原から採取した桔梗の花が供えられた。その花に水を掛けながら、

「板があればなあ」と森崎正一郎の父が呟いた。

「拾ってくればいいさ」と正一郎が言った。

「もう、間に合わねえだよ」

「父ちゃんは何考えてるの」

「決まってるだろ、裸で埋められた子供たちの棺桶のことさ」

親子の会話はそこで途切れた。ぼくには正一郎の父の気持ちがよく分かった。材料になる板が手に入りにくいこともあるが、縁起の悪いことなので、次の死者の場合に備えて、前もって棺桶を作っておく訳にもいかないのだった。それからしばらくして、ぼくの心配していたことが起こった。正一郎が余計なことを言い出したのだった。

「父ちゃん、おれの分は作っておいてよな。ついでに父ちゃんのも」

すると、真っ赤になった父が、息子の頭を叩いた。

「馬鹿こくでねえ、おめえは生き残って日本の星屑になるだぞ」

（星）ではなく、（星屑）というのがおかしく、ぼくは笑いをこらえていた。

墓前に供えた桔梗の花が風に吹かれて揺れていた。墓の奥から「オブチョウダイ。オブチョウダイ」と、子供たちの訴える声が聞こえてくるような気がした。

「紫の色はきれいなのに、悲しいね」と母が言った。

父を亡くした少女は、体中に痙攣が走る症状に見舞われ、父親の墓の前でしばらく動けないでいた。

少し離れた白樺の林の辺りで、カササギがしきりに鳴いていた。カラスと同じ仲間の鳥なので、少し不吉で耳障りな鳴き声だった。

いつまでも墓前に留まってもいられないので、安井老をはじめ看護班の女性たちが、泣いている少女のそばで相談していたが、その時、「おれに任せて」と言いながら、田端上等兵が、震えている娘を背負って、その場を離れた。

墓地からバラック兵舎に戻る途中、大声で喋っている安井老の声が、偶々ぼくの耳に入った。「日本で一番偉いお人がね、なんとまあ、あの赤ら顔の〈南京虫〉に殴られてるんですわ。たまげましたよ、全く……。なんちゅうこったかと思いましたです。こりゃあ夢じゃなかろうかと、ひょいと思ったら、それが本当の夢ざんした」

〈日本で一番偉いお人〉とは誰のことなのか、ぼくには分からない。安井老の夢は、無意味なただの〈夢〉だったのだろうか。

血に染まった床の筵は父たちが引きずり出し、外の草原で焼却した。

幹部たちは、連日ソ連軍当局に兵士乱行の実状を訴え、善処方を申し入れていた。初めは冷淡な反応を示すだけだった当局も、絵の上手な人に赤ら顔の似顔絵を描いてもらい、佐竹波子がそれを持参してロシア語で直訴すると、彼女の言い分を無視できなくなり、遂に司令官が監視を強化することを約束してくれた。副官が波子のロシア語を褒め、彼女がウラジオストック育ちと知って、ひとしきりウラジオストックの話で盛り上がったのだという。絵の人物については、その副官もおよその見当が付くので、格別に〈処置〉してくれることになった。効果は覿面《てきめん》だった。その後、赤ら顔はバラック兵舎の夜の訪問者になることはなかった。それでも安心はしていられなかった。〈南京虫〉は〈浜の真砂の喩え〉のように絶えることはなかったからだった。宵闇に紛れて、入れ替わり立ち替わり新手の〈南京虫〉が這ってきた。しかも、日々にやり方が巧妙になり、昼間中国人が偵察に訪れ、避難民の中の女を物色し、夜になるとソ連兵を連れて来て、目星を付けた女を外へ連れ出すようになる。いくら変装していても、昼間見れば女は女だった。初めのうちは用心してかなり憶病だったソ連兵たちも、ほとんど抵抗できない日本人の様子を見抜くと、次第に大胆になり、しつこく襲ってきた。

四日目の夜は、三度も〈南京虫〉が寄り付いた。宵の口に侵入して来た二人連れは、まだ二十歳そこそこの若い兵隊だった。わざと派手な衣装を身に着けた波子が、厚化粧をして戸口に立ち、得意のロシア語でその〈青い南京虫〉をあしらった。暗いので、五十歳代の波子も若く見えたらしく、兵隊たちは代わるがわる波子の体を服の上から触るだけで感激して帰って行った。「可愛い〈南京虫〉たち」。波子は笑った。

そばで息を詰めていたぼくたちも、波子の底抜けに明るいその口調に安堵した。省三が買い置きの煙草を一箱彼女に献上した。波子は蝋燭の薄明かりの下で、嫣然と微笑みながら、うまそうに煙草を喫っていた。不思議なことには、このような集団の生活を余儀なくされるようになってから、彼女の持病のヒステリーは発症しなくなった。娘の陽子としては、その分だけでも安心だった。ウラジオストック時代のことを滅多には話したがらない波子について、あまり芳しくない噂を立てる向きもあった。真偽のほどは知れないが、彼の地でかなりきわどい商売をしていたというのだった。それはともかくとして、当時本場で覚えた彼女のロシア語は見事なものだった。「一キロ」で日本人とロシア人の子供同士が喧嘩をしたことがあり、ロシア人の母親が片言の日本語で波子の家へ怒鳴り込んで来た時、「そんな変な日本語なんかやめて、ちゃんとしたロシア語で言え」とロシア語で波子がぺらぺらやり返したら、相手はそのロシア語の迫力に圧倒され、すごすごと引き返して行ったとのことだった。

二番手の〈南京虫〉三人組は、女よりも時計をほしがっていたが、既にそのほとんどが先日の略奪で取られてしまっていたり、中国人との物々交換の品として出してしまっていたりして、現在まだ隠し持っている人は、きわめて稀なのだった。用心深いやり方で、容易には見付からないように、密かに隠していたので、さすがのしつこい〈南京虫〉も、一通り見回った結果、ただの一個も発見できずに苛立ちだし、やたらに空砲を天井に向けて撃った。部屋中が共鳴して震え、雷が落ちたような騒ぎになったので、幼児たちが怯えて泣き出す。危険なので、ぼくは布団の中に深く潜り込んで、息を詰めていた。しばらくして、布団のすみから覗いてみると、兵士の一人が、実弾を銃に込めて、それを水平に身構えている。

「危ない」とぼくは呟いた。

相手は酒に酔っているので、何をするか分からない。辺りの空気が凍ったようになったまま、奇妙に静まっていた。膠着したような状況の中で、省三と父が立ち上がって、ソ連兵との交渉に当たった。兵士は興奮しているのと酔っているせいで呂律が回らなくなっていて、やたらに怒鳴りちらしながら銃を振り回している。父たちが撃たれるのではないかと、ぼくは震えていた。

「何が何でも時計を出せと言ってる」。父が言った。「どなたか、全員の命のために、お出し頂けませんでしょうか」

しばらくの沈黙の後、公司の社員の一人が、ゆっくり父たちに近付いて来て、腹巻きの中から懐中時計を取り出し、省三に渡した。

「助かります」と省三が持ち主に笑顔で礼を言った。

「これはもう時代物の時計ですよ。〈先祖の遺品〉で、今はただのお守りなのですが」と持ち主が説明した。「実はもう壊れていて、実用価値はないけれど、こんな物でもお役に立つのなら、先祖もきっと目をつむってくれるでしょう」

「あなたのご先祖に感謝ですよ」。父が持ち主と握手した。

すると、省三は重々しい口調のロシア語で、ソ連兵に何か説明を加えてから、儀式で賞品を渡す表彰委員のような手つきで、相手にそれを与えた。その効果はあらたかだった。壊れた古時計を手にして、ロシア人は大いに喜んで、省三と父に何度も握手を求め、「スパシーバ（ありがとう）」を連発してバラックを去った。

後でタチヤーナの父に、ロシア人に何を説明したのかと尋ねてみたところ、

「まあ、出任せにさ、この時計はとても古いものだが、いまや歴史的価値を持っているので、ソ連の博物館に持っていけば、大金が得られるかも知れないと講釈したんだよ」

「大嘘つきね」とタチヤーナは笑っている。

「こういうのを嘘も方便と言うんだ」と省三は言った。

「でも、パパ、神様に恥ずかしいわね」

「そうだな、恥ずかしいこと、もうずいぶん重ねているな」

「いつか神様に謝らなくては」

真夜中に来た第三の男・三人組は、あくどい〈南京虫〉だった。日本語のできる中国人が手引きをして、昼間目に付けた女を探す手口で、狙われたのはまたも上野ひなみだった。彼女は大柄で豊満な、目立つタイプのひとだった。頭を丸め、男装をした上、顔に墨を塗っていても、胸や臀部の張りを見れば、一目で女と見抜かれてしまうのだった。その時、彼女は妊娠三ヶ月の身重の体でもあったとのことだが、肉体のあふれる魅力が、かえって悲劇を誘い込んでしまった。

ランタンの灯火が揺れ、土足の侵入者が部屋中を闊歩している。ぼくらは息を詰めてじっとしていた。ソ連兵は乱暴に布団を捲り上げ、端から一人ずつ灯火を浴びせ掛ける。間もなく中国人が上野ひなみを見つけ出し、強引に布団から引きずり出した。ひなみは敷き布団にしがみつき、懸命に抵抗している。そばには四十代のいずれも大柄なソ連兵が二人立っていて、自動小銃を構えながら薄笑いを浮かべている。

「班長、何とかロスケに言ってやって下さいな」と安井老が叫んだ。

するとと、父が立ち上がってソ連兵のそばに近付き、ロシア語で語り掛けた。辺りは緊迫した雰囲気に浸され、不自然に静まっている。すると、一人の兵士が振り向きざま父の頬を殴りつける。父の体が床板に重い衝撃を与える。足元に倒れている父を、その兵士は軍靴で腰のあたりを蹴り付けた。

その時、少し離れた所にいた波子が、流暢なロシア語でソ連兵に話し掛けた。兵士は波子を見つめ、何かそれに答えている。その短い答えが終わるやいなや、波子は言葉を早口に連ねた。ぼくのそばにいる省三が、ぼくに小声でそのやりとりを解説してくれる。

「このひとのお腹の中には、赤ちゃんがいます。今あなたたちが暴力を振るえば、赤ちゃんを殺すことになります。とても可哀想で見ていられませんから、この私が空っぽのお腹で身代わりになるが、どうですか」

「駄目だ」と兵士は断ったらしい。

「どうして駄目ですか」。波子が食い下がっている。

「品物に賞味期限があるように、人間にもあるんだよ。おまえは年寄りの上、痩せていて不味そうだ。この女は、おまえと反対に若くて、よく肥えていて、いかにもうまそうだ。つまり、おまえは賞味期限切れだからな、不味いんだよ」

「でも、肉は腐りかけがうまいじゃないかね。私はそれみたいに案外うまいかも知れないので、一度試してみてはどうですか」

「駄目だ。おまえはもう女ではない。腐りかけのリンゴみたいに臭い」。大袈裟な身振りで兵士が答える。

その間にも、上野ひなみは中国人に両足を抱え込まれ、床《ゆか》を出口の方へ引きずられている。ひなみは両手を動かし、手当たり次第にアンペラや毛布にしがみつき、同胞の体にも縋り付いた。ランタンを手にした兵士の一人が、ひなみの手を人や物からはずしにかかる。揺れるランタンの灯火が、天井に映っている。

「神様、神様、神様はどこにいるのですか」。ひなみはかすれた声で叫んでいる。

出口に近い所まで彼女を引きずって行くと、三人掛かりでひなみの衣服に手を掛けている。

「神様か仏様は本当にいるのかい」と誰かが叫んだ。

「子供は見るな」と父が怒鳴った。

ぼくは震えながら布団の隙間から覗いていた。

「誰か、お願いです、助けて、助けて」

シャツとズボンをむしり取られ、ひなみは既に白い下着一枚になっている。

その時、がばと跳ね起きた人物のシルエットが見えた。

「帰れ、ロスケ。帰れ、ロスケ」。しわがれ声で叫んでいるのはあの安井老だった。彼女の羅漢のような乱れた髪が前後左右に揺れた。それでも言葉の輪郭は鮮明に浮き上がっている。

「帰れ、ロスケ。帰れ、ロスケ」

徐々にその声に同調する同胞の声々が加わり、数秒後には大合唱に高まって、部屋中が震え出す。すると、兵士が銃を水平に構えながら、何か叫んだが、その叫びも避難民の大合唱に潰されている。次の瞬間、ソ連兵のマンドリン銃が火を噴いた。それは、連続する大音響だった。弾は安井老の頭の上を越えて飛び、壁に跳ね返っている。

それでも合唱は止まず、むしろ高まっていく。その騒ぎの大きさに、さすがのソ連兵も、冷水を掛けられたようにひるんでいる。

「帰れ、ロスケ。帰れ、ロスケ」

ロシア人の手が弛んだ隙に、ひなみは必死に逃げようとしたが、気付かれて両手両足を押さえ込まれ身動きもできなくなる。薄闇の中に、彼女の白い裸身が浮き上がっている。

「殺して、もう殺して」。ひなみの声は言葉の輪郭の崩れた悲鳴になる。

「帰れ、ロスケ。帰れ、ロスケ」。ほとんど全員が汗をかきながら叫ぶ。ぼくも集団の中の一人として、声の限りを尽くしていた。

遂に〈南京虫〉たちは、声の重層的な囲みに圧されて、ひなみの体を抱えて戸外へ退散した。去り掛けに、中国人が部屋に引き返してきて、脱ぎ散らかされたひなみの衣服をさらい、またロシア人の後を追っていった。

「殺して、殺して」。泣き叫ぶひなみの声が、闇の彼方へ遠ざかっていった。

「帰れ、ロスケ。帰れ、ロスケ」という合唱は、〈南京虫〉を追い出し、被害の拡大を食い止めるのには成功したが、一人の女性を助けられなかったことのために、バラックの内部は蝋燭の灯がとぼるように、急に静かになった。

殴り倒された父は、少し腰を傷めた程度で、比較的元気だった。

「あれで、眠気がすっとんで、今は気分爽快だよ」。父は強がりに道化の味付けをしてみせる。犠牲になった女性のことを思いやると、ぼくはその言葉には笑えなかった。


上野ひなみは、その夜バラックに戻らなかった。夜警団を三組作って、徹夜で兵舎の周辺を捜索したが、彼女の行方は分からない。

朝になると、男たちが全員で、かなり遠くまで見回った。ようやく昼頃になって、捜索隊の田端が、川端の葦の繁みの中に、半分水に浸かったひなみの死体を発見した。その遺体は砂と泥にまみれていた。

「こんなことになるなら、薬を渡しておけばよかったのかもね」と安井老がぽつりと言った。それは、過日全員に配られた青酸カリのことだった。無闇な自殺を恐れ、班長がそれを預かっていたのだが……。

例の中国人が奪い取っていったひなみの衣服が、午後になってバラックの近くにやって来た物売り女の身に着いていた。

「鶏子児（チーズル＝卵）、鶏子児、鶏子児」と女は売り声を張り上げている。避難民は黙って見ているだけで、卵は売れなかった。

兵舎の周囲には、鳳仙花の薄紅の花々が咲き群れていた。ひとつひとつは地味な目立たない花だが、一面の広がりとなると、辺りが明るくなるように見える。

上野ひなみの遺体は、女たちがきれいに清めて死化粧を施した。朝顔の花模様のついた浴衣を着せ、深さ二メートルほどに掘った穴の中に、彼女の亡骸は埋められた。柩はなかった。

「材料があれば、おれが作ってやれるんだが」と森崎が呟いた。

「やっぱり、作っとけばよかったのに」と正一郎が余計なことを言った。

「馬鹿こけ」。息子はまた父に殴られていた。

お椀型に盛り上げた彼女の墓には、根こそぎにした鳳仙花の花々を植え込んで供える。全員がその前で一分間の黙祷を捧げ、薄倖の女性の冥福を祈った。

その頃から、ほとんど毎日のように死者が出るようになった。五歳以下の幼児は、この数日のうちに消え、「オブチョウダイ」の声も絶えてしまった。朝になると、近くの丘に行き、若い脱走兵〈河村・田端・秋山〉の三人が力を合わせて墓穴を掘った。多い時には、それが五つにもなるのだった。幼児たちの墓には、上野ひなみの墓と同じように、鳳仙花の花々が飾られた。いつの間にか、土饅頭が十数個になっていた。日常的になった死の原因は、ほとんどが栄養失調による衰弱死だった。特に乳児は母親のお乳が出ない上に、粉ミルクなどそれを補うものもないのでどう仕様もない。毎日重湯を飲まされて、乳児は目ばかり大きくなり、痩せ細り、声もなく亡くなった。母親たちの中には、衝撃のために一時的に失語症になったり、食欲をなくして寝たきりになるひとや、記憶喪失に陥り、ただぼんやりしているひとなどがいた。

その頃、ぼくは読んでいる詩集の中からブレヒトの詩の一節を記憶して、何度も朗読していた。

（つめたい風の吹くこの地上からわかれて／きみたちは去ってゆく、かさぶたに　蔽われて。／ほとんどみなが、そのとき世界をいとしがる／ひとすくい、ふたすくい、かれに土がかぶさる。）

兵舎跡へ来て六日目を迎え、幹部は長い時間、会議を開いて、今後の対策を協議した。その結果、新京まで早く汽車を出してくれるように、ソ連軍当局に強く請願することになった。父たち幹部が、その日のうちに三度も当局へ出向いたが、応対したソ連軍の将校は、のらりくらりとかわすだけで、はっきりした返答はしなかった。四度目はロシア語に堪能な佐竹波子や高橋省三を先頭に立てて、五十人ほどで当局に押し掛け、玄関前に三時間も座り込んだ末に、副官のチーホノフ大尉に会い、請願書を手渡した。

「路線が二箇所で破損しているので、残念ながらしばらく列車は出せない」とチーホノフ副官が答えた。

「壊れた線路を早く直して、列車が通れるようにして下さいよ」と波子がロシア語で訴えた。

「努力はするが、当分は駄目だ」

避難民の代表は、二の句が告げなくなり、がっかりしてバラックに引き返した。


そうこうするうちに、既に九月も二日が過ぎていた。陶頼昭での生活がまだしばらくは続くとすると、〈夜の訪問者〉たちに対する策を講じなければならない。幹部が鳩首協議して、一計が案出された。軍の司令官と副官に〈女〉を提供して、夜の警護を厳しくしてもらおうというのだった。その原案は、佐竹波子が出したもので、彼女は率先して〈女〉になると言うのだった。母親の任務は、通訳なのだということにしていたが、娘の陽子は泣いてそれに反対していた。

「やりたくてやるんじゃないよ、私だって……。でも、こうしなければおまえたち若い娘を守れなくなっているのよ、今は……」

もう一人、牡丹江で芸者をしていたという三十代の女性が名乗り出た。芸名を〈桐壷〉というその女性は、小柄ながら福々しく、しかも所作があでやかなひとだった。窮余の一策とはいえ、あまりよい案ではなかったので、幹部会の中でも異論が出されたと言われる。正教徒の立場から、高橋省三が強く反対の陳述をしたそうだが、ほかに代案がないという理由で、多数派に押し切られたようだった。この案を採用した幹部会の思惑には、ロシア語に堪能な波子がソ連当局に接近すれば、意志の疎通に役立ち、当局からの情報が得られ易くなるだろうとの計算もあった。

ささやかな壮行会が開かれ、その日、中国人の物売りから買い上げた怪しげな芋焼酎を大人たちが酌み交わした。波子と桐壷がわざと陽気に振る舞って、歌や踊りを披露した。紫色のワンピースを着て、かなりな厚化粧をした波子が、

「別に喜んでやるわきゃないですが、猫の首に誰かが鈴を付けにゃあきません。私たちが皆さんの支援のもとに、代表としてそれをやろうとしているだけのことです。悲壮感などありませんよ。でも、頑張れるだけ頑張りますで、任せて下さい」と挨拶をした。

それからしばらくして、拍手の中を、二人はソ連軍司令部に向け出発した。桐壷も派手な花模様の浴衣を身に着け、洋装の波子の後から小股な足の運びでついて行った。ごく普通に言えば、奇妙な取り合わせの二人連れではあったが……。

その効果は、間もなく現れ、〈南京虫〉の出没数が目に見えて減った。それまでは、毎夜三組から五組が夜這いに来ていたが、波子たちが〈司令部入り〉して以来、せいぜいが一組になり、全く現れない日もあった。

しかし、これで安心というわけではない。敵もさるもので、やり口が巧妙になっていった。

彼らの欲情は、日々に拡大再生産され、とどまるところがないのだった。まだ日の高いうちから突如現れて、強引に女を連れ出すソ連兵もいる。その手口で、三人の女が被害を受けた。避難民は敗戦の民だったから、暴漢に対して直接には無力だったが、自営の手段を講じないわけではなかった。バラックの一部に、野菜の貯蔵庫に当てられていた小さな地下室があったので、そこへ若い女たちを匿った。定員が五人ほどの狭い場所なので、とうてい全員を隠しおおせるものではなかった。毎日交代で入る五人を決めなければならず、あぶれた者はパニックになったりするのだった。

それから数日後に、幹部会の席上、父が提案をして、一つの宴会を催すことが決議された。その宴会には、ソ連当局の司令官と副官を招待して、酒食のもてなしをし、避難民の芸達者な人たちが演じる余興を鑑賞させながら一夜をこのバラックに釘付けにし、群小の〈南京虫〉たちに指をくわえさせようというのだった。それは、既に万策尽き、貧血のために痩せ細った日本人の頭が考え出した最後の賭けだったのだ。

当日の夕刻になり、波子と桐壷が司令官と副官に連れ添って兵舎跡にやって来た。二人の女の装われた嬌声が、辺りの張りつめた静寂の中で、底抜けに明るく響いた。避難民たちは、素焼きの煉瓦を足にして、その上に板を並べて作った即製のテーブルに、白酒（高粱酒）の器を並べ、缶詰や焼肉を置いた。もとより電灯はないので、大型の蝋燭を五本、アンペラの上に立てた。

その炎の揺らめきを見つめながら、ぼくは横道河子のタチヤーナの家で賑やかに催したクリスマスの夜を思い出していた。ツリーに飾られた綿の雪や銀紙が、七色に輝く豆電気に映えているそばには、豪華なロシアケーキの山……。湯気立つスープの脇で、白い蒸気を吐くサモワール……。化粧煉瓦のペチカの燃える音を基調音にして、集まった人々が交わす明るい話し声とロシア民謡……。全てが幻影だった。

目の前に見える粗末な饗宴の筵……。それでも、貧しい日本人が用意できる最高のもてなしだった。宴が始まって十分ほど経った頃、突然野外に女の悲鳴が起こり、数人の足音が慌ただしくバラックの方へ近付いて来た。それは薄暮のしじまに黄色い糸を引いて続き、隣の棟のバラックの中に消えた。宴は中断され、司令官を先頭にして、一同の者が隣の棟に駆け付けた。大勢の人の囲みの中に、血みどろになって娘が倒れている。副官の命令で、直ちにソ連軍の軍医が呼ばれ、手当てが施されたが、頭の傷の深さが骨膜に達していたために、娘は間もなく息を引き取った。直ぐに事情が聴取され、それによると、娘の父親がバラックに娘を置くことに危険を感じ、近くに住む中国人に金を握らせて、どこか別の場所へ逃げようと謀ったのだが、一丁も進まないうちに、後をつけて来た数人の暴漢に高粱畑の中へ追い立てられ、その際逃げ遅れた娘が、棍棒で後頭部を殴られたとのことだった。

「こういうこともあるからな、苦しくても、分派行動はいけない」と高橋省三が言った。

「それに、ぼくらの周りには、善意よりも悪意が渦巻いて、何重にも存在していることを意識しなければいかんよ」と父も固い口調で呼びかけた。

この事件は、避難民の上に降り懸かる数々の不祥事の暗く澱んだ沼の中へ、また一つの石を投げ入れる結果になった。鈍い音が響き、濁った沼の表面に漣が立ち、避難民の胸の奥底に腐臭が広がりそめ、小刻みに震えるように動く不安の芽が、次第に育ち始めていた。

再開された宴の方は、その後深夜まで続いた。波子と桐壷以外は男だけの酒宴だった。女子供は、それを遠巻きにして、部屋の隅にひっそりと固まって眺めていた。グシコフという司令官は、中背の太った四十年配の中佐だった。赤い顎髭と幅広な鼻が、画像で見かける哲人ソクラテスに似ていたので、幹部たちはグシコフを〈ソクラテス〉と呼んでいた。彼はその太い猪首を、真っ赤なドレスの波子に抱かれ、至極上機嫌に酒を飲んでいる。もうひとりのロシア人・チーホノフ副官の方は、三十代の背の高い細身の大尉だった。焦げ茶色の幅広の眉が瞼に迫り、グリーンの瞳は蝋燭の灯を映して鋭く光っている。紫色のワンピース（先日は波子が着ていたものだったが…）姿の桐壷が、副官の膝の上で小さく見える。宴席を賑わしているのは、波子の早口のロシア語だった。桐壷の方は酒を注いだり、踊ったり、専ら体を動かしている。宴会が続く限り、邦人の安全は保障されるので、幹部はなるべく長い間、できれば朝まで、グシコフとチーホノフをこの場に引き留めるつもりだった。そのためには、二人の女性だけではなく、幹部の男たちも取り持ちに努めなければならない。省三がロシア語で「埴生の宿」を歌い出すと、二人のロシア人も小声でそれに合わせる。続いて資材課の課長が「乾杯の歌」を披露した。歌が出るごとに、宴席の空気が和らぐ。周りの薄暗がりで見ているぼくたちも、それまでの数日間の緊張が急に弛んだせいか、酒を飲んだ訳でもないのに、半ば酔ったような気分に浸っている。

「よかった」とタチヤーナがぼくの耳元に囁くと、微かに鈴蘭の香りが漂った。

ぼくの間近に、彼女の和らいだ表情の顔が見える。

「元気」とぼくは聞いた。

「ええ、何とか……」

父が立ち上がり、「荒城の月」を歌い始める。

「あれは、お父さんの十八番《おはこ》よ」。少し離れた所から、姉の声が聞こえてきた。宴席で父の歌う歌は数曲に限られていた。

波子と桐壷の声が、父の声に絡まる。蝋燭の炎が揺らめき、躍る人影や歌う姿を、壁に拡大して映し出す。白酒の独特の匂いが部屋中に満ち、宴も酣《たけなわ》となる頃、平田という公司の電気技師が、上半身裸になって踊り出している。白い腹部に目鼻が墨で描いてあるので、腹を引っ込めたり膨らませたりするだけで、その顔に表情が出る。彼は腰で調子を取りながら、面白おかしく踊り続ける。〈ソクラテス〉が、大声で笑いだし、赤い顎髭が痙攣するように揺れる。その髭の隙間から細い声が漏れるのだが、それが何かにむせた時に発する女の声に似ていて、甲高く詰まりがちの掠れ声だった。チーホノフ副官は、軽く手を叩いて調子を合わせながら、横目で平田の踊りを見ている。その時、ぼくはタチヤーナが笑っているような気がして、横を向いて彼女の横顔を見たが、薄暗くて表情までは確かめられない。

チーホノフが立ち上がり、左手にコップを持ったまま、低い、よく響く声で、「ステン・カラージン」を歌う。バラック兵舎の板囲いの壁が震えるほどのものすごい声量が、辺りを圧倒した。彼は、いつもの厳しい表情を崩すこともなく、歌い続ける。避難民の幹部との交渉の場でも、常に冷静な論理で対応し、切れ味の鋭い発言をして、会議をまとめる役割をしている人物だった。ソ連軍当局を説得するには、まずチーホノフを落とさなければ駄目だったから、実質的には彼が〈ソクラテス〉を制しているようだった。

「ゾーリンを思い出すわ」とタチヤーナが言った。

「そう、ぼくもそう思っていた」。ぼくが答えた。「名歌手の御者だったね」

「でも、この大尉の方が、ゾーリンよりも上かも」

「そうか……」。ぼくはその時、はっと気が付いていた。彼女も横道河子のことを思い出しているのだった。タチヤーナがゾーリンのことを言い出す時、頭の中では横道河子を思い描いているのだろう。

「一キロ」の御者ゾーリンは、帝政時代の貴族の出身だった。彼は昔のペテルスブルグを懐かしみながら、無事だったら今も横道河子で馬に鞭を入れているはずだった。彼の体内の時計は、ロシア革命前の時代で止まっているようだったが、日曜ごとの教会でのミサには、聖歌を歌うセミ・プロのバス歌手として活躍していた。歌っている時のゾーリンには、貴族から御者に身を落とし、ペテルスブルグを追われて満洲の寒村まで逃げて来た男の影は消えていた。

ぼくにとっても、横道河子は忘れられない土地だったが、敗戦という結果によって、満洲国が崩れ去ってしまった以上は、既に日本人の住むべき所ではなくなっていた。〈帰る〉という言葉が、つい先日までは横道河子へ戻ることを意味していたが、今は矢印の方向が変わってしまい、実感はないのだが、日本本土へ戻ることを指しているのだった。でも心の中では依然としてぼくの「故郷」は横道河子だった。それは今や括弧付きの〈故郷〉になり、ぼくの意識から無限に遠ざかりつつあった。ぼくには〈故郷〉が失われても、一応〈日本〉という帰る場所があるはずだが、それは幻の故郷であるに過ぎないので、その時点での自分についての比喩は、流れのままにただ流されているだけの〈根無し草〉というイメージだった。そういえば、この言葉は誰かから聞いたような記憶があった。それは、タチヤーナだったのだ。

「ハラショー（素晴らしい）、ハラショー」。父が叫んでいた。「オーチン・ハラショー」

チーホノフの歌が終わっていた。

「シャリアピン、シャリアピン」と平田が叫ぶ。

確かに稀代の名バス歌手シャリアピンの声に迫る美声だった。幹部たちが代わるがわる副官に握手を求めている。避難民の拍手がしばらく鳴り止まず、部屋の隅にひっそりとしているはずの女子供までが引き込まれて、アンコールを叫んでいるのだった。

立ち上がって手を振るグシコフも、まるで自分が歌ったかのように胸を張り、それから傍らの桐壷をその太い腕に抱き上げ、コップの酒を一口だけ飲むと、残りを彼女の頭に掛ける。桐壷が糸を引くような声で叫びながら足をばたつかせて暴れ、〈ソクラテス〉の腕から逃れようとしていた。〈ソクラテス〉の口元が緩み、歯の抜けた歯茎が覗いた。哲人ソクラテスのイメージが瞬時に消え、ロシアの田舎の農夫の表情が見えた。彼の知性は、その歯のように抜け落ちているかのようだった。

「アンコール、アンコール」。幹部たちが何回も叫んでいる。

省三がチーホノフのそばに行き、ロシア語で何か話しかける。副官は相変わらず無表情だったが、その時、少し穏やかな顔付きになった。省三の重ねての促しに添う形で、再び立ち上がった副官がロシアの民謡を歌い出した。省三が紙切れに日本語の意味を書いてくれた。

夕闇迫る草原を、コサックの騎馬兵が進む。
いったい、わたしの故郷はどこなのだろう。
もう五日も馬を進めているのに
この草原には果てがない。
同胞の血と汗と涙の滲んだ大地よ

私の進むべき道を塞がないでくれ。
おそらく故郷までの道のりは遥かだろうが
戦いはもう終わったのだ。
あわてないでいい
私のかわいい馬よ、ゆっくり静かに進め。
私の帰りを待っているアンナのいる
懐かしい村をめざして……。
エニセイ河の水音が聞こえる私の村へ……。

その歌を歌う時の副官の表情は、揺らぐ蝋燭の炎のせいなのか、どことなく寂しげで、力強い声の底に、コサックの悲愁が篭もっているかのようだった。タチヤーナやぼくが横道河子を思い出しているように、チーホノフは生まれ故郷を忍んでいるのだろうか。抑制のきいた彼の低い声が、望郷の思いを歌うと、それが聞いている者の心にも、普遍の広がりで浸透している。

「歌の力はすごい」とぼくは思った。

その時、タチヤーナが泣いていた。ロシア語で副官の望郷の歌を聞いている彼女にしてみれば、その歌によって、帰るべき故郷を失っている自分の立場を、際立たせられているのかもしれない。

ぼくが目を閉じると、「一キロ」の匪賊除けの木柵に囲まれた煉瓦造りの社宅が見えた。横道河子は、既に物理的距離以上に遠くなっている。敗戦が舞台を暗転させ、主役をエキストラ以下の余計者に変えてしまっていた。邦人は生活の舞台から追い出され、サーカスの綱渡りさながらに逃げまどっているばかりだった。

チーホノフの歌が終わり、拍手の波がバラックに広がった。そして、暁がひそやかに訪れ、東方の空を白い塗料を含ませた刷毛で撫でたように染めた。グシコフは、酩酊して波子の膝の上でだらしなく伸び、その偉大な〈ソクラテス〉の鼻から鼻水が垂れている。草原の灰色狼の唸り声のような鼾で、その太い猪首が小刻みに震える。

しばらくあって、チーホノフ副官が、上官の肩を叩いた。グシコフは寝ぼけ声で意味不明の台詞を歯槽膿漏の悪臭と共に吐き出し、それをまともに浴びた副官が顔をしかめた。

桐壷が副官に瓶の残りの酒を注いでいる。それを一気に飲み干すと、副官は大声で司令官を促した。ようやく起き上がったグシコフは、ひとわたり兵舎の内部を見回し、彼を取り巻いている日本人の顔に気付いて大袈裟に驚いて見せ、副官の腕に支えられながら、よろよろとバラックを退散して行った。

「スパシーバ〈ありがとう〉」。副官が戸口で省三たち幹部と握手を交わした。「ダスビダーニャ（さようなら）」

旅館の娘が殴殺されるという予期しない事故はあったが、宴会の効果が出て、おおむね平穏に一夜が経過し、女性たちも平安な気持ちで時間をやり過ごすことができた。

　その頃、ぼくは暇な時に時々不安になっていた。横道河子を追われて、既にかなりの日数が過ぎていたのに、勉強らしいことから遠ざかったままだったからだった。学校のことがそんなに好きではなかったはずなのに、行けないとなると、不思議に学校が懐かしくなっていた。勉強を教えてもらった先生方の安否も気掛かりだったが、そこで机を並べていた友達の顔も思い出していた。佐竹陽子やタチヤーナ・高橋は普段から直ぐそばにいて、置かれた状況も共有していたから、よく分かっていたが、仲良しだった学友たちや先生のことなどが心配だった。夢の中に葦河軍属やペチカジャングイ〈掌櫃〉の貌が出てくることもあった。

「マス釣りは危険だから、子供は牡丹江へは行くな」と葦河軍属が怒鳴っていた。

「もう、魚、出ないよ」とペチカジャングイが悲しそうに首を振っていた。

　時々だが、電話交換手のイーラとタマーラも現れた。どの貌も泣いていた。森崎正一郎にその話をすると、

「ぼくも見た」と彼が言う。不思議なことには、泣いている姿も同じだった。「よくないことが起こったのかもね」

「まさか」とぼくは言った。

　母にその話をして、聞いてみると、

「詳しいことは分からないけど、葦河軍属はソ連軍に捕まりそうになって、横道河子から逃げ出したそうよ。ペチカジャングイとロシア人たちは、マリアさんを含めて、具体的な情報がないままなの」

この不安な状況は、人ごとではなかった。ぼくの直ぐ近くに危険なものが音もなく迫っているようだった。

「これからどうなるのだろう」と幾度となく考えて、よく眠れない日もあった。

タチヤーナや陽子とも話し合い、お互いに何か「自習」をしなければ、「馬鹿になってしまう」と心配になった。二年下級の森崎正一郎も仲間に加えて、「馬鹿にならない方法」を探した。とは言っても、狭いバラックの中では、四人が集まって学習することができるスペースがないので、とにかく各自が教科書を読んでみようと決めた。国語の教科書からとりついて、分からないところは大人に教えてもらおうと思ったのだった。文字を忘れないように工夫し、ノートに漢字や文章を写し取り、できるだけ朗読をした。ぼくは歌集と詩集をいくつか持ってきていたので、暇さえあれば、それを暗唱した。いろいろな詩の中でも、島崎藤村の「椰子の実」はとてもいい勉強になった。「やへのしほじほ」の部分は発音も語意も分からなかったが、適当にごまかして読んでいた。「胸にあつれば新なり流離の憂ひ」とか「たぎり落つ異郷の涙」などは、やはりよく分からなかったが、意味が理解できた時には、「これは、今のぼくのことなのでは」と思い付き、悲しくなった。

文語の意味不明なところは、姉や父母に聞いた。ある時、脱走兵のひとりの田端上等兵が、ぼくの「椰子の実」の朗読を聞いていて、「それなら歌えるぞ」と言って歌ってくれた。とてもいい歌だったので、ぼくも田端に会う度にせがんで歌ってもらい、ぼくなりに歌えるようになった。暇さえあればその歌ばかり歌っていたので、「馬鹿の一つ覚えだな」と父からからかわれた。「世の中には沢山のいい歌があるのだから、違う歌も歌え」

「じゃあ、お父さんは何が歌えるの」

「沢山あると言ったじゃないか。『流浪の民』なんてのは、まさに今のおれたちだよ」と父は言うと、その一節を歌ってくれた。

それは、父がよく歌う「満洲娘」の歌とはまるきり違う感じのする立派な歌だった。とにかく、歌は勉強になることが多く、歌詞の意味や漢字の書き取りだけではなく、メロディーまであるので心が震えてしまう。毎日死んでいく人も何人か見ているような中では、歌うと〈生きているな〉と確認することができて、嬉しかったのだった。

ソ連軍の司令官と副官を招待して宴会を開いてから数日後のことだった。よいことが呼び水になったのだろうか、朝食を共同炊飯所で準備している最中に、ソ連軍の司令部から、「新京行きの貨車を午前八時に出すから、全員駅へ集合しているように」との伝令が入った。避難民は歓声を上げ、大人までが子供のように興奮して大騒ぎになった。宴会の成果とする意見と、偶然の結果とする意見とが鋭く対立して、かまびすしい議論に沸いた。でも、時間が既に七時を回っていることに気付いて、出発の準備に掛かるために、その議論は曖昧に中断された。結果よければすべてよしということだった。

食事を取るのもそこそこに、ぼくたちは荷造りを始めた。すると間もなく兵舎の周りには、どこからともなく現地の中国人が集まりだした。避難民の移動の気配を、彼らは敏感に察知している。戸口の隙間から覗いてみると、大人から子供まで含めて、およそ百人ほどの顔が見えた。素手の者もいるが、鎌や鳶口などを手にして身構えている者が多いようだった。彼らは無言で邦人の動きを監視し、包囲の円陣をじりじりと詰め、たちまちバラックの窓のそばに迫り、板壁のわずかな隙間から内部を覗いている。荷物を片付けている避難民の手元を、じっと観察している暴民の鋭い視線があった。ぼくは心臓が凍りそうになっていた。震えが止まらない。しばらくして、待ちきれなくなった暴民の一部が、板壁を壊し始める。板が割れ、柱が軋む不気味な音……。中には、戸口に手を掛けて揺する者もいる。

やがて、その騒ぎが急に納まった。チーホノフが十数人の兵士を連れて来て、日本人の擁護に当たり、暴民をバラックから遠ざけてくれたのだった。避難民は、集団の隊形を崩さないように整然と四列縦隊に並び、互いにスクラムを組んで兵舎を後にした。自動小銃を構えたソ連兵が、邦人の周りを警護して歩いてくれている。夜毎の恐怖の対象となっていたソ連兵とはうって変わって、彼らは邦人の安全を守ってくれたのだった。それでも、監視の目を盗んで、荷物をひったくる暴民がいて、子供を抱えてまごついている女のリュックや、横長に突き出して肩に負った毛布や鍋釜などが、早業のようにかすめ取られていた。

墓地の丘のそばを通る時、ぼくたちは二十数人の死者たちの魂の平安を祈った。「オブチョウダイ」を叫んでいた幼児たちの小さな土饅頭……。その脇の大きな墓は娘を庇って殺された父親の墓だった。上野ひなみの墓の前には、桔梗が紫色の花をつけている。丘のたたずまいは静かだった。それは死者たちの霊魂の静けさを思わせた。肉親をこの地で亡くした人たちの歩みは滞りがちだったが、個人の意志は集団の動きの前に封殺され、隊列の進みは乱れなかった。出発の時間は刻々に迫っていたし、暴民が隙を狙っていたから、歩みを止めるわけにはいかないのだった。歩きながら体をこごませ、足元の石や土を掬い取るひともいる。土葬だったので、遺族の手に遺骨はない。

背後に喊声が湧き上がった。振り向くと暴民が一斉に兵舎へ突進して行くのが見える。土煙が立った。板囲いや窓枠に打ち付けてあった板をはがす音が、現地語の怒声や罵声に混じって、邦人の背後を追って来る。それは、一瞬前までの避難民の現在を、闇の過去へと切断する鋭利な刃物の振り下ろされる物音だった。

陶頼昭の駅に、貨車が鉄路にしがみつく黒い龍のように停まっていた。そのほとんどが石炭やセメントなどの貨物で塞がっていたが、最後尾に三輌だけ難民用の無蓋車が用意されていた。

幹部の指示に従って、ぼくたちは隊列を崩さないように、班ごとにまとまって乗車した。ようやく自分の居場所を確保すると、ぼくは深く息を継いでいた。ここでの十数日間の逗留は、三ヶ月にも感じられた。毎日が不安と緊張の連続だった。過去に滞在したことのあるたいていの土地には、一握りの不快な出来事があったとしても、他にいくつかの楽しい思い出があるものだが、陶頼昭に関する限りは、悪い印象しか残っていない。

出発寸前に、土煙を上げながらドイツ製のジープが構内に飛び込んで来て、車の中から司令官グシコフに付き添われた波子と桐壷が現れた。貨車の中からは、期せずして拍手が起こった。それは、二人の女の無私の献身に対する感謝と労いの拍手だったが、グシコフは自分に向けられたものと勘違いして、とても上機嫌だった。真っ赤な顔を皺だらけにして、彼は避難民に両手を振っている。司令官が日本語に無知なことを幸いに、邦人は彼に生きのいい罵声を浴びせ掛ける。

「腐った汚い豚野郎」

貨車の中は、波子たちを迎え入れて、大騒ぎになる。二人の努力がソ連軍の司令部を動かすきっかけを作ったのだった。陶頼昭を脱出できる喜びで、邦人は興奮していた。

やがて、貨車が徐ろにホームを滑り出した。線路脇に停まっているジープから降りて、チーホノフも列車に向かって駈けて来た。彼は厳しい顔付きのままポケットから白いハンカチを出して振った。波子が車の枠から半身を乗り出すようにして何か叫んでいる。それに合わせて、グシコフが笑いながら頻りに投げキッスをして見せると、そのソクラテスのような巨大な鼻が動いた。列車がホームから離れ出すのを見はからって、すかさずに波子と桐壷が声をそろえて叫んだ。

「ダスビダーニャ、ロシアのヒヒ親父」

時計が全てロシア人に奪われていたので、正確な時間は分からなかったが、発車の予定時間からは、かなり遅れているようで、太陽の位置から、およそ午前十時頃と推定できた。汽車は次第に速度を上げ、黄金色の高粱畑の広がる大平原を疾走した。貨車の揺れに身を任せながら、ぼくは遥か地平線を見やっていた。〈助かった〉という思いがぼくの胸中を占めている。この思いの蔭には〈助からなかった人〉の存在があった。しかも、それは既に過去のことであり、これからのことは分からないのだった。とにかく、綱渡りは、これからも当分は続きそうだった。綱から振り落とされた者は不幸で、生き残った者も次の瞬間には落ちるかも知れないのだった。〈一寸先は闇だ〉とぼくは思った。「一難去ってまた一難」という言葉を思い出していた。

紺碧の空に輝く太陽……。既に初秋の涼風が吹いていた。穂を垂れ掛けた高粱が、吹き過ぎる風の通り道を跡付けて静かに揺れ、光と影が動いていた。高粱畑が切れると、緩い起伏を連ねて草原が続いていた。所々に白っぽい塊りが見えるのは羊の群れだった。農道の上を、黒いロバが枯れ草を運んでいるのが見えた。枯れ草は、ロバの体の二倍ほどに積まれている。思わず、「ロシナンテ」とぼくは呟いていた。喘息に苦しむあのロバが、どこかに元気で生きているような気がした。「相棒のヒットラーはどうなったか」。グレートデンの叔父さん顔が「バウ、バウ」と吠えている。

低く重い音を立てながら、松花江の鉄橋を渡る。遥か下流を見やると、陽光に光る水が白くなったり、金色に光ったり、また茶色に変わったりしている。漣が縮緬状に川面を走り、光の細かな粒子が踊っている。時折、水の匂いが吹き上がって来る。

徳恵という駅に着くと、プラットホームに物売りが動き回り、威勢の良い売り声が交錯していた。

「氷菓（ピングォウ）、氷菓」

「茶水（チャーシュイ）、茶水」

停車時間が一時間ほどあったので、プラットホームへ降りる人も多いようだった。そこは治安が保たれていて、駅員や出入りの物売りも穏やかな物腰だったので、女子供でも安心して手洗いや買い物の用を足すことができた。陶頼昭では考えられないほど、長閑な時間が流れている。ぼくも外へ出て、ホームの端に佇み、空を見上げた。西から東へゆっくりと流れる純白の雲……。背景の空が蒼黒いせいか、それは目に沁みる白さでぼくに迫っていた。

しばらくして、ほとんどの人が貨車に戻り、列車の出発を待っている時、隣の車輌から、幹部を伴って西田部長がやって来た。彼は例の事件でロシア人に殴られた怪我が完治せず、頭に包帯を巻いたままで、まだ目の周りも赤黒く腫れていた。彼は軽く咳払いをしてから、低い声で話し出した。

「陶頼昭にいる時、ぼくら幹部はソ連軍副官のチーホノフ大尉から、ある重大な情報を得ておりまして、皆さんにすぐにお伝えすべきか否かで幹部会でも議論があった訳でしたが、多数決で一応当面は抑えておき、後で適当な時期にぼくからはっきりお伝えすることに決し、今日に至りました。と申しますのは、この件が実に悲惨な事実でありますので、陶頼昭の暗く辛い毎日を、さらに絶望的にする材料ともなりかねませんので、敢えて抑えた訳であります。実は機械課の木村課長以下公司の関係者三十四名と、別の団体からの合流者三十名、合計六十四名の邦人は、ご存知の通り、八月二十三日の夜、列車を離れて陶頼昭駅から十数キロ隔たった開拓地に入植いたしましたが、ソ連当局の信ずべき情報によりますと、この九月一日の夜、近辺の暴徒集団の襲撃を受け、全員が自決、ないしは撲殺された模様であります。ぼくらは再三にわたって別行動を止めるように勧告して参ったのでありますが、それを押し切って行動し、遂にこのような不幸な結果を招来するに至りました。まことにいたましいことであり、また実に残念なことでもあります。皆さん、これを鑑みるに、団結だけがぼくらの武器です。これからも色々な苦難がぼくらを取り巻くことと存じますが、とにかく羊の群れは団結による以外には狼たちには立ち向かえないことを、よくよく自覚承知いたし、この事件を負の教訓にしようではありませんか。しかし、無惨な死を被った彼らとて、ぼくらの仲間であることには変わりはありません。ここで、亡くなった方々のご冥福をお祈りして、一分間の黙祷を、全員で捧げたく思います」

西田部長の話が終わると、用度課長高橋省三の発声で、全員が黙祷をした。黙祷が終わったところで、ぼくは目でタチヤーナを探していた。少し離れたところに空色のプラトークが見えた。手を挙げて合図をすると、彼女は潤んだような黒い瞳でぼくを見つめ返し、少し口元を緩めて微笑んだようだった。胸に下げた銀色のクロスに左手を当てて、彼女は何か呟いているようだったが、口の微かな動きだけが見え、言葉の輪郭は周りの喧噪の海に沈んでいた。いくぶん寂しげな横顔を見せている。

それからしばらく経ってからのことだったが、父がぼくの耳元で何か囁いた。他人に知られたくないような情報があるらしいとぼくは直感した。列車の隅の方に寄り、父の言うことをつぶさに聞き取った。

「横道河子がひどいことになっているらしい。ソ連軍が戦車隊で公司の建物を壊してしまったようだよ」

「『一キロ』はめちゃくちゃにされたのかな」

「建物だけでなく、かなりの人が殺された」と父は言った。「イーラもタマーラも、王主任やペチカジャングイも死んだよ」

「それは、大変なことだね」

「言いたくないがな、佐竹課長も、マリアさんも」

ぼくは息が切れそうになった。推察してみると、この悲しい情報は、幹部会では一月も前からつかんでいたらしいのだった。陽子やタチヤーナには知らされていたのかも知れない。横道河子のぼくの思い出は、心の中に残っているが、現実の形はすっかり崩れてしまっているのだった。

「ターニャや陽子にどう言ったらいいの」とぼくは父に聞いてみた。

「今は知らないことにしておけよ」と父が答えた。

〈知ることより、知らないことの方がよかったのかも〉とぼくは思った。心にかさぶたができてしまったようだった。

プラットホームの一隅に、すがれたヒマワリの一叢があり、黒い実の重さのために、どれもうなだれていた。そのヒマワリの直ぐ脇に、キキョウとコスモスが咲き競っていた。蜂や虻が花々の周囲を気ままな曲線を描きながら飛び交い、赤蜻蛉が紺青の深く高い天に挑みつつ鮮やかに泳いでいた。滅びに向かう命と、今を盛りと輝いている命……。いずれにしても、小さな命あるものたちは、いつものように自由に振舞っていた。

第6章　新京到着　木材会館

木材会館表側

二十五日間の迷走的避難生活の後、ぼくたちの乗った汽車は、九月七日午後一時頃に、めざす新京駅に着いた。構内では、貨車や客車が積み木をばらまいたように散乱する間を、中国人の浮浪者たちが、大きな麻袋を背負って右往左往している。軌道の脇の草むらの中に、黒っぽい丸太のような物がいくつか見え、そばを列車が通ると、その黒い物が崩れるように剥がれる。蝿・蝿・蝿……。丸太に見えたものは、腐乱した屍体だった。

プラットホームに降り立った邦人は、各班ごとに二列の縦隊を組み、人員を確認してから、出口に向かって歩きだした。間もなく、避難民の周囲を、中国人の浮浪者たちが取り巻いていた。彼らに隙を見せるわけにはいかないので、ぼくたち一行は、互いにスクラムを組むようにしながら前に進み、紙や布切れなどが散乱している駅舎の内部を抜けた。浮浪者たちも、つかず離れずの距離を測りながら、邦人避難民の後をつけてきた。それでも、何とか危険な構内を無事に通過したぼくたちは、駅前の広場に集まり、それまで行動を共にしてきた幾つかの団体との簡単な解散式を行った。ぼくの父の勤務している近藤林業公司の集団は、西田部長から行動上の注意を受けた後、避難民の休憩所になっているという新京神社に向かって移動した。

駅前からは幅百メートルほどの広い道路が、一直線に南へ伸びていて、その両側に立つハクヨウやニレ、スズカケなどの街路樹の緑が目に沁みる。一行は左側にヤマトホテル、右側に満鉄支社の建物を目にしながら、ゆっくりと進んだ。そうして、およそ八分ほど歩くと、かなり荒廃した新京神社が右手に見えてきた。倒された大鳥居が、ばらばらの残骸を晒し、原型をとどめないほどに破壊された社務所の脇には、いくつもの石灯篭が倒れていた。中国人から見れば、神社は日本の権力の象徴だったから、終戦と共に憎しみの対象にされたのだった。境内へ足を踏み入れてみると、松や榊などの植栽は切り裂かれ、赤土の庭には、おびただしい数の真新しい土盛りが並んでいる。いずれも死んだ日本人の墓だった。いくつかの土饅頭の前には、ノギクやオミナエシなどを活けたサイダー瓶が置いてある。ぼくたちは目の前の広大な墓地を眺め、しばらく立ち尽くしていた。土盛りの大きさからして、その八割方は子供の墓だった。

建物や墓地の周りは、満洲各地域から集まって来た邦人の難民で埋まっている。地べたや草の上に横たわったり座ったりしている人々のどの顔にも、魂を抜かれた者のように表情がない。そんな他人の顔に自分の姿が映っているようで、難民たちは、目をそらし、互いに顔を見ないようにしている。境内には、避難民を相手にする商売人もいて、威勢のいい売り声を上げている。日本語の売り声もあるので、よく見ると、中国人に混じって邦人の物売りもいるのだった。

「どちらから来られましたか」。お萩を売っている中年の婦人が、庇の長いピンクの帽子をかぶった幼い娘の手を取りながら、ぼくの姉に尋ね掛ける。

「横道河子です」と姉が答えた。

「そうですか……。私たちも先月牡丹江から来ました」

母が家族の頭数分のお萩を買った。その婦人の語るところによると、生活の代《しろ》に物売りをしている邦人が多いとのことだった。

「私らも、これから何かしなければ……」と母は呟くように言った。

生活のことと言えば、まず落ち着く先を決めなければならなかった。幹部たちがその交渉のために〈日本人会〉へ出掛けている間に、ぼくたちは集団の隊形を崩し、各家族や知友単位に境内に散って休憩を取ることになり、それぞれがプラタナスやヤナギなどの樹蔭に涼を求めて腰を下ろした。やかましいほどに蝉が鳴いている。鉄板のように焼けている大地とは違い、木の下は乾いた涼風がよく通っている。

現地人の物売りの中に、派手な長襦袢を肩に掛けて売り歩いている小柄な老人がいた。その瘦躯に緋色の布地が巻き付き、異様な眺めだった。彼にその長襦袢が渡った経緯は分からないが、元の持ち主が日本人であることは疑いない。自転車に大きな蒸篭を載せた饅頭売りの後ろから、リヤカーに子供の頭ほどの西瓜を満載した西瓜売りが続いている。卵売り、玉蜀黍売り、飴売り、氷菓売りなど、元満洲国の国都にふさわしく、とても賑やかだった。

小一時間ほど経った頃、ソ連軍当局からの指令が出されて、近藤林業公司の関係者は白菊小学校へ移ることになり、荷馬車五台に分乗して新京神社前を出発した。重い荷物のせいか、馬車はのろのろと進み、一時間の余も掛かって、西方の北安路沿いの白菊小学校へ着いた。ほとんどが木造の校舎だった当時の学校のことを考えれば、新しい鉄筋コンクリート造りの白菊小学校は、モダンな感じがした。前庭にはコスモスの紅・白・桃色の花々が、そよ風に揺れていた。一行はそれを眺めやって、しばらく安らいだ気持ちになっていたが、それも束の間のこと、校舎の中を覗いてみて、また緊張を強いられていた。部屋だけではなく、廊下まで避難民で溢れていて、既に新入りの入る余地はどこにもないようだった。仕方がないので、ぼくたちは校庭の隅に集まり、木陰の地べたに腰を休めた。

辺りが薄暗くなり、目の前のコスモスの花の遠近も分明ではなくなる頃に、交渉に出向いていた父たち幹部が姿を現した。〈日本人会〉での打ち合わせの結果、豊楽路にある〈木材会館〉ビルが寄留先として割り当てられたとのことだった。「新京神社にいないので、方々捜したぞ」と父は怒っている。ソ連軍司令部と〈日本人会〉は連携している訳ではないようで、指令に食い違いがあったらしい。

一行は白菊小学校を後にし、また東の方へ駅寄りに戻り、豊楽路へ向かって、重い足を引きずりながら歩きだした。疲れが重なったせいか、頭の中も濁っていた。意志というものがなくなったみたいになり、ただ自動人形のように、ひたすらにぼんやりしたままで足だけは交互に前へ出していた。そんな受け身一方のぼくたちも、この度は公司の新京駐在員の案内があったので、大通りを離れた細い近道を迷わずに行けた。辺りは息を潜めたように静かなせいか、ビルの谷間の舗道を行く難民の靴音だけが、ことさらに高く響いた。裏道という条件に見合う形で、辺りに人影は疎らだった。黄昏時の爽やかな風が、ぼくの背後から追い掛けてきた。日が翳りを濃くし、徐々にビルの谷間を薄闇で満たす。両側の幾つかの建物に、電灯が明るく点いているのが見えると、長い間蝋燭の暗い灯の下で生活してきた難民の目には、それが際立って新鮮な光として映った。

満洲三大木材会社の共同出資で建てられた〈木材会館〉は、鉄筋四階建ての頑丈なビルだった。その戸口に着いてみると、扉が完全に閉鎖されているので、一行は東側の裏口に回り、なるべく目立たないように一列になり、声を潜めて中へ入った。全員が内部へ入り終わると、鉄の重い扉を三人掛かりで閉じ、太い閂を填め込んだ。建物は一、二階が事務室に、また三、四階はアパートになっていた。一階の広い事務室に集まった難民は、会館の天野と名乗る管理者から、歓迎の言葉を受けた。

「皆さん、ようこそいらっしゃいました。この会館の責任者として、皆さんを心から歓迎いたします。お疲れのところすみませんが、少しご注意を申し述べさせて頂きます。狭い所の共同生活でありますと共に、外敵に敏感でなければなりませんので、ここではあまり物音を立てないように、特にできるだけ子供を泣かせないように注意して下さい」。彼はそこで一呼吸入れると、続けて言った。「ソ連軍が入城して以来、まだ治安がよくない状態なので、不良ソ連兵や、現地人暴徒が近辺をうろついており、まま危険なこともあります。外出は必要最小限にしてなるべく控え、出る時には必ず二人以上で行動するようにして下さい」

二階の事務所の広間が、近藤林業公司の難民に開放された。机や椅子などを取り払った板張りのだだっ広い床を仕切って、各家族ごとに場所を決め、筵や毛布を敷いて休む準備をする。その間に、新京在住の木材関係各社の婦人会が、炊き出しをして、握り飯と豆腐の味噌汁を難民たちに配ってくれた。久しく忘れていたその味に感激して、難民たちは、ただ黙々と箸を使った。

夜が深まるにつれ、銃声が頻繁に聞こえだした。暗い窓に、時々光が閃く。会館には電灯の設備はあったが、警備のために明かりは点けられない。ぼくたちは、窓を二重に閉めた内側に、さらに暗幕を下ろして、窓そのものを隠した。それでも、避難列車の中での息の詰まるような毎日に比べれば、ここは別天地だった。広間の雑居生活なので、個人の私性（プライバシー）を守れる状態ではないが、とにかく体を伸ばして安眠できる場所が得られただけでも満足だった。その上、ここには「棒民」（棍棒や鳶口・長柄の鎌などを手にした現地の中国人）と呼ばれていた「暴民」も、「南京虫」と恐れられていた不良ソ連兵（夜ごとに邦人を襲うソ連兵を「南京虫」と称していた）も寄り付くことはない。久しぶりに安全な夜を迎えて、疲れ切った難民はひたすらに眠りをむさぼっていた。ぼくも、地底へ引き込まれるように眠った。バラックとは違い、コンクリート造りの木材会館はお城のように頑丈だったのだ。

第7章　棄民＝四等国民を生きる

木材会館裏側

九月八日、新京二日目。新しい出発のために、経済的な生活基盤を確立しなければならないので、幹部会で協議が重ねられた結果、当面は手軽にできる食物の販売にまず手を染めることになった。女たちは総出で、菓子やお萩や団子を作った。地下室の厨房に大きな鉄製の料理用のストーブ兼オーブンがあるので、それを利用して、大人たちは徹夜で菓子を焼いた。既住者の配慮で、材料は割安に避難民に分配された。それでも足りない材料は、各班ごとに資金を集め、男たちが街へ調達に出掛けた。

九月九日は午前十時頃から、街へ食物を売りに行った。ぼくら子供も、紐で肩から吊った木箱の中に、お萩を三十個並べて、街頭に立つことになった。物売りは生まれて初めての体験だったので、なるべく人通りのない脇道を選んで歩いた。数人が組みになっていたから、寂しくはないが、何となく互いに口をきくのが憚られた。

「お萩、お萩」。ぼくの声は、自分でも驚くほど元気がなく、しかも通行人が近付くと、決まって喉が詰まってしまった。

午前中は、〈売る〉どころではなく、他人の目から逃げることに終始していた。このままだと、一つもさばけずに夕刻を迎えそうなので、ぼくは連れの佐竹陽子や森崎正一郎と話し合い、午後には勇気を出して繁華街に出向き、積極的に〈売る〉よう努力することにした。プラタナスの木の下で、粟と黍の混じった握り飯の昼食をとり、一休みしてから、いよいよ覚悟を決めて、吉野町の方へ足を向ける。吉野町は新京の繁華街なので、さすがに人の出入りが多く、賑わっている。売り子の数も相当なもので、様々な物売りが忙しく動き回り、その呼び声が辺りに響き合っている。ぼくたちも、そのビル街をうろうろしながら、初めは蚊の鳴くような声で、やがて次第に声を高めながら客を呼んだ。前を通り掛かった太ったロシア人の女が足を止めて、ぼくの箱の中を覗き込み、鼻を近付けてみて、顔を顰めると、そそくさと立ち去った。ロシア人にお萩では無理なことは分かっていたが、顰めっ面をされるほど、つまらない商品に見られたことに、ぼくはかなり傷ついていた。結局その日は十個売れただけだった。

「残りの方が多いのは、売り子として失格よ」。姉から厳しく批判されたが、返す言葉もなかった。「半分売れてとんとんなんだから、これじゃあ元も採れないのよ」

「明日っていう日があるじゃん」。ぼくは今日のことは忘れようと思った。

太田厨房主任はさらに辛辣だった。「真剣味が足らんぞ。いいか、お萩におまえの命がかかってるんだ。生きる厳しさがあれば、売り尽くす覚悟ができるもんさ」

「お萩におまえの命がかかってるんだ」という太田の言葉の鉄剣は、ぐさりと胸を刺し貫いた。

しかし、二日目もだめで、またさんざんに警告と皮肉の雨を浴びせられたが、三日目にはぼくも度胸を決めた。「命をかける」つもりで真剣になり、また、幾分かの慣れもあって、自然に声が出るようになる。

「ええ、おいしい、おいしい、お萩はいかが……」と口調がかなり滑らかになり、徐々に客が付くようになる。不思議なことに、運も味方してくれ、その日は全て売り切れた。空になった箱をプラタナスの枝につるすと、真っ青な新京の空を仰ぎながら、ほっとして、深く息を吸い込んでいた。

鼻歌を歌いながらの帰途、偶々ある宝石店の前を通り掛かると、店先におかっぱ頭の七、八歳の少女が座っていて、無表情に遠くを見つめながら甲高い声を張り上げていた。

「金《きん》・銀・ダイヤ、瑠璃・珊瑚、真珠・水晶などの宝石類はありませんか」

それは単調だが、一種のリズムを持った歌のようだった。しかし、彼女の眼差しは、その顔全体の表情と同じように硬く冷たい感じだった。赤や青の派手な刺繍の付いた中国服を着ているが、どうも日本人の子供のようだった。ぼくは妹に年齢の近い、その少女の視線と声の調子が気になった。暗い店の奥には、経営者らしい小太りの中国人が、長椅子にゆったりと腰掛け、長煙管《きせる》で煙草をふかしていた。〈孤児なのか〉とぼくは思った。混乱期のこの時期のことだから、色々な場合が考えられる。列車での移動の過程でも、日本人の女児を欲しがる中国人が大勢いたのを思い出していた。〈親から売られた子なのだろうか〉。ぼくは店の前を三回行き来して、しばらく躊躇してから、道端から少女に声を掛けてみた。

「きみ、日本人だろう」

少女は冷たい目でぼくを一瞥したが、直ぐに視線を逸らし、何も答えなかった。

「どこから来たの」

重ねてのぼくの問いにも、彼女は黙っていた。そして、ぼくを完全に無視する態度を示した。

「金・銀・ダイヤ、瑠璃・珊瑚、真珠・水晶などの宝石類はありませんか」

細く張った金属質の声で、少女は叫んでいた。相変わらず、彼女は鉄仮面をかぶったように無表情のままだった。ぼくが今までに見たことのないような冷ややかな仮面の顔がそこにあった。

何度も彼女の叫び声を聞いているうちに、ぼくはその単調な物言いの蔭に、いくばくかの感傷が込められているような気がし始めた。〈あの目は、今までに何を見てきたのだろう〉とぼくは思った。不幸を絵に描いたような悲惨な過去が浮かび上がる。〈捨てられたのか〉。空想の世界が頭の中で広がった。

「金・銀・ダイヤ、瑠璃・珊瑚、真珠・水晶などの宝石類はありませんか」

そこは人通りの激しい場所で、邦人もかなり行き来している。ぼくたちのような裸一貫の貧しい避難民は相手にならないが、貴金属類を持っている新京在住の邦人の中には、竹の子生活を余儀なくされて、その虎の子を手放す人がかなりいたようだった。少女は、そういう客を誘うための〈囮《おとり》〉のような役割を担っているのかも知れない。

金持ちの日本人が寄り付く場所なので、その店の近くにいると、お萩もよく売れる。ぼくは毎日のようにその宝石店のそばへ出向いた。

「避難民の方ですね」

ある日のこと、銀縁の眼鏡を掛けた細身の中年の女性が、お萩を買いついでに、ぼくに向かって問いかけた。

「そうです」

「それは大変ね」

ぼくはそれに対して曖昧に頷いていた。

「学校へ行けなくて残念ね」

「でも、こうして人間の勉強をしていますから……」

紫色の和服を着こなしたその婦人は、手で口を抑えて少し笑った。

「広い教室に、色々な先生がいて……」

「そうですよ、とても勉強になります」とぼくは応じながらも、幾分背伸びをしている自分を意識していた。確かにここしばらくの間に、ぼくは妙に大人びてしまったような気がしていた。言い換えれば、子供らしい純粋さを失いかけていたのだった。

「どちらからいらしたの」

それは初対面の人には必ず訊かれる言葉だった。

「牡丹江のそばの横道河子から……」

「ああ、避暑地の……」。彼女は少し考えるような目をした。「静かな美しい所ですね」

「よく分かりますね」

「三度も行きましたのよ。丘の上のホテルに泊まりました」

「そうですか…」

ぼくは思いがけず井上ホテルのことを聞いて、意識が横道《ほんどう》河子《ほず》の方に引っ張られ、急に真空の中に投げ込まれたようになって、ぼんやりしていた。現実に穴が開いて、そこに過去のある時間がすっぽりはまっているような気がした。

「がんばって下さいね」。婦人はそう言って、ぼくのそばを離れ、雑踏に紛れていた。


九月も末になる頃、木材会館では、地下室の一部を改造して、ソ連人を相手のレストランを始めることになり、経理・用度・接客・厨房の〈経営四部〉に、それぞれ幹部会で決めた人員が配置された。父・方平に高橋省三と佐竹波子の三名は接客部の通訳に、母・英子と姉・隆子は厨房部で働くことになった。姉は厨房の仕事がない時には新しく作られた喫茶部にも勤めていた。

当時、ぼくはまだ十一歳だったので、特別の任務は与えられなかったが、会館の中を自由に出入りして使い走りなど、大人の補助役を買って出ていた。陽子やタチヤーナも同じ立場だった。会館の地下にある事務室は、元同級生の溜まり場になっていて、ぼくはそこで陽子たちとよく顔を合わせていた。ぼくたちは、学齢としては小学校の五年生だったが、行きたくても学校はなかったし、生きていくのが精一杯の情況なので、学校どころではなかったとも言える。それでもぼくらは〈馬鹿にならないように〉、本を読んだり、教科書を見たりしていた。後で考えてみると、その頃のぼくらは偏頗な知識を自習していたことになる。その代わりに、大人のやることを間近に見ていたから、年齢以上に大人びていて、世渡り上手にはなっていた。別な言葉に直せば、〈すれて、ひねこびた〉小学生だった。

第8章　日本人狩り

近藤林業公司本社跡（父の勤務先）

ある時、暇を持て余していたぼくは、散歩がてらに街をぶらついていた。たまたま例の宝石店の前まで行ってみると、店先で小さな火鉢に当たりながら、いつもの通りの表情のない顔を俯けて、少女が声を張り上げていた。

「金・銀・ダイヤ、瑠璃・珊瑚、真珠・水晶などの宝石類はありませんか」

なぜか、ぼくの目には、夏よりも一回りほどその少女の体が小さくなったように見えた。〈服装のせいだろうか〉とぼくは思った。彼女は紺色の厚い綿入れ服に身をくるみ、薔薇の模様の刺繍の付いた黒地の帽子を被っている。ぼくは、特別の理由もなくその刺繍に、目が引き付けられていた。

少女はほぼ五分おきに、例の通りの言葉を、冷たい声で叫んでいる。平坦で、しかも何かを鋭く刺し貫くような金属質の声だった。ぼくは三度、少女の言葉を聞いてから、その店の前を離れた。彼女のこれまでの人生経験についての憶測が、ぼくの胸の中に渦巻いていた。

会館の商売が次第に軌道に乗り、ぼくらは街頭売りをしないで済むようになった。ダンスホールや販売部の売上は日を追うごとに増えていき、一日一万円を売り上げると、大人の販売員の全員にチップが支給される。そんな収入は微々たるものだったが、衣食足る生活ができるだけでも幸せなのだった。巷には、飢えた邦人が、大勢物乞いに身を落としているのだから……。

〈新京〉が〈長春〉と改められると、それまでの日本色を払拭しようと、中国人は意識的に努力しているようだった。公園や広場などに日本人の建てた顕彰碑や銅像をことごとく覆し、首のあるものはそれを切り落とした。新京神社の鳥居や狛犬、児玉公園の児玉大将の銅像の首……。街の大きな十字路には、スターリンと蔣介石の巨大な写真や肖像画を掲げ、戦勝を讃える中国文のビラが、目抜きのいたる所に張り出された。中でも〈強盗的日本人（チャンドートイーボンジン）〉という文句の張り紙が、ぼくの目に突き刺さった。つい先日までは優秀な民族として誇り、権力を縦横に揮っていた日本人が、今は〈四等国民〉と貶められ、中国人や朝鮮人から憎悪の対象にされていたのだった。街々には乞食のような日本人が蠢いていた。襤褸《ぼろ》を身に纏い、泥と埃にまみれた人々は、さながら幽鬼のように流浪していた。中には街路樹の下で終日茫然として時を過ごしている人もいた。

ある時、道端に座っている老婆に、ぼくは話し掛けてみたが、言葉を忘れてしまったかのように、黙って首を振るだけだった。

いくらかましな邦人避難民は、ぼくのように路傍で物を売ったり、金持ちの中国人の使用人になったり、もっとひどい場合は金持ちの現地人の妾になって生きていた。親によって売られた子供や、にわか売春婦になって夜の街頭に客の袖を引く女もいた。それぞれが生きるためのぎりぎりの選択だった。生き恥をさらすのを厭えば、死ぬより他に道はないのだった。植民地に取り残された邦人は、日本の敗戦の犠牲者だった。このようなみじめな結果に到った責任は、いったい誰が取ってくれるのだろうか。
物価が急騰してゆき、米が手に入りにくくなり、ぼくらは米の代わりに高粱や粟《あわ》、黍《きび》などを主食とせざるを得なくなった。米に比べると、いずれも独特の臭みがあり、飽きやすい穀物だった。それでも何かを口に入れられるだけ、まだましだったのだ。避難民の中には、衣食住という、人間が生きていく上で必須の条件が満たされていない邦人が多い。ぼくは着物は充分ではなかったが、〈木材会館〉という鉄筋コンクリート四階建ての頑丈な住居に恵まれ、代用食とはいえ、飢えることもなかったのだ。

ある朝早く外に出た時、児玉公園の脇道を、荷物を満載した大八車が通って行くのを目にした。アンペラで表面を覆ってあるが、蒼白い骨張った手足が車体からはみ出ていた。ぼくは初めそれをマネキン人形と思って見ていたが、突き出た足の裏の反り上がった形から死体であると気付き、体がすくみ、思わず息を呑んでいた。無造作に積み重ねられた遺体の数は、およそ二十体ほどあった。ぼくは舗道に立ち尽くし、しばらくぼんやりと大八車の消えるまで見ていた。そんな時、ぼくは〈馬鹿になったように〉茫然としていた。統計的な数字がある訳ではないが、その頃、長春では、毎日餓死する邦人の数が増していたようだった。生きていても、生きる喜びもないのが植民地の避難民だった。生死の境は紙一重だった。

思春期のぼくは、時々一人っきりになりたいと思うこともあった。でも、木材会館の事務所跡に十数家族がまともな仕切りもなく雑居している現状では、いつも大勢の人間に囲まれているようなものなので、その願望はかなえられない。狭くてもいい、畳一畳分でもいいから自分だけの空間が欲しいと思い続けていた。そこでぼくはあちこち探し回り、ある場所を「発見」した。屋上の壊れかけた温室が、ぼくの秘密の基地だった。泣きたくなるような時には、この温室で温められた。

その頃、ソ連軍当局による〈日本人狩り〉と呼ばれる徴発行為は、次第に激しくなり、街路を歩いている若い邦人が、突然ソ連兵に腕をつかまれ、ジープやトラックで拉致される事件が頻繁にあった。ぼくも大冶街の人混みで、十数人のソ連兵が、六人の邦人を数珠繋ぎにして連行するところを目撃したことがあった。十代の少年まで連れ去ることがあると聞いていたので、危険を察知して、ぼくはとっさに物陰に隠れて様子を窺っていた。

「私は五十過ぎで、もう老人です。何とか助けて下さい」と土下座して訴えている小柄な日本人を、通訳らしい蒙古系の軍属が薄笑いを浮かべて見下していた。「家族が五人、私の帰りを待っています。妻は病気で、看病しなければ死んでしまいます。どうか、私を見逃して下さい」

すると、通訳がロシア語で何か言い、ソ連兵は鉄鋲の付いた軍靴で邦人の頭を踏みつけにして、「ダワイ、ダワイ」と怒鳴っていた。

ぼくたち木材会館の住人は、密かに申し合わせをして、外出をなるべく控えるようにし、生活にどうしても必要な物資の購入などのために、やむなく街へ出掛ける時には、二人一組になり、中国服を着て〈偽装〉することにした。しかし、それから間もなく、日本人が中国服を身に着けることを禁じる旨の命令がソ連軍当局から出された。ぼくらはそれを無視した。〈偽装〉による外出は禁忌に敢えて挑戦することでもあり、二重な意味で危険な賭けだった。

日本人の捕虜は、ソ連軍の監視下に、時々街頭で使役されていた。ところが、ある時期を限って、彼らの姿が見られなくなった。後で分かったことだが、拉致された邦人は、シベリアに送られていたのだった。ソ連軍は捕虜だけでは足りずに、物にも手を付けだした。満洲国の建設のために、日本人が技術の限りを尽くして設計し建設した施設や、重工業機械類を、ソ連軍は濡れ手に粟の形で奪い取り、貨車でソ連邦へ運び去ったのだった。それは戦利品没収という名目の略奪行為だった。小は時計から始まって、大は発電器機・機関車に至るまで、根こそぎさらっていった。その大部分は中国人の資産として残されるべき物だったから、街でよく見掛ける〈強盗的日本〉という張り紙は、むしろ〈強盗的蘇聯〉と書かれてもよいはずだったのだ。髭のスターリンの写真は街角で威厳を示していたが、これが世が世なら、警察署の壁に張られるのが似合っているものだった。ソ連が手を出したのは、施設や機械類に止まらず、長春郊外の中国人部落の共同牧場から、牛馬まで強制的に奪い取ったとのことで、ぼくが街頭で偶々顔見知りになった八百屋の親父が怒っていた。

「もちろん、日本人は悪いことも色々やったが、その代わり、善いことも沢山した。ところが、ソ連は何もしないで、やたらに悪いことばかりしている」

歴史的に見れば、〈日本帝国主義からの解放〉を助けたソ連軍は〈解放軍〉として、中国政府からは歓迎されていた。しかし、心ある中国民衆はスターリンの肖像に顰めっ面で応えていたのだった。後に中ソが路線問題で鋭く対立することになったが、その萌芽はこの辺りにもあるはずだったのだ。〈日帝〉の犯した罪は罪として、〈解放軍〉の果たした功罪も検証されなければ片手落ちなのではないのか。日本人の設計で、満洲の資材を使い、中国人の労働力によって、長い時間と金を掛けて築き上げげつつあった物、すなわち〈新生中国に引き継がれるべき遺産〉を、日ソ不可侵条約を一方的に破棄して満洲に侵入し、ほとんど無血に近い勝利を占めた赤ロシアの兵士たちが、火事場泥棒式に奪い取って行ったのだった。

第9章　日僑俘《にっきょうふ》＝日本人捕虜

満洲料理 1

中国人は邦人避難民のことを〈日僑俘《にっきょうふ》〉と称していた。それを日本語に直せば、〈日本人捕虜〉ということになる。いつの間にか、満洲に住んでいる日本人は〈捕虜〉の立場に置かれ、身柄はソ連軍と中国政府軍の管理下にあり、何をされても文句の言いようのない状態になっていた。〈捕虜〉ならば使役しても当然ということなのか、成人男子は、三日に一度の割合で使役に駆り出された。病人を除き、十六歳以上の男は街に出てソ連軍宿舎や便所、あるいは道路、公共施設、下水の清掃などをさせられた。時には路上や公園に放置された死体の始末が課され、行き倒れになった人の死体はもとよりのこと、惨殺された日本人や朝鮮人の遺体を共同墓地まで運んで埋葬するような〈仕事〉もしていた。

ぼくは十六歳以下だったので、当番の義務はないのだが、いわば〈社会勉強〉のために、ある日、河村、秋山、田端の三人の脱走兵について、吉野町界隈の道路の清掃に出た。河村伍長は三十代だったが、秋山上等兵、田端上等兵の二人は、いずれも二十代の若者だった。軍隊の位階では、伍長の河村は、上等兵の二人の上官だったので、他の二人から〈班長〉と呼ばれていた。いずれも中国河北の軍隊にいて、奉天へ向け移動中に逃亡したらしいが、詳しいことは分からない。三人の中では、河村と秋山は、いずれも寡黙な男だったが、田端だけは口数の多い人物で、黙っていると不安になり、間が持てないタイプだった。性格が底抜けに陽気な田端上等兵は、肉付きのよい体の割には、とても敏捷だった。それもそのはずで、問わず語りの話の中で、元拳闘の選手だったことが分かった。彼は暇さえあれば体を動かし、壁に向かってシャドー・ボクシングをしていた。

その日は、最初に公衆便所の掃除をした。

「落ちたもんよな、おれたち……」と田端が言った。

「ま、これ以上は落ちないよ」。秋山上等兵が、少し投げやりな口調で答える。

「三ヶ月前までは、山本君、誰がしていた仕事だっけな」と田端が言いながら便器を軽く蹴った。それを見逃さなかったのは監督の中国人だった。便所の中へ飛び込んで来て、いきなり田端の顔を殴りつけた。それは一瞬のことで、そばにいたぼくまでが煽りを食いそうな剣幕だった。田端は便槽に尻餅を付き、あわてて立ち上がると、汚れたズボンを見つめた。それから拳を振って身構えると、真っ赤な顔になった。

「この野郎、殺してやる」

河村が背後から抑えなかったら、田端は監督を殴り返していたはずだった。秋山も彼の前に立って制止した。

「文句、あるか」と、その中年の監督が日本語で叫んだ。

「おまえたち、負けた国の人間だろ。分かるか、負けた国の人間、中国の奴隷になるよ」

「対不起（トイブチィ）、対不起（すみません、すみません）」。田端に代わって秋山が頭を下げて謝った。

監督が立ち去ると、田端は壁を拳で叩きだし、そのうちに手だけでは足りずに、頭までぶつけだした。

「おい、田端、そんなことをしてると、ただでもよくない脳が壊れちまうぞ」と河村がたしなめた。

「きつい言い方ですね。自分の脳はそんなに悪いですか」と田端が反応していた。「でも、班長、悔しくないんですか、あんなことまで言われて……」

「そりゃ悔しいさ。悔しいけれど、ここが我慢のしどころよ。立場が逆転したんだから……」

便所が終わると、道路の掃除に移った。枯葉の落ちる時期なので、プラタナスの葉が道から側溝の中にまで散っていた。四人で側溝の中に入り、枯葉を取り除く作業をした。

「ゆっくりやらないで、もっと早くやれ」と監督が怒鳴った。「怠け者の奴隷野郎には、革鞭が飛ぶぞ」

ぼくらは歯を食いしばって、黙っていた。

二抱えもあるプラタナスが、頭上二十メートルの高さに聳えている。半分葉を落とした枝と枝の隙間から、エメラルド・グリーンの空が覗いている。しばらくして、先を行く秋山が何か鋭く叫んだ。田端を先頭に、河村とぼくが秋山のそばに走り寄ってみると、五十センチ径ほどの土管の中に横たわる母子の姿が見えた。着物を着た六歳ぐらいの女の子が、三十代の母親に抱かれながら息絶えていた。

「気の毒に……」。秋山が震え声で言った。

二人とも顔や手足が白蝋色に透き通り、栄養不良のせいか痩せ細っていた。

「心中と言うより、餓死だな、これは……」と河村が言った。

母子の死体を前にして、四人はしばらく無言で佇んでいたが、やがて、河村がしゃがんで、帽子を取り、手を合わせると、他の三人も、それに倣った。

「さあ、墓地へ運ぼう」と河村が他の三人を促した。四人は協力して、亡骸を担架に載せ、新京神社に運んだ。鳥居のなくなった神社は、すっかり荒れ、灯篭や狛犬が覆されていたばかりか、社務所も跡形もないほどに壊れていた。そして、広場はほとんどが土饅頭でいっぱいになり、新たに人を埋める余地がないように見えた。あちこち探し回って、ようやく松の木の根元に、空いている場所を見付け、交代でスコップを使って墓穴を掘った。深さ一メートルほどに穴を掘り下げ、母子の遺骸をそっと納める。歯を食いしばるようにして、母は娘の肩を両手でしっかり抱いていた。目は閉じているが、とても厳しい表情だった。女の子の方は、口を少し開き加減にして、何かを話し掛けているような柔和な顔をしている。戦争がこの子の未来を奪ってしまったのだとぼくは思った。四人は墓穴の周りに膝を付いてしゃがみ、また合掌をした。それから、初めは手で少しずつ土を掛け、遺体が見えなくなると、スコップを使って埋め戻した。周辺から集めた土を盛り上げ、土饅頭を作る。供える物が何もないので、ぼくはエンジュの実を莢ごと母子の墓のそばに置いた。頭上の松の枝で、モズが鳴いていた。目をつむると、それが念仏の声のようにも聞こえた。カササギでなくてよかったと思った。

「山本君、これが戦争ってもんだよ。殺されなくても、人が死ぬ」と河村伍長が言った。

その使役の帰り道で、ぼくたちは奇妙な光景を目にした。日本人らしい十四、五歳の少年が、三人の中国人の子供に囲まれ、直立不動の姿勢で堅くなっているのだった。何事か口々にわめいている中国少年は、三人とも十歳前後で、日本少年よりも年下らしく、頭一つ低いように見える。そのうちのリーダー格の少年が、日本少年の両手を挙げさせ、身体検査を始める。ポケットの中の物を奪い取ると、三人が一斉に日本少年の顔に唾を吐き掛けだす。引き留める間もなく、田端上等兵が少年たちのそばへ駆け寄ると、数秒の間に中国少年三人を次々に殴り倒した。大地に伸びた三人は、いずれも脳震盪を起こしたらしく、棒のようになっている。

「てめえら、ふざけるな」。田端が怒鳴った。

日本少年は、怯えきった目で突っ立ち、しばらくしてから気を取り直したように田端に黙礼すると、青白い顔をひきつらせ、手で涙を拭きながら逃げ去った。少年とぼくたちの他には誰もいなかった。河村伍長が掛け声を発すると、一斉にぼくたちも走り出した。プラタナスの並木に沿って行き、木材会館をめざして進んだ。

前にも書いた通り、八月十六日に列車の中で、ぼくたちの団体（近藤林業公司）の最初の犠牲者として、一人の嬰児が亡くなっていた。母親は、それ以来長らく言葉を失ったまま、終日鏡に向かってじっとしていたが、最近になって少し元気を取り戻し、一定の言葉を呟くようになった。

「あなたは、なぜ死んだの、私を置いて……」。鏡の中の自分を見つめ、その姿が子供であるかのように続ける。「どうして、どうして、どうして」

この〈どうして〉が始まると、際限もなく繰り返される。そして、この母親の問い掛けに対して、慰めの言葉を口にできる者は、誰もいないのだった。

十月末ともなると、長春は寒い日が多くなったが、治安はかなりよくなり、夜間に電灯が点けられるようになった。光が甦り、夜の時間が延び、避難民の沈みがちな気持ちをいくらか明るくした。半風子《ぱんほんず》と呼ばれる悪い昆虫を捜して潰すのにも、都合がよくなる。〈日僑俘〉の生活には、色々な困難があるが、その一つに半風子との付き合いがあった。この昆虫ほどしつこいものはなく、四六時中俘虜の体に取り付いて血を吸うだけではなく、仲間を鼠算式に増やしてしまうのだった。衣服に生み付けられた虫の卵を殺すために、母が二日に一度家族の下着やセーターなどをまとめて煮詰めた。避難民は時間さえあれば、半風子を捜していた。煮ても、取っても、この虫は生き続けるのだった。その吸血行為もいやだが、恐ろしいのはこれが媒介する病気だった。木材会館に住んでいる難民仲間に、発疹チフスが流行り始めた。だから、虱狩りは、別に暇つぶしでも、趣味でもなく、むしろ防疫のための一大作業だった。

「佃煮ができそうだぞ」と父が言った。父のそばの床板には、何百とも知れない半風子の死骸が並んでいる。暇さえあれば、この父子は虱取りの競争をしていたのだった。

「負けたよ、今日は……」。ぼくが父に降参した。

その頃、木材会館を巡って、二派が陰に陽に対立していた。避難民（新市民）と既住者（旧市民）との対立だったが、この二派は対等ではなかった。レストランや委託販売などの経営は、全て既住者の企画により始められ、避難民は既住者から調度品や器具類を借り、資金も出して貰っていたのだった。その結果、収入の六割は既住者が占め、後の四割から材料費などを差し引いた残りを避難民が分け合っていた。既住者側から見れば、会館での営業は新市民の救済対策事業であったが、新市民側に立てば、利益の分配が不公平で不満だった。理事長の天野は、満洲木材界の実力者であり、大株主でもあった。その配下に数名の小株主がいて、天野の子分格として避難民の事業に何かと口を出していた。複雑な人間関係を省略して、単純にこれを見れば、企業体の役員と一般社員の関係に似ていた。口には出さないまでも、旧市民は新市民を見下しているので、事毎に救済者意識が露呈することになる。避難民は、既住者のそんな態度を敏感に読んで、快く思っていないので、両者はどうしても歯車が合わなくなる。例えば、通訳に対する既住者側の風当たりは、異常なほど強かったのだった。佐竹波子や高橋省三や父など避難民が占めている通訳という仕事は、権力者であるソ連軍当局に直接交渉する重要で華やかな役割だった。ロシア人を上得意としているレストランやホールの中で、通訳は目立っている。面子を重んじる既住者、特に天野の子分格の連中は、頭角を現し過ぎる新市民の通訳を白眼視する道理なのだった。彼らは、愛想がよく、当たりの柔らかな高橋省三よりも、無愛想の上に、いつも本音を出してものを言うぼくの父・方平を目の敵にし始める。幹部会が開かれる度に、父についてのあることないことを取り沙汰して、時々〈注意〉という形で締め付けるのだった。曰く「勤務態度が悪い」。曰く「服装が乱れている」。曰く「特定の客に肩入れし過ぎる」。曰く「客用の煙草を私用に吸っている」。曰く「チップを猫ばばしている」等など……。

穴をいぶし出された狸さながらに、父はホールを飛び出し、接客部の通訳の仕事を辞め、新しくできた委託販売部の方へ鞍替えをしてしまった。この部門では、長春市内の既住者から高価な物資を預かって、客に売り込み、手数料を稼ぐ仕事をしていた。既住者との縁が切れない仕事だったが、会館の関係者以外にも委託者は大勢いたので、レストランやダンスホールほどの問題はなかったのだった。客は、金持ちの中国人の他は、ロシア人が多いので、父のロシア語は役に立った。それでも、金がらみの仕事のせいか、交渉相手によっては様々な障害もあった。

ある時、ソ連軍中佐の肩章を付けた中年の男が、ピアノを買い付けに来た。父はピアノを所有している日本人の家へ、その中佐を案内した。ぼくも、その日は暇だったので、父について行った。その家は、広い日本風の庭園のある数寄屋造りの立派な屋敷だった。奥座敷の隅に、まだあまり使っていないグランドピアノが置いてあった。一目見るなり、赤毛の中佐は、ピアノを褒め、早速椅子に掛けて鍵盤を叩いていた。大きな白い指が、しなやかにキイの上を滑った。音が音を追い、前の音が後の音に重なり、甘い旋律が流れた。どこかで聴いたことのある曲だった。なんと、それはメンデルスゾーンの『無言歌』の中の「ヴェニスの舟歌」だった。ぼくは、横道河子の家で、この曲を何度かレコードで聴いていたので、格別に懐かしい気がした。弾き終わって男が立ち上がった時、父もぼくも拍手をして、「ハラショー（素晴らしい）、ハラショー」と叫んでいた。ロシア人はにこりともせずに、大きな身振りでぼくたちを押し止めた。直ぐに値段の交渉に入ったのだった。〈そのやりとりはロシア語だったので、ぼくには理解できなかったが、後で父から次のようなやりとりがあったと聞いた〉

「三万円で売りましょう」とロシア語で父が言った。

「高い、もっとまけろ」と男が応じた。

「できない。これはご覧の通りの高級品だから、一円もまけられない」

そう答えた途端に男の右手が父の頬を激しく打った。黒縁の眼鏡が三メートルほども吹き飛び、フレームからレンズが外れ、畳の上に転がったが、畳のお陰で割れずに済んだ。父は、眼鏡を元通りにして掛け直すと、別室にいる持ち主と相談をするためにその場を外した。それは三十分ほどの時間だったが、ぼくにはとても長く感じられた。後に残されたぼくは、よんどころなく赤毛の男のそばに黙って立っていた。

「おまえは、いくつだ」とロシア人が訊いた。訊かれた意味は何とか分かっても、ロシア語の応答はできないので、幼児のように指で示して十一を伝えた。「オー」とか「ウー」とか、相手は短く言い、いきなり『赤いサラファン』を弾いてみせた。そして、身振りでぼくに歌えと示したのだった。予期しないことに、ぼくはすっかり緊張して、声を詰まらせながらそのロシア民謡を歌った。まだ歌い終わらない中に父が戻り、結局二万八千円で手を打つことになった。すると、男は今し方殴りつけたことなどすっかり忘れたかのように急に陽気になり、ポケットから取り出したウオトカの酒瓶を傾けて、一口ラッパ飲みをしてから、それを父に渡し、大袈裟なジェスチャー混じりで何か言いながら握手を要求した。殴ったことに対する謝罪は一切なかった。中佐はまた謹厳な顔付きに戻ると、ソ連の自宅にピアノを送るための荷造りを厳重にするように指示した。父は眼鏡を壊された代わりに、ウオトカを手に入れた。

ところが、三万円で委託されていたピアノを二万八千円で売ったことが、幹部会で問題になり、ロシア人には三万円で売ったものを、父が虚偽の報告をしたのではないかと疑われたのだった。〈以下は高橋省三から事後にぼくが聞かされたことだが……。〉つまり、父のポケットが膨らんだというのだった。父は珍しく腹を立て、席を蹴って立ち上がると、目の前の灰皿をつかむやいなや、不正を言い立てている幹部をめがけて投げつけたとのことだった。灰や吸いがらが飛び散り、ガラスの灰皿がテーブルの角に当たって割れた。会議の場が荒れ、議長の天野の判断で、父は退席処分となり、その後の幹部会は議論が沸騰したのだそうだった。高橋省三を中心にした新市民側の反対を押し切る形で、既住者側の意見が通り、父に対して〈厳重注意〉という新たな処分が課された。父はそれを断固として拒否し、幹部会への出頭を退けた。幹部会は父を幹部から除名した。職を失い、父は終日部屋に篭もって、穴熊のような暮らしを始めた。乳幼児のいる女と病人以外の者は、全員働きに出ることになっていたので、健康な大人が昼間から休んでいるのは、かなり目立った。母は厨房部、姉は喫茶部、そしてぼくは用度部の使い走りとして、それぞれが勤めに出ている間も、父はソ連将校からもらい下げたウオトカを飲みながら、五歳の妹と一緒に部屋の中にくすぶっていて、本を読んだり、妹の遊び相手をしたり、半風子捜しの〈ゲーム〉に耽ったりしていた。昼寝を充分にとるために、夜眠れなくなり、彼はそれを半風子のせいにして、

「おれに何の恨みがあるんだ」と文句をつけていた。

ぼくが眠り掛けで、ぼんやりと見ていると、父は掌上に乗せた一匹の半風子に向かって話し掛けている。

「おれの血を吸って、おまえは何もしないでこんなに丸々と太ったんじゃないか」

「あれはね、お父さん一流の嫌がらせよ」と母が言った。

誰に対しての嫌がらせなのか、ぼくには分からなかった。

「直接には幹部会よ」と姉がぼくの疑問に答えた。「でも、間接には私たち家族のことかも知れないわ」

その時、ぼくは、ロシアの有名なバス歌手シャリアピンの歌う『蚤の歌』を思い出していた。彼の歌う低音の響きは地の底からわき上がってくるような気がした。そこで、ぼくも「虱の歌」というのを作ってみようとしたが、虱のイメージに合うようないい文句がどうしても浮かばなかった。

当時、植民地・満洲に生きている日本人は、ソ連軍当局の監視下にあり、中国人からも差別されていた。「四等国民」と呼ばれて、さげすまれ、いわば「人間の屑」のように見下げられていた。さらに、日本人同士の中でも対立があったのだった。木材会館の内部では旧市民と新市民〈避難民〉の対立が激化していて、新市民は旧市民から蔑視されていた。財力のある旧市民は、木材会館の経済的権限を保持していたから、ことあるごとに新市民を上から目線で批判していた。

そのようなぎすぎすした大人たちの関係を敏感に体感していたぼくらは、何とか会館内の空気を和らげようと考え、一つの企画として、子供たちが、童画を描いて会館内に展示しようとしていた。手始めに隆子の勤務している喫茶部の部屋を「絵」で飾ってみることにした。

喫茶室は、午後五時で閉店するので、ぼくらはその部屋を活動の場として利用した。タチヤーナや陽子と相談して、読書会をそこでやってみた。互いに本や国語の教科書を持ち寄って、朗読したり、感想を話し合ったりした。正一郎も仲間に入れ、朗読にも加わっていた。ただし、彼は字がよく読めないために、かなり読むテンポが遅い。時々つかえてしまうので、陽子に怒られていた。「その字が読めないなんて馬鹿ね」。正一郎は嫌がっていたが、タチヤーナが彼を励まして、何とかその場を繕っていた。仲間が四人しか居ないので、正一郎も貴重な存在だった。この仲間の合い言葉は「馬鹿にならないように」だった。数回そのような読書会をしてから、ぼくは思い切って「絵」を描くことを提案してみた。

「ここで展覧会をやろうや」

「いやだよ、絵が下手だから」と正一郎が反対した。すると、陽子が怒鳴った。「ふざけないで。誰でも描けるのが絵だよ」

タチヤーナも賛成してくれたので、多数決でこの計画を承認した。隆子の許可を得て、ぼくらは自由画を描いて喫茶室の壁に飾った。正一郎は不満らしく、「馬鹿だ、馬鹿だとおれをけなすなよ」と独りごちた。

「でも、本当に下手なんだから仕方ないわ」と陽子が笑いながら彼を突き放した。

喫茶部に遊びに来た邦子も、タチヤーナに誘われて、クレパスで黒猫の絵を描いた。陽子は父親の肖像画を飾り、タチヤーナは教会のそばに佇むボルゾイとマリアを描いた。ぼくは納屋にくつろぐロバと犬の姿を思い出しながら描いてみた。ロシナンテとヒットラーのつもりだった。文句をたらたら言いながら、正一郎の描いた絵は、四角い箱形のものだった。

「何だい、これは」とぼくが聞いてみた。

「何でもないものさ」。正一郎はごまかしている。

「もしかして棺桶なの」と陽子がしかめっ面になってどやした。

「何でも入るただの箱さ」。正一郎が笑っている。

この企画が大人の目にとまった。喫茶室の中だけではなく、ダンスホールや委託販売部に訪れたロシア人や中国人にも受けが良かった。面白い「絵」のせいで、客足が普段の三倍ほどに増え、隆子の喫茶室ではコーヒーの在庫がなくなるほどだった。天野会長もこの企画を褒めるようになった。

スズカケやエンジュ、ドロノキやアカシアなど、長春市の街路樹が葉を落として丸坊主になり、梢越しに蒼い空がよく見えるようになった。窓を開けていると、渡って来る風が、既に厳しい季節の到来を予告するかのように、硬質の冷気を含んでいる。

第10章　雪の朝

旧関東軍司令部

やがて、十一月になり、時々小雪がちらつき、朝は零下二十度になる日もあった。外に面した窓には厚さ二センチほどの氷の花が咲いた。その頃になって、巷にはソ連軍が間もなく撤退するとの噂が飛び交いだしたのだった。もっとも、その徴候は十月頃からあり、市街からソ連兵の姿が徐々に減っていた。レストランや委託販売部に現れるロシア人が少なくなり、木材会館全体の一日の収入が一万円を越える日（越えると、従業員になにがしかのチップが出た）がめっきりと減った。心配なのはソ連軍が完全に撤退した後の状況のことだった。生活に直結している会館の減収もさることながら、より気掛かりなのは長春市の政治的な情勢のことだった。中国の南部では、蒋介石の率いる国民政府軍と、毛沢東の指導による共産軍とが覇権を争い合い、互いに勢力が伯仲拮抗していて、今後の見通しがつかないほど不安定な状態だったのだった。

「戦争になるぞ」と高橋省三が、父に会うたびに懸念を口にしていた。

「どうなるんだろうかな、これから……」。父も心配していた。

「一寸先は闇ほどではないにしても、濃霧の中だね」

内戦が激化すれば、邦人の本国への帰還もいつのことか分からなくなるはずだった。避難民にとって、これは無関心ではいられない問題だった。

この月の半ば頃、省三もぼくの父に続いて通訳の仕事を退いた。ロシア人の客が減ったことも理由の一つだったが、父の場合と同様に既住者との軋轢に嫌気が差したせいだとも言われていた。

シベリア颪に乗って斜めに雪が舞い、辺り一面が銀世界になる頃には、寒さが日々に加わり、朝夕に窓や戸口が凍り付いて動かなくなった。雪は厳しい寒気のために、地上へ達する前に結晶体を砕かれ、細かな銀粉となって、舗道を霧のように滑り、街路樹の間を縫い、濃淡と緩急の差を見せながら、薄い絹布を広げたように風のまにまに街中をさまよっていた。そして、粉雪は、風の墓場まで運ばれる頃には、街中の汚れを吸い込んで、原色を失い、灰色に変わってしまうのだった。例年に比べてみても、ことさらに寒い冬だった。防寒具が充分には用意できない避難民にとって、この季節の白い使者は、冷酷非情な獄吏のようなものだった。木材会館など、それでも一応しっかりした建物に住む者はましな方で、家らしい家もなく、この広大な長春の街を半ば野宿に近い状態で流浪している日本人の場合、冬は過酷な季節だった。街路に死体が転がっていることもあった。どの遺体も、四肢を胴体に引きつけ、頭部は胸の方へ曲げ、目を見開き、歯を噛みしめ、岩のように凍り付いていた。死者は凍死者には限らず、栄養失調による餓死、腸チフスや発疹チフスによる病死など様々だった。

この木材会館に住んでいる約二百六十人の避難民の中でも、冬期になってからは三日に一人の割合で死者を出すようになっていた。二日前まで元気で働いていた人が、急に発熱して床《とこ》に臥し、体の熱を奪い尽くされて息絶えることもあった。その死顔に、三日前の笑顔を重ねてみても虚しいことだった。死そのものが生に隣り合わせにあり、ここでは意外性を失い、むしろ日常性に溶け込んでいた。

とかく暗い話の多い現実を中和する手立てとして、父だけは別次元の世界に入り込んでいた。長春の古本屋をあさり歩き、日本語の本を買ってきて、読書三昧の生活を楽しんでいた。暇がたっぷりあるので、寝床に横光利一や川端康成の小説を並べて、読みふけっていた。時々、ぼくのためにシートンの「動物記」やファーブルの「昆虫記」などを求めてきてくれ、

「馬鹿にならないように、薬代わりに読んでみろ」と命令した。

「童話や小説も読みたい」とぼくが言うと、

「十年早い」と言いながらも、宮澤賢治や小川未明の童話や詩集を探してきてくれた。

粉雪の舞い散るある寒い朝のことだった。ぼくは四階の窓からぼんやりと外を眺めやっていた。銀粉のベールを透かして、遠くの半分崩れ掛かった教会のドームが目に入る。横道河子の駅舎のクリーム色の尖塔によく似ていることに気付いてからは、ぼくは毎朝、それに目をやるのを日課のようにしていた。

「横道河子はどうなっているだろう」とぼくは独りごちたりした。

灰色の空から落ちてくる雪の中に、他の粒よりも大きな粒があった。ぼくはそれを目で追って舗道まで視線を沈めていった。特に意味があってのことではないのだが、なべて同じような雪

の中に混じっている特殊な一粒の発見は、何かの吉兆のようにも思えたのだった。あるいは、希望から見放されたような日常を意識しているために、無理にもそう思おうとしていたのかも知れなかった。情況がよくない時には、心を無意識に操作してみる癖がついていたのかも知れない。ふと、小学校で習った歌を思い出して、口ずさんでみた。

（粉雪さらさら／粉雪さらさら／街の粉屋に夜が更けて／ロバの目隠しはずす頃／粉雪さらさら／粉雪さらさら）


その時、視界の隅を青いものが動くのに気付いた。雪片の行方を見失ったぼくの目が、焦点を決めかねてふらふらしたところにプラトークがぼんやり揺れたのだった。それはいつも見慣れたタチヤーナの青いプラトークだった。

「どこへ行くの」。ぼくは窓を開き、首だけ出して叫んだ。

紺色のオーバー姿のタチヤーナが立ち止まり、上を振り仰いだ。ぼくを認めると、彼女は少し微笑んでいる。

「買い物に行くの」

「いいえ」と彼女はか細い声で答えた。どことなく言葉を惜しんでいるような節があって、語調が重い感じだった。

間もなく、彼女の後ろから大きな橇《そり》を曳いて、省三が現れた。

「どうしたの、おじさん」

立ち止まった省三も、怪訝そうにぼくの方を見上げた。橇の上には荷物がシートに覆われ、積み上げられている。

「やあ、きみか」と省三はいつものように軽い口調で言い、右手を挙げて合図をした。

「まさか、こんな朝っぱらから引っ越しじゃあないでしょうね」

「そう、その通り、大正解だよ。残念だけど、お別れさ」

ぼくは体を硬くしていた。高橋父娘の転居の話は初耳だった。タチヤーナは俯いていた。

「どうして、ここを出るの」

「うん、それには色々あってな……」。省三は口篭もった。「ここでは何だが、きみのお父さんが知ってるよ」

省三のその口振りから、ぼくはそれ以上訊かなくても事情がいくらか分かり掛けていた。

「パパ、もう行きましょうか」。タチヤーナが小声で省三を促していた。

省三は橇の引き綱を肩に掛けながら、ぼくの方に手を振ってまた合図をした。「じゃあ、元気でな、お父さんたちにもよろしく……」

「さようなら」とタチヤーナが言った。

彼女のその声が、谺《こだま》のようにぼくの耳の中に反響している。何か言おうとして言葉に詰まり、息苦しくなる。血の気が引いていくような感じに襲われたが、直ぐに気を取り直し、慌てて部屋に戻ると、オーバーに防寒帽を身に着け、二人を追って外へ飛び出した。上体ばかりが先を泳ぐようになり、足元がふらつきそうだった。

激しい降雪のために、辺りはいつまでも夜が明けきれないかのように薄暗くなっていた。睫毛が凍り付き、視界を奪われがちだったので、ぼくは目をこすりながら走った。寒さのために、吸い込む空気が、肺のありかを確かなものにしていた。ぼくはようやく橇に追い付き、黙ったままその後部に手を掛けて押した。雪が軋み、足音を消し、しばらくは高橋父子はぼくに気付かないでいた。早朝のことなので、街路にはほとんど人影はない。数分してから、タチヤーナが振り向いてぼくに気付き、父親に何かロシア語で言った。

「手伝いをさせて下さい」。ぼくは、断られない先にそう言った。

橇が止まり、タチヤーナの父親がぼくを見つめた。

「ありがたいがね、行く先が遠いから……」

「どこまででも、いいです」

「それに、たいした荷物じゃないのでね」。省三が笑いながら言う。

「それでも、是非ぼくに手伝わせて下さい。お願いします」

「パパ」とタチヤーナが何か言い掛け、言葉を探すようにして中断した。

「きみも食事前だろうが……。本当にその気持ちだけで結構だよ」

降る雪が高橋父子とぼくの間に薄いカーテンを引いているようだった。ぼくは橇に手を掛けたまま、氷像のように佇んでいた。

「パパ、ナオヤさんに手伝って頂こうか」とタチヤーナが言った。

「そうか、申し訳ないな」。省三がまた引き綱を強く引き、橇を動かし、ぼくも後ろから押した。雪を擦る橇の刃の音だけが、微かに持続している。

ぼくは復活祭の時にタチヤーナの家に招待された日のことを思い出していた。ゾーリンが三頭立ての馬車で「一キロ」のぼくの家から「四キロ」のタチヤーナの家まで送ってくれたのだった。父と母、それに陽子とその両親、森崎正一郎もいた。その日の楽しい時間を思い出すと、涙が溢れた。「四キロ」での華やかで愉快な宴……、あれは幻だったのだろうか……。あれからたかだか半年しか経っていないのに、十年前の出来事のように記憶の世界でぼやけている。今の現実……。冷たい空白の日々……。

時々、雪片が目に入り、涙もどきに頬を流れた。三人は無言のまま、ひたすらに歩いた。

大同大街を南に抜け、小一時間ほど行くと、やがて郊外の湖の堤の上の道に出た。湖は白く凍り付き、その表面を、粉雪が渦を巻きながら滑っていた。湖面を渡って吹き付ける風が、側面から三人の体を煽りたてた。吹雪のために霧が掛かったようになって、対岸は見えない。湖畔道路を一キロほど進んでから、三人は脇道を下って平地に降りていった。高橋父子の新居は、その脇道沿いのかなり古い木造の二階屋だった。会社の寮のような造りで、中央に廊下があり、その両側にそれぞれ六室の部屋が並んでいる。二階の西端に当たる父子の部屋は、床板の上にアンペラが敷いてあるだけで、畳はなかった。アンペラにシートを広げ、さらにその上に毛布を延べると、いくらか座り心地のよい部屋になった。タチヤーナは、焜炉に炭火をおこし、その上に大福餅を三つ金網に並べて乗せた。炭が、時々音を立ててはぜる。生き物のように餅が膨れると、三人は焜炉を囲んでお茶を啜りながらそれを食べた。タチヤーナはいつもよりも無口だった。ぼくが何か話し掛けても、言葉短かに答え、視線を合わせないようにしながら、青いプラトークを頭から外し、それを首に巻いて軽く結んでいた。鈴蘭の花模様をあしらった水色のエプロンを掛け、彼女は赤々と炎を上げている大きな焜炉の前に座っていた。気詰まりというほどではないのだが、父子が口篭もりがちなので、ぼくも言葉に詰まっていた。何か長持ちのする話題がないかと、ぼくは焦っていた。「四キロ」に残してきたボルゾイのことを思い出したが、それを口に出すと、マリアのことにも触れなければならず、話題としては躊躇されるのだった。なぜ引っ越しをしなければならなかったのか、肝心のことについて尋ねようとして、その度にタチヤーナの固く結ばれた口元を見つめると、喉元まで出かかった言葉を呑み込んでいた。直ぐそばで見ると、彼女の顔は普段より青白く感じられ、こめかみに現れた血管の筋が青く透いて見えた。

かつて横道河子の〈鈴蘭の丘〉で、彼女のためにぼくが作った首飾りのことを、ふいに思い出した。あの萎れた鈴蘭の白い花輪が、今のタチヤーナの姿に重なるようだった。

「ここは、湖が見えて、とてもきれいな所ですね」。ぼくは省三に話し掛けながら、外を眺めやった。

「そうなんだ。おれも湖が気に入ってな、ひょっとすれば魚釣りもできるかも知れないなんて思ったんだ」

「今は駄目でしょう」

「いや、分からんぞ。氷を割ってな、寒鮒釣りという手もあるさ」

「なるほど」

　吹雪の湖は、見通しが利かないために、かえって奥行きを深くしていて、海のように茫々と広がっている。完全に凍結しているので、水の動きは見えず、静かに休息しているかのようだった。黙って頷いているタチヤーナの青白い顔が気になっている。ぼくと目が合うと、彼女は笑顔になった。何も言わないでいるのに、その笑顔がぼくの胸を熱くしていた。青いプラトークの色合いのために、実際の彼女よりも青白く見えるのかもしれない。

〈高橋父子はなぜひっそりと逃げるように引っ越したのだろうか〉。ぼくの疑問は依然として霧の中にあったが、相手がそれに触れられるのを避けようと努めているようなので、ぼくも黙っていた。「きみのお父さんが知ってるよ」。省三が最前呟いた言葉を、ぼくは改めて反芻してみる。見えそうでいて、見えない何かが確かにあった。

タチヤーナが木材会館から消えてしまったその日から、ぼくは狼に内臓を食べ尽くされた牛のように腑抜けになる。外側だけは遺っているようで居ながら、気持ちが死んでいた。ぼくは元気がなくなり、憂鬱になった。よんどころなく、ふらつきながら、なるべく屋上の温室に篭もった。ガラスの割れた廃墟のような場所……、ひとりきりになれる唯一の空間だったが、シベリア颪がまともに吹き付けているので、長くは居られない。心ばかりか、体まで、氷柱《つらら》になりそうだった。

第11章　半風子は知っている

三輪タクシー

安息が約束されるはずの夜……。静かな憩いの時……。避難民にとっての夜は、先の見えない時間の連続だった。睡眠は現実を一時的に忘れるためにのみ有効ではあっても、それによって闇の先に光が見える訳ではない。母は疲れ切った体を横たえる時、口癖のようにひとりごちるのだった。

「眠ったら、そのまま醒めないように……」

眠れない夜、堅い床に横になったままぼんやりしていると、ぼくは時々頭の中に何頭もの白い馬と黒い馬が疾駆するのを見た。鈴蘭の白い花の咲き乱れる丘の麓の草原……。視界の一角に緩やかにくねりながら、ヤツメウナギの腹のように銀色に輝く小川……。目隠しされたロバが円運動をして粉を挽いている小屋……。裸になって煉瓦を焼いている中国人の兄弟……。遠くに不ぞろいの梢を連ねた白樺の疎林が見え、その白い幹を際立たせて夕陽が柔らかく射している……。川の中からヒメマスをくわえたグレートデンがふいに現れたりする。草原に寝そべる黒いロバもいる。完全に音のない世界が広がっている……。それは、かつてぼくが目にした横道河子の風景だった。

夜が更けるにつれ、寒気が薄い布団の縁《へり》から入って来ると、吐く息が、蒸気のように見える。現実を忘れるための唯一の手段を失った時、ぼくは鉛色に間延びのした時間の顔を見ていた。夢ではないのに、夢によく似ていて、不条理な片々たる想念が、泡のように前後の脈絡もなく生まれては消えていった。ふと周囲を見回すと、既に朝の薄い光の中で、眠っている人々の口や鼻から白い息が密かに上がっている。〈機関車だな、生きてる人は……〉とぼくは思う。蒸気の見えない人がいたら、その人は確かに死んでいるのだ……。人が死ぬ時間はまちまちなようでいて、概ね夜の十一時から午前四時頃までに集中していた。昼間は気力でようやく持ちこたえている人も、夜中の孤独と絶望の時間の、無愛想な死神の手招きに会って、密かに命の光を消すのだろうか。

その夜も少し眠り掛けた頃に、外から聞こえて来る銃声が気になり、ぼくは頭が冴えてしまった。床《とこ》の中で冷たくなった両足を海老のように曲げて腹部に引き付けると、街頭で見た凍死者の体型を思い出す。ぼくの傍《そば》では、父が電灯を引き寄せて、本を読んでいる。失職して以来、昼間眠り、夜起きるという〈梟《ふくろう》タイプ〉の人間になりきった父は、虱に喰われた体を時々掻きながら、『ウスリー紀行』を読んでいる。しばらくして、急に本のページを閉じると、ボロボロにほつれた軍隊用の駱駝色のセーターを脱ぎ、それをあちこちひっくり返しながら点検し始める。かなりの近眼なので、舐めるように衣類を顔に近付けている。いつまでたっても、半風子との腐れ縁が切れない。父の手元から虫がポロポロこぼれ落ちる。ぼくの目にはよく見える虫の姿が、父の視界からは完全に漏れてしまっているようだった。眠れないでそれを見ているぼくは、次第に落ち着きを失い、起き上がって父のセーターに巣くう虫の在処《ありか》を捜し出す。「おまえ、虱の特高か、さもなくばゲーペウーかい」。父が言った。「取り方が実に上手い」

「それを言うなら、もっと昔風に〈目利き〉と言ってほしいな」

「確かに天才的だよ。奴等もおまえにかかれば逃げ場がない」

辺りが静かなせいで、その声が大きく響いた。父は息子をおだてて自分の身に付いた虱を捕らせる術を会得していたようだ。

「おい〈本の虫さん〉よ、いい加減で、電気を消してくれんかね」。直ぐ隣に寝ている元大工の森崎の親父さんの声だった。息子の正一郎はぐっすり寝込んでいる。

「はい、はい」と返事はよかったのだが、父は読書を中断する意志はない。

ぼくは電灯の傘に黒っぽい風呂敷を被せて、光の拡散を防いでみた。

横道河子から脱出してしばらくの間は、列車の中に半ば閉じ込められた上に、ソ連軍兵士や現地人暴徒の襲撃の危険に晒された毎日だったので、専ら外敵から身を守ることだけで緊張した生活を強いられていたが、長春に辿り着いてからは比較的に安定した日々が送られるようになっていた。それでも、時間の経過につれて、どんな辛い体験も風化を免れず、「並みの生活」との相対化の中では、長春での避難生活にも欠陥が目立ち出していた。大部屋での共同生活は、私的な秘密が守られず、住み慣れるにつれ不満が募る。境界の仕切り一つない、ほとんど雑魚寝に近い生活だった。そこに寄り合う人々は様々だから、例えば鼾《いびき》のために疎外される人もいた。脱走兵グループの一人、田端がそのケースだった。ぼくの父がその鼾を〈王大の咆吼〉と称して、大部屋の仲間内では有名になった。〈老爺嶺〉の峰に吼える〈王大虎〉の声……。それが鼾になぞらえられるとしたら、確かに世にも不思議な轟音なのだった。しかも、彼の場合にはおまけが付いていて、鼾が切れると、間奏に寝言か歯ぎしりが加わり、とても賑やかだったので……。（註・王大虎とは、額に「王」の字に似た模様の浮き出ている東北虎を言う。）

田端は気さくな男で、無類の子供好きでもあった。ハーモニカを吹きながら子供たちを集めて、流行歌や軍歌を教えた。彼の周りには、いつも子供がいて、ハーモニカでなければ歌があり、歌が絶えると早口のおしゃべりが続いていた。つまり、彼は昼も夜も賑やかな男だったのだ。ただし、夜の部の方は、歓迎されなかっただけのことだった。「田端の鼾を何とかせよ」。こんな物騒な陰の声が伝播していた。河村班長がそれを聞きつけ、田端を呼んで対策を協議した。

「分かりました。分かりました。よーく分かりました。自分は全く知らずにやったことでありますからして、伍長どうかご勘弁のほどを……」と田端は例の通りの早口で応じている。彼は元ボクサーのせいか、少し猫背だった。

「わしにあやまっても仕方ないよ」と班長が言った。「おまえの鼾の敵は、そばにいるすべての人類なんだからさ」

以後、田端は鼾の漏れないように色々な工夫をした。例えば、麻袋《まあたい》を頭から被って寝たり、口を脱脂綿で塞いだり、特別の薬を漢方の薬局から買ってきて飲んだり、枕を高くして横向きに寝たり、とにかく誰かがよいと言う方法の全てを試してみていた。効果はほとんどなかった。

夏の間は廊下で寝ることにして、一応解決したが、冬にそんなことをすれば凍死してしまうので駄目だった。

遂にたまりかねた元大工の森崎が、「確かに夜の田端上等兵は、そばにいる人類の敵だけんど、知らずにやっていることだからして、ちと可哀想な面もあるわい」と理屈を言って、隔離用の〈特別室〉を作ってくれることにした。天井裏を厚い板で補強してから、その上に長方形の箱をこしらえ、内側にフェルトを張って布団代わりにした。

「救いの天使みたいな森崎さん、感謝感激です」と田端が礼を述べた。天井から縄梯子がぶら下がっていて、夜になると彼は空中サーカスの団員よろしく、「では、皆さん、おやすみバイバイ」と挨拶して、手を振りながらその縄梯子を登って行った。

子供たちがその「虎穴」に特別な関心を持って天井裏の様子を見たがったが、親たちは許さなかった。〈田端の安眠の邪魔になるから〉というのが、表向きの理由だった。

ある時、ぼくは田端に頼んで、そこをこっそり覗かしてもらった。彼は蝋燭をともして、ぼくを歓迎してくれた。箱は棺桶に似ていたが、まさか〈そっくりですね棺桶に……〉とも言えずに黙っていた。あれ式に、顔が見られるように（実は田端の側から外が見られるように）、ガラスの嵌め込まれた部分があり、中で彼がニンマリと笑っていた。

〈これなら、絶対安心して眠れる〉とぼくは思ったが、〈永眠〉という言葉もあることだから、口に出して感想を漏らすようなへまはしなかった。

「どうだい、ナオヤ君よ、おれの個室は狭いけど、誰にも邪魔されんし、第一みんなの上に寝られるのが凄いんだ。虎穴どころか、まるで神様の寝床みたいじゃないか。羨ましいだろうが……」

ぼくは笑いをこらえながら、「実に素晴らしい部屋ですね」と多少の皮肉の味付けをして答えた。〈もしもの将来まで、ずっと使えますね〉頭の中だけで、そんな嫌味なことを呟いていたのだった。

近藤林業公司でも時々棺桶を作っていたという森崎だったから、それに近い形態の「避難所」を作ってくれたのだろう。

その夜、ぼくは父のセーターから、半風子を九十九匹つまみ出した。傍らの父が、一匹ずつ数えながら次々に火鉢の火にくべた。人の血で太った虫の体が、父の指を離れて二秒もすると、プツンという健康的で軽快な破裂音を立てて、小さな臭い煙を上げながら蒸発した。その音に、ぼくは奇妙な快感を覚えるようになった。それは半風子殺しの歓びだった。

「しかし、数が悪い」。父が言う。「もう一匹、是非捜そう」

「でも、九十九は九重だから縁起がいいはずだよ」

「いや、いや、苦が重なるとなって、いかんのだよ。百までもう一匹だ」

おかしなもので、そのもう一匹がいないのだった。なぜなのか分からないが、セーターや下着をいくらひっくり返して見ても、遂に見付からない。父が床にこぼした奴がいるかも知れな

いとも思い、よくよく目を凝らして捜したが、やはり駄目だった。父も諦めて、

「九重でもいいか」と笑った。さっぱりとした顔で、父はセーターを着ると、また『ウスリー紀行』を読み出した。

「もう遅いから、寝たら」とぼくが声を掛けた。

「うん、もうちょっと」

「でも、もう夜中だよ」

「分かっとるが、今は頭が冴え、気分もすっきりしている」。父が答えた。「寝ても眠らなければ、ただ暗闇を見つめていなけりゃならん。それは死の恐怖だよ。おまえだって分かってくれるだろうが……」

「了解……、おやすみ」

「スパコイノイノーチェ（おやすみ）」

眠れないのはぼくも同じだった。しかし、ぼくは幸いにも、父のような〈暗闇〉を見つめることはなかった。窓の方を何となく見やっていたぼくは、カーテンの隙間から覗く深い闇の向こうに、降りしきる雪の動きを想像してみた。時々微かな物音がするのは、窓ガラスの表面に〈氷の華〉が咲き出しているためだった。

「あなたはなぜ死んだの、私ひとり残して……」

部屋のどこかから、女の囁く声が、ぼくの耳に伝わって来る。

「どうして、どうして、どうして……」

彼女も眠れない仲間だった。例によって、鏡を手に持って呟いているが、辺りが暗いので、鏡は役に立たない。あの日から、彼女の時計は停まっているのだった。

いつかぼくは少しまどろんでいた。どのぐらい時間が経過したのか分からなかったが、直ぐそばに誰かがいるような気配を感じて、ぼくは目を覚ました。一瞬夢の続きかと疑ってみたが、そうではなく、確かにぼくの傍らに父の方平がオーバーを着て、〈敗戦鞄〉を肩に掛け、外出の用意を整えて立っているのだった。

「どこへ行くつもり……」。ぼくは、寝床の上に半身を起こして尋ねた。

「ああ、ちょっと……」

「ちょっと、どこへ」

「決まってるじゃないか、横道河子までさ」

それは、目が覚めているのかどうか疑いたくなるような答えだった。父でなければ、ぼくの方が……。

「そんなこと言って、この夜中じゃ、汽車がないよ」

「うん、そうか、困ったな」。父が言葉に詰まる。

「今は寝る時間だよ」

「そうか、時間と言えば……」。父が言った。「そうだ、時刻表はどこだっけかな」

「何だって……」

「時刻表だよ、汽車の……」。父が繰り返す。「まさか、おまえが隠してるんじゃないだろうな」

「そんな」。ぼくはとび起きた。

「何か夢でも見てるのか」とぼくは疑った。

「馬鹿言え、本気だよ」

ぼくの頭から一気に血が引いて行った。信じられないような父の言葉だった。ぼくはあわてて母と姉を起こした。

「やっぱり、ナオヤ、隠してるな」。父が体ごと迫って来て、ぼくの腕をつかんだ。父の眼鏡のレンズに電灯の明かりが反射して、鋭い光を放っている。

「そうじゃないよ。ここには元々時刻表なんかないんだ」

「何言ってるのよ、こんな夜中に……」と寝ぼけ眼の母が言った。

「お父さんが変なんだよ」

「どうして……」。姉が訊いた。

「突然立ち上がって、横道河子へ帰るなんて言うんだ」

ぼくは、つかまれた腕を振りほどいて、父から少し離れる。

「寝ぼけたのね、お父さん、そうでしょ」。姉が父親に話し掛ける。

「いくらなんでも、それはないだろ。おまえはおれを馬鹿にしてるな、寝ぼけてなんていないよ」

「でも、変だよ、こんな時間に……」と母が言った。

隣の森崎親子が起き上がって、境のカーテンをめくった。

「うるさいな、何時だと思ってるんだ」

「すみませんね」と母が謝った。

ぼくは、姉と一緒に父を宥めて、オーバーや鞄を取り上げた。

「おれは正気だぞ」。父は何度も叫んでいる。「正気だ、おれは……」

「方平さん、どうしたんだね」。カーテンを片避《かたよ》けて顔を出した森崎が、母に小声で尋ねた。

「ちょっと疲れ過ぎたらしいの」

「まあ、何だな、こんな生活じゃあ、頭がおかしくならん方がおかしいんだよ」。森崎は訳知り顔でそう言った。

〈それじゃ、まるで父が狂ってしまったみたいな言い方だな〉とぼくは思った。

「しっかりしてよ、お父さん、惚けてる場合じゃないんだから」と姉が父の肩を抱くようにして話し掛けている。

正一郎が笑いながらぼくの尻をつついた。「おじさんも、とうとう……」

それ以上言わせないために、ぼくは正一郎をど突いていた。

〈何か暗示に掛かったのだろうか〉とぼくは考えているうちに、あることに気が付いていた。

〈デルスウ・ウザーラか〉……、つまり、その鍵は『ウスリー紀行』の中に隠されていそうだった。

その後、父はぼくたちが床に着かせると、たちまち深い眠りに引き込まれていた。あれやこれやで、その夜は神経が尖ってしまい、ぼくはほとんど眠れないでいた。肌着の下で暴れている半風子が、いつもより一層気になり、憎らしくなった。

当時の通貨は、赤い印刷のソ連軍の軍票と、旧満洲中央銀行発行の紙幣の二種類があり、不思議なことに軍票の方が信頼されていないのだった。ソ連軍が引き揚げていけば、その価値がなくなるからだが、一方の幻のように消えた「満洲」の紙幣は、まだ評価されていたのだった。しかし、お金のことといえば、貨幣の価値そのものが下がり、インフレがひどくなるにつれ、商売がやりにくくなっていた。苦心して仕入れのルートをつかんでも、肝心の仕入れ値が日々に高騰していくために、利益幅が縮小してしまうのだった。木材会館という一定の場所にいながら商売のできるぼくたちは、それでもましな方で、寒風吹きすさぶ街頭で、声を嗄らして叫びつつ商品を売る避難民の生活は、さらに厳しかったようだった。駅前や市場の周辺には、邦人の売り子が何人も立っていた。中には、襤褸《ぼろ》を纏って、中国人街を物乞いをして歩くひともいた。物売りさえもできなくなり、無一物になってしまったのだった。つまり、インフレと厳寒のダブルパンチが、邦人の痩せた両頬を殴っていた。

この半年の間にかなり変わってしまったのは陽子の場合だった。避難生活での様々な体験(長春まで避難する間に、父親の無惨な死、ソ連兵による強姦や、彼女の母・波子がソ連軍将校の酌婦になったりしているのを身近に見聞していた)が、彼女の生き方に翳りを与えているようだった。最近ではレストランに隣り合ったダンス・ホールで、舞踏家・マスダタカシの指導を受け、少女ダンサーとして踊りに打ち込むことによって、内部に蟠《わだかま》っているマグマのような情念を代償的に発散しようとしているようだった。まだ十一歳なのに、わざと派手に装い、真っ赤なドレスに身を包み、どぎつい化粧をし、長い付け睫毛を付け、煙草や酒にも手を出していた。長身でふけ顔のために、数年年上に見えたせいか、彼女には数人の贔屓の客がいた。その中でもあるソ連軍将校との交際は、人目を憚らないものになっていたが、彼女のこれまでの体験を知る者は、そこに何か企みがあることに気付いていたのだった。ぼくの目から見ると、この小学校以来の友人は、どこか背伸びをしていて、顔付きまでが変わってしまっていた。陽子はぶしつけなほどの眼差しで正面から対象を見つめてはいたが、その瞳の底にやや冷たい光を含んでいた。意識していた訳ではないが、たぶんぼくも同じ傾向に染まっているかもしれない。年齢の割には老けた思考に流されていた。形は違っていても、二人に共通している点は、他人に対する底深い〈不信感〉を抱いていることだった。

「変わったな、陽子」

「それはお互い様じゃないかしら……」。陽子が切り返した。「鏡で自分の顔を見たらどうなの」

「そりゃあ、成長したからかもな」。ぼくは作り笑いをしていた。

「よく考えれば、そうね」。陽子も少し微笑んでいた。

「悪く言えば不純になったってことさ」

「そうか、汚れちまったのね、みんな……。私たち、この幾月かの間に汚い物を見過ぎたのよ。昔は山の向こうに何か素晴らしいことがあるとか、白馬に乗った王子様がいるとか式の憧れを持っていたけれど、それが今はどうなのかしら、私には何もないの」

　これが、もし平和な時期ならば、二人とも小学校の五年の教室にいるはずだったが、たかだか数ヶ月学校を離れているだけなのに、数年ほど加齢したようになり、すっかりひねこびてしまっていた。ぼくは大人っぽく腕組みをして、急に横を向いて鏡を見た。照度を落とした薄暗い部屋の中で見る自分の顔は、蒼白くやつれていた。

　傍らでにやけていた正一郎が、「あばずれたね」と陽子に言った。

「おまえに言われたくない」。彼女は目をつり上げて、豹のように正一郎を睨み付けた。

「こんなささくれ立った私たち、これからどうしたらいいのかな……。先が見えないんだよ」

と陽子が言葉を吐き出した。

　ぼくは陽子の言葉を訊き流していた。彼女の裏の気持ちが見通せるような気がしていたぼくは、百パーセントで彼女の言うことを受け取ることは出来なかった。

空になった器に、姉が新しい紅茶を注いでくれた。白い湯気が緩やかに渦巻きながら立ち上っている。陽子の口から吐き出された紫煙が、それに交わった。二色の気体が戯れ合っていた。

第12章　死者の母音

「緑園」日本人死亡者の埋葬地　公園

木材会館の中にチフスが流行り出していた。電気技師の平田が発疹チフスで倒れたのを最初にして、間もなく西田部長にうつった。半風子がこの病気の仲立ちをするのは、主として夜中のことだった。

我が家の隣人で棺桶作りの名人・森崎も、急に四十度を越す高熱に冒されて倒れ、その翌日には全身に震えが出て意識不明に陥った。めまいと吐き気が襲い、心臓の機能が不全になり、罹病後一週間で息絶えてしまった。

ほとんど同じような経過を辿って平田技師も痙攣しながら死に、西田部長は、命だけは持ちこたえたものの、脳症を起こして廃人に近い状態になってしまった。連日のように新しい病人が出て、次々に亡くなっていった。ぼくのすぐそばを、青白い顔をした死神がうろついている。

朝になると、会館の裏口から密かに毛布にくるまれた死体が運び出された。「うるさいね」と、深夜父を怒鳴りつけることもあった、あの威勢の良い森崎も、よほど無念だったのか、歯を食いしばり、両の目を見開いたまま冷たくなっていた。彼は内地に帰れる日を待ち望んでいた。口癖のように、「それまでは死にとうないわい」と言っていたのだった。

不幸なことには、彼の妻にも発疹チフスがうつってしまい、夫の後を追うように亡くなった。息子の正一郎は、危ういところで別室に隔離されていたので、無事だったが、両親の突然の死に、衝撃を受けていた。ぼくがいくら話し掛けても、彼は黙ったままで呆然としていた。口の悪い陽子は、「本当の馬鹿になったのかも」と陰口をきいていた。

木材会館の住民には、班毎に死体を墓地まで運ぶ当番ができていた。未成年のぼくには、その義務はなかったが、たまたま当番に当たっていた秋山や田端に、

「どうだい、緑園というところを見るのも勉強になるぞ」とからかい半分に誘われ、怖い物見たさの好奇心にそそのかされ、二人について行くことにした。大八車に森崎夫妻と他二体の死体を積み込むと、それを長春市郊外の緑園にある日本人墓地へ運んだ。棺桶はないので、寝間着のままだった。他人のためにいくつかの棺桶を作っていた森崎の親父さんが、自分の遺体を容れる桶を作っておかなかったのは残念だった。田端が「俺の寝床を外して使えば」と提案していたが、正一郎に拒否されてしまった。八歳になる女児と、四十代半ばの平田技師の亡骸《なきがら》、それに五十歳になる森崎夫妻の遺体の四体は、いずれもカーキ色の軍隊毛布にくるんであったが、長身の森崎だけは足が毛布からはみ出ている。骨張った、蠟のように白い足は、既に冷気に触れて凍っていた。正一郎がぼろぼろの靴下を父親の足にはかせたが、かえってそれがみじめな感じを強めた。公司の主立った役職のひとと、故人の家族や親戚が見守る中を、ぼくらはひっそりと木材会館を抜け出した。正一郎は二階の窓から見ていた。

長春の広い街路を冷たい風が吹き過ぎ、冬枯れの並木の梢が揺れる。大八車の車輪の回る音が、アスファルトの道に敏感に反応していた。一面に晴れ上がり、蒼く澄んだ空が、頭上遥かに広がっている。空気までもが凍り掛けているかのように緊張していたが、それは少しの刺激によって薄いガラスのように崩れそうな感じでもあった。舗道には、所々に凍った雪の塊りが

落とし物のように張り付いている。零下三十度……。北国の厳しい冬の最中だった。車の上の四体は静かに横たわり、それを押す三人の吐く息が白く見える。

「これが見えるうちは、大丈夫生きている」と田端が手に息を吹き掛けながら言った。

「その上、口がきけるってことさ」。秋山が応じた。

「だからさ、人間、大いにしゃべらにゃいかんな」

「うるさ過ぎるよ、おまえは」。秋山が軽い口調で言った。「過ぎたるは及ばざるが如しと言ってな」

「兄弟よ、そんな冷たいこと言っていいのかい」。田端がそれに反応した。「おまえが冷たくなった時、運ぶのはおれかも知れないぜ」

　すると、秋山は鼻先で笑った。

「その逆もありってこと忘れるなよ」

「はい、はい。寒過ぎて、心も凍りそうだ」

　ぼくは二人のやり取りを黙って耳に挟んでいた。確かなことは、ぼくらには明日が知れないと言うことだった。敗戦の民の悲哀なのだと感じていた。

　道は鉄路を横切って、緑園に続く郊外へと単調に伸びている。いくつかの官舎や会社の寮の建物のそばを通った。あちこちの建物に日本人の避難民がいて、窓越しに惚けたように遠い眼差しで、道を通る人や車をぼんやり見ている。ぼくが偶々目が合った白髪の男は、右手を拳銃の形にして突き出し、急にヒステリックに声を立てて笑っていた。

「虱ってのはな、利口なもんだでよ。取り付いていた人が死にそうになると、引き潮みてえにさっと人の体から離れるそうだ」。田端が大声でそんなことを言った。

「と言うことは、あいつと仲良くしていられるうちは、命が保障されているってことか」

「そうさな、虱に見放されたら、一巻の終わりってことよ」

「どうだい、ナオヤ、虱が好きかな」と田端がからかった。

「きらいだよ。好きな訳ないから」

「でもな、あいつらはナオヤが好きなんさ。仲良くしなよ」

緑園へ向かう車は、ぼくの目に入る範囲だけでも五台を数えた。大八車とリヤカーの上の荷物は、いずれも死体だった。ぼくたちの直ぐ前を行く大八車には、十数人の遺体が、衣服もぼろぼろに破れ、ほとんどが肌をむき出しのまま積み重ねられている。よく見ると、それらの死体は、薪か大根のように、無造作に荒縄で束ねてあるようだった。折からの朝日が、死体の輪郭をなぞっている。様々な年齢の、色々な姿態の男や女たちが、死者としての尊厳も無視されて、丸太のようにそこにあった。

やがて緑園の墓地に到ると、死体が穴に入りきれずに、その周りに放置されているのが目に付いた。夏の間にいくつかの大きな墓穴が掘られていたらしいが、死ぬ人の数が予想を遥かに上回り、埋め尽くせなくなっているのだった。この厳寒期には、大地が深さ二メートルの余も凍り付くので、新たに穴を掘ることは不可能なのだった。穴から溢れるように積み上げられた死体は、ほとんどが裸だった。ここに葬られた時には衣服を着けていても、後から誰かが剥ぎ取ってしまうのだと言われている。当時は衣類は貴重品だったから、バザールで高値が付くのだ。生き延びるためには、感傷に耽ってはいられない。金になる物は何でも奪い取って売りに出すのだ。裸の遺体の幾つかは、既に凍ったまま白蝋化している。重なり合う死者を目の当りにして、秋山や田端も口をつぐんで呆然と立ち尽くし、ぼくも体の芯から凍り付いたようになり、震えていたが、それでも目をそらさずに、遺体を見つめていた。と言うより視線が張り付いてしまい、死体から離されなかったのだった。死者たちの口の形が、それぞれの母音で叫んでいるようだった。ぼくは彼らの声を聞き取っていた。

あ・あ・え・お・う・い・お、お・い・お・い・う・う・あ……

しばらくして、ぼくたちは気を取り直し、森崎を初めとして計四人の遺体を車から降ろし、他の死体の山の上に乗せ、合掌して死者の魂の平安を祈った。

「あ・あ・い・い・う・い・い　まだ、死にとうないわい」

ぼくの耳には、森崎の聞き慣れた声が聞こえたような気がする。母音の声は意味不明だが、とても静かだった。

「おれも内地へ帰りたいよ」

それから、三人は、空の車を引いて、逃げるように墓地を離れた。

「あ・う・え・え・う・え　　助けてくれ」

背後から母音が追い掛けて来るような気がして、ぼくは走り出していた。田端と秋山も、ぼくを追って駈け出している。ぼくは二度とはこの場所へ来たくないと思いながら駈け、しかし、そう願いつつも、いつぼくが車で運ばれる側にならないとも限らない立場を考え合わせると、他の誰かが足竦む思いで、やはり二度と訪れたくはないと感じながらぼくの遺体を丸太のように捨てて逃げ帰る姿を想像し、胸の底に鉛が溜まったようになった。

「地獄だな、地獄だな」と田端が呟いた。


その頃、妹の邦子は田端に歌を習っていた。部屋の端にぶら下がっている縄梯子をよじ登って、彼女は田端の屋根裏部屋、または天井裏の棺桶型の寝所を襲い、彼にハーモニカを吹いてもらいながら、軍歌や流行歌を歌っていた。死んだ森崎が「二人が限度だよ」と言っていたこの屋根裏部屋には、妹以外の子供は近付けない。順番待ちの子供たちが四、五人、縄梯子の下で座っていた。十五分が交代の時間だったので、その時限に近付くと次の子が立ち上がって梯子を揺さぶった。

「時間だよ、邦子もう降りて来な」

妹が穴から鼠のように顔を出し、ゆっくりと降りて来た。頬がピンクにほてっていた。

暖かい頃には、田端は廊下でも子供たちを相手に歌ったり話したりしていたが、寒くなってからは、それが不可能になった。遮音と暖房の効果の点で、狭いながらも、屋根裏部屋は恰好の場所だった。子供たちにしてみれば、田端の歌や話よりも、縄梯子で天井裏へ行くことそのものが面白いようだった。「天国へ行く」と言っては、先を争って屋根裏へ登りたがる子供には、〈棺桶〉が関心の的であった。とにかく、〈田端幼稚園〉と言われるほど、彼の周囲は子供たちで賑わっていた。夜遅くまで、彼らが天井裏へ行こうとするので、親が田端に苦情を言い立てることもあった。

「うちの子を天国へ誘わないでくれよ」

「別に、自分が呼んだ訳じゃあないです。ただ、来る者拒まずですがね」

「限度をわきまえろよ」と親が抗議をする。

「もうおれは棺桶で死ぬる時間ぞ」と言って、彼は子供たちを諦めさせ、「再見（ツァイチェーン）」と叫んで天井の穴を閉ざす。その穴は、下の住民にとっては、必ずしっかり塞がなくてはならない。さもないと、やがて猛烈な鼾のシャワーが降り注ぐことになるからだった。

　子供に人気があることでは、田端に並んで〈双璧〉とでも例えられる人物がいて、それが厨房部長の太田というひとだった。名の通り、色白の太った人なので、会館では〈フトッタさん〉と呼ばれていた。彼はいつでもどこでも、その福々しい恵比寿顔を崩したことがない。フトッタさんは既住者であり、天野理事長の片腕でもあったが、ソフトで気さくな人柄の上、何事にも鷹揚な大陸的な人物だったので、新市民（避難民）にも当たりがよかった。根っからの子供好きで、子供を見掛けると、誰彼分け隔てなく抱き上げたりあやしたりして、彼自身が子供になったように戯れていた。例えば、玄関ホールで五、六人の子供を相手にして仁王立ちになり、その踏ん張った片足を持ち上げることができたら、饅頭を一つずつおごると宣言して、子供たちをけしかけたりする。何しろ二百キロに近い巨体なので、まず持ち上げるのは不可能なのだが、彼はわざと負けてやり、子供らの努力を大いに褒め、饅頭を与える。子供たちは、当時としては高価なほかほか饅頭をせしめて大得意になり、太田の周りで輪になって騒ぎ合うのだった。中心に彼の恵比寿顔が浮き上がっていた。

しかし、〈紳士豹変〉という言葉は、この太田にも当てはまった。フトッタさんは昼間子供の〈神様〉だったが、深夜には酒の勢いで突如〈痴漢〉に変身した。彼は三十代の既婚者だったが、病弱の妻を治療のため内地の実家に帰していたので、その時は孤独でいたせいもあり、酒が入ると人格が一変して女癖が悪くなる。ぼくの母は、同じ厨房部の主任だったので、太田部長とは仕事の関係で親しくしている。彼は時々、仕事の帰りに焼酎を引っかけては、ぼくたちのいる大部屋へ顔を出すことがあった。

ある日の夜中に、ドアを蹴り開けて入って来た太田は、既に千鳥足で、床を不規則に叩くようにに歩いていた。そして、大声で夜の挨拶をがなりたてて寝ている者を起こし、ひとりだけ灯を点けて本を読んでいるぼくの父・方平のそばへ行って座り込んだ。そこはぼくの鼻先なので、アルコールの臭いがぼくのところまで漂う。

「おい、方平さんよ、近藤林業のインテリちゃん」。太田部長は舌がもつれて半ば巻き舌になりかけた口調で怒鳴った。「しかしだな、おれに言わせれば、あんたは偽インテリだ。つまり、単なるロボット的インテリって訳だ。なあ、方平さんよ、どうだ、図星だろうが……。おい、そんな本ばかり見てないでさ、現実を見ろよ。さあ、何とか言ったらどうなんだい。そうやって、知識ばっか詰め込んでも、頭が重くなるだけで、何も実行できんのじゃあ困るんだな。そんな偽インテリに比べりゃあ、英子女史は偉いですぞ。不能のロボットにも耐えて、忍びに忍んで一家を支えておる。そうだろう、おい、偽インテリちゃん。文句あったら何とか答えてみろや。どうなんだい」

父は、太田を無視して取り合わなかった。父の手元を覗き込んでみると、読んでいる本はハドソンの『遥かな国遠い昔』という自伝だった。その夜、父は現実を離れ、アルゼンチンの広大な草原の中をさまよっていた。

「恰好付けやがって、馬鹿野郎。役立たずのデクノボウ。偽インテリのロボット男。おまえはな、本当のインポテンツだ」

このように、太田はありとあらゆる罵詈雑言を浴びせかけた末、乳児を失ったショックで神経を病んでいる若い女のそばへ潜り込んだのだった。たどたどしい足取りで来た割には、女の布団に入る時の彼の動作は素早かったように感じられた。母が河村班長と秋山上等兵に合図をし、緊急の〈防衛線〉を敷き、太田部長を中に置いて、二人が彼の体を挟み込んだ。その隙に、母の手引きで、若い女は部屋の隅に逃げた。

翌朝、窓の外が白み掛ける頃、やおら起き上がった太田は、周囲を例の恵比寿顔で見回し、「何だ、こりゃあ、まるでスペインの夜じゃないか」と叫んだ。

その言葉の意味が、直ぐにはぼくの胸に落ちて来なかったが、しばらくして、急に謎が解けた。なるほど〈スペインの夜〉だった。河村班長と秋山は、さしずめ〈闘牛士〉であり、〈フトッタさん〉は〈猛牛〉だったのだ。ぼくは太田の顔を覗き込むようにして、わざと大袈裟に笑った。彼は頭を掻きながら、頷いて見せ、秋山の腕を撫でて、

「いい筋肉しているな。こりゃあカルメンも惚れるで」と言い、ゆっくり立ち上がって外へ出て行った。

窓には厚さ四センチほどの銀モールのような氷の華が咲いていて、その朝も外は零下二十度ほどになっていた。

朝の訪れる度に、確かに時間の経過が分かるのだが、朝毎の明確な違いがないために、ただののっぺらぼうな一筋道のように、毎日が単調に過ぎていた。しかも、その道の前方に、一筋の光もない。避難民には、爽やかな朝など訪れようもないのかも知れないが、それでも薄闇の彼方に、一点の明かりを見出そうと、ぼくは瞳を凝らしていたのだった。辺りは薄暗く、静かだった。ほとんどの人は、まだまどろみの中に沈んでいた。〈このまま目覚めないように〉と

の願いがかなえられず、母は真っ先に起きて、二百五十余人の食事の準備のために、ゴム長靴を履いて、奈落の底のような地下の厨房へ降りて行った。そこは排水が悪く、いつも床上十五センチほど水が溜まっている上に、料理の蒸気が篭もりがちで、壁や天井には絶えず水滴が付き、辺りの空気がいつも湿っていた。天井が低く、明かり採りの窓さえないので、常時裸電球が二つ点いてはいるが、それは辺りを薄ぼんやりと明るませる程度の効果しかなく、穴蔵さながらの悪い環境の場所だったが、この厨房では母たち厨房係が木材会館の住人の食事を賄うばかりではなく、喫茶部やレストランで使うパンやケーキなど、全ての食品を作っていた。そこでの献立や調理の仕事の責任は、厨房主任としての母の細い肩に掛かっていた。太陽を見ない土竜《もぐら》のような生活パターンのためか、母は顔色が蒼白くなり、風邪を引きがちだった。

両親が発疹チフスにかかって死んで、孤児になった森崎正一郎は、しばらくの間、魂が抜けてしまったようにぼんやりしていた。窓から外の景色を見つめ、溜息をついていることがしばしばだった。ぼくは彼を誘って、できるだけ励ましになるような詩を読んでやったが、ほとんど反応がなかった。それでも懲りずに学校で習った歌を歌ってやった。

興安颪吹き荒れて　白樺林凍る朝　流れは峰に谺して　空行く鳥の影もなし

彼は坊主頭のあちこちに円形の禿ができていたので、とても心配になって、できるだけ元気づけてやった。

「過ぎてしまったことは忘れて、前を向いて頑張ろうや」

「でもさ、虱が憎い、父ちゃんを殺した奴だ」

「そうだな」とぼくは言った。「捕まえたらひねりつぶしてやれよ」

それから数日後に、ぼくの頭にも禿ができた。すると、父が「ひょっとして、それ、シラクモかもな」と言った。

「正一郎からもらったんだよ」

母に連れられて、近くの皮膚科へ行ってみた。やはり白癬菌による皮膚病だった。中国人の医師が、ぼくの患部に太陽灯を当て、テールコーとかいう臭い薬を塗ってくれた。

「正ちゃんも連れてきなさい」と母が言ったので、いやがる正一郎を皮膚科まで引っ張ってきた。

「こいつはひどい」と医師は言った。「そのまま放っておくと体中に広がり、最悪の場合は死ぬことになりかねないよ」

正一郎は「死にたくない」と叫んで、青くなった。

「まあ、これから毎日ここへきなさい。太陽灯を掛けて薬をつければ治るから」

「弱り目に祟り目なんだな」と父が言った。「栄養不良に不潔だ」

クリスマスの前日、ぼくは母の手作りのチーズ・ケーキを持って、タチヤーナの家を訪ねた。よく晴れてはいたが、北風の吹く寒い日だった。大同大街のスズカケの並木道を行き交う人は、皆厚い外套やシューバーを纏い、肩を丸めて熊のように歩いていた。荷車を曳く馬の睫毛が凍り、車体には氷の剣が幾つもぶら下がっていた。ぼくと偶々目が会った馬丁が、笑いながら日本軍の敬礼をして見せ、その手で手鼻をかんでいた。どこか遠くで機関砲の音がしている。

南湖の堤の上は、風の通り道で、殊更に冬将軍の威勢を示す所となっていた。凍り付いた湖面では、子供たちがスケート遊びや独楽回しに興じている。色とりどりのマフラーが動き、氷の上を原色が滑っている。歓声が間近に聞こえたが、言葉の意味が理解できない。斜めに射し込む陽光が、リンクの表面にキラキラと反撥している。

アパートに入り、二階に続く階段を上っていくと、あたりに人気《ひとけ》がなく、静まりかえっていた。

「留守なのかな」と呟きながらタチヤーナの部屋のドアをノックをすると、半開きになった戸の陰から、白いとっくりのセーターを着たタチヤーナが現れた。

「久しぶりだね」とぼくが言葉を掛けると、彼女は軽く声を上げ、部屋の中へぼくを招き入れてくれた。省三は所用のため外出中だった。

「教会の奉仕で、孤児施設へ慰問に出掛けているの」

「サンタクロース」

「そのまねごとかも」

引っ越し当日にはむき出しだった床のアンペラの上にはベージュ色の絨毯を敷き、壁のベニヤ板にはクリーム色の紙を覆ってあり、全体に明るく落ち着いた感じになっていた。火鉢を挟んで、ふたりは向かい合いに座った。ぼくが包みを解き、ケーキを出してタチヤーナに渡した。

「メリー・クリスマス」

「ありがとう」。タチヤーナの蒼白い顔に、一瞬血の気が浮かんだ。

「元気だった」。ぼくが訊いた。

「ええ、何とか……」

タチヤーナが淹れてくれたお茶を飲みながら、ぼくが最近書いた詩の話をした。それは、先日、木材会館へ顔を出した省三に託して、彼女に届けて貰った次のような詩についてのことだった。

人は砂嵐の砂漠をさまよう夢を見ている
赤軍のマンドリンもまどろんでいるころ
長春午前二時
景色が透明になる
白楊の街に粉雪が舞い

砂丘を青白く照らす半月《はんげつ》……
巨大怪獣の牙の形をしたオアシス……
闇の中を吹き過ぎる風の妖精たち……
砂丘にしるされた妖精たちのあしあと……
夜ごとに凍り付いたいくつかの夢が旅立ち
魂は妖精にいざなわれて東の故郷に向かう
とまった時間が白い吐息をつく
白楊の街に粉雪が舞い
景色が透明になる

〈白楊《はくよう》の街〉

この詩を朗読するタチヤーナの声を聞いているうちに、ぼくは意識の中の現実が、川下へ流れていく氷のように遠退いて行き、横道河子の頃の、かつての復活祭のことを思い出していた。

「どうしたの、ぼんやりして……」とタチヤーナがぼくに問いかけた。

「詩には関係のないことが見えてきて……」

「過去のことでしょう」

「そう、それもターニャの家のことなんだ」とぼくが言った。

「そんな……」。タチヤーナは絶句していた。

あの日、彼女の家で、昼食後にぼくが微睡《まどろ》んでいた時、いつの間にか部屋に戻って来ていたタチヤーナが、復活祭の色付き卵の殻でぼくの顔のモザイク絵を描いたのだった。橙色や赤など暖色系の色を背景に、水色や藍など寒色系の色で浮き上がる顔の輪郭……。「一キロ」のぼくの部屋の壁に張ってあった絵のことを、ぼくは鮮明に記憶していた。

「そうか、ターニャに過去を思い出させてはいけなかったんだ」

「あなたが以前に言った言葉なのよ、振り向くなって……」。タチヤーナがぼくの口調を真似た。ぼくは、はっとして、息を詰め、相手に何も答えられずに、ただ火鉢の火を見つめ、口を噤んでいた。過去にはいろいろなことがあったが、唯一マリアのことをタチヤーナに思い出させてはまずいのだった。すると、マリアのそばにいるあのボルゾイの細長い顔が浮かんできた。ぼくは慌てて幻を消した。

「この詩は、とてもいい詩なんだけれど、細かいことを言えば、描写の写実的なところと、感覚的な部分とが、少し馴染まないみたいね」。しばらくして、タチヤーナがそう言って、話題を詩の方に戻そうとしていた。

「例えば、どこが……」。

タチヤーナの目が、真っ直ぐぼくを見ていた。「最初と最後の二行、『白楊の街に粉雪が舞い』は写実だし、『景色が透明になる』は景色を感覚的に捉えている訳でしょう。次の『長春午前二時』は写実で、『赤軍のマンドリンもまどろんでいるころ』は感覚なのかしら……。その次の『砂漠、砂丘、オアシス』のところは夢の中の景色なのだけれど、一応写実的よね。でも『闇の中を吹き過ぎる風の妖精たち』から『とまった時間が白い吐息をつく』までの数行は感覚的に捉えているのでしょう。よく分からないけれど、写実と幻想が何となく混じり合わない気がするのよ」

「そうかな」とぼくは答えた。

「でも、この詩の中心は『夜ごとに凍り付いたいくつかの夢が旅立ち　魂は妖精にいざなわれて東の故郷に向かう』のところなのね」

「うん、そのつもり」

「つまり、鎮魂の詩ね」

「でも、死が他人事じゃないんだよ。その意味ではリアルな詩なんだが……」

「それは、あなたの言う通りよ」とタチヤーナが頷き、青いプラトークが静かに揺れた。

「この頃、時々思うんだけど、人間には進歩があるのかな」

「どうして……」

「いつの時代にも喧嘩がなくならない。宗教でも国家でも戦争という喧嘩をし続ける。しかも、段々悪くなっているのだから、これは退行現象かな」

「そうね」
南湖で遊ぶ子供たちの弾《はじ》けるような声が聞こえてきた。ぼくは煉瓦色のカーテンの蔭から窓の外を見やろうとしたが、二重窓の外側の凍ったガラスに視界を遮られていて果たせなかった。火鉢の中で時間が静かに燃えているようだった。ぼくはポケットから紙片を取り出し、つい数日前に作った詩を思い出しながら書き付けてみた。

氷の中に眠る少女には
葬列の泣き女の声が聞こえない
大地をひきつぶして進むキャタピラの音や
ロバのすすり泣き……
草原を走るオオカミの遠吠え……
氷の中に眠る少女の耳には届かない
分厚い氷の衣は外界の雑音を拒否して
少女の壊れやすい夢を守っている

氷の中でまぶたを閉じたまま
少女は身じろぎもしないでいる

その夢の中では
サモワールにたぎる湯の音は聞こえるのか
蜂蜜パンやスズランの花の香りはかげるのか
牧場の柵のそばの
大きなボダイジュの幹にもたれ
青いプラトークの少女は微笑んでいる

空がイチゴ色に燃えている
カササギの群れが逃げていく
コウリャン畑に風が立ち
スズランの丘に埋もれかける夕陽……

水晶のネックレスのように
過去のキラキラする断片をつなぎ合わせ
粉屋の目隠しロバのように
幾度もくり返し見るコーヒー色の夢……
氷の中に眠る少女には

もう何も聞こえない

〈氷の中に眠る少女〉


ぼくはその紙片をタチヤーナに渡した。

「新しい詩なのね」。彼女の目が文字を追って動いている。

まだ引っ越しの日から一月《ひとつき》も経ってはいないはずなのに、ぼくには彼女の様子がかなり変わってしまったように思われた。

「この詩の『少女』は、ひょっとして私のことなの」

「そうかもね」とぼくは曖昧に答えた。

その時、ぼくを見つめる彼女の目が、遠くを見ているようになって、焦点が合っていないようだった。

「『氷の中に眠る』って、どういうことかしら……」

「言葉通りさ」

「冷たくなってるの、私……」。タチヤーナの囁くような声だった。

「これはね、言ってみれば、『眠りの森の美女』かな。幻想のタチヤーナ」

「氷の中に閉じこもって、過去の夢ばかりを追っているってことね」

「半分正解」とぼくは答えた。

「結局、私は過去に封じ込められていて、現在は氷の中で死んでいる訳よね」

「死んでいるのではなく、過去という結晶の中で、現在の状況を拒否しているんだよ。目を閉じている少女は、意志的に現在を認めようとしないんだ」

「確かに、そうなのかも知れない」とタチヤーナが呟くように言った。

「でも、これは、きみだけの姿じゃないいんだよ」

「モデルが他にもいるの」

ぼくは大冶街《だいやがい》の貴金属店の少女の話をした。あの少女の姿や眼差し、とりわけ透き通っていながら無機質な冷たさをたたえた声が、この詩のモチーフになっているのだったから、そのことを彼女に知らせた。

「すごいな、こんな難しい字を使って詩が書けるなんて」とタチヤーナが言った。

「辞書があるからね、それを使ってわざと大人っぽく書いているだけだよ、ずいぶん背伸びをしてね」

「背伸びと言えば、私もそうなのよ。別の言い方をすれば、それって若さをなくすことかもね」

「そんなこと言うなよ。しおれた野菜屑になったら、子供らしいみずみずしさがなくなってしまうから」

ぼくは壁に掛けられている絵を見た。教会の前に佇むマリアとボルゾイ……。木材会館の喫茶室に掲げられた絵と同じ構図の絵だった。彼女が過去を思い出す時、マリアとボルゾイの姿は排除できないらしい。

「新しく描いたの」

「そう、この部屋が淋しいから……」

ぼくは木材会館に展示した絵のことに触れ、ダンスホールに来ていたロシア人の夫婦が、タチヤーナの絵を買い取っていった話をした。

「素晴らしくいい絵だと気に入っていたようだよ」

「ロシア人には懐かしい絵柄なのかも」とタチヤーナが言った。

「ターニャの絵は、とても美しいからね。それで、喫茶室に飾る別の絵をもう一枚描いて欲しいんだ。これは天野理事長も言っていたので……」

「描けるかしら……」とタチヤーナが少し不安そうに下を向いた。

「ゆっくりでいいから」

「体の調子があまりよくないので、自信がないのよ」

「無理しなくてもいいよ」とぼくは言った。

それから、ふたりは雑談をしながら省三の帰りを待っていたが、時間がかなり経ってもタチヤーナの父は戻ってこなかった。夕暮れが迫っていた。

「いつのことか分からないから……」。タチヤーナが、ぼくの帰路を慮って、父の帰りを待たずに、早いクリスマス・イブを祝うことにした。ケーキに、彼女がナイフを入れ、紅茶で乾杯の真似をした。

「あなたの詩に『コーヒー色』と出て来るので、コーヒーが飲みたいんだけれど、あいにく……」

「紅茶でいいよ。心配しないで」。ぼくは言った。

辺りが翳りを濃くしてきた。いつまでもタチヤーナのそばにいたいとぼくは思いながらも、その一方では引き返さなければならない時間になっていることを意識し始めていた。暗くなると、街灯のほとんどない市内は何が起きるか分からなくなる。

「あした陽子が来るのよ」とタチヤーナが言った。

「彼女ひとりで来られるのかな」

「パパが迎えに行くわ」

時々陽子が来てくれるらしい。日曜礼拝にふたりで、近くの教会に行っているとのことだった。

「初耳だな、陽子は何も言わないから……」

「それは秘密なのよ。秘密にしていないとよくないことが起こるなんて……」

ぼくは少し息苦しくなって、「秘密なんてない方がいいな」

「陽子には何も言わないで……」

「少し外に出てみないか」とぼくは彼女を誘ってみた。このところ家の中に篭もりっ切りでいるらしいタチヤーナを、ぼくは何とか外へ連れ出そうと思ったのだった。「南湖の氷を見に行こうよ」

「見えるわ、この部屋の窓から……」

「じゃあ、階段の下まで見送ってくれないか」

躊躇している彼女を、ぼくが何とか説得して、そろって部屋を出た。すると、「南湖まで行く」とタチヤーナが言った。彼女はフェルト製の長靴を履き、黒いシューバーを着て、俯き加減に足を運んだ。その後ろから、ぼくは病人の試歩に付き添う看護人のように歩いた。南湖の堤の上の道へ出ると、北風が横殴りに吹き付けてきた。淡い陽射しを浴びて、氷面が疎らに輝いている。それは透明な部分と、雪や泡が凍り付いた磨りガラスのような部分との差だった。

「白い湖だね」

「風がひどくて、何も見えないわ」

百足や鳥型の凧が三つ、青空に泳いでいた。スケートや叩き独楽に熱中している子供たちの声に重ねて、時折り爆竹の破裂音が響いている。

「ぼくも、『一キロ』の裏山で、よく滑ったんだ、橇で……」

「そんなこともあったわね」とタチヤーナが答えた。「何だか遠い昔のことみたい」

南湖の堤のはずれで、握手をしてから、ふたりは別れた。

「ダスビダーニヤ」と言う彼女の小さな声が、風にさらわれていた。

　つい先日、ぼくは高橋父娘が木材会館を出て行った原因について、父に尋ねてみた。

「そのことなんだが、いろいろあったんだよ。ひとつは幹部会とのもめごとに嫌気がさしたらしい。でもな、それだけじゃないんだ」

「ほかに何か」とぼくは尋ねた。

「つまり宗教上の理由らしいな」

「宗教」

「単純に言えば、異教徒と一緒に暮らし続けるのが、とても苦痛になったようだ」

「正教徒だから」

「そう、しきたりみたいなものがあるのでな」

「儀式など」

「儀式に限らず、たとえば、食事を異教徒とは一緒にしたくないんだよ」。父のこの言葉で、ぼくは思い出したことがあった。復活祭の夜、招待されて行ったぼくたちを部屋に残して、タチヤーナの一家は別室で儀式をしていた。〈冷たくされたのかな〉とぼくは心配になったのだった。しばらくして、それが正教徒の「しきたり」なのだと理解した。

「それに加えて、これは省三氏もはっきり言っていた訳ではないが、どうもターニャの病気がよくないらしいんだ。これは秘密だがな」

ぼくはその父の言葉に衝撃を受けていた。

先日のことを思い出してみた。白い湖を背景にして、佇むタチヤーナの幾分斜め加減に傾いた姿がたよりない感じだった。空色のプラトークの端が風に靡いていた。プラトークの色が、彼女の顔に反映するせいで、蒼白く見えたのかも知れないと思っていた。

第13章　新しい年に

旧ヤマトホテル

年が変わり、一九四六年の正月になったが、長春市街に目立つ変化もなく、いつものように静かだった。息を詰めるようにして生きている日本人には、正月を華やかに迎えるような余裕はなく、ひたすらにこの厳しい冬の季節が過ぎてくれることを願うばかりだった。

北側の窓に厚さ五センチほどの白銀色の氷の華が咲く寒い日が続いた。

そんなある日のこと、街の市場の様子を見ようと玄関ホールに出た時、ぼくは外から入って来る二人連れの男たちとすれ違った。逆光ではっきり見えなかったが、会館の関係者でないことだけは分かり、もしかするとお客さんかも知れないので、軽く会釈して通り過ぎようとした。するとと、背後から言葉が追い掛けてきた。

「あの、ちょっと聞きたいんだが……」

立ち止まって振り向くと、そばに汚れた軍服を着た小柄な中年の男が立っていた。

「ここに横道河子の近藤林業の人がいるそうだが、知ってるかい」

「ええ」。ぼくは答えた。「ぼくもその一人ですが……」

その瞬間、声を掛けてきた男の後ろに少し離れて立っていたもうひとりの男が、いきなり歩み寄って来て、両手をぼくの肩に掛けたのだった。

「おい、おれが分かるか」

薄汚れた軍帽を目深に被り、胸やズボンの辺りに黒いしみの付いた軍服を着て立っている男の顔が笑っている。頬がこけ、眼窩の窪みが骨の形で見え、瞳だけが異様に輝いていた。

「おれだ、おれだよ、忘れたのか」

その声には聞き覚えがあり、ぼくは緊張して相手の顔を凝視した。

「おまえ、ナオヤだろうが……」。相手がぼくの体を揺さぶった。見つめる他人の顔が、その時、急に変形して近親のそれになった。

「あっ、兄さん」

兄の腕がぼくの体に巻き付いていた。汗のにおいがして、それは紛れもなく兄の体臭だった。

昨年の七月に横道河子の奥の伐採地「二十四キロ」で別れて以来、兄の顔を見るのは、半年振りのことだった。人相がすっかり変わってしまったのは、やつれたせいばかりではなく、トレイド・マークの黒縁の眼鏡がないためでもあった。ぼくの体に触れている兄の腕や肩も異常に骨張っていて、埃っぽく乾いた感じだった。

「そうか、弟さんか」。中年の男が、兄の背中を両手で軽く叩きながら言った。「それはよかった。よかった」

ぼくは息が詰まり、声が出なかった。嬉しいというよりも、不思議にもの悲しい気分に満たされ、ぼんやりしていたのだった。

「皆、元気にしているか」と兄が訊ねた。そして、兄の体がぼくから少し離れ、互いに相手を見つめ合う位置にいた。日に焼けた兄は、横道河子の小川の端の煉瓦焼き職人のように真っ黒だった。

「元気だよ」。ぼくは、ようやく息をついてそう答えてから、父の顔を思い出していた。兄・芳樹は、父の制止を振り切って、仲間と消息を絶っていたのだったから……。

「とにかく、会えてよかった」。中年の男が言った。「しばらくして落ち着いた頃、連絡を取るよ。じゃあ、ぼくはこれで失礼する」。父の持っているのと同じ〈敗戦鞄〉を肩に掛け、男はゆっくりと玄関を出て行った。

兄はその後を追って外へ飛び出し、彼と何か頻りに言葉を交わしているようだった。

やがて、別れの合図に右手を挙げて振り向く時、男の足が縺れたようになって蹌踉めいていたが、すぐに体勢を取り戻し、笑いながら手を振ると、早足になって遠ざかって行った。外はかなりの吹雪になっていて、横殴りの風が雪を斜めに舗道に叩きつけている。小柄な男の姿は、たちまちその銀幕の彼方に消えた。

玄関ホールへ戻って来た兄は、ぼくを壁際に呼び、「長春まで来るのが命がけだったよ。吉林から老爺嶺《ろうやれい》という山を徒歩で越えてようやくここへ辿り着いた」と言った。

「よく無事だったね」とぼくは答えた。

「何度も死ぬような危ない橋を渡ったよ」。兄はそこでいったん言葉を区切り、ぼくの耳元で囁いた。「しかし、まだこの先混乱はあるだろうが、今に面白くなるぞ。いよいよ中国にも本当の夜明けが来るんだよ」。

ぼくは、兄の調子の高いその言葉に馴染めなかった。彼の外見が、時々会館に現れる邦人の物乞いの風体と似ていて、その口調を裏切っていたからだった。

それからしばらくして、ぼくは兄を案内して階段を上り、二階の広間へ入って行った。父は古本屋に出掛けていて留守だったが、妹が他家の子供三人とカード遊びに興じていた。遊びに夢中の彼女は、ぼくたちの方には見向きもしない。ぼくは大声で、「邦子、お客さんが来ているから、直ぐにここへ来るように、お母さんと隆子姉さんを呼んで来て」と頼んだ。

兄のそばを通って室外へ出て行く時、妹は〈客〉の顔を一瞥したが、〈芳樹兄〉とは気付かないようだった。

ほとんどの大人は仕事で出払っていて、広間は閑散としていた。数人の幼児を除けば、子供を失った衝撃で神経を病んでいる若い女と、発疹チフスの後遺症で痴呆症状の出ている西田部長がいるだけだった。

女は芳樹を見つめ、敬礼をして見せてから、「兵隊さん、ありがとう。あの子を早く捜して来て下さいね」と言った。

「はい、はい」。兄は怪訝そうな顔をしながらも、女にそう答える。

「あの子はどこに隠れているのかしら」

ぼくは、我が家の起居する一角へ兄を導き、アンペラ敷きの床に休ませた。

窓際で兄弟を観察していた西田部長が、蹌踉けるように立ち上がって兄に近付き、話し掛けた。「どこのどなたさんで……」

「ぼくの兄です」

兄は不動の姿勢で軍隊式に敬礼をした。

「それは、それは、遠路、日本から、勅命を受けて、救助船で来てくれましたか……。大変、ご苦労さんです。ところで、天皇陛下はどうなりましたか」

兄はぼくと顔を見合わせたまま、絶句していた。西田は、口の端から涎を垂らしながら、しばらくぼんやり突っ立っていたが、やがて兄のそばから立ち去った。

兄の服に付いたしみの中でも、胸から腹にかけての黒っぽい汚れはかなり目立っているので、ぼくは気掛かりだった。油汚れにしては色がおかしいのだ。

「それはどうしたの」

「これか……」。兄は少し言い淀んでから、言葉を継いだ。「警官に怪しまれた時には、豚を殺した返り血だと答えたが、実は人間の血なんだ」

ぼくは黙ったまま、兄の顔を見つめていた。

「その件は、また追々《おいおい》話すよ。実は、手記があるんだ」と兄が言った。「今はとにかく腹が減っている。何か食う物ないか」

ぼくが乾パンの包みを出して渡すと、兄はたちまちの中に、それを平らげた。食べることに集中している時でも、その幾分飛び出し気味の目が、絶えず辺りの気配を窺って、鋭く動いている。それは、これまでに彼の置かれた環境の厳しさを窺わせる動物的な動作だったようだ。

「この三日間、食い物らしい物を口にしとらんもんで……」。兄はそう言って少し笑った。湯がないので、水を湯呑みに注いで、兄に渡した。

その時、また西田部長がふらふらした足取りで兄に近寄り、直立して敬礼をしてから、「ひとつ、兵隊さんに、お聞きしたいが……」と言葉を掛けてきた。

「はい、何でしょうか」

「日本内地では、米兵が、女を犯しているそうですが、それを見かねた天皇陛下が、畏れ多くも、処刑されて、国民を救ったとか。それは、真実ですかね」

「分かりませんね」と兄は答えた。「ご期待に添えず残念ですが、自分には内地に関する情報が入って来ていません」

「そうですか」。西田は千鳥足でその場を立ち去り掛け、独り言を漏らした。「責任は、いったい、誰が取るのか、この戦争の……」

〈責任〉と言う言葉が、ぼくの内部に錘のように沈み込んでいった。

そこへ姉の隆子が現れ、わずかに遅れて母も姿を見せた。

「お客さんって、どなた」と姉が入口の辺りで妹に訊いている。

「知らないけど、ナオヤ兄ちゃんが直ぐ呼んできてって……」

「特別のお客さんだって、誰かしら……」。母がしゃがんで妹の目線の高さになって尋ねた。

「ボロボロの兵隊さんだよ、あそこにいる……」。妹が指で兄を示した。

「そうか、ボロボロの兵隊はよかったな。まあ、そんなもんさ」と兄が笑いながら言った。

母と姉がぼくらの方へ近付いて来て、兄の顔を覗き込んだ。

「この人、誰か分かるかな」とぼくが母と姉に向かって言った。

「どなたさん」と母が訊ねた。「横道河子の方でしたかしら……」

「よく見れば、気付くはずだよ」

しばらく無言の空白があった。

「お久し振り、大変長らくご無沙汰をして……」。兄が立ち上がって、母に向かって頭を下げる。

その時、母が震え声で何か短く叫ぶと、いきなり兄に飛び付いていた。

「どうしたのよ、お母さん」。姉はその後ろで突っ立っている。

「兄弟を忘れては困るな」とぼくは笑いながら言った。「このひと、芳樹兄さんだよ」

「えっ、本当に芳樹なの……」

「心配掛けて、済まなかった」。兄が母から離れ、姉に右手を差し出した。

「これが大きい兄ちゃんだって……」。邦子はまだ疑っている。「このひと、ボロボロの兵隊さんだよ」

「そうだよ、邦子、今はボロボロの兵隊かもな。でも、横道河子の家で、おまえが飼っていた猫のクロを蹴飛ばしたことはあったぞ。覚えてるか」

「そうか、酷いことする芳樹兄ちゃんの生まれ変わりか、ボロ兵は……」

それから、兄は母たちの質問の矢面に立たされていた。兄の口から、過去の数カ月の経緯が、おおまかながら明らかになった。三人の間で、様々な言葉と言葉が交錯した。ぼくは何となくその会話の圏外にいて、薄いスクリーンを透かして景色を目にする時のようにぼんやりしていた。

「あなたはなぜ隠れているの、私のことを置き去りにして……」。例の乳児を失った若い女が、窓辺に佇んで呟いている。かなり派手な着物をだらしなく着た彼女は、逃げる途上の列車の中で丸坊主に刈った髪が、この数ヶ月ですっかり伸びて、ぼさぼさに乱れている。

「どうしてなの……。どうして、どうして、どうして……」。言い慣れた言葉のせいか、意味よりもリズムが生きているようだった。袂から取り出した手鏡に写る自分の顔を見つめながら、彼女は優しい母親の笑顔を作って、呼び掛ける。「そこにいるのは、どなた……」

〈自分が分からない〉という意味では、ぼくもこの母親と同じだった。今は正気のはずのぼくにも、これから先は闇が広がっていた。〈クオヴァディス・ドミネ〉。思わずぼくは、口の中でひとりごちた。〈クオヴァディス・ドミネ〉

夕方になり、勤めを終えた人々が次々に広間へ戻って来ると、母が兄を連れて挨拶回りをした。彼女は兄が吉林から二週間も掛けて歩いて逃げて来たことを強調していた。あちこちで兄は呼び止められ、事情を聞かれていた。小一時間も掛けて挨拶回りが終わると、彼は木材会館の裏手にある共同浴場で垢を落とし、父の古着に着替えた。髭を剃り、髪を整え、こざっぱりとした恰好になると、それまでの〈ボロボロの兵隊さん〉風な外見は消え、兄も家族の中へ溶け込み始めていた。

間もなく、外出先から古本を手にして戻って来た父は、焜炉の上の羊肉のすき焼きを見付け、そればかりに目を向けていて、兄のいることに気付かない。その夜、父は探していた本を手に入れ、機嫌が良かったようだった。どこかでアルコールを引っかけて来たらしく、呼気に酒の匂いがした。その頃、既住者中心の理事会から閉め出されて、浮き上がり、職を失っていた父は、〈本の虫〉になって仮想世界に遊び、現実感を失いがちな上に、少し神経衰弱気味でもあったので、ぼくは兄に対する父の態度に不安を感じていた。

「豪勢だな」と父が言った。

「記念日よ、今日は……」。姉が答えた。

「ほう……。で、誰かの誕生日かい」

「周りをよく見てよ」。父は眼鏡の奥の細い目をうろうろさせてから、ついに芳樹兄を見た。兄の方も、しっかりと父の顔を見つめている。

「おれの目もいよいよおかしくなったのかな」と父が言った。

「何が見えたの」と母が訊いた。

「何だか寒くなってきたぞ。そこにいるのは、芳樹の幽霊かい」

「幽霊に足はないですよ」

「じゃあ、芳樹なのか、おまえ……」

それに答えて、兄が何か言った。言葉の輪郭が崩れて、ぼくの耳には意味が取れなかった。

「よく帰れたな」。父は長男のそばに近付いた。

兄はその場に正座すると、かしこまった口調で久闊を叙した。

「まあ、頭を上げろ」。父は静かに言った。「とにかく幽霊でなくてよかった。もう他人行儀なことをするなよ」

「心配を掛け、済まなかった」

「何はともあれ元気で一緒になれたんだ。何よりだよ」

「〈ボロボロな兵隊さん〉から、元の〈大きい兄ちゃん〉に生まれ変わったお祝いだってよ」

と邦子が横から言った。

「そうさ、本当のお祝いだ」。父のその言葉で、張り詰めていた空気が、一気にほぐれていた。いつものように高粱飯の夕食だったが、羊肉のすき焼きがあったので、祝いらしい雰囲気が盛り上がった。

「これで、ウオトカか白酒でもあれば最高なんだが」と父が言った。

「贅沢言わないこと」。隆子が釘を刺した。

しばらくは体と心の綻びを癒すために、兄は父と一緒に本を読んでいた。漱石の『草枕』や『坊っちゃん』などを兄が朗読しているのを、ぼくも傍らで聞きながら、意味はよく分からないながらも、文章のリズムに快い感じを受けていた。『渋江抽斎』『舞姫』など、鴎外の小説も朗読してくれた。

「しかしなんだよな、やはり日本語のいちばん美しいのは永井荷風だな」と父が言った。「『冷笑』『すみだ川』『墨東奇譚』など、実にいいね」

「それは読まなければ分からないね、その素晴らしさは」と兄が調子を合わせる。

ぼくにはさっぱり理解できない世界だった。時々、兄は言葉について父に質問したりしているのも、ぼくは感心して聞いていているうちに、突然お鉢がぼくに回ってきて、「おまえも学校へ行かないでただぼんやりしていては、きっと馬鹿になるから、漢字の書き取りでも自習しろよ」と父に言われ、「そんなことは前からやっているから、今は詩を書いているんだよ」と答えると、「見せてみろ」と父に言われて国語のノートに書いた作品を見せた。兄も父の横からぼくの詩を見てくれ、「これは小学生にしては実にたいしたもんだぞ」などと言って、大袈裟に褒めてくれた。

「天才だな、これは」と父も嬉しそうに言った。「やはりおれの血を引いているらしいな」

それからは、ぼくもいい気になって、やたらに詩を書くようになった。

第14章　兄・芳樹の日記抄

鏡泊湖　芳樹が軍装を解かれたところ

○月　○日　晴

鏡泊湖の畔《ほとり》に着く。夜十一時頃なるべし。中天に皎々たる月を仰ぐ。月光を浴びたる湖水は、見はるかす彼方まで銀箔を広げたるが如く輝けり。かつては渤海国の国都たりし地にして、周辺に古代遺跡あまたありとふ。

折しも、湖畔にて武装を解ける部隊の見ゆ。湖に向きて将校軍刀を抜けり。振り上げし刀身に月光青白く砕け散り、岸辺に並び立つ百余人の兵士、脱帽して東方を仰げり。

「天皇陛下万歳」

声振り絞りし将校の手を離れたる軍刀、月光を切り裂きて翔り、遂に足下の銀箔の湖中に沈みにけり。湖面の薄氷、わずかに砕き広がれども、やがて元の静寂に帰す。

「万歳、万歳」

合したる兵士の声々……。機関銃、迫撃砲、小銃、短剣等などの武器、弾薬は、全て千古の神秘を蔵して静まれる鏡泊湖の水底に葬り去られたり。かくて、しばし兵士ら黙して佇立す。彼らの思ひはいづこにありや。東方の彼方、内地の親族《はらから》を慮りたるにや。はたまたは、兵士たりし過日を振り返り偲べるにや。いずれなりとも、敗れたりし戦ひのはかなきを胸奥に深き傷として感ぜざる者なかるべし。若き幾歳月を誇るに足るにや。「天皇」のため「聖戦」に赴きしを、晴れがましきことに感じたりしや。知らず、我は彼らの思ひの奈辺にありしかを……。

この満洲の広野に敗残の身を晒す彼らの運命、我がそれに等しからざるなし。而して、皇国日本の「天皇」よりの救ひの船は未だ来たらず。果たして、「天皇」はその心中にて彼らに慈悲を掛けしや。知らず、「万歳」の声、彼の人の耳にこそ届きしか。

○月　○日　晴

彼の地より長春に至る避難行は、日々生死を賭したる綱渡りに等し。就中、老爺嶺とふ険阻なる岩山を越ゆる折りの記憶、鮮やかなりき。そは昔より聞こえし難所にして、ただに道の険しきのみならず、匪賊の根城ありとも言はるる二重に危ふき場所なりき。

我ら五十数名の一行は、同志の二人を除かば、他は途上にて偶然合流せし一般人なり。老若男女ありて、幼きは六歳の女児、年かさなる者の中には八十の老爺居れり。生きて故国に帰らんとの意志一つ持ちて、互ひに手を携へし集団なりき。

試練は四度、我らに迫りぬ。岩盤の露呈せる急坂を行くに、時あらずして待ち伏せし匪賊の襲来に会ひたり。狭き道の四囲より、蝿の腐肉に取り付くが如く、武装せる暴徒現れ、無抵抗なる我らを取り囲みて、乱暴狼藉の限りをつくしてけり。そはさながら阿鼻叫喚の地獄絵の如し。女子供多き族《やから》は、おほかた賊の手にかかりて殴殺を免れざりき。辛くして難をば逃れし人々も、持てる荷物を失ひて、行く先の不安を心にかこつ。匪賊の巧妙なる策略、先づ我らの行く先をば近道して待ちかまへ、たちまち現れてめぼしき物を取り、二回目にして残物を浚ひ、三度目にして追ひ剥ぎになりて邦人の着物を剥ぎ取りぬ。四度目にしては、無抵抗なりし難民も、必死の覚悟を決めて、匪賊に対抗せんとし、棍棒はたまたは石を手にして戦へり。到底火器を持ちたる匪賊に、我ら勝ち目あるべからざれども、変化に富む狭き岩場を利して、接近戦に誘ひて、時に賊をあやめしこともありき。銃弾にて撃たれし邦人の死骸、時の経過につれ、次第に多くなりぬ。途上に倒れ伏しつつ、なほも断末魔の苦しみに喘ぐ人々の声、岩に響き合ひて虚し。辛くも死を免れし者も、多くは傷を負ひ、その傷口より血を流しつつ逃げまどふなりき。中には身ぐるみ剥がれて、裸の姿を晒し、茫然たるもありき。片腕もがれて苦悶せる友の路傍に伏せるあれども、わが身ひとつのことにのみかかずらひて、顧みるいとまあらず。かくて、軽傷の者、重き傷を負ひたるの泣き叫ぶを、置き去りにせざるべからず。一所に長く留まりたるは、甘んじて死地に残存するに等しきが故なればなり。先を急ぐと言へども、賊の近きを避くるには、退却して安全なる所を模索せざるを得なき場合もありて、遅々として行く道はかどらざりき。所は奇岩凹凸多き地勢にて、をちこちに我が残存一行の命を護るに適せる岩窟、また岩庇などあり。昼の間は、それら岩場にて退避するにしかず。日没の時を待ち、夜陰に乗じて静かに進発するを策す。

名簿にて確認されたる生存者の数は、わずかに二十数名のみにて、半数以上が者、既にして命を失はれにしならん。かの勢ひよき八十老爺も、六歳なる少女ともども姿を見せず。辛くも命長らへし者たち、しばし憩ひて岩根を枕とす。未だ目を閉ぢざりし者もあれど、物言ふ力なきが如く、ただ黙しつつ茫然と臥し居るのみ。我が傍らに横たはりし者の名さへ知らざれども、ただ邦人なりとの一筋の血のつながりを安堵のたよりにして、互ひの肌を接し合ひて添ひ臥せるなり。

しかれども、油断はわが隠れ所にありて、いつしか賊の察知せるところとなり、我らが気付きし時既に遅く、四辺をば賊の手の者に囲まれたりき。如何にせんかと思ひ迷へど、逃るるに道なく、敵に抗して進まざるべからず。我らは裸同然の身なれば、奪はるる物とてなし。賊の狙ひは、我らが衣服と女ならん。男に混ぢりて、わずかに生き残りし若き婦女の貞操の危急、ここに迫れりけり。

進退窮まりて、行ひを躊躇せし折り、雄叫びの声諸共に賊の一団我らに襲ひ掛かりぬ。我らも防戦せざるを得ず、手にしたる棍棒・木遣り、振りかざして敵に応じにけり。あらがひつつも、非力なる女たちは強引に手足を取られて、泣き喚けども拉っし去られたり。男たちも、賊を追ひて女を助けんと思へども、目の前に迫る当面の敵に応対するがいそがはしく、身動きすらままならざりき。「殺して、殺して…」と叫ぶ声、たちまちにして遠退きぬ。

もとより死は覚悟の上なれども、一縷の命なりとも全ふせざるべからず。わづかに十一名となりし我らは、洞窟の内に篭もりて、敵の囲みを突破するすべを謀り合ひつつ時を過ごすうちに、幸ひにして夕刻は近付き、我が逃走に便あらん頃合ひとはなりぬ。賊は四方に居れども、その総数およそ三十名なりて、正面を塞ぐ者の数はたかだか十数名なるのみ。即ち我らとほぼ同数の敵なるべし。

薄闇迫る時、我ら敢然と行動を起こせり。一気に穴を飛び出し、坂を下り、石を投げ、棍棒を振り回しつつ進むに、さすがの賊もひるみて、道を我らに譲りにけり。なほ追ひすがる敵は、木遺りにて腹を貫きつ。我も必死なり。相手をやらずんば、己殺されるべき時なれば、躊躇ひあるべからず。先手必勝の策にて、鋭く攻めざるを得ず。腕に篭めし一突きの力、これ渾身の勢ひなるべし。はからずも我が身に降り懸かりし忌まはしき巡り合はせによりて、人を殺すを避くることあたはざる時来たれりけり。我、賊の返り血を浴びて、全身に生暖かき血の感触を受く。倒れし敵の死体を踏み越えて、ただ無我の中に迷走す。気付きし時は、暗き山中を、目的とすべき物とてなく、方位を失ひしまま放浪せり。長春への道は定かならざれども、今はただ賊の手にかかるを避くるにしかず。足の赴くままに、ひたすら進むのみなり。いつか仲間ともはぐれて、周囲に人の気配もなく、かつてはこの地は虎の出没せる所との書物の記述を思ひ出し、改めて心細くなりぬ。闇の中に埋もれ、進むことあたはざりし時、道を逸れて松の根方に体を寄せて一夜の仮の宿りとす。

○月　○日　　曇後小雨

朝になりて仲間を求むるに、数人に再会し得たり。抱き合ひて、互ひの無事を喜びつ。ここに至りては、生き残りし者六名、成人男子のみとなりて、老人はもとよりのこと、女子供はことごとく行方知れずになりぬ。当初は五十余名を擁せし集団も、老爺嶺なる山一つを越ゆる間に、大半を失へり。残りし者の中には、一名は精神に異常きたせし様にて、道中に彼の姿を見出せし折り、彼の手中に肉塊らしき物ありき。そばに寄りてつぶさにこれを見るに、そは人の太股の一部なりき。口元に血の滴る跡のあるは、人肉を食せし証拠なるべし。親しき者、彼をば諫めつつ肉塊を取り上げ、土中に埋めにき。泣き叫びて、さながら幼児の如く地団駄を踏む彼を、親友も慰むるすべを知らずして、ただ茫然として立ちたるのみなり。身体に損傷のなけれども、言語おぼつかなくて、時として大笑するに、その意味定かならず。虚ろなる笑声、我が胸奥に残響を帯ぶるを避くるによしなし。

岩山を下り来たりて、やうやう平地に至り、農家の散在せる辺り近くに野宿し、久方ぶりにくつろぎぬ。玉蜀黍畑に犬の吠ゆる声の響きて、それに重ねて羊の鳴く声も微かに聞こゆ。そは人家の近き徴《しるし》にして、我らの恐怖をして柔はらかに包みぬ。鬼に比すべき賊の住む地を逃れ、平穏なる里に身を置くを得たるを感じつつ、我人と共に手を取り合ひて、難き命儲けてここに至りしことを祝し合ひぬ。

改めておのがふうていを見るに、体、はたまたは衣服に血痕を残さざる者ぞなき。偶々道のそばに小川あり。流れは細く急流なるがゆえ我らその流れに身を沈めて、汚れを清めることさへかなはざりき。小川に横に横溝をほり、水を溜めおきて衣服を水につけて繊維に沁み入りし血痕、いささかなりとも消さんと試むるもはかばかしき成果はなし。

闇夜のつれづれに、あるひとの語るを聞くに、かの虚ろなる笑ひを漏らし居りし男、山中にて妻子をば眼前にて殴殺されしとのことなり。それかあらんか、地に伏して眠りし折り、彼譫言《うはごと》に妻子らしき者の名をば呼び続けり。彼のぶら下げし肉塊も、あるひは妻子のものならんか。もとより確かむるてだてはあらず。

夜中に白雪降りしきりて、一行の者、道を離れ、近くの林中に避難す。巨大なる榧《かや》の木に凭れ、雪の恐ろしきは賊の怖きに比ぶべくもあらずと語り合ひぬ。まことに賊の凶暴なる様は、人喰ひ虎の猛々しきにも勝れるならん。激しきシベリア颪の音を耳に、榧の根を枕にして、今は遠く隔たりし横道河子《ほんどうほず》の地を回想すること頻りなり。父母兄弟の身の上の安否を慮る。消息の絶えて久しきに、彼ら親族の行方も知れずなりぬ。聞かば牡丹江より横道河子に至る辺りは、ソ連軍の襲撃を受けて、ことごとく破壊されしなりとのこと。

疲れし身の眠りを欲せしも、寒さ厳しき上に、頭のみ冴え返りて寝られず。とにもかくにも、生き延びるを得たらん暁には、何如なりとも強く生き続くるにしかず。我が前途の多難を思ひつつも、明日の陽の輝くを信じ、我が思ひ抱きし思想のため、我が親族《はらから》のためにも、命を全うせんと、我固く決意せり。眼前の闇中を、氷雨はなほ蕭々として降り継げり。

第15章　春節吉報　ソ連軍撤退

当時のソ連軍票と満洲銀行の紙幣

中国人の家々には、赤い春聯が門口の両側に張られ、賑やかな旧正月が巡ってきた。街中が爆竹の小刻みで乾いた破裂音に包まれている。

ある日、ぼくは吉野町から大冶街へと歩いて行った。通りへ出ると、市場では普段よりも品物が豊富に売られ、派手な色彩の〈絵神〉を立て掛けた店や、爆竹の束を重ねた屋台などが見られる。大冶街には盗品市場があり、道路の両側を埋め尽くして、洗面具や食器から便器や揺籃、棺桶に至るありとあらゆる新古の品々が並んでいる。威勢のよい売り子の呼び声……。花火のはじける音に混じる鉦や太鼓の音……。むせ返るような香料と油の入り交じった匂いと、耳を聾する喧噪に渦巻く市場だった。この春節が過ぎれば、長かった冬将軍の支配も、徐々に弱まるはずだった。

雪解けの春には、良い知らせがちらつき初《そ》めていた。情報通の田端上等兵の観測によれば、三月には引き揚げが始まるとのことだった。そのためには、第一段階として、ソ連軍の完全な撤退があり、第二段階としては蒋介石率いる中央政府軍の安定した統治が必須だった。しかし、中国の内政状況は国共合作が破綻していて、毛沢東率いる共産軍の勢いが侮れなくなっている。期待と不安とが綯い交ぜになって、避難民の気持ちを不安定にしていた。何か気持ちを和ませたり、少しでも現実から離れられるような娯楽があればいいのだが、避難民にはこれといった楽しみごとはなかった。

それでも、子供限定の「娯楽」は一つだけあった。夜になると天井裏の〈棺桶〉の中では、田端が得意の歌を歌って、子供たちを楽しませていたからだった。「田端劇場」と呼ばれているほど、木材会館の内部では有名だった。次の番の子供が待ちきれずに縄梯子を上り、天井の蓋を開けて奥を覗くので、その隙間からこぶしの利いた田端のテノールが、下の広間まで落ちて来た。彼は口笛の他に、ヨーデルも得意だった。〈ユーレイ・ユーレイ・ユーレイティー〉と陽気な裏声が響く。いくつかの童謡や歌謡曲に混じって、『誰か故郷を想わざる』の曲も聞こえてくることもあった。「そんなに声を出せば、腹が減るだろうが」と誰かが注意すると、田端は次のように答えた。「自分は夢中で歌うから、現実が忘れられる。ひもじい時こそ、せめて歌うのさ」

その頃、波子と陽子の母子が、突然木材会館からいなくなった。まるで夜逃げでもするように、真夜中にひっそりと姿を消した。どこかへ旅行に出掛けたのかもしれないと噂する者もいたが、それならば親しくしている英子や隆子に、何か連絡があるはずだった。高橋父子が、事情を知っているのかもしれないと思い、父と母がタチヤーナの家を訪ねてみることにした。それにはぼくが関わり、湖畔のバラックまで、父たちを案内した。

三人の予期せぬ訪問に、省三は驚いていた。そして、ぼくにとっての衝撃は、タチヤーナの不在だった。しかもターニャの不在と陽子母子の失踪には接点がなかった。ターニャは貧血検査のために病院に行っていたのだった。

「これは、もしかすると、ブーニンが関係しているかもしれないよ」と省三が言った。ブーニンは木材会館のダンスホールの常連で、陽子と親しくしていたロシア人将校だった。実はぼくも二人の親密な関係については、少し心当たりがあった。「できれば結婚したい」と陽子がぼくに打ち明けていたことがあったが、「まさか……」。ぼくは冗談だと思っていた。

波子が「十二歳では、早すぎる」と言って反対していたはずだった。

直ぐに四人は長春駅まで行ってみた。綏芬河《すいふんが》行きの列車がホームに停まっていた。四人は手分けして、客車の中を捜した。構内はソ連へ引き揚げて行こうとしているロシア人でごった返していた。ロシア語が渦巻くように辺りに反響していた。

「発見したぞ」と叫ぶ省三の声が聞こえてきた。ベンチで泣いている母子が見えた。陽子がブーニンにしがみつき、ブーニンは戸惑っているようだった。波子はヒステリーを起こし、持ち物を娘に投げつけながらわめいていた。「おまえがいなくなれば、私はどうなるの」

「修羅場だな」と方平が言った。

ぼくら三人は、どうすることもできずに、数メートル離れた柱の陰に身を潜めるようにして見ていた。

「どうすればいいの」と英子も戸惑っていた。問われた方平の方は、馬鹿に落ちついていた。

「わるいけどさ、波子の発作が治まるまでは、見ているだけだよ」

陽子は目を腫らし、ベンチに倒れていた。波子の手に持つ革の鞭がブーニンを打った。

「止めてください、暴力は……」。青くなって身を低くし防御の姿勢を取っているロシア人は、顔面に吹き出た鼻血をハンカチで拭いながら、省三にロシア語で何か訴えている。

「陽子ちゃん、ママの言う通り十二歳では結婚できないよ。少し冷静になって、今はソ連行きを諦めなよ」

「そんなことできない。今、ブーニンをはなせば、私はゴミ屑みたいに捨てられる」

「ソ連へ帰国して、しばらく様子を見てから、ブーニンに迎えに来てもらえよ。彼は約束すると言っているんだからさ。チャンスはまだあるよ」と省三が説得していた。

「親を見捨てるつもりなら、私はこの列車に飛び込んで死んでやるよ」。波子は喚きを止めなかった。彼女は阿修羅のように目をつり上げて暴れていた。「親を何だと思ってるんだ」

この件はいろいろともめたが、列車の進発とともに強制的に終熄され、ブーニンだけが、動き出した列車に飛び乗り、ソ連へ帰って行った。

波子と陽子は抱き合って泣いていた。陽子は顔中口にして号泣していた。涙が噴水のように溢れていた。

「やれ、やれ」と省三が呟いた。

「辛苦了（シンクーラ＝ご苦労さん）」と方平が呑気な声で言った。

ぼくはぼくで、貧血検査に行っているというタチヤーナのことが気がかりだったので、波子と陽子のことは、あまり関心が無かった。

興安嶺から吹き下ろす春の嵐は、激しい雨を伴って、突然人を襲った。波子親子の場合のような人事に関する悲劇的な別れだけではなく、邦人の内地引き揚げの可能性のような、希望の光が輝くはずの三月になっても、特に変わったこともなく、大方の期待を裏切り、本土帰還の話も蝋燭の火がとぼるように立ち消えになっていた。避難民は心がしぼみかけていた。女たちは寝込み、男たちはアルコールづけになる。思考停止ができない者は、狂いそうになった。

それでも、少し動きが出たのは下旬になってからのことだった。ソ連軍の撤退が完了し、旧関東軍司令部の建物（註・名古屋城に倣って建てられた鉄筋六階建ての建造物）に翻っていたソビエト連邦共和国の国旗が消え、代わって青天白日旗が青空に泳ぎはじめた。

それからしばらくすると、旧満洲軍を改編した一個師団の国民党の軍隊が、静かに長春市に入城した。噂によれば、その軍隊の中には、〈緑林〉と称されていた匪賊の一団も加わっているとのことだった。寄せ集めの集団であり、軍隊らしい整然とした統率には欠けているようだと河村班長がプロの目で推定していた。信頼する伍長の言うことなので、ぼくらもそれを信じた。

そのためなのか、市内の治安が乱れがちで、各所で略奪や暴行が行われ、それを取り締まるべき警察や軍隊までが、商人から賄賂を取ったり、脅しや強盗まがいの非行を重ねていた。こうなると、邦人の夜間の外出は危険だった。

幹部会の要請を受けて、兄は午前中だけ会館の委託販売の仕事を手伝っていた。その頃、ロシア人が本国へ引き揚げてしまい、店の上客が激減していた。金持ちの中国人を客として確保し、彼らの財布の紐を弛ませなければ、会館の経営が危うくなりそうだった。中国語に堪能な兄は、その点で役立つ人物になった。行動力のある彼は、よく外出して客を連れて帰り、店を賑やかにした。

しかし、午後になると、別の〈仕事〉のために、兄はほとんど会館を離れていた。表向きには病院での奉仕活動に従っていることになっていたが、実際にその〈仕事〉を見た訳ではないので、ぼくには兄の活動の内容までは分かりかねた。とにかく三月は第一段階のソ連軍の撤退だけで終わり、第二段階への展望は開かれず、細々ともっていた希望の火は風前にあった。

ある日のこと、突然省三が木材会館に顔を出した。ぼくの顔を見ると、「娘から」と言って、畳一枚ほどの大きな絵を差し出した。「これを喫茶室に飾って欲しいそうだ」

その絵には横道河子の駅舎が描かれていた。喫茶室では大きすぎるので、天野理事長の許可をもらって、玄関正面の壁にそれを掲げた。

「迫力のある絵だな」と理事長が唸った。「天才だよ、ターニャは……」

その画面に浮かび上がっている駅舎の様子は、ぼくらが見慣れたものだった。駅舎の前の白樺並木の一部も描かれていた。哈爾浜から綏芬河まで走る列車が、今にもプラットホームに入って来そうで、蒸気機関車の吐き出す蒸気も見えそうだった。

ぼくはタチヤーナが父親と連れ添って現れないのを、不審に思った。

「ターニャは元気なの」とぼくは省三に尋ねた。

「元気だよ。こんなでかい絵が描けるほどだから……」


四月になると、早々に避難民仲間からのある風説が流れ出した。それは国共対立の情勢に関するもので、国民党軍の長春統治も長続きはしないだろうという観測だった。もっとも、当時は出所不明の様々なデマが飛び交っていて、信頼できるような公正な報道機関もないために、何を信じたらよいのか分からない時代だったが……。吉林の郊外で、旧関東軍の残党が国民党の軍隊と交戦しているという話から、撫順《ぶじゅん》や敦化《とんか》の日本人が全員銃殺されたとする噂まで、色々あった。そして、火のないところに煙は立たないという言葉の通りで、具体的には知り得なくても、各地から長春に流れ込む人々によって、切れ切れの噂が厚い衣を纏ってあらわになった。戦争は終結していたのに、地域的な闘争は確かにあったのだった。

また、先述の長春統治に関する風説は、むしろ日を追って強くなって行くばかりだった。共産八路が入城すれば、邦人の内地引き揚げの希望は、雀蜂の群れに襲われた蜜蜂の巣のように吹き飛んでしまう。

やがて、奉天が八路軍の手に落ちるに及んで、その情報はより確実なものとなり、既に風説の域を越えていた。地理的な状況からみて、奉天の次は、間違いなく長春だった。そのせいか街中がどことなく慌ただしくなる。庶民は敏感だった。買い物を急ぐ人や、品物を荷馬車に乗せて売りに来る商人の言動が、普段と違って落ち着きをなくしている。食品の買い占め競争が激しくなり、米や麦はもちろんのこと、高粱や粟、黍や玉蜀黍、それに野菜類の値段までが、日々に高騰を続けた。これは、貧しい避難民には、非常な痛手になった。間もなく街の辻々には、土嚢の山が築かれ始め、いよいよ臨戦態勢の緊張した雰囲気が醸され出していた。

砂混じりの風の吹く早朝、まだ寝静まっている木材会館の廊下を、数人の男たちが靴音を響かせながら早足で歩いていた。二階の広間のドアが押し開かれ、天野理事長を先頭に、国民党軍の将校と旧日本軍の軍服を着た中年の日本人が並んで続き、それから少し離れて、小銃を肩に掛けた護衛の兵士が三人、次々に入って来た。騒々しい軍靴の音に、難民は朝の夢を破られた。天野が軍人を連れて現れるとなれば、尋常のことではなかった。欠伸《あくび》をこらえながら、ぼくたちは布団の上に半身を起こして身構え、急な来訪者たちの方を見つめた。

「諸君、早朝から起こしてしまって申し訳ないが、緊急なことなので勘弁してもらいたい。寝たままでもいいから、全員耳だけは傾けて下さい」と天野理事長が切り出した。

まだ辺りは薄暗く、数メートルも離れれば、他人の表情も分からないほどだった。うねりを帯びて吹く強い風に、敏感な窓枠や天窓の一部が、絶えず音を立てていた。天野が軍人たちの紹介を終えると、国民党軍の将校が早口の中国語でしゃべり出した。それを傍らの旧日本軍の将校が、状況説明を兼ねて通訳をする。

「自分は関東軍の陸軍少佐であった者だ」と東條髭《とうじょうひげ》（東條元帥がたくわえていたひげ）をたくわえた通訳は、しわがれ声で言い、深く息を吸い込むと胸を張って言葉を続けた。「残念ながら奮闘空しく日本は敗れてしまった。そして、我々は今や国民党軍の捕虜として、この長春に住まわせて貰っている。したがって、諸君の命も、この国民政府軍司令官の手中にあることを、まずよく認識されたい」

ぼくは男の声を頭の中で反芻していた。特に気になるのは、〈長春に住まわせて貰っている〉というくだりだった。

「もし共産八路軍が長春を占拠するような事態になれば、これまで営々として積み上げてきた我々の祖国への帰還運動も挫折を余儀なくされてしまう。したがって、共産八路は国民政府軍の敵であると同時に、日本人の敵でもあると確信する者である。そこで、この国府軍の司令官が、わざわざここに来られて、諸君等に親しく接し、協力を要請されたのである。つまり、今夜六時までに、この木材会館関係者の中から男子十四名を義勇兵として出さねばならない」

息が絶えたように、広間全体が静まり返った。しばらくの間、咳ひとつ出なかったが、その緊張は突如泣き出した幼児の声で破られた。あちこちから、それを契機に、押し寄せる漣のような囁き声が聞こえてきた。関東軍の敗戦将校の三段論法には、かなり強引なところがあった。ただ、難民の内地帰還問題についての指摘は的を射ていて、しかもそれこそが邦人にとっての最大の関心事でもあった。アメリカが日本海の海上権を制している以上は、そのアメリカと手を組んでいる蒋介石の軍隊の統治下にいないと、帰還運動は進展しない道理だった。その弱味を衝いて司令官は義勇兵の選出を押し付けてきたのだった。

天野は用意周到な人物で、旧関東軍将校の話の後を受けて、既に秘密の幹事会で決定していた十四名の氏名を呼び上げ始めた。その中には、兄・芳樹と河村、秋山、田端の三人組も含まれていたが、既住者側からは例の厨房部長の太田のほか二名が入っているだけだった。明らかに幹事会の決定には偏りがあった。父や省三が幹事を辞めた頃から、既住者側の意向が幹事会で露骨に表出されるようになり、その分、新市民（避難民）側は立場の不利をもろにかぶることになっていた。身分差別とまでは言えないまでも、貧富の差による厳然とした位置づけが、旧市民の側から新市民側へと、当然のことのようになされているのだった。天野に対して、二、三の不満の声が上がった。母も抗議をしたひとりだった。

「十四名中、十一名が新市民から指定されるのは不当ではありませんか」と母が抗議した。

「おっしゃることはわかりますが、年齢とか家族構成を配慮した結果、やむを得ずこうなったのですよ」と天野が答えた。理事会の決定は不変の結論だったのだ。

「明らかに不当です」。母は食い下がった。「不公平の見本じゃあないですか」

「結果的にそうなったが、三十代と二十代後半のほとんどがいないという年齢バランスの悪さのために仕方なかったのです。申し訳ないが、適齢者が少ない現状を考えて、なんとかお認め下さい」

「蒋介石のやり方に皆が賛成している訳ではないですよ」と芳樹が抗議した。

「しかし、八路軍はテロ集団だよ」と旧関東軍の将校は言った。

「むちゃくちゃな決めつけはやめて下さいよ」。芳樹が言葉を返した。

「テロ集団が長春に入れば、祖国が遠くなるぞ」

そこで、また避難民たちが騒ぎ始めた。

「静粛に」と天野が叫んだ。「早く内地へ帰るためには、我慢が必要なのですよ。我慢というのは犠牲に近いことになるが、そこを曲げてお願いしたい。これは命令です」

個人の明暗の差は歴然たるものがあるのに、総体から見ればわずかな〈暗〉は、圧倒的な数の〈明〉の蔭に隠れ、やんわりとオブラートで覆われてしまう。義勇兵に選ばれた十一名とその家族は、重苦しい気分に沈み込んでいたが、その他の人々は自分や家族が難を逃れたことだけを喜んでいた。そこにも天野の計算があったのだろう、少数の憤懣は多数の安堵の海に沈んでしまった。

「弾避《たまよ》けじゃあ、たまんねえなあ」と秋山がぼくの兄に向かってぼやいた。

「二つ欲しい命だね」。兄はそう言って、少し笑った。

「どこへ連れていく気かな」。天井裏の〈棺桶〉から急遽降りて来た田端が、兄に訊いていた。

「分からない」

「たまらなく切ないな、これは」と田端が嘆いた。

中国の内戦、それは邦人には関係のない戦争であるはずだから、日本人がこの内戦に引っぱり出されて、〈弾避け〉にされるのは、どう考えても理不尽なことなのだった。ぼくらは（日僑俘）として国民党政権の元で生きていた。俘虜は権力の指令に従わなければ保護されなくなる。ぼくたちは、いわば（奴隷）に近い立場だった。

「全くついてねえな、いつでもおれたちゃ戦争の端役なんだで……」と田端が言った。

「それじゃあ、主役は誰だ」と兄・芳樹が訊いた。

「戦争を起こした国の最高責任者さ」。傍らから秋山上等兵が答えた。「白馬に乗って威張っていた大将軍なんだがさ、彼は影武者か操り人形かなんかな」

「田端上等兵を赤紙一枚で故郷から呼び出したのは、いったい誰なんだ」

「難問だな、それは……」。田端が笑ってごまかした。

その時、父が布団の中に潜り込んだまま、何か頻りに呟き出した。ぼくがその布団の縁を少し捲って、何か意見があるのかどうかと尋ねてみた。

「芳樹は気の毒だ。老爺嶺で九死に一生を得たのに、またここでやられるとは……。死なずなくてもいい所で、死ぬかも知れないとはな」

「そんな言い方やめてくれよ」とぼくが言った。

「やめてくれったって、やめてくれる相手じゃないんだからさ、とにかく逃げるんだぞ。逃げられるだけ逃げろ」

父はぼくの言葉をねじ曲げて受けていたが、それが意識してのことなのかどうかは分からない。傍らで兄は笑っていた。笑っている場合ではないとぼくは思った。

姉があちこち飛び回って、弟・芳樹のために集めてきた高価な米を、母が高粱の中に混ぜ込んで昼食を作った。慌ただしい食事だったが、家族全員がそろって食卓を囲むことができた。とても静かな食事だった。口数が少ないのは、家族のそれぞれが言葉に詰まっているせいだった。食事が終わり、花茶を飲んで、幾分かくつろいだ時間があった。

「ボタンの掛け違いになったな」と芳樹が言った。

左翼の活動家でもある兄は、共産八路軍に荷担するのならともかく、蒋介石の中央政府軍に協力するために引っぱり出されるという矛盾した立場の困難に直面して戸惑っているはずだった。周りの家族も、何となく遠慮し合っていたが、父だけは、その中で少し異質な存在で、相変わらず独り言じみた言葉を吐いてみせていた。

「今日の飯はうまかったぞ。米の顔も見えたもんな。いいことだらけだ」

「何をつまらんこと言ってるんです」と母がたしなめる。

「何だか葬式みたいだな」と父が口走った。「それとも、最後の晩餐かい」

「変なこと言わないで……」。姉が父の脇腹を突ついた。

ぼくの家族は父を責めるようなことは何も言わなかったが、関係のない他人は辛辣だった。

「方平さんは変人なんだよ。名前が方平だから、曲がったことは嫌いで、頑固で融通が利かない」

ぼくから見ると、確かに父は頑固だが、とぼけるのも天才だった。

「俺のことをカタヒラなんて呼ぶ奴とは付き合えん。万平《まんぺい》も困るんだ」と父が言ったことがあった。そう言えば、長野高校の卒業名簿には、確かに「山本万平」とある。父は腹を立てている。「そんな杜撰な名簿は買うもんか」

「そうだったな」と父が答えた。「考えてみれば、まだ昼だもんな」

父子の言葉には軋みがあって、波長が合わないままだった。


義勇兵とはいえ、銃火に身を晒す以上は、命を賭ける覚悟をしなければならないはずなので、夕刻まで、兄は有効に時間を使う必要があるようだった。彼は親しくしていた知友との連絡に出掛け、ぼくが気付いた時には、既に木材会館から消えていた。

ぼくも兄の気持ちを察しているうちに、落ち着かなくなり、何となく人通りの疎らな長春市街をぶらついていた。内戦の近いことを察知して、街路を行き交う人々の足取りが慌ただしくなっている。街角のあちこちで中央軍の兵士が、シャベルやツルハシを振るって、塹壕を掘っている。時間の刻々の経過が、背後からリズムを刻んでぼくの歩みをせかしているかのようだった。小路に踏み込んでみても、普段ならば子供たちの遊ぶ姿が賑わしく見られるはずだが、今はすっかり消えてしまい、息を詰めているようにひっそりしていた。郊外に至ると、町中《まちなか》とは異質の奇妙な静寂が辺りを占めていた。それは、平穏とは性質の違う底なし沼の静けさに似ているが、それもほんの一時のことで、夕刻が迫る頃には、銃声が市街の各所から頻りに聞こえ出した。

嵐が納まった。真冬とは違い、既に四月なので、風は穏やかだったが、空気がいつもより張り詰めている。ぼくは躊躇《ためら》わずに南湖の方へ足を伸ばした。黒い影のような何かに追われているように街路を駈け抜けた。南湖のそばのバラックに着く頃には、息が切れそうになっていた。ドアに取り付き、ノブを回すと、開いたドアの内側に、ぼくは倒れ込んでいた。

「あっ」。タチヤーナが編み掛けのセーターを取り落として、ぼくを見た。

「誰かに追われているの」。彼女は後ろ手にドアを締めた。「落ち着いて……。説明して、何かあったの……」

ぼくはかいつまんで朝からのいきさつを話した。タチヤーナは、黙って頷きながらぼくの目を見つめていた。窓の方を見やると、そのガラスの表面には、まだ昨夜来の氷の結晶が菊の花模様のように残っている。

「それは大変ね」。タチヤーナが言った。「何だか手負いの鹿みたい」

時間が止まっていた。タチヤーナも言葉に詰まっている。

気が付くと、彼女の睫の先が濡れているのが見えた。

「手負いと言えば、私たちも同じね」

なぜかぼくは、どこかもの悲しいような感じがしていた。

「八月十三日、あの日で私は死んでいたのよ、きっと……」

砲声が鳴り響き、辺りのしじまを引き裂いた。木材会館とは違って、壁の薄いこのバラックは、その炸裂音に建物全体が共振して揺れた。それは戦いの時が迫っていることを知らせる音だった。

「芳樹さんは気の毒ね」

「内戦に巻き込まれれば、ぼくたちも危ない。壁の薄いここは特に危険だから、頑丈な木材会館へ帰ろうよ」。ぼくは窓の外の空を見上げながら言った。絹糸のように艶のある雲が足早に流れ、ほんのわずかな間、太陽を隠している。彼女の青白い顔に、カーテンの翳りが映った。

「帰れないの」

「なぜ帰れないの」

「それはね、それは秘密」と彼女は少し微笑みながら答えた。

その時、ぼくは父から聞いていたことを思い出した。彼女の口にする「秘密」の意味を慮っていた。

「もう帰らなければ……」とぼくが言った。

彼女は両手を差し出して、ぼくの右手を包むように握った。

「もし戦争になっても、絶対に弾に当たらないようにして……」

「ターニャもね」

「私は……」とタチヤーナが語尾をぼかした。

タチヤーナはぼくの手を放すと、紺色のスカートの裾を翻して立ち上がり、部屋の隅の木箱の中から一枚の写真を探し出すと、またぼくの前に戻って来て、それを渡して寄こした。彼女が母親・マリアと一緒に教会の前で笑いながら立っている写真で、彼女の足元には護身犬のボルゾイが横長に寝そべっていた。写真の背景には、確かな生活があり、かつての平穏な時間の姿が見えた。ボルゾイの位置は違っているが、彼女が二回「絵」に描いた絵柄に近かった。

「あの頃に戻れたら」とタチヤーナが言った。

「でも、過去に縛られ過ぎはいけないな」。ぼくは、彼女を励まそうと思って言葉を選んでいた。「これから、いいことも、きっとあるから」

ぼくは写真を彼女に返した。

テーブルの上に薔薇の花が置いてあった。

「これ、陽子が作ってくれたの。造花だけどきれいでしょ」

「あの陽子が……」。そこで陽子とブーニンの別れのシーンを思い出していた。淋しい時に、淋しい話をするのは憚られたので、その別離の悲劇については何も言わなかった。
あたりが薄墨色に染まってきている。ぼくは彼女と握手を交わしてから、その部屋を離れた。タチヤーナの視線を背中に感じていたが、ぼくは小走りになり、後ろを振り向かないようにした。〈ダスビダーニャ〉〈ダスビダーニャ〉という言葉が繰り返し追いかけてくる。それは「あ」とか「え」などの母音とは違うが、何となく寂しげな風の囁きに似ている。銃声が市街の各所から頻りに聞こえてくる。気のせいか空気がいつもより張り詰めているようだった。ぼくは急いで木材会館まで引き返していた。

長春の市街は、俄に沸き立っていた。二階の窓から見ていると、幅広の弾帯を腰にぶら下げ、重たげな綿入れ服に着膨れた政府軍の兵士が、慌ただしく街路を行き交っていた。その時、気が付いたことだが、兵士のほかには一般の市民の姿は見えなかった。

長春市街に夕闇が迫る頃、選ばれた義勇兵十四人が、木材会館の裏庭に集まっていた。ぼくも兄の後について外へ出た。出発の時間は、もう間近だった。ビルの窓のあちこちから、暗幕や鎧戸をわずかに開いて、一行の無事を祈る蝋燭の灯を掲げた人々の顔が覗き、その炎の揺らめきがガラスに反射して煌めいている。祝祭めいたその光景を眺めていると、ぼくは横道河子のクリスマス・イブを思い出していた。まだわずか一年と数ヶ月前までは現実のものであったことが、既にセピア色の過去の額縁の世界に遠のいている。

母がゴム長靴を引きずりながら一階のボイラー室の出入口から裏庭の古井戸のそばへ出て来ると、その後ろを追うように天野理事長も現れ、二人は兄たち義勇兵の一団に近付いた。母が、手に提げたザルの中から握り飯を取り出し、義勇兵たちに配り始めた。

「こりゃあ豪勢だな」と田端が叫ぶように言った。

「これがまさか冥土の土産になるべきか」。太田が軽い口調で母に言った。

「フトッタさん、縁起でもないこと言わないで……」と母が答えた。「元気を出して頂くための力飯なんですよ」

「これで、会館も〈アフリカの夜〉になるな」

「〈アフリカの夜〉って……」とぼくが訊いた。

「暗いんだよ。子供たちががっかりするほどにな」

「そうか」。兄が言った。「人気者二人が消えるからな」

「目に見えるようじゃないか、火の消えた会館が……」

「しばらくの間ですよ、それは……。皆無事で帰って来れば、元の通りになりますから……」

と母が言った。

ぼくは母の後について回った。選ばれた義勇兵の中には、よくしゃべる田端タイプの人と、無口な河村伍長タイプの人とがいた。秋山上等兵も後者の型らしく、誰が話しかけても黙り込んでいるばかりだった。「外」のことより、彼自身の内心を見つめているのかもしれない。

「子供はもう中に入ってなさい」。母がぼくをたしなめる。

「十一歳は、もう大人だよ」。〈子供〉扱いされたことが、腹立たしかったのだ。

「ほら、お余りだけど……」。母は急にむくれたぼくを宥めるつもりか、握り飯をくれた。

それを食べながら、ぼくはぼんやりと横道河子のことを考えていた。〈アフリカの夜〉ではないけれど、ぼくにも先が見えないのだった。窓に映る蝋燭の灯も細々としていて、風が吹くと焔が靡いて消えかける。それはぼくの希望の在処《ありか》を示しているかのようだった。

笛が鳴った。集合の知らせだった。空のザルを抱えた母が、兄の方に近付いて行った。

「お父さんじゃないけど、逃げるのよ、とにかく……」。薄闇の中から母の囁く声が、そよ風に乗り、ぼくの耳元を掠める。「どうせこの戦いには正義はないんだから……」

その時、ひとりの老人が蹌踉めくような足取りで兄に近付き、何か話し掛けている。ぼくが目を凝らしてよく見ると、それはチフスの脳症に苦しむ西田部長だった。

「兵隊さん、ご苦労さんですが、内地へ帰ったら、くれぐれも天皇陛下にはよろしくお伝え下さいよ」

「はい、はい」と兄が答えた。

「早く引揚船を出して、われわれ邦人を助けてくれるように……」

「しかし、畏れ多くも、もし陛下が処刑されておられたなら、われわれはどうなるのかね」

「はい、はい」

「大丈夫ですよ」と母が西田に向かって言った。「いつかは、内地に帰れるんだから……」

義勇兵たちは河村を班長に選んで、その指示通りに整列した。既に互いの顔がぼんやりとしか見えない。

「きっと帰って来るから……」と兄が言った。

「心配しっこなしだよ、お袋さん。この田端を信じて待ってて下さい。自分はつい先日までは職業軍人でしたから、お宅の大事な素人息子に怪我などさせるもんかね。大丈夫、任せて下さい」。田端が横からそう言った。

一団は黒い塊りになって会館の裏口から外の街路の方へ歩き出した。ぼくは、黙ったまま出て行く兄の丸い背中を見送っていた。

義勇兵が出発すると直ちに木材会館の内部でも慌ただしく内戦に備えての作業が始まった。窓という窓には目張りを施した上に、ガラスには和紙を張り付けた。暴徒の侵入に対処して、表と裏の玄関は、鉄の二重扉を閉めた上に、シャッターが下ろされた。それから畳や家具、アンペラやシートなどを重ねて窓枠を覆い、流れ弾を防ぐ準備を怠らなかった。

「ターニャは大丈夫かな」とぼくは心配になった。あのバラックでは、流れ弾でも防げそうにないのだった。先刻別れ際にタチヤーナと交わした〈ダスビダーニャ〉という言葉が思い出された。

「ここに連れてくればよかったのに」とぼくはひとりごちていた。

内戦がどのぐらい続くのか分からない。地下室には水や食料など、二十日分を貯蔵してはいたが、戦いが長引けばどうしようもないのだった。

暗くなるにつれ、銃声が高まった。ぼくは僅かに残してある三階の窓の覗き穴から、時々外の様子を見ていた。母から窓の傍を離れるように注意されていたが、聞こえない振りをしていた。何人もの中央政府軍の兵士が重い弾倉をぶら下げたまま街路を行き来していた。その動きに落ち着きがないのは、臨戦態勢を整えるためではなく、ただ逃げまどっているだけなのかも知れない。寄せ集めの軍隊の脆さがもろに出ているようで、既に軍隊としての統率を失っているようだった。一般の市民の姿が殆ど見られなかった昼間の場合とは違い、夜になると、不思議なことには、戒厳令が敷かれているのに、それを無視して市民が走り回っている。治安が乱れている証拠でもあり、いつそれが暴徒化するか分からない状態なのだった。

夜半過ぎには、絶え間なく銃声が鳴り響いた。小銃だけではなく、機関銃の連続する音もして、闇を線状に赤く染めて、流弾が飛び交い出し、それがビルの壁や街路樹に当たって、〈パシッ、パシッ〉と鈍い音を立てている。時折り魚雷のような形の迫撃砲の弾が回転の軌跡を示しながら中空を飛んでいるのが見える。照明弾が打ち上げられ、青白い光が辺りの建物や樹木を浮き出した。お化けの出そうな怪しげな風景が演出され、訳の分からないドタバタ劇を見ているような妙に賑やかな夜だった。大人たちは床に体を横たえてじっとしていたが、邦子など幼い子供たちは、普段と違った様子に興奮して、部屋の中を走り回り、大人の制止を聞かずに、やたらに黄色い声を上げていた。銃声を花火と勘違いしている子供もいるようだった。ぼくは、そんな〈子供〉を少し馬鹿にして、自分ではもう大人なのだと思おうとしていた。森崎正一郎と佐竹陽子がぼくのそばに来て、やはりタチヤーナ・高橋の心配をしていた。

「なぜ、ここを出たのかな」と陽子がぼくに話し掛けてきた。

「そのことだけど、秘密なんだって」

「秘密の意味が分からない」

「意味が分からないから秘密なんさ。何か事情があるんだよ」と正一郎が訳知り顔で言った。

その口調が大人びていたので、ぼくは思わず正一郎の顔をのぞき込んでいた。発疹チフスで両親を次つぎに亡くし、今は親戚の人に保護されている立場の彼も、ぼくとは別の意味で背伸びをさせられているようだった。

「戦争は嫌だな、人殺しなんか」。ぼくは迫撃砲の炸裂する音を間近に聞きながら、呟いていた。

「ターニャが心配で、今夜は眠れないかも」と陽子が言った。

毎日砂混じりの強い風が建物の窓に吹き付けていた。遥か興安嶺から吹き下ろすその颪よりも、予想できない時に起こる「人事の嵐」の方がぼくには、よほど怖かった。波子に絡む陽子の「シベリア旋風」のような喧噪もさることながら、南湖のそばの板壁の薄いバラックに住んでいるタチヤーナの安否のことや、ボタンの掛け違いで、意志に反して暗闇を歩いている兄のことを思いやって、その夜は、陽子と同じ心配を抱え込んでいて、ほとんど眠れないでいた。正一郎だけは、鼾をかきながらいつも熟睡しているようだった。

第16章　共産軍入城　タチヤーナとの別れ

満洲料理2

ようやく朝方になり、東方の空が白む時分には、街の中が真空状態のように鎮まり、街路に人影を見なくなった。やがて、遠くの方から重い引きずるような物音が近付き、八路軍の戦車隊が入城してきた。その頃には、長春市の中心部は、既に八路軍の制するところとなっていたのだった。

間もなく、会館の一階と二階は八路軍に占拠され、兵士らの宿舎として使用されることになった。ぼくらが居住していた二階の大広間にも、カーキ色の服を身に着けた兵隊が溢れ、そこから中国語の会話が絶え間なく聞こえてくるようになった。二階の廊下を通る時、調理場で食事の用意をしている兵士の姿が見え、油の煮えたぎる音がして、肉の焦げる匂いを含んだ蒸気が流れてくる。テーブルに並んだいくつかのドンブリには、真っ白な米の飯が山盛りになっている。ぼくは思わず生唾を飲み込んでいた。避難民には白米を買う金はなく、高粱と玉蜀黍と粟などが常食だった。二階を追い出された邦人は三階と四階に詰め込まれることになり、ぼくの家族は三階が割り当てられた。新居は、半分が床板のまま通路や子供の遊び場兼物置などの共同使用の場になり、あとの半分には二十畳分の畳が敷かれ、そこへ四家族、延べ二十二人が詰め込まれた。一人一畳分にも満たないスペースだった。銃弾に破られたいくつかの窓は、和紙で繋ぎとめて応急の修繕を施す。

義勇兵の行方は、不明のまま数日が過ぎた。銃声は衰え、街の中も一応の落ち着きを見せ始めていたが、まだ外出は危険だった。新聞もラジオもない生活なので、情報の入りようがない道理だった。八路軍が勝ったらしいことは理解できても、それが部分制圧なのか、全体制圧なのかさえ分からない。父は相変わらず自分の世界に埋没していたが、母を初めほかの家族は、義勇兵に取られた芳樹兄の心配をしていた。

ある日の朝、その兄が田端と秋山を共連れにして、ひょっこり帰ってきた。十四人中の三人の帰還ということで、他の十一人のことが気になったが、夕方までにはさらに四人が生還を果たした。兄に連れ添ってぼくが三階の部屋に入って行くと、寝床で本を読んでいる父の丸い背中が見えた。その傍らには、邦子を含め数人の子供たちが、カード遊びに興じていた。

「ただ今戻りました」。兄が声を掛けた時、直ぐに気付いたのは妹だった。

「あっ、大きい兄ちゃんだ」。叫びと共に妹の体が鞠のように弾みながら兄の方へ走り寄ってきた。

その時、兄たちの口から、〈フトッタさん〉こと太田の死亡が知らされると、子供たちが大騒ぎになった。ひとりが泣き出すと、連鎖的に数人の子供が声を合わせる。その衝撃で、他の行方不明者のことが半ば薄れ掛けたきらいがあったが、しばらくして河村班長を含めたあと六人のことが懸念されだし始めた。騒ぎに気付いて、父も本から目を逸らし、振り向いて戸口の方を見やった。

「おう、無事だったか」。父は兄に向かって一言呟いて、また読み差しの本に戻った。兄は笑いながらぼくに目配せして見せた。「オヤジらしいな」

　ぼくは黙っていた。

「もしも、フトッタさんがおれだったら……」

「フトッタさん、鉄砲に撃たれて死んでしまったと言うのは、本当に本当のことなの」と妹が涙のために鼻声になって訊ねた。

「残念だな」。頷きながら兄が言った。「もう饅頭貰えないぞ」

「私はいいけど……」。妹が少し考えているような素振りを見せた。「でも、戦争や病気で死んでしまった沢山の子供たちに、フトッタさんが天国で足を持ち上げさせて、饅頭をあげているかも知れないね」

「そうだな。そうだといいな」と兄が言った。


　田端の吹き鳴らす『山の人気者』の口笛の旋律が、廊下の方から伝わって来ると、妹は涙を拭きながら、〈ハンメルンの笛吹き〉の魔法に掛かった鼠のように部屋から飛び出して行った。

　ぼくは父の背中を見つめながら、かつて太田が〈偽インテリ〉と称して父をからかったことがあったのを思い出し、太田の非業の死について父の気持ちを知りたいと思い、父に声を掛けようとした。しかし、父の怒り肩は、現実との関わりを頑なに拒否しているかのようで、半歩踏み出しかけた足を二歩後退させていたのだった。傍らに立つ兄も、しばらく言葉を呑み込んでいた。これほど現実離れのした父を見るのは驚きだった。

兄たち義勇兵が、居住者への挨拶のために四階まで上って行くと、次々に飛び出して来た顔見知りが、彼らの突然の帰還を喜んでくれていた。そこでも太田が亡くなったことは、居住者全員の話題の中心になっていた。兄たち帰還者は、会う人ごとにその時のことを詳しく尋ねられていた。親しい人が戦死するまでに至った記憶が生々しいだけに、それを何度も話さねばならないのは、兄たちにはとても苦痛なことだったようだ。おそらくそれは忘れられるものなら、忘れたいことのひとつだったのだろうから……。兄たち義勇兵は、長春郊外の四馬路《すまろ》で八路軍に遭遇したとのことだった。

「しばらくは撃ち合いになったんだが、こっちの弾がなくなって抵抗できなくなり、射撃を止めると、相手も多分様子見のためか鎮まった。数人の日本人が窓の近くに寄って、外を見ていた。そのすぐ後、敵側からの一斉射撃があって、誰かが倒れた」。兄が状況を説明した。「暗いので、それが誰なのかは分からなかった。人垣を作って明かりが漏れないようにして、その内側でマッチを擦って調べた。右側の前額部が削ぎ取られた人の顔が浮かび上がった。血が噴き出ていた。それが太田さんだった。即死だったようだ」

なお、行方不明になっている河村班長たち六人については、田端を中心に、知り合いたちが気を揉んでいたが、まだ邦人の遠方への外出は危険だったので、直ちに捜索に出掛ける訳にはいかなかった。

数日後、ようやく邦人もビル付近の街頭には出られるようになった。気掛かりなことと言えば、色々あったが、当面特に心配なのは、河村など、行方不明の義勇兵の消息と、タチヤーナ一家の安否についてのことだった。義勇兵の件は、田端が中心になり、芳樹がそれに協力する形で調べ始めていたが、タチヤーナの件の方は、全く手がかりがなかった。

内戦の終結した日から、十数日が経ち、治安がほぼ回復すると、ぼくは陽子を誘って南湖のタチヤーナの家を訪ねてみた。

その日は、どんよりと曇った暗い日で、湖畔の道は前日の雨で濡れていた。夕刻までにはまだかなり間のある時間だったが、家々には既に明かりが点いている。湖の水面は、暗い灰色に見えるが、吹き付けてくる風は、もう冬の最中《さなか》のような鋭さはなく、当たりが柔らかで、確かに春の息吹を含んでいるようだった。堤の上から、彼女が住んでいるはずのバラックが見えたが、窓に明かりはなく、全体にくすんでいて、それは目を閉じた女の偏平な顔のように映っていた。近付くにつれ、銃撃を受けて破れた窓ガラスや板壁が痛々しく目に入った。ぼくは道に立ち止まり、タチヤーナの住居の位置を陽子に教えた。バラックの棟全体が、化石の中の風景のようにひっそりとして動きがない。ぼくは磁石で引き付けられた砂鉄のように足早になって建物に近付き、玄関に駆け込むと、階段を二段飛びに跳ね上がり、長い廊下を蹴って進んだ。陽子もぼくに遅れまいと駈けている。二人の足音が響き、床がしなっていた。辺りに溜まっている綿屑のような埃が、ぼくらの体の移動につれて舞い上がる。タチヤーナの部屋の前まで来ると、ぼくは立ち止まり、振り向いて陽子に目配せしてから、軽くドアをノックしてみた。乾いた音が綿に吸い込まれるように消え、内部からの反応はない。陽子がぼくに代わって激しく戸口を叩いている。数秒様子を窺ってみたが、やはり静まり返ったままだった。ぼくはドアに耳を押し付けて、内部の音を聞き取ろうとしたが、何の反応もなかった。ノブを回してみたが、ドアが釘付けされていて開かない。二人でドアを揺すぶっていると、ベニヤの部分がしない、その反動で下方の釘が抜け落ちた。ドアが半開きになり、そのわずかな隙間からぼくらは部屋の中に滑り込んでいた。床のアンペラは前のままに残っているが、家財のほとんどはなくなっている。板の間の部分には、白っぽい埃が見え、窓のガラスには、そのいくつかに銃弾の跡が見える。以前にはあったはずの煉瓦色のカーテンはなくなっていて、色褪せたクリーム色の壁紙だけが残っている。ぼくは体中の力が吸い取られたようになって、部屋の真ん中に拠り所なく突っ立っていた。

「引っ越したのかな」

「どこへ」と陽子が言った。

答えようがないので、ぼくは黙っていた。ベニヤで仕切られた隣の部屋も調べてみたが、やはり人影はなく、生活のにおいさえも失せ掛けていた。

階段を降りて行くと、階下の一部屋に明かりが見えたので、陽子がその部屋のドアを叩いてみた。半開きに開いた戸の蔭から、痩せぎすの中年の女が、絣のもんぺ姿で現れた。

「この二階の高橋さんは、どちらへ移られたでしょうか」

「高橋さん」。女は白髪混じりのざんばら髪を片手で掻き上げながら、陽子の顔を怪訝そうに見つめた。

「父親と娘の二人でそこにいたんですが……」とぼくが言った。

「ああ、合いの子の娘のことね」

「そうです、その娘」

「もう二週間も前になるかな、出て行ったきりよ」

「どこへですか」。ぼくが訊いた。

「そんなこと分かる訳ないよ」。女はぶっきらぼうに答えた。「ここが危なくなって、みんな慌てて逃げ出したから……」

ぼくらはそれ以上尋ねるのを諦め、女に礼を言って引き下がった。ドアが締まり、直ぐにまた少し開いた。その場を離れかけた二人の背後から、女の震えるような声がかぶさってきた。

「あのね、よく分からないんだけれど、多分どこかの病院にいるかも知れないよ」

「病院に……」。ぼくは鸚鵡返していた。

「父親が病気になったのですか」と陽子が訊いた。

「いえ、娘の方と思うよ」

「確かですか」。ぼくも言葉を投げ出していた。

「だってね、お父さんが娘を負ぶっているのを見たから……」

ぼくの体が蝋人形のように固まった。陽子が女に重ねて礼を言い、ぼんやりしているぼくを背後から押すようにして、バラックを離れた。足がもつれて倒れそうになるぼくを支えながら陽子が、蹌踉けるように歩いていたが、目の前に何も見えず、方向さえ分からなくなっていた。

〈どこの病院だろう〉

行方不明の人を捜すには、長春市は広過ぎる街だった。

「心配しなくてもいいわ」と陽子が言った。「キリストのお陰で、彼女はきっと助かるよ……」

急に変な耳鳴りがした。心臓が波打っていた。

病気らしいという不確実な情報と、住居を急に移したという確かな事実、この二つのこと以外には、彼女の消息について何もつかんでいない。悪い方の想像に陥り易いのは、いずれの情報も、マイナス要素を抱えているせいで、そのマイナスを重ねて浮かび上がってくるものは、伝染性の疾病だった。当時、満洲では色々な伝染病、特にチフスや赤痢が蔓延している時期だったから……。

「意外と元気にやってるかもよ」と陽子がぼくを宥めるように言った。

かつて日本の植民地であった所の余計者となっていた日僑俘は、その日常を様々に重なり合う危険に包囲されていた。その網の目をわずかに開いて、一筋の道に縋り付き、まるでサーカスの綱渡りのようにぼくたちは束の間の生と死の狭間で青い息を吐いていた。ぼくらは日本人でありながら、祖国から見捨てられていた。その生死が問題にはならない存在で、死さえも日常性を帯びていて際立つこともなく、一人の死はもとよりのこと、十人の死、百人の死さえも、人間としての尊厳を認められていないのだった。

ぼくは暇をみては長春市内のめぼしい病院を廻り歩き、タチヤーナの行方を追っていた。病人は市内に溢れ、病院ではない場所までが病院代わりになり、収容所や孤児院などが、伝染病の隔離所になっていた。

タチヤーナの行方が分からなくなってから二週間ほどが過ぎた頃、陽子がぼくを会館の踊り場に呼び出した。

「私、発見したよ」。彼女の目が輝いている。

「何を見付けたの」

「捜している病院よ」。彼女は早口になった。「わからないかな、ナオヤの捜している人を見付けたよ」

「ターニャのこと」。ぼくは叫んでいた。

「正解」

「本当に会ったの」
「居る場所だけ分かったよ」
「どこに……」とぼくが訊いた。
「芳樹さんが教えてくれた」
ぼくらは会館を後にし、街頭に出た。街路樹の葉をそよがせながら風が吹いている。ぼくは、彼女の葡萄色の姿を追って、小走りについて行った。

つい先頃まではスターリンと蒋介石の肖像画が掲げられていた豊楽路の広々とした通りのあちこちに、人民帽に人民服の毛沢東の写真が張り出されていた。大きなビルの屋上や玄関には、青天白日旗に代わって血のような色の赤旗が翻り、市街はすっかり落ち着いた雰囲気に包まれていた。

会館を出てから一キロほど行くと、スズカケの街路樹の幹に凭れて、芳樹が煙草を吸いながら待ち受けていた。いつの間にかすっかり八路軍の兵士になった彼は、ぼくを認めると、目で合図して見せる。

それから、三人は、ゆっくりと舗道を歩いて行った。時折、風がアスファルトの膚をなめながら吹き過ぎると、埃が一斉に立ち上る。肌触りの柔らかな春らしい角の取れた風だった。

とある化粧品店の前に差し掛かった時、芳樹が立ち止まって、その店のショーウインドウを覗き込み、ぼくと陽子に外で待つように伝えてから、店の奥に消えた。

ショーウインドウのガラスの面に、葡萄色の外套を着た陽子と、よれよれのジャンバーを着た冴えない顔の若い男が並んで映っている。その背後には、プラタナスの並木が整然と広がり、紺碧の空の一部も細長く映されていた。風が吹き、ぼくの直ぐそばの樹の若葉が揺らぐと、その葉の表面に当たった光の刻々の変化が、ガラスに反射して絶えず動いていた。その波立ちのために、映っている全ての影が表情を変える。ぼくは、揺れる影を見つめながら、自分の内部が透視されているように感じていた。

飾り窓の内側には、化粧品の他に、帽子やバッグ、ネッカチーフや宝石類が飾られていた。やがて、小さな白い包みを持って店から出て来た芳樹は、ぼくの方を一瞥して、照れたように微笑み、一言何か言ったようだったが、風に浚われて聞こえなかった。

芳樹を先頭に、三人はまた歩き出した。しばらく進み、梅の古木が道の両側に並んで立っている所を行くと、元は幼稚園だったらしい木造の平屋の前に出た。そこで芳樹は立ち止まり、ぼくの方を振り向いた。目の前に石の門柱があり、そこに張り紙が見えた。墨の字は風雨に晒されて、かなり薄れていたが、何とか読み取ることができた。

〈伝染病者臨時隔離所〉

ぼくはそれを目で確かめ、頭の中を白くして佇んでいた。伏せっているタチヤーナの青白い顔が浮かんだ。

「でも、まさか……」とぼくは呟いた。

芳樹がそれを聞きつけて、黙ったまま静かに頷いている。

三人が門の中へ入ろうとした時、黒塗りのワゴン車が滑り込んで来て停まり、バックで門を潜って玄関前に横付けになった。車の中から白衣の男が二人出て来て、足早に建物の奥に消えた。やがて、毛布にくるまれた荷物を載せた車付き台車を押しながら戻ると、二人がワゴン車に荷物を積み込んだ。辺りに強い消毒臭が漂っている。男たちはドアを乱暴に閉め、車を急発進させた。薄青い排気ガスを吐き出しながら、それがぼくの直ぐそばを通り過ぎ、たちまち遠ざかった。ガソリンの臭いが、直ぐに消毒臭に打ち消された。

「六人だったな」と芳樹が言った。

「夕べに、死んだ人」。陽子が訊いた。

「そうかも」

ここ数ヶ月の間に、既に死体を見ることには慣らされているはずのぼくだったが、この建物のどこかにタチヤーナが収容されているとすれば、事情は少し違った。あの六体の〈荷物〉の中に、彼女の遺体が含まれていないという保証はなかったのだから……。

「さあ、中へ入ろうか」と芳樹がゆっくりとした口調で言った。

玄関の受付で訪問の理由を係の職員に伝え、芳樹が代表して書類に署名してから、殺菌室で防護服に着替え、消毒薬の噴霧装置の下を通り、三人は静かに奥へ入った。人気《ひとけ》の絶えた暗い廊下は、所々かなり傷んでいて、壁が少しはがれかけていたり、腐り掛けた床が抜けていたりしている。両側に幾つかの部屋があり、治療室とか、診察室・薬局などに続いて、入院患者の名簿が張り出された病室があった。病室はいずれも大部屋であるらしく、張り出しの名簿にはそれぞれ二十名前後の氏名が記され、中には赤線で消されたひともあった。三人は手分けしてあちこちの張り紙を見て歩き、〈高橋麗子〉というタチヤーナの日本名を探した。辺りに炭火の臭いが漂い、青白い煙が薄く流れていた。軽症の患者なのか、または患者の家族らしい人が、廊下で暖房用の簡易焜炉に火をおこしている。

やがて、芳樹が手を振って合図をし、ぼくを呼んでいるのが見えた。陽子もそれに気付き、小走りに芳樹のそばへ寄っていった。ドアの前に立ったぼくは、タチヤーナの氏名を確認して、体が強張るのを感じていた。

「じゃあ、おまえだけ中へ入れ、おれは別の任務があるから、これで……」

「せっかくだから、兄さんも一緒に……」

「なんだ、柄にもなく怖いのか」。兄が口元を少し緩めながら、そう言った。

「冷たいんだな」とぼくは咎めるように言葉を投げ掛けていた。

「そうか」と芳樹が言った。「そう思うのはおまえの勝手だがな、実は先日彼女に会っているんだよ」と芳樹が言った。「何と言えばいいのかな、今さらまた会うのが遠慮されるんだ」

ぼくも兄の気持ちの半分は理解できていたが、後の半分はよく分からないままだった。

「ナオヤ、心配ないよ」。陽子が言った。「私が一緒に入るから」

芳樹はポケットから白い包みを取り出してぼくに渡してくれた。

「これはおれの名前は出さないで、おまえからの贈り物にして、ターニャにやれよ」

ぼくは黙ってそれを受け取った。芳樹はぼくの肩を二、三度軽く叩くと、逃げるように素早く玄関の方へ引き返して行った。贈り物を芳樹から用意してもらうのには、かなり違和感があった。何かが別の何かにすり替えられたような気がした。

「気にしないでいいよ」と陽子が言った。「もしかして、病気うつるのが怖いのかもよ」

ぼくは間近に彼女の顔を見た。ややつり上がり気味の大きな目が、燃えるように笑っていた。

ぼくは視線を彼女から逸らし、ドアの張り紙を再度見つめた。全部で二十八名の氏名が記載され、うち十二名が朱線で抹消されていた。ぼくの視界に〈高橋麗子〉の四文字が立ち上がってきた。

「いつまで、立っているの」。陽子が後ろからぼくを促した。「前へ進まないこと、よくないよ」

深呼吸をしながら、ぼくは思い切ってドアを叩いた。乾いた音がしたが、反応はなかった。

戸板に耳を押し当てても、中からは何も聞こえない。

「誰も出ませんよ。どなたかお訪ねでしたら、遠慮なく中へどうぞ」。廊下で焜炉に火をおこしていた小柄な老婦人が、そう言ってぼくの方を見た。「みんな静かにお迎えを待っているだけですから……」

ぼくは、一瞬息を詰めて、その白髪の老婦人の皺の寄った蒼白い顔を見つめたが、直ぐに気を取り直して目の前のドアのノブに手を掛けていた。遊びの多い真鍮のそのノブは、重い音を立てて回転し、徐ろに開いた。部屋の内部は廊下よりも薄暗く、湿った空気が消毒薬の臭いを含んでぼくの鼻を衝いた。二人は静かに部屋の中へ足を踏み入れた。抑えられたような静けさがあたりを占めていた。ほとんどの窓ガラスが砕かれていて、窓枠にはボール紙や新聞紙が乱雑に張り付けてある。カーテンがないのに暗いのは、そのせいだった。床板にアンペラ一枚を敷いただけの上に布団を延べ、十数人の病人が寝ていた。ぼくは眸《め》を凝らして見回してみたが、どの布団にタチヤーナが横になっているのか、見分けられなかった。しばらく躊躇してから、ぼくはドアに近い布団から順番に患者の顔を覗き込んでみた。白い浴衣を着た五十がらみのその女性は、虚ろな目を見開いてぼんやりと天井を眺めていた。頬が骨張り、皮膚は土気色だった。ぼくは話し掛けようとして、声を呑んでいた。二番目の人も、次の人も、表情が最初の人と似ていた。四番目の人は、かなり重症の患者らしく、目を閉じていたが、その横顔には、既に生気が失われていた。この部屋は婦人だけの病室のようで、いずれも女性だった。ようやく五番目になって、タチヤーナの顔が見えた。ぼくは白鳥の模様の付いた布団に、見覚えがあった。彼女は静かに寝息を立てて眠っている。ぼくは両膝をアンペラの上に付き、彼女の顔を間近に見た。確かに呼吸をしている証には、彼女の顎の辺りまで覆っている布団のカバーがわずかに動いているのだった。陶頼昭で切った髪は、既に肩の辺りまで伸びているが、すっかり艶が失せているようだった。

「ターニャ」。ぼくは耳元に口を寄せて呼んでみた。寝息が少し乱れたが、目は閉じたままだった。

頬の辺りの削げた様子や、唇に血の気がないのを見ると、彼女の衰弱振りは明らかだった。

「ターニャ」。ぼくは布団の上から、そっと彼女の肩口の辺りを抑えてみた。

タチヤーナが少し身じろぎをして、直ぐに目を開いたが、眸の焦点が定まらず、しばらくぼんやりと天井を見ている。そして、再び目を閉じて、眠りの中に吸い込まれそうになる。

「ターニャ」。ぼくは彼女の耳に口を近付けて呼び掛けていた。

すると、寝返りを打ちながら、彼女が呟いた。「今、何も食べたくないの」

「ターニャ、分かるかい……」。ぼくは叫んでいた。

「どなた」と、か細い声が聞き返した。

「忘れたのかな……」

「もう、何も分からないわ」

「まさか……」。ぼくは息を呑んでいた。

「ターニャ、私の顔、覚えていないの。横道河子で、時々一緒に教会に通っていた友達よ」。

陽子が、ぼくの横から呼び掛ける。

タチヤーナは、虚ろな目で声の主の方をぼんやりと見た。

「どなた」

「私の目、よく見てよ。忘れているなら、思い出してよ」

彼女は両手をタチヤーナの顔のそばでゆっくりとしなわせながら、また何か呟き始める。

「私は、私は……」とタチヤーナが口元を小刻みに震わせ、何か言おうとして言葉を失ってい
るようだった。

「ターニャ」。陽子は抑揚のない低い声で話し掛けた。「私、陽子」

「陽子……」

「分かるでしょ」。陽子の右手がタチヤーナの頬に触れた。

「ああ、陽子ね」

「この人の名前は分かるかな」。陽子がぼくを左手で示してみせた。

「あっ、」とタチヤーナが小さく叫んだ。

「よかった、気が付いた」

「神様が、お呼びになる声が、何度も聞こえるの」

「そんなこと言わないで、元気を出す」

「悲しくなんかないのよ、天国へ行くのですもの。ママとも会えるし、横道河子へだって帰れ
るわ。私の家……、私、あそこで静かに休むの」

「死ぬことは、終わるということよ」。陽子が言った。「魂も、体も、みんななくなるよ」

「でも、魂は永遠よ……」

「それは、きっと嘘よ」

「魂が永遠の命を戴いて、天国へ昇るのよ」

「でも、あなた言う神様、死神のことなのかな」と陽子が言った。「死神と仲良しするのは絶対に駄目よ。弱い心がある時、死神、あなたを捕まえる気になるよ。強い気持ちになれば、死神、逃げるよ」

「そうだよ」とぼくは言った。「弱気にならないで……」

陽子はポケットから小型のマトリョーシカを取り出して、タチヤーナの枕元にのせた。青いプラトークを頭から纏った木製の人形だった。ぼくはふと復活祭の夜のことを思い出していた。

「陽子……、マトリョーシカありがとう。あなたとの友情は永遠に忘れられないけれど、残念ですが、もうお別れですね。私は、神様の意志のままで、私の意志はないのよ。長い間親切にして頂き、ありがとう。感謝の気持ちでいっぱい」

「弱気にならないで、強く生きることよ。死神を追い払おうよ」

「もう、帰って下さい。あなた方に病気がうつると大変です」

ぼくと陽子は思わず顔を見合わせ、しばらく口を噤んでいた。

目には見えない白いベールがタチヤーナを包んでいる。ぼくは改めて病室の中を見渡してみた。幼稚園の教室から机や椅子を取り去っただけの病室なので、十数人の患者のための施設としては、広すぎる部屋だった。ドアが静かに開いて、廊下にいた小柄な老婦人が七輪を抱えて入って来た。彼女はゆっくりと進み、一番奥に寝ている患者のそばに行って座った。七輪に網を載せ、何か香木なのか、木の実か皮のようなものを置いて焼き始めた。彼女の膝元に横たわっている患者は、布団に隠れていて、何も見えなかった。

ぼくは、芳樹からの贈り物をタチヤーナの枕元へそっと置いた。それから、陽子に目配せをして、立ち上がると、その場から立ち去ろうとした。

「何かしら」。タチヤーナの細い声がぼくを呼んだ。

ぼくは慌ててまた膝を落とし、返事をした。

「今、何か下さったのね」

「うん、お見舞いのしるしにね」

「何かしら」と彼女が訊いた。

ぼくは焦っていた。兄から手渡されたままで、包みの中までは見ていなかったのだった。

「後でいいから、ターニャが自分で開けてみて……」。陽子が後ろから言った。

「でも、今見たいわ」

「そうか……」。ぼくが包装紙を手荒く剥ぎ取ると、中から香水の小瓶が滑り出てきた。彼女が布団の蔭から、ぼくの手元を見つめていた。

「嬉しいわ、それスズランのよね」。タチヤーナは、少しうわずった声でそう言った。

それが芳樹からの贈り物であることを、ぼくが打ち明けようとした時、横から陽子が素早くぼくの手から小瓶を取り上げると、栓を緩めてタチヤーナの髪の毛に少し振り掛けた。スズランの芳香が広がった。

「私、待っているのよ。今年のスズランの花の頃には、きっと帰れるわ、横道河子に……」

「そんなこと言うなよ」

陽子がタチヤーナの枕元にあったサイダーの空き瓶を手にして廊下の方へ出て行った。

「私、天国の夢見ているのよ」とタチヤーナが呟いた。

「そんなことばかり考えてるの」

タチヤーナが何か言い掛け、急に咳き込み出した。息苦しそうだが、ぼくは何も手助けできないでいた。

「安静にしなけりゃいけないんだよね」

ようやく咳が治まったタチヤーナが、涙をたたえた目を上げてぼくを見た。その目が少し充血しているように見えた。

その時、陽子がドアの蔭から姿を現した。水を注いだサイダー瓶を手に持っていて、その瓶にはウメの小枝が挿してあった。病院の玄関の近くに、ウメの古木があったのを、ぼくも思い出していた。

「これが咲く頃、あなた、元気になればいいね」。陽子はウメの枝をタチヤーナの枕元に置くと、少し微笑んでいた。

「戦争さえなければ、今頃は横道河子にも春が来ていて、そろそろ山の雪が解け……」

「そうね……」とタチヤーナが言った。「小川の氷も割れて、ゴツンゴツンとぶつかり合いながら流れ始めるのよね……」

「今のぼくらには、過去の方が鮮やかで、現在は夢みたいに曖昧なんだな」

「でも、過去にばかりに惹かれるのは、病的なのかも知れないわ。病気の私が言うのはおかしいけれど……」

「それなら、ぼくも病気だ、後ろばかり振り返っている……」とぼくは言った。

「あなた、前を見て進めばいいのよ」と陽子が答えた。

「そうね、それが健康な人の生き方よ」

ぼくは、彼女のこめかみに薄青く浮き出た血管を見ていた。会話が途切れると、スズランの香水の香りだけが場違いなほど強く広がり、澱んだ辺りの空気を染めていた。時間が凍り付いているようだった。現実の方が、むしろ仮構されたもののように感じられた。過去が生々し過ぎる時、現実は過去の模写になりがちだった。

ガラスのない窓の、ベニヤ板やボール紙などを張り付けた部分の隙間や壁の罅割《ひびわ》れから流れ入る寒気が、部屋の中に固まっている三人の体をくるみ込んでいた。

黙っていたが、ぼくにも未来が見えなかった。暖かい過去だけが背中に張り付いているのだった。

「前を見ていること。前に進むこと、大切なことよ」と陽子が言った。

夕暮れの広がる速度は、もともとが薄暗いこの病室の中では、急激だった。目の前の布団の白鳥の模様も、次第に霞んでいき、横たわっているタチヤーナの姿が、気のせいか前よりも縮小しているように見えた。

「さあ、ターニャの体、疲れるから、私たち、もう帰る決心しようか」と陽子が言った。

「残念だけれど……」。ぼくは絶句して別れの挨拶を言いそびれていた。

「お別れね……」。タチヤーナの篭もったような声が応えた。

「もっと、強い心持つことよ」と陽子が励ました。「もっと元気、出す」

「神様に、早く御許《みもと》にと、お祈りしているの……」

「神様より、あなたの心が大切よ。強く、生きる心よ」

世界観の違う二人の女性の間に立って、ぼくは自分が試されているような気がした。細いけれども、未来のある若いロシア人将校とのつながりを求め続けている陽子と、現実を凝視しつつも、現実を半ば諦めかけ、ひたすらに神を信じ、天国への階段に片足を掛けようと身構えているタチヤーナ……。立場は違うが、理想の場を思い描いている点では共通している二人でもあった。ぼくは、振り返って自分のことを考えてみた。見えてくるものは、現在にも、未来にも、確たる希望を抱いてはいない〈その日暮らし〉の姿だった。

「もう、遅いから、本当にお別れね」。タチヤーナはそう言いながら布団の裾から手を差し出した。

「さようなら」。ぼくは彼女の熱い手を握りしめた。

彼女は横を向いて、顔を布団の蔭に半ば隠していたが、こめかみの辺りが微かに震えているようだった。

「ダスビダーニャ」。わざと彼女はロシア語で答えた。

「再見（ツァイチェン）」と陽子は、努めて明るい声で言った。

ぼくはタチヤーナの手をそっと布団の中へ返すと、陽子の後を追って蹌踉めきながら病室を出た。急に立ったせいで軽い目眩がして、足元がおぼつかなくなった。背後から、微かな声がぼくの名を呼んでいるような気がした。足早に廊下を進みながら、〈振り向くまい〉とぼくは思った。

第17章　父の長城

ホテルニューハルビン　近藤林業公司の経営するホテル

国府軍〈蒋介石率いる軍隊〉と共産八路軍〈毛沢東の率いる軍隊〉との市街戦で、木材会館は、ガラス窓やドアなどに小さな傷を受けた程度ですんだ。住民も太田の戦死を除けば、命に関わるほどの被害はなかったのだと安堵していたが、ビルの裏側へ回り込んで、古井戸のそばに行ってみると、井戸枠は吹き飛ばされ、直径三メートルほどの大穴が開いているのが見付かった。それは迫撃砲の落ちた跡だった。穴の周りに立ち、ビルの住人たちはその黒い底を無言で見つめていた。あと三メートルほどずれていれば、木材会館が直撃されていたことになるのだった。

「危ないところだった」と田端上等兵が言った。

木材会館の二階を占拠し、駐屯している八路軍の兵士は、日本人の持ち物には一切手を付けなかった。階下の委託販売部には、中国人や在京邦人の貴重品を預かっていたが、それらも全て無事だった。会館では、八路軍当局の了解を取り付け、それから旬日を待たずに商業活動を再開した。

事件の十日後には長春市の治安もほとんど旧に復し、中国人の住民は何事もなかったように街路を自由に歩いていたが、邦人にはまだ遠出は危険な情況だった。客の動きは鈍く、委託販売の仕事も開店休業の状態なので、手伝いのぼくは暇を持て余し気味にしていた。

そこで、ぼくは父と一緒になって、昼間から畳の上に寝ころんで、本を手当たり次第に読み耽っていた。散歩の度に父が古本屋から買い求めてきた書籍が、父の寝床の周りにうずたかく

えた。

「幸いこの長春に地震の起こる確率は低い。過去五百年、記録にないんだから……」。父が答えた。

「地震になれば、本の下敷きになるのは、お父さんとは限らないのに……」と母が懸念を示した。

さん〉こと太田主任だった。

積み上げられていた。これを見て、〈万里の長城だな〉と比喩したのは、今は亡き〈フトッタ

ぼくがこっそりと確かめたところ、父は自分の放言を認めた。

「これはな、おれの城を守るための方便さ」と父が言った。時々、父は思いつきのことを口にする癖があった。

「どうだい、おれの長城もたいしたもんだろ」。父は裸になって半風子と付き合いながら、「長城」から煉瓦ならぬ本を引き出して、拾い読みしていた。それが例の通りに深夜に及ぶので、ぼくは隣の佐竹波子・陽子の母娘に対して気掛かりだった。互いに気心の知れた仲であるだけに、その分遠慮も多くなるはずなのだ。それが長く続くと、底に押し込めたものが、どこかで噴出しないとも限らない。そうでなくても、ヒステリー持ちの波子のことだから、内攻する憤懣が、普通の人以上に強く出口を求めているような気がした。森崎がもし生きていて、また隣同士であったとしたら、おそらく次のように怒鳴っただろうとぼくは思った。

「おい、本の虫さんよ、いい加減で長城の向こうの灯を消してくれ」

　ぼくには、今となってはその声が懐かしく思われた。森崎の命の灯の方が先に消えてしまって、あの怒鳴り声は二度と聞くことができないのだった。孤児になった正一郎はよく眠る子で、夕飯を済ますと、直ちに寝床に潜り込んでひっそりしていた。

「あいつは寝てばかりいるが、馬鹿になるぞ」と父がぼくに注意した。

「シラクモと栄養失調にやられて、衰弱しているらしい」

「そんなことじゃ、日本の星屑にもなれないな」

　眠れると言えば、陽子も、どんな場合でもよく眠れたが、喘息持ちの母親・波子は、時々寝付かれずに布団の中でいつまでも寝返りを打っていた。風邪を引いて気管支を傷め、咳込みながらも、彼女は父に対して、一言の文句も言わないでいた。このところ彼女の持病も、休火山並みに鎮まっていたが、憤懣がマグマのように心底に溜まっているとすれば、その爆発が懸念された。ぼくは気が気ではなく、黒い布で電灯の傘を覆って光を遮ってみたが、漏れる光は完全には消せなかった。それに加えて、ページをめくる音が、眠れない者の神経を刺激する懼れもあった。

　ある夜のこと、やはりひどく咳込んでいた波子が、布団の上に起き上がって父の方を見つめている。ぼくは息を詰めていた。

「眠れんかね」。父が気付いて、彼女に声を掛けた。

「よくまあ飽きませんね、本ばかり読んでいて……。それに、疲れないんですか」

「道楽ですからな」

「でも、活字ばかり睨んで、辛気くさい感じだから……」

「それは誤解ですな」。父が言った。「本当の世界は、この中に詰まっているんだからね。現実の方がよほど薄っぺらで辛気くさいんだよ」

「分かりません、方平さんの言うことが私にはさっぱり……」

「あんたも眠れんようなら、本を読んだらどうかね。貸しますで……」

「恥ずかしいわ」と波子が顔を伏せた。

「何が恥ずかしいのだね」

「実は、私、字が読めないのよ」。波子は囁くような声で答えた。「話すのは何でもやるけど、文字はローマ字も漢字もさっぱりなの」

傍らで聞いていたぼくも、耳を疑ったほどだった。波子のようにロシア語から中国語、朝鮮語に通じている人が、実は文字が全く読めないと言うのだった。そうしてみると、彼女の語学は、日本語を含めて、全てが耳学問だったことになる。

「それは、何だね、悪いことを聞いたねえ」。父が言った。

「じゃあ、読んであげようか」

「それは他の人に悪いから……」。呟くようにそう言うと、彼女は毛布で顔を覆い、声を忍んで泣いている。いつもは賑やかで陽気な波子にも、眠れない夜はあるのだと、ぼくは思った。

その傍らですっかり眠り込んでいる陽子の方が、健康らしく見えながら、むしろ鈍感という一種の病気なのではないか、とぼくは疑っていた。

父も何かを察したらしく、直ぐに電灯を消して、布団に潜り込んでいた。

「夜が長いな」。父がぼくの耳元に言った。「闇の中をな、年老いたフランス兵が歩いて行くんだよ。旧式の鉄砲を肩にして、プロシャ軍の陣営を目指して、とぼとぼ、とぼとぼとな」。父はアルフォンス・ドーデーの小説『少年間諜』を読み過ぎたようだった。波子の不眠症が、その夜はぼくにも伝染して、父の話の続きが頭の中に次々に浮かんできた。息子の命と引き替えに祖国のために自らの命を賭す父親のイメージは、高潔であり、正義に満ちているようでいて、残酷であり、どこか嘘っぽいところもあるように思えた。

長い闇の中には、様々な過去が押し込められていた。大宇宙に繰り広げられる星々の運行のように、死者も生者も綯い交ぜになって、頭の中の限りなく暗いスクリーンに現れては消え、消えては現れる人々の影……。それは創作の中の人物であろうと、現実に出会った人物であろうと、区別はなかったのだ。一人ひとりが、一瞬ながらも独特の冴えた表情を見せるのだった。

気掛かりなことと言えば、色々あったが、当面特に心配なのは、河村など六名、いまだ行方不明の義勇兵の消息と安否についてのことだった。田端が中心になり、芳樹や秋山がそれに協力する形で調べ出していたが、手がかりがほとんどない状態だった。内戦の終結した日から、十数日が経ち、邦人の遠出が安全なほどに治安が回復すると、兄たちは誘い合って、街のあちこちを歩きまわり、何かの手がかりがないか捜し始めていた。
かつては植民地の中心にいて大手を振るい、今は日僑俘（日本人捕虜・避難民）として貶められている邦人は、その日常を様々に重なり合う危険に包囲されていた。その網の目をわずかに開いて、一筋の道に縋り付き、まるでサーカスの綱渡りのように、ぼくたちは束の間の生と死の狭間で青い息を吐いている。〈棄民〉とは、実によく言ったものだった。ぼくたちは日本人でありながら、敗戦により祖国から見捨てられていたから、その生死が問題にもならない存在になっていた。一人の死はもとよりのこと、十人の死、百人の死も、人間としての尊厳を認められていない。植民地に取り残された人間には、故国の法的な保護はない。極端に言えば、ぼくらは大陸のゴミのような存在だった。現地の権力者が邪魔者と思えば、いつでも消すことができるのだった。

ある日の夕刻、ひょっこり河村班長が、木材会館に帰って来た。例のどさくさの中では止むを得ないことだったが、結果的にはこの班長を置いてけぼりにしてしまった田端や秋山は、そのことをかなり気に病んでいたので、河村の帰還を非常に喜んでいた。しかし、それ以来、三人の〈脱走兵〉の間には、微妙な亀裂が入り、田端や秋山に対して河村班長はあまり声を掛けなくなった。

第18章　中央政府軍長春奪還

綏芬河《すいふんが》付近の東寧要塞《とうねいようさい》

四月の下旬になって、中央政府軍の精鋭部隊が、奉天〈瀋陽〉を発して長春にほど近い公主嶺まで進撃して来ているとの噂が流れ、また、急に物が売れ始めた。特に食料品の高騰振りは激しく、物によっては二倍の価格にはね上がる。情勢の推移に、市民は敏感だった。長春が間もなく再び戦場になることを予期しているのだった。蒋介石とは士官学校の時代の同期だったという元関東軍の河村大将の率いる河村兵団が、そっくり中央政府軍に吸収されているとの情報もあった。『河村』という姓が班長と同じなので、親子なのではないかとの噂が立ち、木材会館の中では大騒ぎになった。

「馬鹿な流言は、否定する」と断言して、河村班長はむくれていた。

とにかく、米軍に支援され、飛行機を用意して戦いに備えているという政府軍の優勢は、邦人の避難民にも知れ渡っていた。長春市内に不穏な空気が漂い出し、八路軍の動きも緊張の度を加えつつあった。治安が乱れ始め、あちこちで小さな暴動が起こり、商店が襲撃されたりした。こうなると、日本人の外出は危険だった。避難民は戸口には〈日本人の家〉と書いた紙を張り付けた。かつて政府軍寄りの活動をしていた中国人を、八路軍に密告していた朝鮮人が、中国人から仕返しを受け易い状況にあり、日本人が朝鮮人に間違われる危険があるからだった。

予期されたことだったが、芳樹の所属する部隊が哈爾浜方面に移動することになり、会館の喫茶室でささやかな送別会が開かれた。芳樹は主賓ながら、自ら調理場に立ち、どこかから仕入れてきた小麦粉を使って餃子を作った。高粱飯《こうりゃんめし》で舌が荒れているぼくたちにとって、餃子は久方振りの御馳走だった。

「永い間、ありがとう。今夜出発するが、皆と別れなければならないのは、とても寂しいけれど、未来の理想に向けて頑張ってみるよ」と芳樹が挨拶をした。

「本当に、行ってしまうの」と邦子が尋ねている。

「いよいよね」と母が言った。

「内地へ帰ったら、おれの分までしっかりやってほしい」

「もしも、横道河子へ行ったら……」。ぼくは兄に向かって言った。

「分かってるよ、その先は……」と兄がぼくの言葉を遮っていた。

ぼくはタチヤーナのことだけではなく、自分自身の心の拠り所になっている横道河子のことを思いやっていた。既に「故郷」として帰れる場所ではなくなっていたが、できることならば、やはりそこへ戻ってみたかった。だから芳樹が帰れるかもしれないことを、ぼくは半ば羨ましく思っていた。

「この国が落ち着いたら、おれも日本へ帰るよ」と芳樹はぼくの耳元に囁いた。

邦子が、芳樹を送る歌として、斎田愛子の真似をして、かなり大人びた声で『誰か故郷を想わざる』を歌った。

夜八時頃、ぼくたちが玄関で見送る中を、芳樹は、逃げるように素早く出て行った。あいにくの闇夜で、その姿は影に覆われて、黒い巨大な幕の彼方に忽然と消えた。別れの言葉だけが、空虚な闇の中を飛び交っていた。

臨戦態勢の街は静まりかえっている。嵐の前の静けさに似ている。市街戦が始まれば、また大変なことになるだろうとぼくらは怖れていた。例によって窓側に畳を立てかけたり、電灯の光が漏れないように黒幕などで防いだ。この前の市街戦の時とは違い、身内が八路軍に属しているので、ぼくは胸騒ぎが止まらなくなっている。しかし、内地への引き揚げのことを考えると、国府軍にくみする気持ちにもなり、複雑な心境だった。

幸いなことに、心配された市街戦は避けられたようで、その夜、静かな主権の交代が行われた。八路軍は密かに長春市から発ち、北西部へ向かって撤退して行ったのだった。深夜になってから、遠雷のような重い物音が近付いて来た。中央政府軍部隊の進撃だった。戦車とトラックの立てる轟音に、機関砲と小銃の発射音が重なっていた。発射音といっても、ほとんどが空砲のようであった。そして、その物音も、わずかの間に終息した。戦いは郊外だけですみ、市街には及ばず、ほとんど無血入城に近い形で中央政府軍が長春市を掌握したのだった。

例によってその後十日間ほど、市内の治安が乱れていた。邦人は外出を諦め、建物の中で息を潜めていた。貧しい中国人たちが、集団になって市街を暴れ回っている。商店や会社のビルに忍び込んで略奪した物資を運ぶ人々の姿が、会館の三階の窓から見える。

ある時、荷馬車の後ろにロープでくくりつけられて引き回されている朝鮮人を目撃した。既に息も絶えているのか、横倒しになって、泥だらけの襤褸屑のように路面を引きずられている三人の男の、血に染まった顔面が、はっきりと目に入った。

新聞社の倉庫を破り、新聞用の巻紙を盗み出し、それを樽転がしのように転がして持ち去る者の後ろから、八路軍の残していったピストルを拾って、面白半分に天に向かって乱射しながら走る青年の姿も見える。銃声が祭りの日の爆竹のように響いていた。街角で数人の男たちが集まり、何やら声高に言い争っているそばでは、手刷りの情報誌や氷菓を商う人々がいる。混乱の中にも、ある種の解放感と活気が街にみなぎっていた。

治安もよくなり、邦人の外出が昼間だけは自由にできるようになると、大冶街《だいやがい》や吉野町の界隈は買物客で賑わっていた。身動きのならなかった十日間のために、日用品のストックも底をついている。わずか半月の間に、物価は著しく高騰し、治安が回復した後も、一向に下がらない状態が続いていた。八路軍の発行した軍票の五百円が、たったの一円の価値に下落していたが、不思議なことには、旧満洲中央銀行の発行になる紙幣の方は、依然としてその額面通りの流通価値を持っていた。街には瀟洒な軍服に身を包んだ中央軍の兵士たちが溢れている。その目抜き通りには、赤旗に代わって青天白日旗が風に靡き、カーキ色の人民服姿の、額の広いオールバックの男の写真が破り捨てられ、軍服姿の蒋介石の厳しい表情の肖像画が再び掲げられていた。

　それから間もなく、邦人にとっては、春一番の吉報が、突如舞い込んで来た。この数日のうちに内地への引き揚げが開始されるとの情報だった。それは根のない噂ではなく、信憑性の高い筋からの話だった。南満洲へのルートを持つ中央政府軍の長春占領は、日本へ続く太平洋の海上権を握る米軍との結び付きもあって、邦人にとっては都合のよい条件になったのだ。

「どうやら引揚げ列車が出るそうだね」

「そうすると、いよいよですなあ」

　邦人が集まるあらゆる場面で、引き揚げについての話題が必ず交わされていた。とかく沈滞しがちの日僑俘にとって、それは忘れていた血の甦りともなった。遠くに霞んでいた内地のイメージが、急に輪郭をはっきりと示しながら近付いて来た。それでも、既に過去の土地となってしまった横道河子が、具体的な姿で心中に甦るのに比較すれば、幼少時に住んでいただけの内地は、ぼくの内部では、絵や写真で目にした寺院や城、青い海に囲まれた島国の形と、恰好の整った富士山、それに加えて白い馬に跨った天皇のイメージが浮かび上がる以外は、いつまでも抽象的な姿のままに留まっていた。周囲の大人たちが〈故郷〉という言葉で本土を呼んでいる時にも、ぼくにはその言葉に伴うはずの〈懐かしさ〉が全くなかったのだった。

　その頃、ぼくの夢の中で、時々横道河子の風景が出てきた。駅舎のミナレットや、赤煉瓦の教会が、アカシヤや白樺やライラックの林越しに見える。小川のそばのつばのない帽子のような形の丘一面に、鈴蘭の花々が咲いている。突然、小川の中からグレートデンのヒットラーが飛び出してきて、「バウ、バウ」と吠えている。よく見るとヒットラーの目から涙が溢れている。ぼくを見つけると、ハイル・ヒットラーのポーズをしてみせるが、その大きな顔が叔父さんの顔に変わっている。ロシナンテはどこだ、と赤土を手にした叔父さんがロバの心配をしている。

岸辺の草原で、ロシナンテはのんびり草を食んでいる。朱の色に染まった巨大な太陽が、西の空を滑り、カササギの群れがかしましく鳴き立てながら頭上を渡って行く。水車小屋のそばを駈ける黒馬の背には、赤いルパーシカの少女が乗っている。髪が風に靡き、小川の水が斜めに射す陽光を受けて、水晶のように煌めく。刻々に色を変える空と大地……。気が付くと、ぼくは闇の中に起き上がっていた。周りは湖の底のように静まり、他人の寝息だけが微かに聞こえるだけだった。体の中を、冷たい風が吹き過ぎていく……。

やがて、五月になると、噂は事実によって裏付けられる時が来た。予期したよりも早く、内地への引き揚げが始まった。居住環境の悪い人を優先するという中国当局の配慮によって、遠隔地から着の身着のままで逃げて来ていた開拓団員や、学校・病院など公共の施設に仮住まいをしている貧しい人々などが、艦褸を纏った乞食のような姿で、駅に向かって行列を作っている情景が見られるようになった。厳しい冬の寒さに耐え、色々な悪疫から免れ、何とか餓死せずに生き延び、運よく帰国の日を目前にした人々だったが、どの人もひどく痩せて、疲れ切った表情を見せていた。駅舎に入りきれないで、その周辺に待機する人々も、多くは痴呆のように無表情で、しゃがんでいることにも耐えられずに、道路に体を投げ出しているひともいた。なま暖かい風が辺りを吹き抜ける。暇な中国人たちが、避難民の周りを遠巻きにして、不思議な生き物を見るような目で、見物していた。

ぼくたち木材会館の避難民に帰国の順番が回って来るのは、まだいつのことか分からないにしても、一ヶ月後かそこらの、要するに時間の問題だった。

木材会館では、それまで通りに店を開いていたが、レストランやダンスホールはソ連軍が撤退して以来、客入りが落ち続け、この部門が商業活動の中心だっただけに、難民の収入が減るのを止めることができなくなっていた。委託販売部の方は比較的に好調だったが、回転率が悪く、収入もかつてのレストランの比ではなかったのだった。それでも、〈あと少しの辛抱〉と、互いに囁き合いながら、ぼくたちは耐乏生活に入り、収入のない分食費を減らし、昼と夜の二食で我慢することもあった。その間にも物価は日々に高騰し、難民には二重の試練になっていた。

時々、母が厨房から〈お土産〉を持ってきて、妹とぼくに与えてくれた。それはレストランや喫茶部でお客に出すカステラの底に付いている紙だった。その紙には僅か数ミリの厚さながらカステラが付着していた。ぼくたちはヘラでそれをこそぎ落として集め、団子状にまとめて食べるのが楽しみだった。いつも空腹をかこっているぼくには、カステラの滓は、この上ないお八つだった。卵とバターと小麦粉……、カステラの養分は成長期のぼくたちの味方だったのだ。〈味方なんて、本当にいい言葉だ〉とぼくは思った。

食べ物のことで、もう一つ思い出すのは、ぼくの犯した〈罪〉のことだった。食べ盛りのぼくには、玉蜀黍や粟・高粱の二食では、とうてい足らなかったのだ。そこで目を付けたのが〈入浴券〉だった。木材会館には浴場があったが、旧市民（既住民）と新市民（避難民）を合わせて二百人以上になる住民が、毎日入浴できるスペースも機能もないのが実状だったので、一週間に二度入浴できるように〈入浴券〉が配布されていた。家族の分をまとめて母が保管していたが、ある時、ぼくはこっそりそれを持ち出し、ホールの売店で饅頭と交換してしまったのだった。券四枚で饅頭一個がもらえたので、家族の一ヶ月分をそっくり換えると、饅頭が十個手に入る。その換える時のスリルは何とも言えないものだったが、もちろん後ろめたさがあり、妹を呼んで屋上の温室にしけ込み、彼女には三個だけ分け与えて、後の七個はぼくの腹に落としていた。一時《ひととき》、幸せはぼくのものだった。しかし、悪事の露見は意外に速やかだった。ぼくの悪人としての不徹底さが、それを招来したのだろうと思う。後ろめたさという善人の尻尾が出ていたのを母につかまれたのだった。妹が、自分の受けたあまりの幸せを、母に黙っていることに耐えかねて、「饅頭を三つも小さい兄ちゃんからもらった」とばらしてしまった。「フトッタさんよりすごいね」。太田の足を持ち上げて、妹がもらった饅頭はたったの一個だったのだ。

「へえ、ナオヤにそんな〈度胸〉があったの」。母が言った。〈度量〉ではなく、〈度胸〉だった。「そう言えば、この頃〈入浴券〉が無くなったみたいよ」

母はぼくを尻叩き十回の刑に処し、売店から〈入浴券〉を買い戻したのだった。「ナオヤの饅頭事件」として木材会館の中では有名になった。しばらくは入浴する度に、ぼくの尻が痛んだ。

第19章　黄昏の別離　胡蘆島から佐世保へ

瀋陽9.18記念碑

五月の下旬のある日のこと、木材会館にほど近いプラタナスの並木路を歩いている時、六月を先取りしたようなものに出会った。街角の石畳の上にしゃがんで篭を抱え、スズランを売っている老婆の姿を見掛けたからだった。舗道に立ち止まったぼくは、体ごとその花売りに吸い寄せられていた。老婆は皺に埋もれた小さな目を光らせながら、怪訝そうにぼくを見つめた。篭の中には、クリーム色掛かった白色鈴型の花々が詰まっていた。〈これだ、捜していたのは……〉とぼくは呟き、目眩《めまい》のようなものに意識がぼかされかける。スズランに纏わる様々な過去の情景が、ぼくの頭の中に蛍火のように明滅していた。六月の横道河子……。タチヤーナが住んでいた家のそばにある〈鈴蘭の丘〉……。少し大袈裟に言えば、六月は自然の織りなす祝祭の時で、アカシアにライラック、そしてスズランなど香りのある花々が一斉に咲き競うのだった。とりわけ満開のスズランは、夜の底を白く染め抜き、甘い芳香を町中に放っていた。

ぼくは、躊躇なく、その花売りからスズランの一束を買い求めていた。この時期に、この場所でスズランを手にすることが出来た感激のため、花束を抱えたまま、どこをどう歩いているのか、ただ足を動かしているだけのぼくには、確かなことは分からなかった。慣れた道なので、半ば惰性で進んでいても、迷うことはなかったが……。頭の中が真空になり、周囲で世界が空転していた。

しばらくして、ぼくは少し気を取り直し、ゆっくりと歩きながら、先日ある人に託してぼく宛に芳樹が寄こした手紙の文面を反芻していた。

〈長春を後にする前に、言おうと思いながら、どうしても言えなかったことがあって、それが気掛かりでならない。色々と迷ったが、やはり真実は伝えておくべきだと思い、この手紙で書くことにした。つらいだろうが、耐えてくれ。

実はあの郊外の隔離所を訪ねてから数日後に、タチヤーナは残念ながら亡くなった。あの時およその見当が付いたとは思うが、あそこに収容されていた人は、だいたいが死を待つだけだったのだ。しかし、省三氏の話だと、彼女の最期は、とても安らかであったそうだ。一心に神に祈り、神の導きに全てを委ね、清らかに昇天したと言う。彼女は〈永遠の生命〉を得て、今頃は横道河子へ戻っているものと思う。あの〈鈴蘭の丘〉に咲いていたスズランの花こそは、タチヤーナの心の姿なのだろう。どこか花屋でスズランを見掛けたら、その一束を求めて彼女の御霊に捧げ、魂の平安を祈ってやって欲しい。〉

この手紙を初めて読んだ時、ぼくは偶々委託販売部の堅い木製の丸椅子に腰掛けていたが、舞台が暗転したようになって、周囲の様子が急に見えなくなり、ただやたらにぼんやりしていた。にわかに動かなくなったぼくを、不審に感じた正一郎が、ぼくに声を掛けてくれた。ぼくはハッとして目を開き、辺りを見回していた。朦朧とした意識の霧を晴らし、改めて手紙を読み直し、タチヤーナの姿を思い描いていた。

その夜はねむれなかったせいか、時折意識がかすみかけ、世界が幻想に包まれていた。

住み慣れた長春とも、いよいよ別れる日が迫っていたので、ぼくは思い出のある吉野町の界隈を歩いていた。かつてお萩を立ち売りしていた道を辿る。その時、少女の透明な声が聞こえてきた。「金・銀・ダイヤ、瑠璃・珊瑚、真珠・水晶の宝石類はありませんか」

その声にいざなわれ、宝石店の前に立ち止まり、ガラス戸越しに中を覗き、少女の青白い顔を見た。〈この顔だ〉とぼくは思った。少女の視線は遠くに伸びている。その目は、冬の星のように無機質な輝きがあって、彼女の前の化粧ケースに並んでいる宝石の光に見合っていた。ぼくはそっとドアの内側に滑り込んでいた。そして、ショーケースの中の宝石を覗き込んでいた。屈折した光が、結晶の内部を、メダカの内臓のようにあからさまなものにしている。紫水晶や瑪瑙が存在の輪郭を見せて、自己主張している。〈変成岩だ〉ぼくは、手元不如意の今は無理だが、いつかは水晶の指輪をタチヤーナにあげたいと真剣に思っていた。そして、「瑪瑙の腕輪もいいな」と少し欲張りになって、呟いてみていた。全ては既に幻想になってしまっていた。

背後から、「何か宝石をお持ちですか」と少女が日本語で問い掛けてきた。

最前の金属質の呼び込みの声とは違い、消え入るようなか細い声だった。ぼくは振り返り、初めて自分から口を利いた少女の顔を見つめながら言った。

「やっぱり、きみは日本人なんだね」

すると、少女は例によって遠くを見続け、ぼくに目を合わせないようにしていた。

「きみは今幾つ」

少女は聞かなかった振りをした。布の人形がブリキに代わり、さらに蝋人形になる。蝋人形そっくりの表情に、少女は自分を埋め込んでいる。お河童にしているので、実際の年齢よりも幼く作っているが、八歳から十歳の間だろう、とぼくは思った。

「きみも帰るんだろう、内地へ……」

ほんの一瞬、ぼくの問いを無視しようとしたが、彼女の堅い表情が少し和らいでいた。

「引き揚げないのかい」

少女は初めて鋭い目でぼくを見据え、機械のような声で応じた。

「関係ないの、そんなこと……」

「日本人なら、日本人らしくしたらどうだ」

「もう帰ってよ」。少女は鋭く言い放った。「掌櫃（ジャングイ＝旦那）を呼ぶわよ」

ぼくは、急いでその店を出て、豊楽路の方へと歩いて行った。〈意志がない訳じゃない〉とぼくは思った。〈ただ、殺しているだけなんだ〉

木材会館に戻ると、ぼくは屋上に出てみた。スズランの花束は、サイダーの空き瓶に挿して、温室へ持って行き、ベンチの上に置いた。たった一束のスズランでは、夜の底を埋めるにはほど遠く、横道河子の六月の夜の、あの白夜のような白い広がりは望むべくもなかった。いつだったか、母が口にした〈死んだ恋人〉と言う言葉を、ぼくは思い出していた。それは横道河子を女性にたとえて擬人化した意味での言葉だったのだが、今はそれが羽を広げて別の意味になっているのだった。ベンチに腰掛けていると、胸の中をひんやりとした風が吹き過ぎていく。その日は午後になって、かなり強い風が、砂塵を巻き上げながら吹いていたのだったが、夕方にはそれもすっかり凪いでいた。沈みかけた巨大な赤い太陽が、豊楽路のスズカケの並木に支えられ、その反照で天地共に溶鉱炉の中のように灼けていた。五月の夕刻の、まだどこかに春の気配を含むそよ風が吹き抜けると、温室の柱のささくれが、瀕死の蟋蟀《こおろぎ》の鳴くような音を立てて震えた。舗道を叩く馬の蹄の規則的な音が、東の方から近付き、西の方へ少し行きかけて、急に角を曲がり南へ遠退いて行った。その時、どこか遠くの方から、かすかに教会の鐘の音が聞こえてきた。それは、大小いくつかの鐘がぶつかり合う音で、横道河子《ほんどうほず》のロシア正教会のカリオンの音に似ている。真上の空は、一面に水色を広げているが、西方の地平線に近い下層の部分は赤紫色に変わり、その赤紫色を背景にして、ビルや街燈や並木の輪郭が黒々と浮き出て見える。

「六月の二十日の朝に決まったよ、日本へ帰る日が……」

つい先日、母は何気ない口調で、長春を離れる日のことをぼくに告げた。

「そうなのか」とぼくは呟いていた。〈もうじき帰れる〉とも、〈まだ帰りたくない〉とも思わなかった。ただ、〈そうなのか、二十日か〉と思っただけだった。確実なことは、間もなく〈未知の土地〉へ引き揚げるということだけだった。

「悲しい話を聞いてしまったよ」と母が涙声になって言った。「ターニャを埋葬した後、緑園で省三さんが、ピストルで自殺したそうよ」

ぼくは埋めようのない喪失感に蝕まれていた。何か取り返しのつかない大切なものを無くしてしまったような……。〈棄民〉として半ば忘れられかけた避難民にとって、笑顔で帰れる場所はどこにもないはずだった。

ぼくは、教会の鐘の音に合わせるように、屋上の鉄柵に身を寄せて、暮れなずむ長春の市街を見はるかしながら呟いていた。（省三さん、ターニャ、お世話になりました。横道河子で、安らかにお休み下さい）。アスファルトの黒い舗道と、その両側のドロノキやプラタナスの並木が、先細りに連なり、先端は夕焼けの紫色の海に溶けている。遠くからロバの引きずるような鳴き声が聞こえて来た。吸い込む大気の中に、ぼくは微かにスズランの香りを嗅ぎ分けていた。辺りは急速に薄暗くなっていく……。ついさっきまでかなり遠くまで見えていた並木の連なりが、既に六、七本より先はおぼろになりだしていた。薄墨色に変色した上空を数羽の鳥影が飛び過ぎ、掠れたような鳴き声が落ちてきた。西の空の夕焼けは、もう黒味を帯びた紫色になり、屋上や近くの舗道の一部は、一面の葡萄色に染まり、冷えた空気がぼくの膚を撫で始めている。空砲の音が三発響き渡り、長春市豊楽路のビルの谷間に、虚ろな谺を呼んでいた。

大陸からの脱出が、本当にできるのかどうか、ぼくらは半信半疑の心理状態に置かれていた。これまでにも、何度かデマが飛び交い、騙され続けていたからだった。まだ中国国内の政治状況が不安定だったから、いつひっくり返るかも分からなかった。もし、共産八路軍が、また長春へ攻めてくるようなことがあれば、一夜にして邦人の帰還話は吹き飛ぶかも知れない。それでも一縷の希望にすがりつくような思いで、ぼくらは出発の準備に掛かっていた。荷物を整理して、手持ちで運べる程度の、生活に必要最小限の物をリュックや風呂敷にまとめていた。

父は例の「万里の長城」をどのように片付けようかと、三日ほど悩んでいるようだったが、母にせかされて、古本屋に引き取ってもらうことにした。

「長城が崩れる」と父は嘆いた。「虫が潰される」

「虫って、それはどういうことなの」とぼくが聞くと、父は笑っている。

「つまり、おれのことさ。〈本の虫〉が強制的に排除されるんだよ。おれは腑抜けになるのさ」

「それって、関東軍と同じだね」

「そうか、いいこと言うなあ、おまえ。腑抜けたのは、おれだけじゃなかったってことか。なるほど」と父は妙に素直に納得していた。「でもな、おれと違って、芳樹はまだ腑抜けてはいないらしいな」

「多分、大きな夢を見ているんだろうからね」

「壮大な大陸改革の野望だよ。実にたいしたもんだな。それで、おまえにはないのか、夢は……」

そう聞かれて、ぼくは慌てていた。本当のところ、その時、ぼくには何も夢などなかったから……。満洲国がなくなってしまったと同時に、ぼくは横道河子から心理的に追放されていた。そして、タチヤーナの死が、さらにぼくを追い込んでいた。温春の畜舎でオオカミに内臓を食い尽くされた牛のように、空っぽになっていたのだった。その意味でも、〈腑抜け〉という言葉は、ぼくにぴったり過ぎるほどぴったりだったのだ。


ぼくの一家は、六月二十日に木材会館を離れ、長春駅に向かった。帰国を心から喜んでいるひともいたが、ぼくはあまり嬉しくはなかったのだった。噂では本土には赤毛の巨人が徘徊していて、あの陶頼昭のソ連兵〈南京虫〉のように夜な夜な乱暴狼藉を働いているらしいと言われていたし、原爆の投下により広島と長崎は壊滅しているらしいとも聞いていたから……。さらには、首都の東京が大空襲により焼け野原になってしまったとの情報もつかんでいた。マイナスの三乗効果がぼくの頭を占めていた。ただ、この不安定な満洲にいるよりはましなのだろうとも思っていた。どこでも日本語が通じるという内地……。「日僑俘」ではなく、せめて「日本人」という枠の中に入りたいと思った。大きな夢はそこにもないかも知れないが、いくらかの希望は芽生えそうだった。

つぎはぎだらけの衣服を身につけ、荷物を背負って、よろけるように足を運び、長春市街を歩いた。街頭で煙草やお萩を立ち売りしたこともある道を通り抜ける。ふと、宝石店の少女のお河童姿を思い浮かべていた。あの金属質の声ともうお別れなのだと、なんとなく後ろ髪を引かれるような感慨に浸されていた。彼女の運命はどうなるのだろうかと、心配になったが、どうしようもないので、忘れることにした。

頭の中に、突然にヒットラーの馬鹿でかい顔がよみがえってきた。吠え声は聞こえなかったが、例のポーズだけはしっかり見えた。そのグレートデンの足の下にはロバがいるのかも知れないのだが、ロシナンテの黒い姿は消えていた。ヒットラーの顔が叔父さんになって、「鎖骨をみがいて、ワグナーを聴かせているか」と叫んでいた。

駅前の広場には大勢のひとが動いていた。もちろんその中には普通の旅行者もいたが、それ以外の浮浪者風の群衆が、ぼくらの行列を眺めていた。ぶしつけな眼差しが投げかけられているので、ぼくらはなるべく彼らと目を合わせないようにしていた。

そして、ぼくらはゆっくりと薄暗い長春駅の構内に移動し、十ヶ月ぶりに無蓋車に乗り、東北部の海端の街・錦州市まで行くことになった。どのぐらいの人数がその列車に詰め込まれていたのか、定かではないが、おそらく五輛ほどにぎっしり乗っていたので、六百人ほどはいたのだろう。列車はおもむろにプラットフォームを離れて行った。

「さらば長春よ、また来るまでは」と誰かが歌っていた。どこか投げやりな声だった。どういうわけか、ひどくのろのろ動く列車で、時々停車して、数時間動かないこともあった。堪え忍ぶことには慣れていたので、ぼくらは黙ったまま狭い車輌の中で座っていた。時々配られる乾パンだけが食料だった。喉が渇いても水の配給は一日にコップ一杯ほどしかない。口の中で乾パンが異常に膨らんでいた。

のろのろ列車は、錦州へ着くまでに四日ほどかかった。錦州市の収容所に収容された避難民は、直ぐにアメリカ兵から全身に白い粉を掛けられた。すると、奇跡が起こり、ぼくらが苦しめられ続けていた半風子が殲滅されていた。それはＤＤＴという薬の威力だった。こんな凄いものを作ることができる国と戦っていたのかと思うと、日本が負けたのは当然なのだと思った。

その収容所には六日間留め置かれ、帰国のための船に乗り込む順番を待っていた。写真や貴重品は全て没収され、手持ちのお金は日本円に交換され、各自千円以内の現金だけを持ち帰れるように制限された。お金の制限については、在京の富裕層には、大変なピンチだった。慌てて貧乏な避難民仲間に預けようと奔走するひともいた。ぼくらは貧乏だったので、家族割り当ての五千円もの大金はなかった。母は東京へ帰るという金持ちからお金と緞子や銘仙などの反物を預かることにした。

そして、二十八日になって、ようやくアメリカの軍用貨物船の船底に詰め込まれ、大陸を離れたのだった。すると、不思議なことに、遠ざかる胡蘆島港が、冷たい過去の残影を封じ込めているもののように見えた。あまたの困難を浴びせられ続けてきた〈日僑俘〉としての重苦が、風に吹かれる霧のように一気に払拭されたのだった。

　担架で船に運び込まれる重症患者の姿もあった。ぼくはそれを見ると、発疹チフスに冒され、高熱にうなされながらも、「一目本土《ひとめ》を見て死にたい」と呟いていた森崎正一郎の父の姿を思い出していた。正一郎は船の甲板で跳ね回っていた。

　ぼくは、あらゆる危険なものから解放されて、とにかく自由になったのだと思えた。まだ先は見えないが、〈日僑俘〉ではなくなったという開放感が心底からわき上がって来た。栄養失調と船酔いのために、ぐったりしていたが、ぼくは時々甲板に出て海風に当たり、青黒い浪を眺めていた。もしかすると、学校に行けるようになるかも知れないと思った。

　妙な噂が船内に広がっていた。それは〈日本人会〉という避難民を統括する組織の幹部に対する不満が爆発しかけていたからだった。ぼくには理解できないことだが、この〈日本人会〉という組織は、長春にいる〈日僑俘〉を支配する組織であったようだ。ソ連軍部や中国政府などとの交渉窓口になっていた部署で、例えば避難先を決めたり、労役を配分したり、遺体の埋葬場所を指定したり、援助物資の分配に関わったり、とにかくぼくら避難民に関わるいっさいの事務の指揮を執っている組織だった。こうした権力を持つと、よくないことが間々起こる。それは不平等なやり方と賄賂の要求だった。これに苦しめられていた避難民の一部が、〈日本人会〉の幹部に恨みを晴らしたいと思って、機会を狙っているとのことだった。

牡丹江からの引揚者の中に、自称柔道四段という三十代の男性がいて、船に乗り込むやいなや〈日本人会〉の幹部を探していた。彼は〈日本人会〉の幹部を見付け次第〈復讐〉してやると宣言していた。

「どうやって復讐する気か」と聞かれると「海の中へ投げ込む」と言っているのだった。周りの人が警告していた。

「それはやめなよ、殺人だから……」

「しかしだな、奴らの仕業は悪辣だったのだぞ。不公平な選別や優遇者からの賄賂授受など、住居指定や援助食料の配分を巡って、死者も何人か出たんだ。死刑に値するんだよ」

この男性に賛成するひともかなりいたので、船内には奇妙な緊張感が漲っていた。果たしてこの船の中に〈日本人会〉の幹部がいるのかどうか、定かではなかった。関係ない人が、誤認されて海に投げ込まれるおそれもあるのだった。柔道四段の男は、船内を動き回っているらしいとのこと。この船内に三千人以上がいる避難民の中から、数人の該当者を見つけ出すのは大変なことだろう。ぼくの周りのひとたちは誰もその関係者ではないのだが、何となく気になってしまい、船酔いにもかかわらず、びくついていた。木刀を手にした柔道家は仲間と連れ立って船内を動き回り、船室ごとに乗り込んでいき、〈日本人会〉の幹部の氏名を大声で呼んでいるらしい。例えば「山田某はいるか」とか、「岡田某は出てこい」などと怒鳴っているようだ。返事をする者はいないだろうが……。

朝夕一定の時間に、「めしあげ」と叫ぶ船員の掛け声につられて、各班ごとにご飯と汁物をもらいに行く。人数分の食物を器に盛ってくれるのだが、皆飢えているので、その〈さじ加減〉を巡って、騒動が起こる。

「少ないぞ」と不平を漏らした老人が、飯盛り船員から殴られている。

「文句があるなら食うな」

船内では、船員が権力者なのだった。権力を持つ者が横柄になるのは、世の習いなのかも知れない。食べ物をめぐる喧嘩は醜く卑しいものだった。

「寝ていても権力という言葉があるよ」と父が言った。権力を手に入れさえすれば、何もしなくても威張っていられるものだという意味だった。〈権力を笠に着る〉という言葉も知った。権力というものはとても怖ろしいとしみじみ思った。よく考えてみれば、戦争を仕掛けたのも権力だった。その一番上位に君臨していたのは、大将軍の衣装を身に着け、白馬に乗っていた人物だった。この人物を取り巻く権力者たちが日本を誤った方向に導き、挙げ句の果てには敗戦の悲哀を国民に押しつけたのだった。こういう悪辣な権力者たちは、断罪されるのだろうか。

若い娘たちを特別扱いしている船員もいて、娘たちを船室に招き入れ、牛肉の缶詰やソーセージを与えたりしていた。娘たちの話によると、船員たちは食堂で白米を食べていたそうだ。高《こう》粱《りゃん》と粟《あわ》の混じり合った飯ばかりが配分される避難民とは比較にならない贅沢さだった。ぼくらに配られる汁物といっても、それはいつも硬いヒジキの入った塩汁なのだった。昼飯は与えられず、乾パンが少し配られるだけだった。

「もう少しの我慢だよ。こらえることの最後なのだから」と母は呟いた。

「もう少しの我慢」というのはほんとうなのだろうか、とぼくは疑っていた。欺され続けた過去の後遺症だった。陸に上がれば、幸せになれるのだろうか。ぼくはとても素直ではなくなっていた。

退屈紛れに、ぼくは船の甲板に出て、あちこち歩き回っていた。船倉の暑苦しく暗い中にいるよりは、海風が吹き通る甲板の方が、心地よいのだった。海の広がりを見ているのもいい気分だった。

そこで、思いがけない人に出会った。軍属の葦河《あしかわ》さんらしい人がいたのだった。彼は、その時、船尾の欄干にもたれるようにして、煙草を吹かしていた。火傷で片面がケロイド状態だったが、もう半面は紛れもなく葦河さんだった。

「葦河さんですか」とぼくは彼のそばに寄って尋ねてみた。

「えっ」

彼はぼくを無視するように遠くを見ている。

「横道河子にいた軍属の葦河さんではないの」

すると、相手は少しぼくの顔を見たが、あわてて首を横に振った。

「人違いだよ。おれは鈴木だからな」

ぼくはそれ以上彼に話し掛けないことにして、その場を離れた。中国当局から目を付けられるようなおそれはもうないのだが、邦人仲間でも胡散臭い人物と見なされる危険はあった。〈日本人会〉の幹部の命を狙っている、木刀を振り回している連中に誤解される心配もある。彼は用心深くなっていたのだった。

船に乗ってから四日目の早朝のことだった。

「見えたぞ」と叫ぶ声が甲板の方から聞こえてきたので、ぼくは眠りから覚めて、姉と先を争うようにして、声のする方へ駈けていった。海のうねりの彼方に青々としたいくつかの島影が見えた。

「五島列島だよ」。姉が教えてくれた。

万歳を三唱するひとたちもいた。その島影はどんどん大きくなってきた。重なり合う木々の、濃い緑が目にしみた。ぼくは、ほっと一息ついたのを記憶している。

日本海から博多湾に入る船……。太陽の光を浴びて静かに広がる海……。点々と散らばる島影を蔽う樹木の緑……。むき出しの赤土ばかりが目立っていた大陸の風景に目が慣れていたぼくには、五島列島の島々の濃い緑が、豊饒の証のように見えた。荒れすさんだ心が、たちまちに掬い取られて洗われ、救われる風景だった。

「どれなの、天草四郎の島は……」

「そんなこと聞かれても……」。姉は答えられなかった。

父が横から口を挟んでいた。

「天草四郎は島原だから、ここじゃないよ」

黒松が重なり合うように繋っているお椀型の島が見える。

「あれは、隠れキリシタンが暮らしていた島かもな」と父が言った。よく出任せを口にする父の言葉には疑問符を付ける。

どこかにカリオンの鳴る教会はないだろうかと見回していたが、青黒い森が見え、キリシタンの祈りの声のように、しきりに蝉が鳴いているだけだった。ほくの頭の中に情景が動いた。地下の礼拝所から十字架を掲げた白装束の信徒が現れ、その中にタチヤーナの幻影を見る。

「ターニャ、どこにいるの」。魂のふるさと横道河子に帰り、母親のマリアと再会したのだろうか。ぼくは、淋しくなって、涙を流していた。

本土を目前にしながら、お預けを喰った犬のように、ぼくたちはなかなか船から降りられなかった。その原因は二つあった。嵐の吹き込みと保菌者だった。たまたまその頃は、台風シーズンだったせいで、嵐を避けるために博多沖に停泊させられたまま待機している間にも、二度にわたって赤痢菌やチフス菌の保菌者が出たため、その都度一週間の船内での閉じ込めにあい、約一ヶ月近く船底に転がっていたことになる。甲板に張ったテントの中で、四つん這いの屈辱的な姿勢でガラス管を肛門に差し込まれ、〈直接採便〉を四度もされた。もちろん殺されるよりはましなのだが、〈生きる〉ためには、思いもかけない試練が控えているものだった。ぼくらはどこまでも運が悪いのかも知れない。

「一度なら我慢ですむけど、二度目は恥ずかしい」と正一郎がぼやいた。「三度目は逃げ出したくなったよ」

それが四度目となると、さすがの正一郎も泣いていた。

「おれのウンコをもう採るな」。彼は採便管を手にした看護婦から逃げ、下半身丸出しで甲板を走り回っていたが、船員に捕まえられ、尻をこっぴどく叩かれた。

「諦めるんだ。死ぬよりましなんだからさ」とぼくは正一郎に言った。

担架で乗船した重症患者の中、三人の病人が本土を目の前にして息絶えてしまった。麻布にくるまれた遺体が船尾の甲板に並べられ、船員たちが白手袋をはめて、それにシートを掛けた。シートの三箇所を麻紐で縛り、石の重しをつけると、遺体は次々に海へ投じられた。飛沫を上げて落ちた遺体は、しばらく浮いていたが、白い泡を残してほんの十数秒で沈んでいった。遺体の投じられた辺りを汽笛を鳴らしながら船が一周して、水葬の儀式は一応終了したが、船内に一ヶ月も留め置かれている間に、少なくても一日に一人以上の死者が出ることになるので、その後数日ごとに水葬が繰り返され、（ブォー、ブォー）という寂しげな汽笛の音を、ぼくは何度も聞かされた。内地を目の前にして、上陸できなかった人たち、彼らの無念の思いは誰が償ってくれるのだろうか。死者は無言なのだ。

それでも、何とかぼくたちが上陸できたのは、幸運だったのかも知れない。十ヶ月余の避難生活の間には、かなりの人が命を落としていたし、葫蘆島から乗船し、本土を目前にしながら息絶えてしまった無念の同胞もいたのだから……。

ようやく佐世保に上陸すると、割烹着姿の婦人会の方々からスイカをもらった。甘くて美味しいスイカだった。引揚者援護会の方々から、「ご苦労様でした」「大変だったでしょう」と声を掛けられ、避難民たちは感激して泣いていた。


その後、佐世保市の体育館のような施設に収容され、二日ほど休養してから、各部署ごとに簡単な解散会を催したのちに、次には帰郷する方面ごとに指定された場所に集められ、列車の手配や切符の配給を受けて、それぞれの故郷へ向けて出発することになった。

「長い間本当にお世話になりました」と佐竹波子が、例のしわがれ声で言った。

陽子はぼくを睨むように見据えて、「お互い、よく生き延びたね、ひねこびたけど、これからは素直になって、元気でがんばろうよ」と声を掛けてくれた。

母と波子は抱き合い、それを見て、邦子と陽子も泣き出していた。正一郎は黙って笑っていたが、「日本の星屑になれよ」とぼくが声を掛けると、頭を掻きながら、「星屑じゃないよ」とむくれていた。彼の頭の「シラクモ」は完治していた。

　ぼくは陽子の手を握った。温かい手だった。彼女はぼくの最後の同級生だった。横道河子の小学校は卒業出来なかったが、ターニャを含めてクラスの仲間と通った日常は忘れられなかった。教室でよく歌った歌があった。

　興安颪吹き荒れて
　白樺林凍る朝
　流れは嶺に冴して
　空ゆく鳥の影もなし

　ぼくはこの歌を三度口の中でくり返し歌ってみた。

「どうかしたの」と陽子が訝っていた。ぼくが急に黙りこくってしまったからだった。

それから、ブーニンからの約束の手紙を、陽子が嬉しそうに見せてくれた。ロシア語は読めなかったが、彼女が日本語にしてくれた一部を読んでみた。

「いつかモスクワで会おう」と記されていた。

　発疹チフスの後遺症で脳症をわずらっている西田部長は、愛媛から迎えに来た弟に連れられて、舟に乗り込んでいた。漁船らしい小型の舟だった。

別れ際に彼は、「戦争を起こした奴は誰なんだよ。みんなにこにこしているが、この責任はどうなってしまったんだ」と呟いていた。

「これは、大問題ですな」と方平が言った。

「とにかく、無責任は許さんぞ」

「おっしゃる通りです」と河村が答えた。

「感謝、感謝です」。波子が泣いている。「部長のお陰で私たちは助かりましたから……」

やがて、佐世保港から西田部長を乗せた舟が出て行った。見送りのぼくたちは、舟が見えなくなるまで手を振っていた。

佐竹波子・陽子の母娘は鹿児島に旅立ち、森崎正一郎は親戚の叔父に連れられて、東京に向かって出発して行った。

田端上等兵と幼児を亡くした若い女性は、大分県に向かった。

収容所で帰郷の手続きを終えると、「誰か故郷を想わざる」をヨーデルを交えて歌いながら、田端は笑っていた。

「それじゃあ、皆さん、さようなら」と言って、その場を立ち去ろうとした時、「行かないで」と邦子が泣きわめき、田端に抱きついていた。

彼は邦子を抱き上げて、「これからもっといい男が現れるから、邦子は立派な娘になれよ」と歌うように言った。

「歌手になるのか」と父に聞かれると、田端は「拳闘の選手になりたい」と答えていた。「それは見当違いだったな」と父はだじゃれをとばしたが、誰も笑わなかった。

親しいひとたちが立ち去り、収容所ががらんとしてしまった。ぼくらの一家は長野県に帰るための手続きをして、夕方佐世保駅を発った。名古屋市近郊に戻る河村伍長と須坂市の実家に帰る秋山上等兵は、ぼくらと同じ列車に乗った。

「田舎では床屋をやるつもりです」と河村は明るい声で言った。

「班長の真似をする訳ではないですが、偶然自分も理髪屋です」と秋山が笑っている。

田端を含めたこの三人の元気な脱走兵には、どのぐらい助けられたか分からないのだった。母と姉が何度も彼らと握手して礼を述べていた。

「いや、いや、自分たちこそ、あなた方に救われて今日があるのですから、感謝致していま す」と河村班長は頭を下げた。「ご縁がありましたら名古屋へどうぞ」

こんなあわただしい別れのどさくさに紛れて、例の〈日本人会〉の幹部に対する〈復讐〉とかいう件は、その後どうなったのか分からなかった。何人かの人が甲板の隅でリンチを受けていたとの噂が立ち、彼らは、土下座させられて、木刀で殴られていたとのことだった。海に投げ込まれた人がいたかどうかまでは、分からないままだった。

車窓から眺める九州の農村の風景は、とてものどかだった。一面に稲が植え込まれた田んぼには、笠をかぶった農民が田の草取りをしていた。水鏡に映る空の白い雲……。カエルが鳴いている。引き揚げ列車が田んぼの脇を過ぎる時、鎌を持った農民が襲ってくるようなことはなく、ニコニコして手を振ってくれた。ぼくらはすっかり安心していた。ここには〈南京虫〉も〈棒民〉もいないのだった。銃声一つしない。穏やかでいい国だと心の底から思った。

しかし、列車が広島の駅に差し掛かると、原爆を落とされたために、まるで廃墟さながらになった情景を、ぼくらは目にしていた。見渡すどこもかしこも灰色の広がりだった。建物が歪み、街路樹や電柱も倒されている。遠くの山並みは青々としているのに、近景の広島市内は白黒映画の映像に似ていた。公園らしいところも、ただの盛り土になり、緑の色が消されている。ぼくら家族は、言葉を失って、通り過ぎる無残な灰色一色の戦跡を、ただ呆然と見つめていた。悲惨な戦争の犠牲者はぼくらだけではなかったのだ。

名古屋駅では、河村伍長が列車を降りた。プラットホームに立ち、秋山上等兵が河村伍長に敬礼をしていた。

「これが最後の敬礼だよ。もう伍長でも上等兵でもない」と河村が笑いながら言った。

「しかし、班長、自分たちはなんのために戦ってきたのか分からなくなりました」。秋山が涙ぐんでいた。

清水市の三保にある婚家先に行く隆子が、静岡駅で列車を離れた。

「別れるなんて、困るよ」と邦子が泣いていた。

「いつか三保の松原に来てね」と姉が妹に言った。「天女が降りてきた松があるのよ」

「元気でね」と母が声を掛けた。五分停車なので、直ぐに発車のベルが鳴った。隆子が、走り出した列車を追うようにして、手を振っていた。

ふいに、ぼくは木材会館の玄関に飾られていたタチヤーナの絵を思い出していた。横道河子の駅頭の様子を細密に描いた絵のことだった。ほとんど墨絵のように黒い描線で浮き上がっている駅舎……。背景の白樺の疎林の幹の白さだけが際立っていた。汽笛の音が尾を引いた。蜂蜜パン屋の爺さんの姿が見えた。

その時、電話交換手のイーラやタマーラがプラットホームを駈けてきて、「ダスビダーニャ、ダスビダーニャ」と叫びながら、ぼくらの避難列車を追いかけてきたのだった。そう……。その日〈一九四五年八月十四日〉の午前十時頃、ソ連軍の爆撃により、「一キロ」の社宅もろともに彼女たちも消されてしまっている。ピストル自殺を遂げた省三……。マリアさんを含め、白系ロシア人の悲劇について思いやると、涙が溢れてきてとまらないのだった。タチヤーナの声が聞こえる。「私たちには故郷がないの。どこへも帰れない……」

上野駅から信越線に乗り換えると、ぼくらは柔らかな座席に体を休めて、ただひたすらに眠っていた。碓氷峠を越えると、やがて雄大な浅間山が見えてきた。

「ほら、煙が見えるだろ」と父が言った。「活きてる山だよ」

「死んでる山もあるの」と邦子が母の顔を見た。

「昔火山だった山が噴火しなくなるとね」と母が答えた。

「休火山てのもあるぞ。今はじっと休んでいるけど、いつかまた活動するかも知れない山だな」

「それはお父さんみたいに」とぼくが言った。

「そうさ、今に大爆発だ」と父が答えた。「こんな歌があるんだよ。浅間山から鬼やケツ出して、鎌でぶっ切るよな屁を垂れた」


大陸にしがみついていた日々では、絶えず何かに追われているような夢ばかり見ていたが、あの死者の母音の連なる叫びに攻め立てられることはなくなり、もう〈日僑俘〉や〈避難民〉ではなくなったことが、初めて実感されたのだった。

了

あとがき

第二次世界大戦の末期まで、中国の東北地区に「満洲国」という国がありました。当時の日本の軍国主義思想に基づいて作られた「幻の国」とされています。清朝末期の皇帝を抱え込み、いわゆる「傀儡政権」を担わせた国でした。ただし、「満洲」という名称そのものは、「満洲族」という昔からの民族が存在していたように、まったくの架空の名称ではなく、現に清朝は満洲族の国家だったわけです。その意味では、清朝の皇帝を「満州国」の中心においたのは、一応理屈が通っておりました。もちろん日本の帝国主義によるでっち上げの傀儡政権でしたから、日本の敗戦とともにはかなく消え去ったのでした。

私は、終戦までの五年間を、この満洲国に住んでおりました。小学校の一年生から五年生までの時間が流れました。一九四二年から四六年までのことでした。この作品には、私の戦前戦後の体験が具体的に書かれていますので、できるだけ多くの方々にお読み頂き、戦争について考えて頂きたいと思います。この間、私はすくなくとも四回「死神」の顔をまなかいに見ました。

このような戦争体験と合わせて、もう一つの課題として、当時の白系ロシア人のおかれた悲劇的な状況を「タチヤーナ」という人物に托して書き表したかったのです。

敗戦の満洲で、白系ロシア人ほど立場の弱い人たちはいませんでした。普通は、どなたにも

「故郷」がありますが、このひとたちにはその「故郷」がなくなってしまったのです。邦人は異国の地で敗戦というみじめな境遇になりましたが、まだ「故国」日本がありましたが、このひとたちにはなにもないのです。言わば行き場を失った流浪の民だったのです。

「タチヤーナ」を描写することにより、私は白系ロシア人のよるべのない立場を鮮明に致しました。

本書を書くことを通して、敗戦の民のせつなさと同時に、白系ロシア人の哀切な姿を表現してみました。いずれにしても、戦争というもののむごたらしさがもたらした結果です。二度とこのような悲劇を若い人たちが経験しないように、この作品に平和への祈りと遺言を込めました。

なお、「興安嶺」というのは満洲の西部にひろがる山塊を指しています。そこから吹き下ろす風が、とてもきびしかったのです。

著者プロフィール

山本 直哉（やまもと なおや）

1935年東京都生まれ。長野県在住。

長野県屋代東高校卒、横浜市立大学（文理学部文科国文学科）卒。長野県立高校教諭。

既刊著書「葡萄色の大地」（有朋舎)、「黄昏の松花江」（近代文芸社)、「満洲棄民の十ヶ月」（美研インターナショナル)、「松花江を越えて」（信濃毎日新聞出版部)。

第1回草枕文学賞佳作入選「酔眠」、第13回日本海文学大賞佳作入選「シライへの道」、その他、信州文学賞、長野文学賞など受賞。

長野ペンクラブ所属。

長春 追憶の日々

2023年6月15日　初版第1刷発行

著　者　山本 直哉
発行者　瓜谷 綱延
発行所　株式会社文芸社
〒160-0022　東京都新宿区新宿1－10－1
電話　03-5369-3060（代表）
03-5369-2299（販売）

印刷所　株式会社フクイン

ISBN978-4-286-24179-1